2026 제17회

젊은작가상
수상작품집

2026 제17회

젊은작가상
수상작품집

문학동네

| 차례 |

대상

—

김채원

별 세 개가 떨어지다

. . . .

김채원
2022년 경향신문 신춘문예를 통해 작품활동을 시작했다. 소설집 『서울 오아시스』가 있다.

별 세 개가 떨어지다

종묘원種苗園에서 돌아오는 길에 우연히 해가 저무는 것을 보았다. 해가 저무는 시간대를 확인하지 않고 해가 저무는 것을 보게 되었으니 분명 우연이라고 할 수 있었다. 혜임과 함께 걷고 있는 한적한 공원 길은 아직 잎을 떨구지 않은 나무들과 반쯤 잎을 떨군 나무들이 뒤섞여 있는 곳으로, 듬성듬성하게 그러나 길고 단단하게 뻗은 나뭇가지들 사이로 금방 어둑해진 저녁 하늘을 올려다보게도 되었다. 적지 않은 수의 나무가 이름표를 달고 있기도 했는데 한 그루씩 찾아 읽어보면 대체로 소나무와 복자기나무와 모과나무였다. 물푸레나무가 있기도 했지만 어쩌다가 한 그루씩 보일 뿐 대체로 보였다고는 할 수 없었다.

"종묘원이 아닌데도 이름표가 붙어 있어."

내 말에 혜임은 종묘원에 이름표가 붙은 나무가 있었나, 하고

내 대답을 들으려고 묻는 것인지 아니면 혼자서 생각해보려는 것
인지 모를 말투로 중얼거리곤 잠시 골똘해졌다.

"종묘원에 이름표 붙은 나무는 없었잖아."

무언가 떠오른 표정으로 혜임이 말했다.

"그런데 이름표가 붙어 있는 것 같았잖아. 할아버지 거라고."

꾸며낸 말이 아니라는 것을 강조하기 위해 내가 양팔을 휘휘
저으며 말하자 혜임이 고개를 끄덕였다.

"듣고 보니까 그렇긴 하다. 다 자기 거라고. 그치."

우리가 종묘원에 간 이유는 최근 소식이 뜸한 할아버지를 만나
기 위해서였다. 좀더 정확하게 말해야 한다면, 최근 소식이 뜸한
할아버지가 가장 아끼고 가꾸는 것이 무엇인지 보기 위해서였다.
나는 할아버지의 큰딸의 아이였으므로 가계家系상 나에게 할아버
지는 외할아버지였다. 혜임은 할아버지의 둘째 아들의 아이였으
므로 혜임에게 할아버지는 친할아버지였는데 우리 둘 다 부를 때
는 단순히 할아버지, 라고만 불렀기에 혜임과 나는 친척으로 보이
기보다 어쩌면 나이대가 고만고만한 자매처럼 보일지도 몰랐다.

나는 형제가 있으면 좋겠다는 생각을 해본 적은 없었지만 나와
동갑인 혜임이 내 언니이거나 동생이어도 괜찮을 것 같았다. 우
리는 생김새가 비슷하지도 않고, 성격도 서로 조금씩 이상하다고
만 생각하지 왜 그 모양이냐고 따져 묻거나 하지는 않으니까. 그
래서 그게 뭐가 괜찮은 거냐고 누군가 묻는다면 막상 잘 대답하
지는 못하겠지만 말이다. 그냥 그런 것 같아요, 라는 대답 말고는
아무 대답도 못하겠지만 그냥 괜찮을 것 같아요. 우리는 이름이

한 글자 겹치기도 하니까요. 자매는 보통 그렇지 않나요?

쿵⋯⋯

"아야⋯⋯"

그때 내 머리 위로 둥근 모과나무 열매가 한 알 떨어졌다. 열매는 내 정수리에서부터 시작해 어깨와 손등을 치고 다시 한번 아래로 떨어졌다. 잡동사니가 모여 있는 내 머릿속의 한 곳을 두드려보듯 쿵⋯⋯ 하고 떨어진 다음 벽돌이 깔린 공원 바닥에 데구루루 구르지도 않고 한번 더 쿵⋯⋯

생각해보면 쿵⋯⋯보다는 툭, 에 가까운 소리였던 것 같다. 누군가 손에서 무심코 흘려 툭 떨어지는 소리 그리고 마치 그렇게 떨어진 모양새였다. 나는 갑자기 머리를 맞은 탓에 조금 창피한 기분으로 괜히 위쪽을 둘러보았다.

"어느 나무에서 떨어진 거지?"

궁금하지도 않은 것을 괜히 물어보기도 하면서 그랬다.

"어느 나무면 어때, 어차피 떨어진 거야. 너 귀 빨개졌다."

혜임은 휴대폰으로 플래시를 터뜨려 떨어진 모과를 찍었다. 그러고는 자기가 찍은 사진을 보여주었다. 노랗게 잘 익은 열매의 색이 선명했다. 나는 휴대폰 화면에 얼굴을 가까이 하고 자세히 사진을 들여다보았다. 혜임의 행동에 내 행동을 맞추는 것이었다. 이렇게 하면 다른 사람과 함께 있는 일이 종종 자연스럽고 안심이 되는 일처럼 여겨지곤 했다. 매일은 아니고 종종 혹은 때때로. 보폭을 맞추어 걷는다. 무언가를 보여주면 보고 말을 걸면 대답하고 웃어주면 웃는다. 우하하. 그렇다고 해서 그렇게만 지내는 것은 또 아니다. 나는 상대방에게 먼저 말을 걸고 대답을 듣기도 한다. 억지로 웃은 날을 세어보기도 하고, 하지 않아도 될 일을 하기도 하고, 끙끙거리고, 죽고 싶을 때 곧장 혀를 깨물고 죽는다거나 하지도 않는다. 못해요 나는 죽고 싶지 않아요 살 거면 살려고 노력해야 하고 나는 노력해요 그런 사람이 아닙니다 아니요 전혀 그런 사람이지만요. 나는 주로 이런 방식으로 이리저리 나를 다루었는데, 이것이 크게 나쁜 방법이라고 생각되지 않아서였다. 크게 좋은 방법도 아니겠지만.

하지만 그게 어쨌다고? 내가 하고 싶은 이야기는 친척이나 자매에 관한 이야기도, 내 머리 위로 떨어진 모과나무 열매에 관한 이야기도, 나의 창피함이나 나 자신을 다루는 방법에 관한 이야기도 아니다. 내가 하고 싶은 이야기는 단지 할아버지의 종묘원,

그러니까 할아버지가 홀로 가꾸고 있는 평범하게 수상쩍은 한 장소에 관한 이야기이다.

*

할아버지가 가족의 연락을 받지도 가족에게 연락을 하지도 않은 지 석 달 정도 지났을 무렵, 나는 할아버지가 갑작스럽게 돌아가셨을지도 모른다는 생각과 혼자서 뭘 그렇게 재미있게 하고 계신 걸까 궁금한 마음을 번갈아 오갔다. 돌아가셨을까? 그게 아니라면 연락이 되지 않을 만큼 재미있는 게 무엇일까? 이 문제로 엄마와 아빠와 친척들이 큰집에 모여 논의한 끝에 비교적 시간이 많은 나와 혜임(나는 시험 준비를 한다고는 했으나 무늬만 재수생이었고 혜임은 고급 문구를 파는 가게의 주 삼 일 파트타임 아르바이트생이었다)이 할아버지가 계신 곳으로 가보는 게 어떻겠느냐고, 어릴 적부터 너희를 유독 예뻐하셨으니 아무래도 그러는 것이 좋겠다고 결론을 지었다. 가서 할아버지의 기색을 살피고 조금 머물다가 돌아오라고.

다들 할아버지가 돌아가셨을 거라는 예상은 염두에 두고 있지 않은 것 같았다. 어쩌면 그러고 싶지 않았거나. 혜임은 어땠는지 몰라도 나는 엄마에게 이것과 관련한 이야기를 들었을 때 풀고 있던 문제집의 한 귀퉁이를 접으며 응, 그러겠다고 말했다.

"다녀올게. 나도 할아버지가 혼자서 뭘 하고 계시는지 궁금해."

할아버지가 있는 곳으로 가는 길은 어렵지 않았다. 기차를 타고 넉넉잡아 두 시간 반 정도면 도착하는 거리였다. 역에서 내려 한참을 걸어가야 하긴 했지만 말이다. 근처 도심에서 먼저 내려 택시로 이동하는 방법도 있었지만 우리는 택시를 탈 돈으로 호두과자와 찐 감자와 탄산수를 사 먹기로 했다. 이따가 찐 감자에 설탕 말고 소금을 뿌려 먹자고 계획하는 사이에 기차가 출발했고, 혜임이 말을 덧붙였다.

"설탕은 너무 달아."

"그야 설탕이니까 그렇지."

나는 오랜만에 탄 기차 안에서 금방 잠들었다가 내릴 역에 가까워질 때쯤 귀가 아파 깼다. 창가 자리에 앉은 혜임은 내가 잠들기 전까지 바깥에 시선을 두고 있었는데, 잠에서 깼을 때도 같은 자세로 바깥을 보고 있었다. 자신은 창문이 없는 지하매장에서 일하기 때문에 창문을 통해 보는 풍경이 유독 귀하다고 하여 내가 자리를 양보한 것이었다.

나는 혜임이 창문을 통해 바깥 풍경을 보는 모습을 지켜보았다. 끝이 많이 상한 혜임의 머리카락이 강한 햇빛에 닿을 때마다 노랗게 빛났다. 커다란 창을 통해 햇빛이 들어올 때 나는 빛을 노려보기 위해 눈을 크게 떴고, 혜임은 천천히 눈을 감았다. 나는 우리가 빛을 대하는 태도가 다르다는 것을 알았다. 어릴 때부터 그랬다. 혜임은 새떼가 무서워서 자기 눈을 가리는 아이였고, 나는 새떼가 무서워서 가까이 올까봐 눈을 크게 뜨는 아이였다. 하지만 언젠가 내가 눈을 감고 혜임이 눈을 크게 뜨는 날도 있을 것이다. 햇빛을 노려볼 때의 화끈거림을 혜임도 알게 될 것이다(그것은 단순히 빛의 열기 때문일까, 아니면 내가 보여지고 있다는 것에 대한 어쩔 도리 없음 때문일까?). 살아 있는 경우라면 누구라도 변덕을 부릴 수 있고 그래도 된다.

내릴 역을 지나치지 않고 무사히 내린 혜임과 나는 이른 월동 준비로 잘린 풀과 자질구레한 나뭇가지들을 밟으며 한참을 걸었다. 별다른 말 없이 전봇대 너머의 구름을 보기도 하고 넓은 공터를 가로질러 좁다란 골목길, 텅 빈 아파트, 마호가니 의자, 그 의자에 앉아보는 사람, 남의 집 과수원 옆을 지나가는 사람, 신발 밑창, 껌, GPS, 요요, 조릿대의 얼룩 잎을 보기도 했다. 생선가게 수조의 보글거리는 물거품과 새어나오는 담배 연기도. 그리고 이것들을 보느라 다른 것들은 못 보았다. 자연히 그렇게 되었다.

"여기였나?"

"여기다."

우리는 초인종을 누르고 문이 열리기를 기다렸다. 이어서 문이 열리고, 역에서 산 호두과자와 찐 감자를 나눠 먹으며 찾아온 우리를 본 할아버지는 도리어 의아하다는 반응이었다.

"왜 온 거야? 연락도 없이. 그래도 사이좋게 잘 왔어. 못 본 사이에 둘 다 키가 좀 큰 것 같네!"

"얘나 저나 키 클 나이는 지났는걸요."

"무슨 소리. 코하고 키는 죽을 때까지 자라는 거야."

"그런가? 아무튼 저는 할아버지가 돌아가신 줄 알았어요. 아니면 혼자서 재미있는 것을 하고 있거나요."

"둘 다야. 나는 오래전에 죽었고 혼자 재미있는 걸 하고 있어."

할아버지의 말은 절반은 농담이었겠지만 그만큼 절반은 농담이 아니었다. 할아버지는 죽음에 가까운 상태를 경험한 적이 있으니까. 나로서는 태어나기도 전의 일이어서, 실제로 목격하지는 못하고 몇 번에 나누어 전해듣기만 한 이야기였다. 할아버지의 아버지인 증조할아버지가 전쟁중에 두번째 아내와 떨어져 어린 할아버지와 함께 피난을 갔다가 휴전이 되어 집에 돌아오니 다 타고 재만 남았더라는 이야기. 그것을 본 뒤로 허망함에 시름시름 앓다가 스스로 목숨을 끊었다는 이야기. 목숨을 끊은 증조할아버지를 발견한 어린 할아버지가 어른들에게 도움을 요청하고 장례를 치르고 나서야 깊이 잠들듯 쓰러졌다는 이야기. 그리고 깨어난 그날부터 지금까지 목숨을 지키며 씩씩하게 살고 계신다는 이야기. 그러니까 겨우 일부분만 알 수 있는, 줄거리와 같은 이야기였다. 하지만 나는 계속 나였기 때문에, 비록 줄거리뿐인 이야기라고 해도, 자기 인생을 버린 사람과 버리지 않은 사람의 이야기를 계속해서 듣고 싶었다.

"다행이지."

"다행이야."

"다행이기는 하지만……"

당시에 나는 증조할아버지의 자살을 비겁하다고 흉보았다가 크게 혼이 나기도 했었다.

"말을 그렇게 하면 안 되지."

그날 나에게 그 말을 한 게 아빠였는지 엄마였는지는 잘 기억나지 않는다. 나도 입장이란 게 있었으니 우선 혼나는 게 분했어서 기억나지 않는 것일 수도 있다. 나는 할아버지의 편에 서서 증조할아버지를 흉보았지만 원망할 곳도 없이 자신이 일군 것을 전부 잃게 된 그의 뒷모습과 그가 마지막으로 들었을 자신의 숨소리, 살고 싶었을 가능성 그리고 눈 내리던 밤, 임시로 얻은 낡은 집 안에 자살한 아버지를 두고 바깥으로 나와 도움을 요청했을 어린 할아버지의 작은 손을 상상해 떠올려볼 때면 마음이 차고 쓸쓸해졌다.

"그래서 혼자 뭘 하고 계시는데요?"

혜임이 다 먹고 빈 호두과자 봉투를 반으로 접으며 할아버지에게 물었다.

"식물들을 기르고 있어. 이번에야말로 제대로 번성해 눈에 띄었을 텐데…… 올 때 방향이 달랐으면 못 봤겠구나. 이따가 보여줄게. 저기, 저쪽으로 걸어가면 있어."

"지금 보면 안 돼요?"

"이따가 보는 게 좋을 거야. 내가 기르는 식물들은 아침잠이 많아서 주로 정오에 깨어나거든. 이렇게 잎을 쭉 펴고."

"팔을 펴듯이요?"

"그래, 이렇게. 정말로 쭉 펴고."

그런 말이 오가고 나서야 할아버지는 우리를 계속 현관에 세워두고 있었다는 것을 깨닫고 어서 안으로 들어오라며 손짓했다. 안으로 들어서자 감귤 계열의 방향제 냄새와 세탁세제 냄새, 파스 냄새가 났다. 하지만 그와 같은 냄새들을 덮어버리는 오래된 목조주택의 달짝지근하고 습한 비린내 때문에 숨쉬기가 힘들었다. 오이향과 비슷한 물기어린 냄새였다. 나는 입으로 숨을 들이마시고 내쉬면서 혜임은 어떠한지 물어보려다가 아 참, 엄마에게 문자를 보냈다.

— 할아버지 아무 일 없음.

— 식물 기르는 일에 재미를 보는 중이라고 하심. 그 식물들은 아직 못 봄.

— 하지만 곧 볼 것임.

— 두 밤 자고 올라가겠음!

답장은 금방 왔다.

— 알겠음!

답장이 짧은 것으로 보아 엄마는 마음이 놓인 것 같았다. 한 밤과 한 낮과 한 밤을 보내면 두 밤. 나는 엄마에게 해둘 말이 있는지 잠시 고민하다가 그다지 없어 휴대폰을 가방 안에 넣었다. 어느새가 숨쉬기가 편해졌음을 깨닫고 주방으로 가서 혜임과 함께 할아버지가 상 차리는 것을 도왔다. 행주로 상을 깨끗하게 닦고 밥과 국과 반찬을 든든히 먹은 뒤에 커피도 마시고 김부각도 몇개 얻어먹고 졸기도 하다가 이제 가볼까, 하는 할아버지를 따라 종묘원으로 향했다.

줄곧 청명한 날씨였다. 가을이어서 하늘이 더 높게 보였다. 가는 도중에 할아버지의 이웃을 만나 악수도 했다. 왜 악수를 했는지는 모르겠다. 어른이 한 손을 내밀기에 나도 공손히 한 손으로 잡았다. 이후에 할아버지에게 듣기로 그 이웃은 취미로 산수화를 그리며 사는 부자인데, 할아버지에게 초목에 관한 정보를 많이 주었다고 했다. 알고 있는 것이 많아서인지 한 대롱의 붓으로 산과 물이 있는 풍경을 단번에 그려낸다고.

그 말을 들으며 대단하다, 신기하다, 그런데 알고 있는 게 많은 것과 그림 실력이 연관이 있을까요, 하며 손으로 날벌레도 쫓고…… 몸과 마음이 정체 모르게 분주한 채로 걸었다. 아무 데도 갈 생각을 하지 않는 식물들을 떠올리면서. 조금은 신나면서. 무엇을 보게 될지 잘 몰라서.

"여기예요?"

"여기야."

종묘원은 반원형 모양이었다. 가장자리에 자란 잡초로 어림잡아 모양을 짐작해볼 수 있었다. 잡초는 바깥 방향으로 갈수록 무성했다. 위쪽에 둥근 유리 지붕을 얹거나 하지는 않아 건축된 온실 같은 곳이라기보다는 작은 야생 숲처럼 보이는 곳이었다. 트일 수 있을 만큼 트인 곳이었다. 할아버지의 말대로 식물들이 울창하게 자라 정오의 햇빛과는 대비되는, 그늘이 짙게 드리운 부분이 곳곳에 차고 넘치도록 있었다. 조화롭다고는 할 수 없었지만 부채처럼 넓게 잎을 펼친 키 큰 식물들이 강인하고 건강해 보였다. 여름이 아닌데도 이렇게 잎이 푸를 수 있구나. 이곳이라면 크나큰 잎사귀 아래 어디에든 숨을 수 있을 것 같았다. 어쩌면 할아버지는 식물을 기르고 있는 것이 아니라 자신이 숨을 그늘을 만드는 일에 몰두중인 것이 아닌가 싶었다.

나는 할아버지가 정성껏 가꾼 이곳이 몹시 좋았다. 몸을 앞으로 뒤로 흔들흔들 움직이며 그늘에 숨는 일은 항상 좋으니까. 하지만 그늘에 너무 오랫동안 숨어 있는 것은 좋지 않다. 사람은 머리에 햇볕을 쏘여야 건망증이 생기기도 하는데, 이처럼 견고한 그늘에 매일같이 숨어 있는다면 겪은 일을 아무것도 까먹지 못하고 영원히 기억하게 될 수도 있으니까.

아무튼 그 발은 갑자기 나타났는데, 아무래도 할아버지가 그를 아주 깊이 묻지는 않았기 때문인 것 같았다.

"할아버지."

나는 그 발로부터 약간 옆으로 비켜나 할아버지를 불렀다. 할아버지는 식물들에 가려 보이지 않았다.

"할아버지, 여기 발이 있어요."

내 말을 들은 혜임이 잎사귀들 틈새로 얼굴을 내밀었다.

"발이 있다고?"

"응, 발이 있어. 이쪽으로 와봐."

"이쪽이 어딘지 모르겠어."

"이쪽이야, 이쪽."

"발이 있을 거야. 그저께 거기에 사람을 묻었거든."

할아버지가 성큼 나타나 내가 있는 쪽으로 걸어오며 말했다.

"할아버지가 죽이고서요?"

"당연히 아니지. 나는 사람을 죽일 줄 몰라. 그런 건 시켜도 못해. 하지만 죽은 사람을 묻는 것 정도는 할 수 있지 뭐야."

"큰일이네. 할아버지 잡혀가면 어떡하지."

혜임이 침착하게 걱정하는 투로 중얼거리자 할아버지는 으음,

하고 어째서인지 그럴 일은 없을 것 같다고 말했다.

"그게 말이야. 이 사람, 죽어도 너무 죽은 거야. 그게 참 이상했어. 죽어도 너무 죽었다는 느낌이."

그 말을 할 때 할아버지는 무표정한 얼굴이었고 혼자 있는 사람 같았다. 할아버지의 말을 듣는 사람이 아무도 없는 것 같았다. 나와 혜임은 그런 할아버지를 마주보고 서서, 할아버지의 말을 듣고, 흙 위로 나와 있는 누군가의 두 발을 내려다보았다. 몸이 조금 떨렸다. 겁내지 마, 살아 있지 않은 거야, 하고 스스로에게 말해줄 만한 용기가 없었다. 떨고 싶지 않았는데 뜻대로 안 되었다.

"발을 마저 묻어줄까요?"

내가 물었다.

"그래야지. 안 그러면 후회할 거야."

할아버지가 대답했다.

우리 세 사람은 한 삽 한 삽 구덩이를 파고, 바깥으로 나와 있는 두 발을 마저 넣은 뒤 뜨겁게 태운 흙을 식혀서 다독여 덮었다.

*

잘 시간이 되어 집안의 모든 불을 껐는데도 잠이 오지 않았다. 할아버지와 혜임은 잘 잤고, 괜한 꿈에 시달리는 것 같지도 않았다. 가끔 할아버지가 기침하는 소리가 들렸다. 나는 거실 바닥에 깔아둔 폭신한 이불 위에 누워 밤을 꼬박 새웠다. 할아버지를 변호할 여러 말을 생각해보았다. 질문이랄 것 없이 대답만을 이어나갔다. 마음만 먹으면 계속해서 이어나갈 수도 있을 혼잣말이었다.

그 남자가 누구고 어떻게 이곳에 왔는지 할아버지도 알 수 없었을 거예요. 옷을 하나도 입지 않은 채로 죽어 있었다고 했어요. 신발도 가지런히 벗어둔 채였고 온몸에 상흔이 있었는데 손목을 제외하고는 심한 정도는 아니었다고 했어요. 아마도 망설였던 자국들이겠죠. 살해당한 것으로 보이진 않았다고 했거든요. 사람은 어렵게 죽으니까요. 제 생각은 그래요. 이게 사실인지 아닌지는 몰라요. 자기가 죽은 모습을 보이고 싶은 사람이 어디 있겠어요? 저도 그건 싫은데요. 누가 숨겨주면 좋겠어요.

그렇죠. 발견되기를 바랄 수도 있겠네요. 그래도 저는 누가 숨겨주면 좋겠어요.

아니요. 발을 직접 만져보지는 않았어요. 예의가 아니라고 생각했어요.

이 일을 아는 사람은 저를 포함해서 세 명뿐이에요. 죽은 영혼까지 포함하면 네 명이고요. 모두 그저 거기에 있었어요. 실제로 일어난 일이에요.

할아버지가 왜 그랬는지 짐작할 수 있겠느냐고요? 그건 할아버지에게 물어봐야 하겠죠. 저는 할아버지가 아닌데요. 할아버지는 그렇게 하지 않으면 후회할 거라고 했어요. 할아버지는 이전에 딱 한 번 시체를 수습해야 했는데 너무 어려서 어른들에게 도움을 받았죠. 목매달아 늘어져 있는 모습을 어른들이 다 보았겠죠. 서로 원하지 않았어도요. 말하다보니까 할아버지가 왜 그랬는지 알 것도 같아요. 별로 말하고 싶진 않지만요.

아니다, 잘 모르겠다. 어쩌면요.

할아버지가 그 남자를 죽였을 리는 없어요. 만약 할아버지가 그럴 수 있었다면 오래전에 자기 자신을 죽일 수도 있었을 거예요.

무슨 냄새가 났더라? 이상한 냄새 같은 건 안 났어요. 잎과 줄기 냄새, 할아버지가 최근에 옮겨 심었다는 노송 냄새와 나무껍질 냄새, 물냄새, 거름냄새 등등이 났고…… 아무튼 좋은 날의 냄새가 났어요. 키 높은 나무들이 서 있는 사이에서요. 정말로 그랬어요.

혹시 참깨도 식물인 거 아세요? 몰랐는데 할아버지가 알려줬어요. 제가 도움이 되는 말만 해야 하는 것은 아니잖아요. 우리가 먹는 참깨는 참깨 식물의 씨예요.

오후 세시요.

할아버지의 유년 시절에 대해서는 제가 알 수 있는 게 딱히 없죠. 제가 태어났을 때 할아버지는 이미 한참 할아버지였어요. 할아버지는 손주들이 태어날 때마다 잘 태어났다, 말하며 머리를 크게 쓰다듬어주시는 분이고요. 그런 말을 하는 사람이니 평범한 사람은 아니죠. 할아버지에게는 저도 잘 태어난 아이였고, 저는 할아버지가 누구를 죽였든 죽이지 않았든 묻었든 뭐든 잘못했다고 생각하지 않아요. 맹목적이라는 말은 무슨 말인지 못 알아듣겠어요. 머리가 나빠서긴요. 저는 그냥 편을 들어주려는 거예요.

*

한 밤이 지나고 곧 아침이었다. 나는 아직 잠들어 있을, 아침잠이 많은 식물들을 보기 위해 찬물을 챙겨 혼자 집을 나섰다. 다시 한번 거기에 있고 싶었다. 이번에는 걸어서 가지 않고 할아버지의 자전거를 몰래 타고 갔다. 길은 거의 비어 있었다. 안개가 끼어 멀리까지 보이지는 않았다. 하지만 가까이에 있는 것들은 잘 보였다. 흐릿한 새벽 풍경이 뺨을 스치며 빠르게 뒤로 밀려났다. 내가 나아갔다.

나아가면서, 죽은 남자가 깨어나 나와 함께 종묘원을 산책할 수 있을지도 모른다고 생각했다. 그런 일이 일어나지 않을 것을 잘 알기에 그런 생각을 할 수 있었는데, 내 예상을 배반하고 정말로 그런 일이 일어난다면, 그를 보려고 간 것은 아니지만, 종묘원의 흙을 한 움큼 집어 그에게 보여주고 싶었다. 이런. 그쪽은 죽어서도 여기에 있네요. 보세요. 그쪽이 이 아래에 묻혀 있었어요. 기억하세요? 우리가 깨끗하게 흙을 태우고 식힌 뒤에 덮어주었어요. 우리한테 고맙겠다. 고마우면 고맙다고 말하세요.

같은 길을 세 번이나 돌고 나서야 종묘원에 도착했다. 나무도 풀도 모두 조용했다. 죽은 남자도 되살아나지 않고 묻힌 채로 조용히 있었다. 소리를 내는 건 코를 훌쩍이는 나뿐이었다. 나는 혼자 산책했다. 산책하면서, 땅에 묻혀 있는 남자를 방해하지 않기 위해 발소리를 내지 않으려고 노력했다. 그리고 묻은 자리 근처에는 가지 않았다. 잘못하면 얼굴뼈를 밟을 수도 있으니까. 시체를 묻은 자리를 중심으로 멀찍이 맴돌기만 했다. 그러다가 나도 신발을 벗고 땅에 드러누워보았다. 숨을 쉬었다. 자갈이 섞인 흙 위로 머리를 누이고 있어도 아프지 않았다. 아무도 없이, 나도 없이. 나는 커다란 잎사귀 아래에 숨어 그런 생각을 했다. 만약 내 손에 녹음기가 쥐어져 있었다면 그늘이 고일 때 들리는 웅성거림이나 진딧물이 움직이는 소리, 안이 텅 비어 있는 줄기가 바람에 울리는 소리를 녹음해볼 수도 있었을 것이다. 그러나 내 귀에 들리는 소리는 다만 잠재우듯 불어오는 바람소리였다.

나뭇잎들이 바람을 맞아 흔들거렸다. 수천 개의 잎이 흔들거리는 속에서 새벽하늘에 뜬 별들이 잠깐 보였다가 잎에 가려졌다가 했다. 그 한계 속에서, 가장 밝은 두 별이 마치 반짝이는 두 눈처럼 보였다. 식물들을 제외한다면 나는 죽은 남자와 단둘이 있는 셈이었다. 하지만 과연 식물들을 없다고 생각할 수 있는 걸까? 그는 어떤 사람이었을까, 하는 궁금증은 왜 생기지 않는 걸까? 궁금할 법도 한데 그렇지가 않았다. 그보다는 내 몸 위로 자기 몸만한 무늬의 그늘을 드리우는 잎사귀들, 곤히 잠든 식물들에게 궁금한 것이 있었다. 종일 무엇을 하며 시간을 보내는지. 자신이 어떻게 이곳에 머물고 있는지 아는지. 꽃을 피우거나 열매를 맺을 때 줄기가 아프거나 하지는 않는지. 기분에 따라 잎을 떨구거나 흡족하게 펼치기도 하는지. 아니면 식물에게 그런 건 조금도 상관없는 것인지. 누군가 너희를 좋아하면 좋아한다는 게 느껴지는지. 관심을 기울이면 말을 할 수도 있는지. 말하고, 웃고, 움직이며 오랫동안 살 수 있는지.

"왠지 그럴 것 같아."

나는 중얼거렸다. 그럴듯한 생각이야. 나 스스로도 이해하려고 들지는 않겠지만…… 나는 이곳에서 혼자 질문하고 대답을 듣지 못하는 일이 식물들의 대단한 호의 덕분인 것처럼 느껴졌다. 그런 호의를 받지 않아도, 어차피 이곳을 벗어나면 모두 없던 일이 될 것인데도 그랬다.

누운 자리에서 그만 일어나 머리에 묻은 흙을 털었다. 아침해가 서서히 뜨고 있었다. 나는 어쩐지 몽롱한 상태로 다시 할아버지와 혜임이 있는 집으로 돌아갔다. 해가 뜨는 방향으로 걸어야 했기에 돌아가는 내내 눈이 부셨다. 총천연색 태양, 한 모금의 물, 과장되지 않게 나타나는 자연의 기적들. 말하고, 웃고, 움직이며 오랫동안 살 수 있는지.

"자전거는 어디에 두고 왔어?"

할아버지가 물었을 때 나는 내가 몰래 타고 간 자전거를 종묘원에 두고 왔다는 것을 깨달았다.

"괜찮아. 이따가 가서 할일이 많아. 돌아오는 길에 내가 타고 오면 돼."

할아버지가 말했다.

"저희도 같이 가서 도울게요."

혜임이 말하자, 할아버지는 잠이 덜 깬 두 눈을 아무렇게나 비비고서 기지개를 켰다.

"그래주면 고맙지. 그리고 너희는 내일 올라가는 거다."

"안 그래도 그러려고 했어요."

"혼자 있고 싶으세요?"

"그럼, 이래서는 영 조용하지가 않잖아."

"저희 조용히 있었는데요."

"아예 없는 것보다야 시끄럽지."

맞는 말이기에 나는 조금 의기소침해졌다.

"그 일을 들키면 할아버지가 미친 사람이라고 소문날지도 몰라요."

"그러라지. 오늘은 너희가 내 일을 좀 도와라. 하루종일 말이야."

그것은 할아버지가 우리에게 종일 일을 시키려 한다기보다는, 종묘원에 종일 머물 수 있게 허락해주려는 것일 수도 있었다.

"하지만 그 이상은 안 된다. 나는 혼자 있을 거야."

할아버지의 일을 도우러 나가기 전에 혜임과 나는 각자 몸을 씻고 머리를 말렸다. 그러고는 나란히 소파에 앉아 티브이를 보왔다. 지방에서만 볼 수 있는 지역방송을 틀어보았다. 아침뉴스가 끝나고 유령에게는 좋은 틈이 있어, 라는 제목의 연속극이 시작되었다. 무엇이 유령이고 무엇이 틈인지 아니면 그냥 그 무엇도 아니고 단지 등장인물의 이름으로서만 그렇게 지어둔 것인지 내용을 몰라 배우들의 연기를 지켜볼 뿐이었다. 어찌되었든 그들은 안색이 좋았고 부지런했다. 화면이 바뀔 때마다 의욕이 넘쳤고, 분주했고, 가만히 서 있기만 하거나 같은 말만 되풀이하는 사람이 나오는 법도 없었다. 그렇다고 해서 무턱대고 희망적인 분위기도 아니라는 점이 재미있기도 했다. 그들의 부드러운 낯빛과 분주함은 어쩐지 즐거워 보이면서도 울적했다. 그래서 상태가 더 나빠 보이기도 했고, 어떻게 봐야 할지 헷갈렸다.

"무슨 내용인지 모르겠어."

"보다보면 알게 될걸."

혜임이 티브이 화면에서 눈을 떼지 않고 말했다.

"그런가?"

"나는 모든 이야기가 그런 것 같아. 처음부터 보지 않아도 보다보면 알게 되는 거."

나는 혜임의 말에 동의하면서도 어떤 것은 처음부터 보고 들어도, 겪어도, 전혀 알게 되지 않는다고 생각했다. 모든 게 이런 식이야, 하고 생각해버릴 수 없는 예외들이 있다고 말이다. 혜임도 그것을 모르지는 않을 것이고 다만 지금은 자기가 말한 것을 말한 대로 믿고 싶은 것 같았다.

"맞아. 그런 것 같아, 나도."

"매번 그렇게 비슷하게 대답하지 않아도 되잖아."

혜임이 웃으며 나를 보았다.

"아니야. 정말로 그런 것 같다고 생각했어."

우리는 〈유령에게는 좋은 틈이 있어〉를 계속 보았다. 유령은 이름만 유령이 아니라 정말로 유령이 맞았고, 제 명을 다하지 못한 아기 유령들을 강가에 데려가 자기 갈 길을 가도록 놔주고 돌아오는 일을 하고 있었다.

"아까는 가서 뭐했어?"

종묘원에서 혼자 무얼 했느냐는 혜임의 물음에 나는 가서 산책도 하고 땅에 누워 있기도 했다고, 맨발로 드러누운 채 그냥 가만히 있었다고 대답했다. 그런데 이따가 감기에 걸릴 것도 같다고, 땅이 분명 차가웠는데 막상 거기서는 차갑다고 느끼지 못했다고도.

"돌아오고 보니까 땅이 차가웠던 게 기억나면서 몸이 으슬으슬 추워져."

그때 면도를 하고 나와 식탁 의자에 젖은 수건을 걸어두던 할아버지가 내 말을 듣고 에구, 따뜻하게 데운 보리차와 납작하게 말린 생강을 챙겨주었다. 생강은 별로 먹고 싶지 않았다…… 하지만 위에 설탕이 발라져 있어 생각보다는 먹을 만했다. 설탕이 자꾸 이에 달라붙어 혀로 떼어내기가 쉽지 않았다.

"요령 피우지 말고 끝까지 다 먹어. 공부해야 하는데 감기 걸리면 고생해. 요즘 감기는 기침이 떨어지지를 않는다."

우리는 어제 먹은 것과 비슷한 밥과 국과 반찬을 아침으로 먹고 점심에 나눠 먹을 유부초밥과 사과, 고추냉이맛 완두콩 과자, 견과류, 물과 커피를 챙겨 집을 나섰다. 셋이 먹을 양이어서 가방의 무게가 꽤 나갔다. 등뒤로 현관 도어록이 잠기는 소리가 들리고, 혜임과 나는 가방 손잡이를 한쪽씩 잡고 걸었다. 혜임이 왼쪽 손잡이를, 내가 오른쪽 손잡이를 잡았다(할아버지는 수건만 챙겼다!). 혜임의 손톱에 상아색 매니큐어가 칠해져 있는 것이 보였다.

"그거 잘못하면 벗겨질 것 같아."

내 말에 혜임이 자기 손톱을 내려다보며 그럼 다시 칠하면 돼, 하고 말했다.

"다시?"

"다시."

무언가를 다시 할 수 있다는 말이 언제나처럼 나를 기분좋게 했다. 그리고 언제나처럼 슬프게 했다.

*

"이 남자, 옹이 귀신이 될 수도 있어."

"옹이 귀신이 뭐야?"

"나무가 있는 곳에 머무는 귀신이야. 유령하고는 다른 거야."

"그거 괜찮겠다. 그러고 싶다면."

"그러고 싶다고 해서 되는 게 아니야."

"그것도 괜찮겠다."

"너희 그만 놀고 와서 이것 좀 도와라."

나와 혜임은 전지가위를 들고 일을 돕기도 하다가, 시체가 묻힌 자리를 조심스럽게 들여다보기도 하다가, 커다란 잎을 구부려 할아버지의 눈을 피해 걷기도 하면서 시간을 보냈다. 할아버지는 땀을 흘리며 토양을 고르게 섞는 데 집중하고 있었다. 할아버지가 손을 움직일 때마다 축축한 흙 냄새와 나무뿌리 냄새가 났다. 고개 숙인 할아버지의 얼굴은 반쯤은 비스듬히 빛 아래에 그리고 반쯤은 그늘에 속해 있었다. 우리 세 사람은 해가 저물 때까지 있었다. 어떻게 그럴 수가 있었을까? 싶으면서도 그럴 수가 있었다. 떨어진 마른 잎사귀들을 한쪽으로 쓸어 담고 이름 모를 열매를 밟으면서. 챙겨온 점심을 같이 나눠 먹고 농담도 하면서. 푸르스름한 돌을 주워 반질반질해질 때까지 손으로 이끼를 닦아내면서. 사방으로 뻗어 있는 가지들을 내 생각처럼 올려다보면서.

해가 저물기 시작하자 멀리 서 있는 가로등에 하나둘 불이 켜졌다. 불빛이 우리가 있는 곳까지 제대로 번지지는 않았지만 아주 캄캄한 것은 또 아니어서 긴장하지 않고 충분히 움직일 수 있었다. 할아버지는 아마도 이 시간대였다고 말했다. 그가 이곳에 와서 죽어 있던 걸 발견한 것이 아마도 이 시간대였다고.

"처음에는 얼굴을 못 봤어. 엎어져 있었거든."

할아버지는 나와 다르게 그에게 궁금한 것이 있었는데, 그것은 어차피 영원하지 않을 몸을 어째서 그렇게 하루아침에 훼손하여 매듭지을 수 있는지에 대해서였다. 그리고 그 자신이라고 해서 그걸 알 수 있었을지는 잘 모르겠다고도 덧붙였다. 나는 할아버지의 목소리로 듣게 된 매듭이라는 단어에 대해, 누군가 매듭을 짓는다는 행위에 대해 생각해보았다. 매듭지었다고 볼 수 있는지 잘 모르겠다고도 혼자 덧붙였다. 매듭지은 것이든 아니든, 수습이 잘 안 된 것 같아 보여도, 자신을 보호하지 않고 자살하도록 몰아갔을 의지, 그런 의지를 가졌던 그가 땅에 묻혀 있다는 것만이 사실이었다. 각자 할 수 있는 만큼 하는 것일 테고 자기 몸을 돌고 있는 붉은 피에 대해 그는 더이상 생각하지 않아도 될 것이다. 그가 걸을 때와 멈춰 설 때, 행복하거나 슬플 때, 낙담할 때와 사랑할 때, 말할 때와 말하지 않을 때의 얼굴을 나는 모른다. 그가 나를 비웃을 때의 얼굴도 나는 모른다.

"그만 돌아가자."

할아버지의 말에 혜임과 나는 천천히 돌아갈 준비를 했다. 밤을 꼬박 새우고 이런저런 생각을 많이 한 탓인지 몸과 마음이 고단했다. 짐을 챙기며 함께 아는 노래를 흥얼거리고, 혹시 두고 가는 것은 없는지 채소밭까지 넉넉히 건너다보았다. 한쪽에서 자전거를 끌고 오는 할아버지에게 혜임이 이제 가요, 하고 말했다.

"두고 가는 것 없어요. 인제 그만 가요."

나는 이름이 외워지지는 않지만 기억하고 싶은 몇몇 식물을 다시 한번 보았다. 나지막한 덤불들, 아몬드 껍질, 조그만 자루들, 잘린 줄기 조각들, 일회용 손난로와 땅에 묻혀 있는 이에게 주어졌을 아이같이 깊은 잠을 보았다. 만약 그의 자살이 미수로 그쳤다면 함께 돌아갈 수도 있었을 텐데 그러지 못한다는 생각이 들었다. 가장 넓은 그늘을 드리우는 식물의 잎을 올려다본 것을 마지막으로 그곳에서 돌아서려고 할 때, 시체를 묻은 자리 너머로 별 세 개가 떨어지고, 혜임과 나와 할아버지는 아치 모양으로 떨어지는 그것을 와, 하고 함께 보았다. 너무 환하고, 또 너무 무거운.

비밀을 알려줄게

한 편의 소설을 쓸 때마다 작은 비밀을 갖게 되는 것 같다. 많이는 아니고 한 편에 하나만. 그 비밀은 내가 만들어 가질 때도 있고 마치 사고처럼 나타날 때도 있다. 나만 알고 있을 때도 있고 인물들과 함께 알고 있을 때도 있다. 지금처럼 스스로 알려주겠다고 나설 때도 있고. 그럼 그건 비밀이 아니잖아, 누군가 짚어준다면 글쎄 그래도 비밀은 비밀이야.

「별 세 개가 떨어지다」는 작년 봄의 초입에 마무리했다. 입춘이 지나고 얼마 되지 않아 여전히 날씨가 희고 춥던 때였다. 나는 봄에 태어났음에도 불구하고 어쩌면 봄에 태어났기 때문에 해마다 봄을 어려워해 동네 산책도 많이 하고 커피도 많이 마시고 사과도 도넛도 많이 먹었다. 하루는 밤을 새워 소설을 쓰다가 창문을 통해 바깥을 내다보았는데 눈이 내리고 있었다. 쌓일 정도의 눈은 아니었다. 그래도 충분히 내리는 눈이었다. '누군가는 눈을 치우고 누군가는 의자를 옮긴다'라는 문장을 메모장에 적어두고 막상 소설에 가져와 쓰지는 않았다. 돌이켜 생각해보면 소설 속 계절은 가을이니 간단히 가져와 쓰기에는 어려움이 있기도 했을 것이다.

소설을 읽은 한 친구가 이게 네가 쓴 범죄소설이냐고 물었다.

또다른 친구는 애들이 기특하다고 했다.

나는 그냥 잘 모르겠어, 말하며 웃고만 있었다.

어디쯤에서부터였더라? 쓰는 도중에 문득 이 소설에서 나만 아는 비밀을 하나 만들어볼 수 있겠다는 생각이 들었다. 무슨 비밀이냐 하면 자살한 남자를 나라고 여기기. 남자와 나를 느슨하게 혹은 가까이 맞대어 이어보기. 몸과 몸을 붙여 바느질하듯이. 그와 나는 서로 비슷하다고 할 만한 부분이 별로 없지만 살고 죽는 것들 안에서 내키는 대로 만들어볼 수 있는 게 내 소설에서의 비밀이라는 것이었다. 그러니까 이 소설은 내 시체를 두고 세 사람이 웅성거리는 이야기이기도 하다.

그렇게 비밀을 만들고 나니 그 비밀이 중요해 보이고 정말로 죽기라도 한 것처럼 평소와는 다르게 나라는 존재가 희미해졌다. 희미해진 채로 조용히 인물들의 움직임을 지켜볼 수 있어 좋았다. 그들의 대화에 묘한 안도감이 들었다. 꾸벅꾸벅 졸기도 하고 꿈도 몇 개 꾸었다. 가령 텅 빈 기차역에서 혼자 공 모양의 전등을 던지는 꿈이나 아침이 오고야 말았네, 라는 말에 겁을 먹고 귀를 기울이는 꿈 그리고 물속에서 숨을 참는 꿈 같은 것들. 한 여자가 다가와 내 배 위에 까만 펜으로 낙서하는 꿈을 꾸었을 때는 악몽을 꾸었다는 느낌에 하루종일 조심해야겠다고 중얼거리기도 했다. 하지만 기억은 얼마간 상상이기도 해서 이 꿈들이 진짜인지 아닌지는 알 수 없다. 언젠가 내가 꾸었어야 했는데 꾸지 못한 꿈일 수도 있고.

소설을 쓰는 일이 어떤 일인지 잘 몰랐다. 잘 몰라서 소설을 썼는지도 모르겠다. 소설이라는 열린 방에 들어가 며칠이고 앉아 있는 날이 많았다. 궁금해서, 잘 몰라서, 이해해보고 싶어서. 소설은 나를 내쫓거나 몰아세우지 않고 그렇다고 말을 걸지도 않고 계속 앉아 있게 내버려두었다. 가끔은 방안으로 환한 빛이 들어와 나와 함께 머물렀다. 그 빛이 내 손목에 올라타거나 발등을 덮으면 제법 어색하고 무겁고 따뜻했다. 나는 이것이 소설이라고, 단지 그 정도를 알 수 있을 뿐이라고 생각했다. 그리고 매일매일 앉아 있어야지, 다짐하고서 정말로 매일매일.

별과 모과의 윤리

안세진

툭, 방금 정수리 위로 떨어진 것은 모과다. 열매에 머리를 맞은 '나'는 조금 창피한 기분으로 고개를 들어 위쪽을 둘러보지만, 이제 와서 그것이 어느 나무에서 떨어진 것인지 확인할 방법은 없다. "노랗게 잘 익은"(12쪽) 모과의 사진을 하나의 에피그램처럼 남겨둔 채 소설은 시작된다. 지금부터 펼쳐질 이야기 속에서 우리는 차례대로 세 개의 윤리를 배울 것이다. 그리고 모든 여정이 끝나는 순간 우리는 처음과 비슷하게 반복되는 또 한번의 떨어짐과 마주하게 될 것이다. 어쩌면 이 모든 이야기는 그것의 처음과 끝을 감싸고 있는 두 번의 떨어짐을 이해하기 위한 길고 긴 각주일지도 모르겠다. 준비가 되었다면 이야기를 들어보자. 그것은 "할아버지의 종묘원, 그러니까 할아버지가 홀로 가꾸고 있는 평범하게 수상쩍은 한 장소에 관한 이야기"(12~13쪽)이다.

*

　'나'는 외사촌 혜임과 함께 할아버지를 찾아 시골로 내려온 참이다.[1] 석 달 전부터 연락이 되지 않아 가족의 걱정을 샀던 할아버지는 도리어 의아하다는 얼굴로 자신을 찾아온 손주들을 반긴다. 그사이에 할아버지가 혹시 돌아가셨을까, 아니면 무엇인가 혼자 재미있는 일을 하고 있을까 궁금했다는 '나'의 말에 할아버지는 이렇게 답한다. "둘 다야. 나는 오래전에 죽었고 혼자 재미있는 걸 하고 있어."(16쪽) 그것은 짓궂은 농담처럼 들린다. 왜냐하면 할아버지는 스스로의 죽음("나는 오래전에 죽었고")과 삶("혼자 재미있는 걸 하고 있어")을 동시에 긍정하고 있기 때문이다. 할아버지의 대답은 현실적으로도(누구도 죽은 채로 살아 있을 수는 없기 때문에), 그리고 논리적으로도(삶과 죽음은 반대되는 개념이기 때문에) 말이 되지 않는다. 그렇다면 여기서 손녀는 할아버지의 대답을 눙치며 '그게 대체 무슨 엉뚱한 말이에요' 정도로 익살스럽게 반응하는 것이 옳겠다.

---

1) 소설 속에서 의사-자매 관계를 형성하고 있는 '나'와 혜임은 일견 삶을 대하는 서로 다른 자세를 체현하고 있는 것처럼 보인다. 그것은 빛(또는 새) 앞에서 두 인물이 보이는 상반된 태도(눈을 뜨기, 눈을 감기)를 통해 가장 극명하게 드러난다. 그러나 그와 같은 역할은 고정된 것이 아니며, 잠깐의 "변덕"(15쪽)만으로도 언제든지 상호 교환될 수 있는 것으로 여겨진다. 그렇기에 '나'와 혜임이 이루고 있는 관계는 차라리 분신(double)에 가깝다. 소설 속에서 그들이 나누는 대화가 이따금 독백처럼 느껴지는 까닭은 바로 그 때문일 것이다. 이 글에서는 이 주제에 대해 더이상 깊게 들어가지 않고, 두 인물을 다소 뭉뚱그려 '손녀(들)'로 지칭하기로 한다.

그러나 조금 더 신중할 필요가 있다. 왜냐하면 지금 소설은 우리로 하여금 이와 같은 할아버지의 모순적 진술을 온전히 받아들일 것을 요구하고 있기 때문이다. 이것은 이야기의 서두에서 마주하게 되는 매우 중요한 분기점이다. 만약 우리가 현실의 논리를 가져와 할아버지의 대답을 부정한다면, 그 순간 이야기는 종료되고 우리는 모험으로부터 튕겨져나온다. 그러나 만약 우리가 주어진 명제를 의심이 아닌 믿음의 형태로 온전히 수용할 수 있다면, 현실의 논리로는 결코 접근할 수 없는 세계가 소설 속에서 그 모습을 드러낸다. 김채원의 소설을 읽을 때면 우리는 종종 인물들의 엉뚱한 발화 앞에서 아무것도 묻지 않고 그것을 받아들여야만 하는 순간을 직면하게 된다. 그것은 그의 소설이 넌지시 교육하는 독특한 윤리이기도 하다. 그렇기 때문에 여기서 손녀의 대답은 차라리 침묵이 되어야 한다. 어떤 믿음은 때로 긴 침묵의 형태로만 발화될 수 있기에.

그 순간 비로소 소설의 이야기는 마법처럼 풀려나오기 시작한다. 자신의 오래된 죽음을 시인하는 할아버지의 명랑한 발화가 청자의 묵인에 힘입어 그 자체로 축자적逐字的인 힘을 발휘하기 시작하는 것이다. 그렇게 두 손녀는 죽음과 삶이 하나의 평면 위에서 공존하는 소설적 공간으로 진입하게 된다. 아주 오래전, 스스로 목숨을 끊은 아버지의 시체를 자신의 손으로 수습한 뒤 "깊이 잠들듯 쓰러"(16쪽)진 순간, 어쩌면 할아버지는 그때 이미 죽어버린 채 남은 인생을 살아온 것인지도 모른다. 산 자의 혈떡임과 죽은 자의 고요함이 공존하는, 삶과 죽음의 가능성이 이리저리 뒤섞여 있는, "반쯤은 비스듬히 빛 아래에 그리고 반쯤은 그늘에 속해 있"(31쪽)는, 기이하고 또 경이로운 할아버지의 세계 속으로 두 손녀는 발걸음을 옮긴다. 이와 같은 이행passage이 오직 침묵과 믿음 속에서만 가능할 수 있었음을 기억해야 한다. *아무것도 묻지 말 것*. 그것이 여정 속에서 우리가 마주하게 되는 첫번째 윤리이다.

*

두 손녀는 이제 할아버지가 정성 들여 가꾼 종묘원으로 초대된다. "강인하고 건강해" 보이는 식물들이 울창하게 우거진 반원형의 종묘원은 "건축된 온실 같은 곳이라기보다는 작은 야생 숲"(19쪽)처럼 보인다. 그리 조화로운 풍경이라고 말할 수는 없지만, 이름 모를 수많은 식물이 부채처럼 넓게 잎을 펼치고 있는 할아버지의 종묘원에서 '나'는 무척이나 편안한 감정을 느낀다. 왜냐하면 그곳에서 '나'는 "크나큰 잎사귀 아래 어디에든 숨을 수 있을 것 같"(같은 쪽)은 기분이 들기 때문이다. 할아버지의 작은 숲은 모든 것을 그늘 속에 포근하게 숨겨줄 것만 같고, 그곳에서는 정말이지 어떤 비밀이든 마음놓고 털어놓을 수 있을 것 같다. 어쩌면 할아버지는 그동안 "식물을 기르고 있는 것이 아니라 자신이 숨을 그늘을 만드는 일에 몰두중인 것"(같은 쪽)이었는지도 모른다.

그런데 그 순간 발견되는 것은 흙 위로 삐져나온 남자의 발이다. 당황한 손녀들에게 할아버지는 덤덤한 말투로 대답한다. "발이 있을 거야. 그저께 거기에 사람을 묻었거든."(20쪽) 그는 그리 많은 말을 덧붙이지 않는다. 그저께 스스로 목숨을 끊은 어떤 남자를 발견했고, 아무래도 그 사람이 "죽어도 너무 죽었다"(21쪽)는 생각에 혼자 그를 묻어주었다는 이야기가 전부다. 어떤 설명도 필요치 않은 무조건적인 매장. 그것은 모종의 현실적인 계산을 거쳐 체계적으로 진행된 추도라기보다는 할아버지 자신이 가지고 있던 윤리로 인해 자동적으로 벌어진 행위act에 가깝다. 어쨌거나 무덤 바깥으로 튀어나와 있는 남자의 발을 발견한 이상 그것을 그대로 내버려둘 수는 없는 법이다. 두 손녀와 할아버지는 "한 삽 한 삽 구덩이를 파고, 바깥으로 나와 있는 두 발을 마저 넣은 뒤 뜨겁게 태운 흙을 식혀서"(같은 쪽) 남자를 정성 들여 덮어준다.

이와 같은 할아버지의 행위를 이해하기는 쉽지 않다. 남자를 묻고 종묘원에서 돌아온 '나' 역시 죄책감에 잠을 설치고 있기는 매한가지다. 상상 속에서 펼쳐지는 가상의 신문訊問 속에서 '나'는 어떻게든 할아버지를 변호할 논리를 찾아내려 한다. "할아버지가 그 남자를 죽였을 리는 없어요."(23쪽) "살해당한 것으로 보이진 않았다고 했거든요."(22쪽) "그 남자가 누구고 어떻게 이곳에 왔는지 할아버지도 알 수 없었을 거예요."(같은 쪽) 그러나 그와 같은 지난한 변명 끝에 '나'가 마주치게 되는 것은 어떤 변호 불가능성의 문턱이다. "할아버지가 왜 그랬는지 짐작할 수 있겠냐"(같은 쪽)는 질문 앞에서 '나'는 도저히 논리정연한 대답을 내놓을 수가 없다. 왜냐하면 그것은 애초부터 현실의 논리를 아득히 초과한 채로 시작된 행위이기 때문이다.

그래서인지 '나'는, 그리고 소설은, 어느 순간부터 그저 할아버지의 "편을 들어주려"(24쪽) 하는 것 같다. 갑자기 태도를 바꾸어 죽은 남자를 말없이 묻어주었던 할아버지의 행위를 무조건적으로 긍정하기 시작하는 것이다. 이 지점에서 질문은 완전히 무의미해진다. 어쩌면 남자는 자신의 죽음을 남들에게 알리고 싶지 않았을까? "자기가 죽은 모습을 보이고 싶은 사람이 어디 있겠어요? 저도 그건 싫은데요."(22쪽) 그래도 누군가 자신의 시체를 발견해주길 원하지 않았을까? "발견되기를 바랄 수도 있겠네요. 그래도 저는 누가 숨겨주면 좋겠어요."(같은 쪽) '나'는 타이르듯 덧붙인다. 아주 오래전, 목매달아 죽은 아버지의 시체를 내리기 위해 친척들의 손을 빌릴 수밖에 없었을 때, 아마 어린 할아버지는 무척 슬펐을 것이라고. 할아버지는 그 순간을 다시 반복하고 싶지 않았기에 이번에는 혼자서 남자를 묻어주었을 것이라고.

이것이 바로 김채원의 소설이 온 힘으로 변호하고 있는 어떤 윤리이다. 그런데 한번 생각해보자. 세상을 떠난 누군가를 아무 말도 하지 않고 묻어주기. 그것이 정말 이토록 특이한 윤리일까? 그것은 어쩌면 지극히 당연한 행동이 아닐까. 스스로 목숨을 끊은 누군가 앞에서 우리가 행할 수 있는 최소한의 애도가 아닐까. 그렇다면 이 소설은 아주 평범한 윤리를 결코 평범하지 않은 방식으로 이야기하고 있는 것뿐일지도 모르겠다. 돌이켜보면 김채원은 데뷔 이래 그의 소설에서 언제나 스스로 세상을 등진 사람들에 대해 이야기해왔다. 형의 죽음(「더블」)[2], 친구의 죽음(「현관은 수국 뒤에 있다」「다섯 개의 오렌지 씨앗」), 엄마의 죽음(「영원 없이」「외출」「럭키 클로버」), 삼촌의 죽음(「서울 오아시스」), 딸의 죽음(「빛 가운데 걷기」), 그리고 나의 죽음(「쓸 수 있는 대답」)[3]. 끝내 말해질 수 없는 누군가의 죽음은 소설 한가운데에 공백처럼 놓여 있었고, 남겨진 인물들은 어떤 결정도 내리지 못한 채 그 주위를 빙빙 돌고 있었다. 그렇다면 이 작품은 오랜 망설임 끝에 내려진 하나의 대답이라고 할 수 있을 것이다. **묻지 말고, 묻어줄 것**. 그것이 여정 속에서 우리가 마주하게 되는 두번째 윤리이다.

*

문제는 이것이 소설이 결코 긍정해서는 안 되는 명제라는 점에서 발생한다. 섣부른 일반화가 될 수밖에 없겠지만, 소설은 차라리 묻혀 있는 누군가를 파헤쳐서 그에게 무엇인가를 끊임없이 물어보는 장르였다. 눈앞에 덩그러니 놓여 있는 무덤 앞에서, 소설은 언제나 죽은 자의 목소리에 귀울이고, 그의 억울함을 소명하고, 마침내 어떠한 진실을 파헤쳐서, 그것을 이야기의 형태로 전달했다. 그것이 소설의 몫이었고, 소설의 형태로만 접근할 수 있는 정의였다. 그러나 김채원의 소설은 이 모든 공준소準을

---

2) 김채원 외, 『메리 크리스마스, 카프카 씨』, 카프카의방, 2024.
3) 김채원, 『서울 오아시스』, 문학과지성사, 2025.

부정하려는 것처럼 보인다. 왜냐하면 지금 작가는 우리로 하여금 아무것도 묻지 말고, 눈앞에 놓인 그 시체를 땅속에 묻을 것을 지시하고 있기 때문이다. 그렇게 본다면 김채원의「별 세 개가 떨어지다」는 소설이 절대로 긍정해서는 안 되는 명제를 온 힘으로 긍정해버리고 있는 소설이다.

그것이 이 소설이 말의 정확한 의미에서 진정으로 윤리적인 이유이다. 주판치치에 따르면 윤리적 행위의 핵심은 정언명령의 형태로 주어지는 그것의 "형식적 구조가 어떠한 선(에 대한 개념)도 전제하고 있지 않으며 오히려 그것을 정의한다는 것"[4]이다. 윤리는 그 자체가 아닌 그 어떤 것에도 기대지 않는다. 그것은 무無로부터 창조되며, 모든 것에 개방되어 있고, 맹목적이거나 무두적無頭的이다. 김채원의 소설 역시 그러하다. 어떤 근거도 없는 윤리를 수호하기 위해 소설은 이제 자신의 모든 것을 포기한다. 그 과정에서 자신을 지탱해온 소설이라는 장르의 규범이 모조리 무너지고 있지만 작가는 아무것도 두려워하지 않는다. 그 행위를 통과함으로써 이 소설은 비로소 하나의 소설이 된다. 그것은 이미 우리가 아는 소설이 아니다. 그러나 우리는 그것을 소설이 아닌 그 어떤 이름으로도 부를 수 없다. 그렇다면 방금 바뀌어버린 것은 '소설'이라는 개념 자체일 것이다.

소설은 정말이지 남자의 정체에 대해 끝까지 아무것도 묻지 않는다. 대신 이야기의 빈틈을 채우고 있는 것은 할아버지의 종묘

---

4) 알렌카 주판치치, 『실재의 윤리』, 이성민 옮김, 도서출판b, 2004, 147쪽.

원에서 남몰래 이어져왔을 거대한 매장의 역사이다. 작품 후반부, 두 손녀가 함께 관람하는 〈유령에게는 좋은 틈이 있어〉라는 연속극이 은밀하게 지시하는 것 역시 바로 그와 같은 비밀일 것이다. 티브이 화면 속에서 유령들은 왜인지 모르게 의욕이 넘치는 얼굴로 "제 명을 다하지 못한 아기 유령들을 강가에 데려가 자기 갈 길을 가도록 놔주고 돌아오는 일을"(29쪽) 분주히 행하고 있다. 대부분의 설명은 생략되어 있기에 "무슨 내용인지 모르겠어"(28쪽)라는 투덜거림이 이어질 뿐이지만, 우리는 자연스레 그 부지런한 유령들의 모습 위로 할아버지의 얼굴을 겹쳐 보게 된다. 그 순간 재생되는 것은 오래전에 죽어 유령이 된 이후 자신을 찾아오는 죽은 이들을 부지런히 매장해왔을 할아버지의 비밀이다. 그렇다면 종묘원에 묻혀 있는 것은 남자만이 아닐지도 모른다. 그 울창한 그늘 아래에는 셀 수 없을 정도로 많은 사람이 묻혀 있을지도 모른다.

'나'는 할아버지의 묘원墓園에 홀로 누워 그 모든 매장과 은닉의 역사를 천천히 받아들인다. 그렇다면 지금 '나'는 두려워하고 있을까? 누대에 걸쳐 반복되어온 매장 행위에 대해 죄책감을 느끼고 있을까? 땅속에 묻혀 있을 수많은 사람의 얼굴을 떠올리고 있을까? 아니다. 놀랍게도 '나'의 마음은 두려움도, 죄책감도, 호기심도 아닌 어떤 고마움의 방향으로 나아간다. '나'는 생각한다. 아마 그 사람들은 할아버지한테 무척 고마웠을 것이라고. 어제 묻어준 남자도 사실은 우리한테 무척 고마워하고 있을 거라고. "잠재우듯 불어오는 바람소리"(25쪽) 속에서 '나'는 그렇게 죽은 이들에게 주어졌을 "아이같이 깊은 잠"(33쪽)을 본다. 끝없이 확장되는 '나'의 고마움은 이윽고 자신을 아무 말 없이 숨겨주고 있는 종묘원의 푸른 잎사귀들을 향해 가닿는다. 생각해보니 지금 내가 혼자 누워서 이런저런 생각을 할 수 있는 것은 나에게 그늘을 드리워주고 있는 저 식물들의 "대단한 호의"(26쪽) 덕분일지도 모르겠다고. 그리고 그것은 무척이나 고마운 일이라고.

소설의 시선은 그렇게 '죽은 자(누워 있는 자)'가 아닌 그것을 '매장하는 자(숨겨주는 자)'를 향해 움직인다. 죽은 자의 사정에 대해 궁금해하기보다는 그를 묻어준 자의 마음을 사려 깊게 살핀다. 매듭지어진 삶에 대해 억울해하기보다는 말없이 자신을 숨겨준 이들에게 고마움을 전한다. 시종일관 '돌보는 자'를 향해 기울어 있는 '나'의 경향inclination은 심지어 통상적인 인간의 범주를 초과해 우리 모두를 포근하게 숨겨주는 자연에게까지 가닿고 있다. '나'는 "곤히 잠든 식물들에게"(26쪽) 자꾸만 말을 걸며 그들의 마음을 진심으로 염려한다. "종일 무엇을 하며 시간을 보내는지. 자신이 어떻게 이곳에 머물고 있는지 아는지. 꽃을 피우거나 열매를 맺을 때 줄기가 아프거나 하지는 않는지. 기분에 따라 잎을 떨구거나 흡족하게 펼치기도 하는지."(같은 쪽) 이것은 무척이나 놀라운 감응affect의 궤적이다. 그동안 한국문학이 소중하게 보듬어왔던 '돌봄'과 '생태'라는 두 개의 키워드가 상상해보지 못한 방식으로 교차되는 순간이기도 하다. 소설이 반복해서 되뇌는 지극한 고마움 속에서 또하나의 새로운 윤리가 탄생한다. *무척이나 고마울 것*. 그것이 여정 속에서 우리가 마주하게 되는 마지막 윤리다.

*

　이제 소설의 마지막 장면에 대해 이야기할 차례다. 모든 매장과 애도의 절차를 마무리한 뒤 할아버지와 두 손녀는 종묘원을 떠나려 한다. 그런데 그 순간 남자의 시체를 묻은 자리 너머로 세 개의 별이 떨어진다. 인물들은 그 자리에 멈춰 서서 아치 모양으로 떨어지는 환한 별똥별을 함께 바라본다. 이 장면을 어떻게 이해해야 할까? 아마 그에 대해 고정된 해석을 내놓는 것은 불가능할 것이다. 소설은 마지막까지 무척이나 많은 것을 숨기고 있고, 결말에 대한 최종적인 해석은 모두에게 개방되어 있다.

　그러나 만약 내게 마지막으로 한 번의 오독이 허락된다면, 나는 이 떨어짐을 어떤 고마움의 표현으로 새기고 싶다. 방금 무덤 위로 떨어진 별의 모습을, 소설의 첫 장면에서 화자의 머리 위로 떨어진 모과의 모습과 겹쳐 보고 싶은 것이다. 그렇다면 그것은 유령이 주는 선물이 아닐까. 나를 묻어줘서 고마웠다고. 정말로 수고했다고. 내가 줄 수 있는 것은 별로 없지만. 그들에게 건네는 마지막 인사처럼. 반짝이는 별똥별과 향기로운 모과를.

　오래전부터 별똥별은 누군가의 죽음을 상징했다. 그리고 사람들은 별똥별을 본 순간 기도를 한다. 그 떨어짐의 순간은 어쩌면 누군가의 죽음과 우리의 삶이 겹쳐지는 찰나일지도 모른다. 마지막 페이지에서 떨어지고 있는 "너무 환하고, 또 너무 무거운"

(33쪽) 세 개의 별 앞에서 나 역시 눈을 감고 작은 기도를 건넨다. 그것은 아마 이런 문장이 될 것이다. **있잖아. 아주 먼 어느 날. 내가 세상을 떠났을 때. 아무것도 묻지 말고 나를 묻어줄래? 그럼 내가 너에게 별똥별을 내려줄게. 그리고 그곳에서는 모과향이 날 거야.**

안세진
2024년부터 평론을 발표하기 시작했다.

길란

추도

:
:
:
:
:

작가노트
우리의 죄를 사하지 마시옵고

해설 전청림
진보의 명복을 빕니다

길란
2025년 한국일보 신춘문예에 「복 있는 자들」이 당선되며 작품활동을 시작했다.

추도

백모는 이삭 오빠의 이름으로 보육원에 천만원을 기부했다. 살아 있을 적 이삭 오빠가 종종 봉사를 가기도 했던 곳이었다. 교회 활동의 일환이긴 했지만, 그것도 봉사는 봉사니까. 백모가 보육원에 가지는 않았다. 요즘 기부 트렌드는 직접 가지 않고 돈만 주는 것이라나? 기부한 곳에 방문하면 오히려 욕을 먹을 수 있다기에 나는 백모에게 가지 말라고 했다. 대신 이삭 오빠가 교육봉사를 했던 아이들에게 편지를 받아, 백모가 그 편지들을 읽는 모습을 영상으로 찍었다. 백모는 편지를 소리 내어 읽다가 목이 메는지 말을 멈추었다. 그리고 떨리는 손으로 입을 가렸다. 눈에는 눈물이 그렁그렁했다. 그 모습은 무척이나 애달프고 처연해 보였다. 의도했던 대로.

"그럴 돈 있으면 우리나 주지."

엄마가 내뱉었다. 가족한테는 월세 한 번 면해준 적 없으면서 생판 남들한테는 잘만 퍼준다고. 아무리 이삭 오빠를 위한 것이라지만 말이다. 오르막길이라 숨이 찼다. 등에 멘 가방과 손에 든 반찬통이 점점 무겁게 느껴졌다. 내가 무슨 근처에 버스정류장도 없냐고 하자, 엄마는 원래 진짜 부자 동네에는 대중교통이 안 다닌다고 했다.

"집 앞에 버스정류장 같은 거 있으면 번잡스럽고 시끄럽잖아. 부자들이야 어차피 차 끌고 다니니까 버스나 지하철 같은 거 타지도 않을 테고."

확실히 백부의 동네는 깨끗하고 조용했다. 버스정류장도 없고, 가게도 없고, 낡은 신호등이나 깨진 도로도 없고. 우리가 사는 곳과는 확연히 달랐다. 하지만 아무리 그래도 편의점까지 없는 건 너무 불편하지 않나? 밤에 갑자기 불닭볶음면이 먹고 싶어지면 어떡하지? 나는 이런 생각을 하는 것도 내가 서민이라서 그런 건가 하고 생각했다. 부자로 살아봤어야 부자의 삶을 알지.

십오 분을 걸은 후에야 엄마와 나는 백부의 집 대문 앞에 도착했다. 엄마가 현관의 초인종을 눌러 "저예요"라고 말하자 문이 열렸다. 문 너머로 보이는 것은 백부의 집이 아니라 돌계단이었다. 매번 여기서 진이 빠졌다. 그렇게 올라왔는데 또 올라가야 한다니. 차고에는 엘리베이터가 있지만, 나와 엄마는 차가 없었다. 차도 없는 사람들이 엘리베이터를 타겠다며 차고로 들어가는 건 주제넘어 보일 거 같았다.

이층 높이의 계단을 올라가자 드디어 백부의 집이 모습을 드러냈다. 일정하게 깎인 잔디와 아름답게 관리된 소나무 서넛, 백모가 좋아하는 작은 꽃나무들. 엄마와 나는 그것들을 차례로 지나쳤다. 정원 중앙의 연못 옆에는 백송이 심겨 있었는데, 입구 쪽 소나무들에 비하면 크기는 작지만 훨씬 귀한 것이라고 했다. 이렇게 수형이 잘 잡혔으면서 이 정도 크기인 백송은 보기 드물다나. 회색 벽돌로 지어진 집은 요즘 유행하는 디자인과는 거리가 멀었지만 오히려 중후한 멋이 있었다. 나는 집을 등지고 서서 정원을 바라보았다. 정원 너머로 아랫마을뿐 아니라 멀리 서울타워까지 모두 보였다. 과연 감탄을 자아낼 만한 풍경이었다. 오르막길과 계단을 올라오는 동안 내내 벽으로 둘러싸여 있다가 정원에 다다른 순간 시야가 트이며 빛이 쏟아지는 건물을 마주하게 된다. 심지어 그곳에서는 서울을 굽어살필 수 있다. 얼마나 아름다운가. 이 집의 진가는 바로 이것이었다. 이 드라마틱한 연출에 비하면 백부가 자랑하는 백송도, 연못의 잉어들도, 집의 디자인도 전부 곁다리일 뿐이었다.

곧 문이 열리고 백모가 우리를 맞이하러 나왔다. 내가 미리 일러둔 대로 화장하지 않은 모습이었다. 지저분해 보이지는 않았다. 주름 하나 없는 옷과 기미도 검버섯도 없는 피부 덕분이리라 생각했다. 세팅을 하지 않았음에도 풍성하고 윤기나는 머리카락도.

"안 그래도 방금 택배 왔다 갔거든. 정리부터 해줄래?"

백모가 엄마에게 말했다. 엄마는 나에게 반찬통을 모두 넘기고는 차고로 향했다.

"댓글 많이 달렸더라."

보육원 아이들이 보낸 편지를 읽는 영상을 말하는 거였다. 이삭 오빠와 백모를 안타까워하는 댓글이 대부분이었다. 좋은 곳에 갔을 거예요, 힘내세요, 등등. 자기 아들이 죽은 것처럼 슬퍼하는 사람도 있었다.

"진짜 오늘도 영상 찍는 거니?"

"그게 우리 컨셉이니까요. 하루 반잔."

나는 십 개월 동안 하루도 빼놓지 않고 백모의 영상을 올렸다. 이삭 오빠의 기일이라고 예외가 될 수는 없었다. 오히려 이삭 오빠의 기일이니 더욱 영상을 올려야 했다.

"오늘은 콩자반 옮기기로 할까 해요. 집에서 만들어 왔어요."

나는 반찬통을 들어 보였다. 그래, 백모가 결심한 듯 고개를 끄덕였다.

"일단은 냉장고에 넣어놓고 올게요."

나는 주방으로 걸음을 옮겼다. 백모는 거실로 들어갔다.

주방은 지저분했다. 싱크대에는 설거지하지 않은 그릇이 담겨 있었고 분리수거되지 않은 쓰레기는 쓰레기통 위에 마구잡이로 쌓여 있었다. 나는 가져온 반찬통을 냉장고에 넣고 설거지를 시작했다. 얼마 지나지 않아 엄마가 택배 상자들이 가득 쌓인 카트를 밀며 주방에 들어왔다.

"이삭이 일했던 로펌에서 국화 보냈더라."

엄마 말대로 카트 위에는 국화 한 바구니가 놓여 있었다. 회사가 보통 직원들 기일까지 챙기나? 조금 이상하긴 했지만 백부가 그쪽이랑 거래하는 게 있으니 그런가보다 싶었다. 얼마 전에 사고가 있었다고도 했고. 엄마는 바구니에서 국화를 꺼내 꽃병에 옮겨 꽂았다.

"그래도 즉사한 게 다행이지 뭐니. 엄마 아는 사람은 조카가 교통사고를 당해서 식물인간이 되어가지고 몇 년째 꼼짝도 못한다더라. 애가 의식이 있으니 어떻게 하지는 못하고, 온 가족이 옆에서 수발들면서 똥오줌 받아내고, 돈은 돈대로 들고. 그거 때문에 멀쩡하게 살던 집이 폭삭 망했대."

잘된 일이야, 엄마는 중얼거렸다. 내 생각은 엄마와 달랐다. 한국은 미국처럼 의료보험이 악랄한 것도 아니고, 큰집이 겨우 병원비 정도로 망하지는 않을 것이다. 문제는 돈이 아니라 그런 것이었겠지. 이삭 오빠가 쓸모없는 인간이 되어버리는 것.

택배는 백부의 거래처들에서 온 것이 대부분이었다. 나는 그중 마트에서 온 택배 상자를 골라냈다. 상자 안에는 엄마가 주문한 물건들이 들어 있었다. 계란과 돼지고기, 우유, 양파 등의 식재료와 주방세제 등의 생필품들.

"이거 올해도 들어왔어."

엄마가 샤인머스캣 상자를 가리키며 말했다. 나는 정리하던 물건을 내려놓고 엄마가 있는 곳으로 향했다. 상자를 뜯어 열자 단내가 훅 끼쳤다. 진한 연둣빛을 띠는 포도알이 꼭 보석 같았다.

"어쩜 이렇게 이쁠까."

엄마는 그렇게 말하며 샤인머스캣 한 알을 집어 입에 넣었다.

나도 거실 쪽을 힐끔 본 후 샤인머스캣을 입안에 넣었다. 꽃향기가 퍼지면서 달콤한 과즙이 혀를 감쌌다. 너무 달콤해서 감격스러울 정도였다. 마트에서 파는 칠천원짜리 샤인머스캣 따위와는 비교도 되지 않았다.

"저번에 들었는데 이거 한 송이에 몇만원이라고 하더라. 그것도 아무한테나 안 팔고 네 큰아빠처럼 어디서 사장 회장 하는 사람들한테만 파는 거래. 우리 가방에 한 송이 넣자. 거기 고춧가루도 우리 거니까 챙기고."

나는 알이 가장 굵고 색이 진한 샤인머스캣을 한 송이 골라 가방에 넣었다. 고춧가루와 주방세제까지 넣으니 가방이 금세 두둑해졌다.

마트에서 온 물건 정리를 마치고 엄마와 나는 거실로 향했다. 거실에는 백모 혼자 앉아 있었다.

"큰아버지는요?"

"잠깐 전화 받으러 갔어."

그러고 보니 백부는 여태 얼굴 한 번 비치지 않고 있었다. 평소였으면 이건 이렇게 해라 저건 저렇게 해라 참견했을 텐데. 많이 바쁘신 거냐고 물으려는 순간, 안방 쪽에서 백부의 목소리가 들려왔다.

"아니, 그래봤자 고졸이었다며. 걔가 평생 벌어도 그만큼 벌었겠어?"

나는 소리가 나는 곳으로 눈을 돌리지 않으려 노력했다. 아무것도 들리지 않는 척.

"형님, 요즘 몸은 좀 괜찮으세요? 병원에서는 뭐래요?"

엄마가 재빠르게 입을 열었다.

"뭐, 혈압도 안 좋고 당수치도 안 좋다 그러지."

백모가 건강검진 결과에 대해 말하기 시작했다. 의사가 단 거도 먹지 말고, 흰쌀밥도 먹지 말고, 매운 거도 먹지 말고, 튀긴 거도 먹지 말고, 카페인도 먹지 말라고 했다고. 백모는 뭐 이렇게 먹지 말라는 것만 많냐면서 투덜거렸다. 백모의 한탄 덕분에 백부의 통화 내용이 들리지 않았다.

"매일 와인 마시는 건 괜찮대요?"

"그건 상관없어."

백모가 단호하게 대답했다. 날이 잔뜩 선 목소리에 나도 모르게 움찔했다.

"매일 와인 반잔씩 마시는 건 오히려 건강에 좋아. 내가 저번에도 말했잖아."

나는 엄마를 보았다. 엄마는 제가 깜빡했어요, 라며 백모에게 사과했다. 잠시간의 정적 후 엄마가 다시 입을 열었다.

"형님네는 걱정하지 마세요. 해주가 형님네까지 책임질 거예요. 그렇지?"

엄마가 나를 쳐다보며 말했다. 나는 그냥 웃었다. 하하. 면전에 대고 싫다고 할 수는 없으니까.

"요양원이 아무리 좋아도 가족만 하겠어요?"

엄마가 쐐기를 박듯 덧붙였다. 그래주면 고맙지. 백모가 말했다. 진짜로 고마워 보이지는 않았다. 백부랑 백모 입장에서도 좋은 시설에 들어가는 게 편하지, 조카한테 의지하고 싶겠는가. 엄마는 그냥 헛물을 켜고 있는 것이다. 이삭 오빠가 죽은 후로 계속.

원래 엄마는 백부의 집에 이렇게 자주 들락거리지 않았다. 특히 아빠가 죽고 나서는 월세를 보낼 때가 아니면 연락도 하지 않았다. 엄마가 일주일에 서너 번씩 백부의 집에 찾아와 청소며 빨래며 요리까지 온갖 집안일들을 해다 바치기 시작한 것은 이삭 오빠가 죽은 후부터였다. 덕분에 백부네 가정부는 해고당했다. 엄마가 그러는 것은 가족 간의 정이라든가 자식을 잃은 부모에 대한 연민 같은 따스한 이유 때문은 아니었다. 엄마는 이삭 오빠의 죽음을 기회로 받아들였을 뿐이다. 내가 백부의 재산을 상속받을 수 있는 기회. 백부의 살아 있는 혈족 중 내가 백부와 촌수가 가장 가까우니, 백부의 유산을 받을 수 있으리라는 계산이었다.

말도 안 되는 소리. 일단 백모라는 상속인이 남아 있다. 백모가 백부보다 먼저 죽지 않는 한 백부의 재산은 모두 백모의 것이 될 터였다. 백부가 자신의 재산을 다른 곳에 기부하겠다는 유언을 남길 수도 있다. 백부는 교회에다 돈을 퍼주는 사람이니까. 아빠 한테는 한푼도 빌려주지 않으면서 말이다. 조카에게 재산을 넘겨줄 사람이었으면, 동생이 그렇게 애원할 때 무시하지도 않았을 것이다. 게다가 백부가 죽으려면 아직 한참 남았다. 안 그래도 백세 시대인데, 골프도 다니고 운동도 하고 건강검진도 틈만 나면 받는 양반이 일찍 죽을 리 없지 않은가. 백부가 백 살이 될 때까지는 아직 삼십 년도 더 남았다. 삼십 년이면 어디서 어린 여자를 데려와 새 자식을 만들 수도 있는 시간이다. 그렇게 되면 나는 한창 젊은 나이에 남 수발이나 들어주다가 아무것도 못 얻는 머저리가 될 터였다. 우리 집안에 그런 머저리는 아빠 한 명으로 족하다.

나는 삼십 년간 불확실한 상속에 매달려 기회비용을 날리는 것이 바보 같은 짓이라는 걸 알 정도로는 똑똑하다. 엄마는 한 번 당해놓고는 왜 아직도 그걸 모르는 걸까? 고등학교도 못 가고 공장에 다니며 백부의 뒷바라지를 한 아빠가 결국 어떻게 되었는지 빤히 봤으면서도. 확실한 것은 지금 내 손에 쥐어지는 돈이다. 백모가 주는 수고비. 내가 영상을 찍고 편집해 업로드할 때마다 백모는 수고비를 췄다. 업계의 평균 페이에 비해 굉장히 후했다. 백모가 시세를 모르는 덕분이었다.

전화를 마친 백부가 거실로 들어왔다. 안녕하세요. 나와 엄마의 인사에 백부는 대답 대신 가볍게 손을 들어 보였다.

"잘되고 있어요?"

백모가 물었다.

"복잡하게 됐어."

백부는 커피테이블 위에 성경책을 올려놓고는 소파에 앉았다.

"내가 이삭이 기일에까지 이런 연락을 받아야 해? 아직 이삭이 사고도 해결 안 됐는데."

백부의 목소리에 짜증이 가득 묻어났다. 모두 백부의 눈치를 살폈다. 나는 백부의 시선을 피하기 위해 성경만 바라보았다. 성경 옆면에 금칠이 되어 있었다. 저건 진짜 금일까? 성경에 금칠을 하는 이유가 뭘까? 예수님은 부자가 천국에 가는 건 낙타가 바늘

구멍에 들어가는 것보다 어렵다고 하셨다는데.

"자동차 회사 쪽에서는 아직도 인정 안 해요?"

그렇다니까. 엄마의 물음에 백부가 열을 내며 말했다.

"변호사도 갈아치우든가 해야지. 이삭이 사고도 제대로 처리 못하고 이번 일도 엉망이고. 제대로 할 줄 아는 게 대체 뭐야."

"그래도 거기가 그쪽 분야에서는 알아주는 곳이었잖아요. 이삭이도 그래서 거기서 일한 거고."

오빠가 일했던 로펌이 유명한 곳이기는 했다. 개인 의뢰는 거의 받지도 않을 정도로. 오빠도 주로 기업과 일했다. 기업에 생긴 문제들을 여럿 해결해줬다나. 꽤나 실력 좋은 변호사였다고 했다.

"아무래도 이삭이만큼 할 줄 아는 놈이 없는 거 같아."

백부가 한숨을 쉬었다. 이삭이 같은 애가 또 어디 있겠어요. 엄마가 말했다.

"그래도 영상 꾸준히 올리고 있으니까요. 사람들 반응도 괜찮고."

맞아요. 나는 다급히 맞장구쳤다. 진짜였다. 사람들은 이삭 오빠와 백모에게 호의적이었다. 내 덕분이었다. 이삭 오빠가 보육원에 봉사를 다녔던 것, 교회 사람들에게 무료 법률 상담을 해줬던 것들을 영상으로 제작해 올렸으니까. 물론 그냥 올린 것은 아니었다. 이삭 오빠의 눈썹 위치와 드러나는 치아의 밝기까지 수정했다. 별것 아닌 거 같아 보이겠지만, 그런 것들이 쌓여서 이미지라는 것을 만드는 법이었다. 백모도 마찬가지였다. 백모는 너무 악에 받쳐 보여서도 안 됐고 너무 불쌍해 보여서도 안 됐다. 사람들은 생각보다 불행한 사람을 싫어하니까. 그렇다고 너무 잘사는 것처럼 보여도 질투를 살 수 있었다. 원래라면 나보다 높은 곳에 있는 동경의 대상이지만 지금은 내가 동정할 수 있는 처지가 되어버린 사람. 백모의 이미지는 딱 그 정도가 좋았다. 그걸 위해서 백모의 옷차림, 헤어스타일, 화장법까지 모두 지시했다. 촬영할 때에는 구도와 배경의 배치, 빛이 들어오는 각도까지 신경썼다. 이미지에 방해가 되는 것들은 모두 편집해서 잘라냈다.

"알지? 조금이라도 이상한 소리 하는 놈 있으면 다 뽑아서 메일로 보내놔."

나는 고개를 끄덕였다. 백부가 나를 빤히 바라보았다.

"해주가 영화 배운다고 할 때만 해도 쓸데없는 짓 한다 싶었는데 말이야."

무슨 말을 하려는 건가 싶어 침을 삼켰다.

"무슨 다큐멘터리 찍는다고 쏘다닐 때는 빨갱이 물이 들었나 했지. 지금은 정신 차린 거 같다만."

백부는 무슨 농담이라도 하는 것처럼 웃었다. 나도 어색하게 웃었다. 그랬던 때도 있었지. 다큐멘터리 영화제에 출품한 적도 있었다. 오십 명이나 보긴 했을까? 영화제 참가자와 관계자 오십 명. 나는 생각을 떨치려 노력했다. 생각하면 우울해지니까.

백부의 전화가 울렸다. 백부는 번호를 확인하더니 쯧, 혀를 찼다. 또 변호사인 듯했다.

"이층에서 통화해요. 나 촬영하고 있게."

백모가 다급하게 말했다. 백부는 백모를 한 번 흘겨보더니 계단 위로 올라갔다. 빨리 해치워버리자. 백모가 중얼거렸다.

"카메라 설치해놓고 있을 테니까 와인 가져올래? 내 이름으로 온 택배도 가져오고."

백모가 나와 엄마에게 말했다. 백모에게 물었다.

"그 와인으로 해도 되는 거죠?"

백모는 고개를 끄덕였다. 처음엔 싫다고 하더니, 결국 받아들인 모양이었다. 백모가 내 명령대로 하고 있다니, 묘한 쾌감에 웃음이 나왔다.

와인 셀러 구석에서 오늘의 와인을 찾아냈다. 찾기 어렵지는 않았다. 마트에 갈 때마다 저 와인을 봤으니까. 그만큼 흔한 와인이었다. 흔했지만 백모의 영상에는 지금까지 한 번도 나온 적이 없었다. 물론 나도 마셔본 적 없었다. 나는 와인을 꺼낸 후 와인 잔을 챙겼다. 그동안 엄마는 백모의 이름으로 온 택배를 찾았다. 작은 상자였다. 이게 뭐지? 엄마는 상자 위의 송장을 읽었다. 국내제작휴대용…… 어차피 금방 볼 건데 뭘 읽고 있냐며 엄마를 타박했다. 콩자반이나 준비해줘. 엄마는 냉장고에서 콩자반을 꺼내 접시에 담았다.

거실에 돌아가자 백모가 통창 앞 테이블에 자리해 있었다. 카메라에 정원과 실내를 모두 담을 수 있어 촬영하기 좋은 곳이었다. 각도를 잘만 맞추면 서울타워까지 나오게 할 수도 있었다. 그게 와인보다 중요했다. 백모의 구독자들이 백모의 영상을 왜 보겠는가. 백모가 와인 전문가도 아닌데 말이다. 백모의 구독자들이 정말로 보고 싶어하는 것은 부자의 생활이었다. 부자들은 뭘 입는지, 뭘 먹는지, 뭘 사는지. 그런 것들을 노골적이지 않게 노출하는 것이 중요했다.

콩자반을 테이블 위에 올려놓고 백모에게 와인을 건넸다. 와인을 받은 백모의 얼굴이 묘하게 일그러졌다.

"좋은 와인도 아닌데. 이딴 싸구려를 마시고……"

백모가 중얼거렸다. 좋은 와인이었으면 뭐가 달라졌을까요? 물론 속으로만 생각했다. 먹고 죽은 귀신이 때깔도 곱다고는 하지만, 그래봤자 때깔 좋은 귀신 아닌가. 이삭 오빠가 좋은 와인을 먹었다고 해도 달라지는 건 없었을 것이다.

나는 테이블 앞에 설치되어 있는 고프로를 살폈다. 장식장에 함께 놓인 보육원 아이들의 편지와 이삭 오빠의 사진이 화면 좌측 상단에 작게 잡혀 있었다. 백모도 촬영하면서 감각이 많이 는 모양이었다. 아직 더 손봐야 하지만. 오늘은 어떻게 찍는 게 좋을까. 조금 더 어두운 분위기가 좋겠지. 자연광으로 음영이 생기게. 내가 고프로를 만지는 동안 백모가 택배 상자를 뜯었다. 작은 플라스틱 기계가 나왔다. 그건 뭐예요? 내가 묻자 백모가 대답했다. 음주측정기. 예? 나는 백모를 보았다.

"이거 치워."

백모가 콩자반이 담긴 접시를 가리켰다. 뭘 하려는 거지? 백모의 의중이 짐작되지 않았다. 엄마가 눈치를 보며 접시를 가져갔다.

"촬영 시작하자."

네. 나도 모르게 대답했다. 얼떨떨했다. 촬영 버튼을 누르고 박수를 치는 것도 깜빡할 정도였다. 잠시 뒤 백모가 입을 열었다.

"안녕하세요 여러분. 아시겠지만 오늘은 이삭이 기일이에요."

백모는 한숨을 한 번 쉬고는 와인병을 들어올렸다. 카메라에 와인 라벨이 찍혔다.

"오늘 마실 와인은 이 와인이에요. 사실 저는 블렌딩 와인은 별로 안 좋아하고 신대륙 와인도 별로 안 좋아하거든요. 물론 블렌딩 중에도 좋은 와인 많고, 신대륙에도 나파밸리나 소노마 같은 유명 산지가 있죠. 좋은 와인 메이커들도 많고요. 하지만 그것들을 제외하면 신대륙 와인 중에 괜찮은 게 있나 싶잖아요? 이건 칠레산인데, 유명하지는 않지만 꽤 괜찮아요. 밸런스도 잘 잡혀 있고요."

백모는 와인에 대한 설명을 이어갔다. 백모의 말만 들어서는 품질도 좋은데 저렴하기까지 한 가성비 와인 같았다. 분명 싸구려 와인이라고 했었으면서.

"오늘 이 와인을 가져온 이유가 있어요."

백모는 능숙하게 와인을 열었다. 그리고 와인 잔에 와인을 따랐다. 딱 반잔을.

"이삭이가 마지막으로 마신 와인이 바로 이 와인이었거든요."

백모는 잠시 말을 멈추었다.

"그럼 마셔볼까요?"

백모는 와인을 한입에 털어넣었다. 평소라면 천천히 조금씩 맛을 음미하며 향이 어떻고 피니시가 어떻고 했을 텐데.

"좋네요."

백모의 말은 그것으로 끝이었다. 뭔가 잘못되고 있었다. 방금 장면은 좀 이상했어요. 다시 찍는 게 어때요? 생각했지만 말이 나오지 않았다. 백모는 입을 다셨다.

"말했다시피 오늘 이삭이 기일이잖아요. 그래서 조금 특별한 걸 해보려고 해요. 이것도 샀다니까요."

백모는 테이블에 놓인 음주측정기를 들어 보였다.

"거기 건전지 두 개 가져와줄래?"

백모가 엄마를 향해 외쳤다. 영상에 사람을 부리는 모습이 나오면 안 된다고 당부했는데 모두 잊은 모양이었다. 괜찮았다. 편집하면 되니까. 곧 엄마가 건전지를 가져왔다. 백모는 음주측정기에 건전지를 넣고 전원 버튼을 눌렀다. 삐 소리가 나며 기계가 켜졌다. 이거 어떻게 쓰는 거야. 백모는 설명서를 읽었다.

"아, 술 마시고 이십 분 후에 측정하라고 되어 있네요. 조금 이따가 해야겠다."

백모가 웃으며 말했다. 촬영을 계속해도 되는 건가? 슬슬 걱정되기 시작했다. 살릴 수 있는 장면이 얼마나 있었지? 뭐 뭐 잘라내야 하지? 그런 생각을 하는 동안 백모가 이야기를 이어갔다. 이삭 오빠에 대한 이야기였다. 오빠가 얼마나 착했는지, 얼마나 똑똑했는지, 얼마나 좋은 아들이었는지 등등. 변호사인 만큼 법을 어긴 적이 없다는 얘기도 빼놓지 않고 했다.

"얼마 정도 됐지?"

한창 얘기하던 백모가 내게 물었다. 이십 분 된 거 같아요. 나는 대답했다. 백모는 고개를 끄덕이고는 다시 음주측정기를 손에 쥐었다. 그리고 힘껏 숨을 불어넣었다. 백모는 음주측정기를 바라본 뒤 음주측정기의 화면을 고프로 앞에 들이밀었다. 0.023이라는 숫자가 떠 있었다.

"거봐."

백모는 자리에서 일어났다. 나는 멍하게 백모를 쳐다보고만 있었다. 안 따라오고 뭐하니? 백모가 내게 말했다. 나는 고프로를 들고 백모를 쫓았다. 백모는 엘리베이터를 타고 차고로 내려갔다. 그리고 차문을 열고, 운전석에 앉았다.

"너도 타."

백모가 말했다. 아직 카메라는 돌아가고 있었다.

"큰어머니, 이건 좀…… 안 되지 않을까요?"

"왜 안 되는데?"

백모가 나를 노려보았다.

"너도 이삭이가 잘못했다고 생각하니?"

나는 조용히 조수석에 올라탔다. 백모는 차에 시동을 걸고는 액셀을 밟았다. 차고 문이 열렸다. 동네를 빠져나오는 것은 순식간이었다. 차는 큰길로 향했다. 말하지 않아도 알 수 있었다. 백모는 내부순환로로 향하고 있었다. 이삭 오빠가 죽은 곳.

사고가 난 시간은 오후 여덟시. 도로는 평온했다. 하지만 이삭 오빠의 차는 점점 빨라졌다. 속도제한구간에서도 속력은 줄지 않았다. 이삭 오빠의 차는 눈 깜짝할 사이에 앞차의 꽁무니까지 따라붙었다. 그리고 차는 산산조각이 났다. 블랙박스의 녹음 기능이 꺼져 있었기 때문에 소리는 들을 수 없었다.

백모는 블랙박스의 영상을 유튜버에게 보냈다. 블랙박스 영상을 통해 자동차 사고를 분석해주는 유튜버였다. 유튜버는 말을 아꼈다. 아니, 여기서 왜 액셀을 밟지? 급발진일까요? 블랙박스만 봐서는 확실하지 않네요. 아무튼 고인의 명복을 빕니다.

한창 특정 차량의 급발진 사례가 속출하던 시기였다. 결함을 인정하지 않는 자동차 회사에 화가 난 사람이 많았다. 이삭 오빠의 차는 그 회사의 것이 아니었지만, 이삭 오빠의 사고도 급발진 사례 중 하나로 묶여 다뤄졌다. 희생자들 중에서도 이삭 오빠는 유명했다. 젊고, 잘생기고, 돈도 많은 남자 변호사였으니까.

문제는 그후에 일어났다. 누군가 유튜브 영상에 댓글을 단 것이다. 그날, 이삭 오빠가 운전하기 전에 와인을 마셨다고. 순식간에 여론이 뒤집혔다. 하루아침에 이삭 오빠는 앞날이 창창했던 변호사 청년에서 음주운전 살인자로 변해버렸다. 백부와 백모는 탐정을 고용해 진상을 조사했다. 이삭 오빠가 와인을 마신 것은 맞았다. 딱 한 모금. 반잔도 되지 않는 양이었다고 했다. 백부와 백모가 그 정도는 음주운전 단속 대상도 아니라며 해당 영상 댓글난에 해명 글을 올렸지만, 이미 사람들은 이삭 오빠를 음주운전 살인자라 부르고 있었다. 백모는 영상을 올리기 시작했다. 매일 와인 반잔을 마시는 영상을. 백모는 와인 반잔을 마시고 십자수나 바느질, 퍼즐 맞추기 같은 일들을 했다.

백모의 채널에 반응이 오기 시작한 건 영상을 올린 지 반년이 지났을 무렵이었다. 그전까지는 영상을 서재에서 촬영했는데, 서

재 에어컨을 교체해야 하는 바람에 장소를 거실로 바꾼 때였다. 그후로 영상에 댓글이 달렸다. 집이 정말 멋지네요. 나도 저런 집에서 한번 살아봤으면. 그런데 이런 영상은 왜 올리는 거예요? 아들이 죽었어요. 세상에나. 변호사였대요. 이렇게 안타까울 수가. 급발진이었다지 뭐예요. 자동차 회사에서는 급발진이 아니라 음주운전으로 몰아간다는 거 있죠? 보험금 안 주려고.

구독자는 순식간에 오만을 넘었다. 구독자들은 백모를 안타까워하며 위로의 댓글을 달았다. 겉으로는. 하지만 '좋아요'와 댓글 수는 거짓말을 하지 않았다. 백모가 자신이 입은 옷, 먹는 음식, 쓰는 화장품과 가구들을 보여줄 때와 그렇지 않을 때의 댓글 수는 어마어마하게 차이 났다. 댓글로 대놓고 묻는 사람도 있었다. 피부 관리는 어떻게 하세요?

그런 거였다. 단순히 안타깝고 불쌍하기만 해서는 안 됐다. 사람들의 사랑을 받기 위해서는 품위가 필요했다. 돈이 만들어주는 품위가. 그것만 있으면, 너무도 쉽게 사랑받을 수 있었다.

백모와 나는 한 시간 후에야 다시 백부의 집으로 돌아왔다. 거실로 가보니 백부가 엄마를 붙잡고 화를 내고 있었다.

"유족이라는 사람들이 아주 난리래. 2인 1조로 일해야 하는데 왜 혼자 일하고 있었던 거냐면서."

엄마는 백부의 말에 맞장구만 치고 있었다.

"그게 왜 아주버님네 회사 잘못이에요. 걔가 잘못한 거지. 변호사는 뭐래요?"

"혼자 작업하라고 지시한 증거 있냐 물어보더라고. 근무 수칙에는 분명 2인 1조라고 쓰여 있다고 했지. 증거 없어. 녹음이라도 한 거 아닌 이상."

백부가 말했다. 죽은 사람은 이제 갓 스무 살이 된 청년이라고 했다. 특성화고를 졸업하자마자 바로 취업한.

"기사도 났던데 괜찮아요?"

내가 물었다. 백부는 나를 빤히 쳐다보더니 피식거리며 말했다.

"넌 뉴스도 안 보니?"

"네?"

나는 되물었다.

"누가 일하다 죽었다는 뉴스는 매일 올라와. 그런데 사람들이 그런 일에 일일이 신경쓰디?"

어지러웠다. 실내가 너무 밝아서 그런 것 같았다. 크리스털이 포도알처럼 매달려 있는 샹들리에도, 쟁반에 담겨서 에메랄드처럼 반짝이는 샤인머스캣도.

"저놈 저거 아직 빨갱이 물 안 빠졌어."

백부가 웃으며 말했다. 빨갱이 물을 어떻게 뺄 수 있는 건데요? 세탁기에 넣고 돌리면 되나요? 백부는 샤인머스캣을 한 움큼 집어 입안에 넣었다. 나도 백부를 따라 샤인머스캣을 입에 넣었다. 여전히 끔찍하게 향긋하고 달콤했다. 과연, 이런 걸 매일 먹으니까 사람이 죽는 일 정도는 신경도 안 쓰이는 거구나 싶었다.

정원으로 나오니 밤바람이 쌀쌀했다. 멀리 서울타워가 붉은색으로 빛났다. 미세먼지 농도가 안 좋으면 빨간색이라고 했던가. 이렇게 화창한데도 미세먼지가 많다니, 이상한 일이었다.

"네 큰아빠가 아까 그러더라. 집 나가라고."

어느새 엄마가 옆에 와 있었다. 정신이 확 들었다.

"세금 때문에 부동산 처분하는 중이래."

엄마는 의외로 덤덤했다.

"부동산 팔면 현금이 생기는 건데 어떻게 세금을 줄여?"

"나야 모르지. 금괴라도 사려는 건지."

세금을 대체 얼마를 내길래 부동산을 처분한다는 것인지. 나는 백부가 내는 세금만큼만이라도 벌 수 있었으면 좋겠다는 생각을 했다.

"네 아빠는 어째 죽을 때도 돈 한푼 안 나오는 방법으로 죽었다니. 일을 하다 죽든가 사고로 죽든가 했어야지. 보험금만 나왔어도 우리가 뭐가 아쉬워서 큰집에 빌붙어 살아."

엄마가 중얼거렸다. 죽을 거면 사고로 죽어야 해. 절대 그냥 죽으면 안 돼. 나한테 하는 소린가 싶어 기분이 묘했다.

"걱정 마. 나는 꼭 사고로 죽을게. 애매하게 살아남지도 않고 확실하게 죽어서 보험금 많이 주고 갈게."

내 말에 엄마가 효녀가 따로 없다고 깔깔거리며 웃었다.

"그래도 저치들은 내가 부러울 거야. 그치? 내 딸은 살아 있으니까."

나는 엄마를 바라보았다. 엄마는 희미하게 웃고 있었다.

"언제 들어올 거야? 슬슬 예배드려야지."

백모가 창을 열고 소리쳤다.

"예, 지금 가요!"

엄마와 내가 대답했다.

추도예배는 백부가 인도했다. 저런 사람이 예배를 주관해도 되나 싶었지만, 금칠한 성경을 가진 사람 아니면 누가 예배를 주관하랴 싶기도 했다. 언젠가는 나도 금칠이 된 성경을 사야지.

우리는 백부의 집에서 다 함께 사도신경을 외고 찬송가를 부르고 성경을 읽었다. 선한 자가 하늘나라에서 복을 받으리라는 내용이었다. 결국 백모가 내내 참아온 눈물을 흘리며 통곡했다. 도대체 왜 자기 아들이어야만 했냐고 소리지르며. 백부가 백모의 등을 토닥이며 말했다.

"이삭이가 너무 착해서 그래. 너무 착해서 주님께서 일찍 데려가신 거야. 하늘나라에서 크게 사용하시려고……"

엄마가 물을 따라 백모에게 주었다. 그거 말고 저거나 가져다줄래? 백모가 와인을 가리켰다. 백모는 와인을 마시자 그제야 진정이 되는지 눈물을 닦아냈다.

"너도 한잔 받아."

백모가 내게 잔을 내밀었다. 바로 전까지 백모가 사용한 잔이었다.

"예배중인데 괜찮아요?"

내가 흔쾌히 잔을 받지 않자 백모가 잔에 와인을 따르며 말했다.

"포도주는 술이 아니야. 주님의 피지."

백모가 웃었다. 나도 따라 웃었다. 그래, 뭐가 문제겠는가. 주님의 피라는데. 나는 잔을 건네받고 단숨에 와인을 들이켰다. 술이 들어가서인지 저절로 미소가 지어졌다.

"그럼 이제 하나님께 기도드릴까."

백부가 말했다. 추도예배의 마지막 순서였다. 나는 두 손을 모으고 눈을 감았다. 백부는 이삭 오빠가 하나님 우편에 앉아 있을 것을 믿으며, 하나님의 영광이 온 천하에 닿아 그 가운데에 이삭 오빠가 함께하게 해달라고 기도했다. 백모는 시험을 이겨내고 거짓된 마귀들을 물리칠 힘을 달라고 기도했다. 엄마는 주님께서 백부와 백모를 돌봐주시라고 기도했다. 그리고 내가 기도할 차례가 되었다.

눈앞이 몽롱했다. 엄마와 백부와 백모의 얼굴이 겹쳐 보였다. 그들이 너무 가까이에 있는 듯 느껴지기도 했다. 겨우 와인 반잔을 마셨을 뿐인데 온몸에 술기운이 돌았다.

"너도 빨리 기도해야지."

누군가 재촉했다. 어떤 기도를 해야 할지 몰라 입을 뗄 수 없었다. 추도예배에서는 어떤 기도를 해야 하지? 죽은 사람을 위해 기도해야 하나? 하지만 죽은 사람이 너무 많았다. 백부의 공장에서 일하다 죽은 스무 살 청년. 이삭 오빠가 들이받은 차에 타고 있던 아이. 그 사람들은 너무 쉽게 잊힐 것이었다. 내가 그렇게 만들 테니까. 지저분한 것은 모두 편집해내듯이. 이삭 오빠와 백모, 백부의 찬란하게 빛나는 이미지를 위해서.

아무것도 문제될 것은 없었다. 품위도, 가치 있는 죽음도, 주님의 뜻도 모두 금으로 만든다는 걸 알고 있지 않는가. 나는 천천히 입을 열었다. 그때, 휴대폰 알람이 울렸다. 유튜브 댓글 알림이었다. 화면에는 지난 일 년간 수도 없이 본 문장이 띄워져 있었다.

고인의 명복을 빕니다.

우리의 죄를 사하지 마시옵고

1

「추도」를 쓰면서 가장 많이 생각한 것은 법과 아름다움이다(그래서 다음에 쓴 소설의 제목이 '법의 아름다움'이 되어버린 것만 같다……). 처음엔 의문이었다. 술을 마시고 운전을 하더라도 혈중 알코올농도가 0.03% 미만이라면 음주운전으로 처벌받지 않는다. 그렇다면 그건 음주운전을 한 게 아니게 되는 걸까?

'행위가 실재했는지'와 '행위가 옳은지 그른지' '행위가 적법한지 위법인지' 이 세 가지는 한몸을 이루지를 않고 각기 다르게 움직이며 겹치기도 하고 비껴가기도 하는 것 같다. 지난 몇 년 동안, 특히 2025년에 저 세 가지가 서로 충돌하는 사건들을 많이 목격했다. 그렇기 때문에 이런 소설을 쓸 수밖에 없었다.

2

아름다움이 옳은 것이라는 말은 위험하다고 생각하고 있다. 나치 장교의 군복, 금빛 머리, 사랑하는 연인에게 보내는 편지는 얼마나 아름다운가. 그리고 얼마나 잔혹한가. 파울 첼란의 시 「죽음의 푸가」에서 가져온 이미지들이다.

옳은 것이 아름다울 것이라는 말 또한 위험하다고 생각한다. 오물과 소음, 구질구질한 것들이 표백된 아름다운 세계는 과연 얼마나 정의로울까.

근 몇 년 사이에 아름다운 것, 옳은 것만 남기고 그렇지 못한 것은 모두 없애버리겠다고 생각하는 사람이 늘어나고 있는 것 같다. 지금도 얼마나 많은 존재가 옳지 못하다, 아름답지 못하다는 이유로 사라지고 있을지.

쓸모없고 아름답지도 않은 것도 존재하는 세상이야말로 아름다운 세상이지 않을까?

말은 이렇게 하지만 나도 어쩔 수 없이 의미와 아름다움을 좇게 된다. 천성이 그러한 것 같다. 내가 좇는 아름다움이 뭔가를 소외시키고 있는 것은 아닌가, 나도 모르는 채로 세상을 나쁘게 하는 데 기여하고 있는 것은 아닌가 하는 생각에 언제나 두렵다.

3

어쩌면 이런 생각들은 전부 위선인지도 모르겠다. 「추도」 속 해주는 백부의 공장에서 죽은 청년에 대해서는 마음으로만 안타까움을 느낀다. 그를 위한 어떤 행동도 하지 않는다. 해주가 실제로 하는 일은 백부와 백모를 위한 일들이다. 그런 해주가 죽은 청년을 위해 기도를 한다면 그야말로 위선일 것이다. 그건 그저 자신의 죄책감을 덜기 위한 기도에 불과한 것 아닌가. 그래서 해주는 누구를 위해서도 기도하지 못한 것 같다.

4

「추도」를 쓰기 시작할 때, 해주가 주기도문의 '우리의 죄를 사하여 주옵시고'라는 문장을 '우리의 죄를 사하지 마시옵고'라고 바꿔 말하는 것을 결말로 정했었다. 소설을 완성하고 나니 그 대목은 사라지고 말았지만 나는 여전히 해주가 우리의 죄를 사하지 말아달라고 기도하는 사람이기를 바라고 있다.

사실 나는 기도를 하지 않는다. 그래도 기도를 한다면 이렇게 하려 한다.

그 밖에 제가 기억하지 못하는 죄까지도 모두 벌하여주소서.

진보의 명복을 빕니다

전청림

길란의 소설은 읽는 이를 홀린다. '술술 읽힌다'와 '가독성이 좋다'라는 말로는 충분하지 않은, 어떤 이끌림이 작가의 소설에 있는 것이 확실하다. 활자를 좇는 동공은 종이 위를 미끄러지고, 독자는 어느새 이야기의 심부로 순식간에 쏠려 들어간다. 그러나 서사의 매끄러움이 반드시 좋은 이야기의 조건인 것은 아니다. 솔기 하나 없이 유려하게 흐르는 문장은 때로 행간의 마찰력을 지워버리고, 말하고자 하는 바를 곧장 내지르는 듯한 인상을 주기 때문이다. 바로 이 지점에서 문학적인 위험이 돌출한다. 소설이 명쾌하게 해석되는 동시에, 이면의 층위가 닫혀버리는 역설적인 상황이 발생하는 것이다. 이때 이야기를 읽는 '나'가 등장한다. 재미있네, 이런 이야기군. 우리가 흔히 말하는 흥미로운 이야기의 난점은 바로 이런 것이다. 문체의 가독성을 해석의 명료함으로 착각하기 쉽다는 것. 독자는 이야기를 손아귀에 넣고 구겨 해석의 지층을 완전히 뭉개버린다. 소설이 '나'의 생각을 지지하고 있다고, '나'를 위해 봉사하고 있다고 착각해버리는 순간 서사는 해석이 아니라 투영의 대상이 된다. 문학이 낯선 타자와의 만남이 아닌 익숙한 자아의 확장으로 전락하는 것이다.

내가 생각하는 좋은 이야기의 숙명은 안이한 위안에 머물기보다, 자아라는 거울을 깨뜨리며 낯선 타자로 군림하는 데 있다. 흐르는 물과 같이 어떤 포획의 손길도 허용하지 않고 유연하게 빠져나가는 야생성. 이 잡히지 않는 강인한 생명력이야말로 고전이 시대마다 새롭게 해석되는 동력 아니겠는가. 해석의 절대적 불가능성이 남기는 잔여. 이 포착되지 않는 유속으로 문학은 무한해진다. 만일 당신이 이 소설을 단숨에 흡수했다면, 그리고 그 내용조차 '애도마저 콘텐츠화되는 현실'이나 '죽음의 계급적 차별'이라는 다소 평이한 정의로 갈무리되었다면, 이 소설을 다시 느리게 읽어볼 필요가 있다. 행간을 팽팽하게 조인 이 소설의 틈을 다시 벌려보자. 견고하게 굳어버린 해석의 문법을 깨뜨리고 소설의 운율이 다시 천천히 흐를 수 있도록, 소비되고 지배당한 채 버려진 그것이 당신에게 낯선 타자로 언제든 다시 되돌아올 수 있도록 말이다.

위험의 세 가지 문제

죽음을 맞이한 세 사람이 등장한다. 백모와 백부의 아들인 이삭, 이삭의 차에 받힌 차량에 타고 있던 아이, 백부의 공장에서 사고를 당한 청년 노동자. 세 사람의 죽음에 공통점이 없다는 사실은 오늘날 위험사회의 윤곽을 또렷하게 보여준다. 맞다, 우리가 사는 현대 자본주의사회는 이토록 위험하며, 만연하다. 그런데 세계가 위험에 빠졌다는 사실보다 더 큰 문제가 있다. 위험의 범위, 정도, 긴급성에 대하여 그 누구도 궁극적으로 잘 알지 못한다는 것이다. 누구의 죽음이 더 억울했는지, 누가 더 취약했는지, 누구에 더욱 관심이 쏠려야 하는지에 대해 우리는 쉽게 판단을 내릴 수 없다. 어째서일까. 정책이 모호해서? 민감한 윤리적 문제가 결부되어 있어서? 모두가 동등하게 존엄한 인간이기 때문에? 이에 연관된 인간 사후의 윤리적 판단은 사건 이후에 오기 마련인데, 소설은 재앙이 닥쳐오기 직전에 모두를 치받고 있던 '위험'에 대해 다시 생각해볼 것을 요청한다.

그러니까, 가령 백부의 이런 질문 말이다. "누가 일하다 죽었다는 뉴스는 매일 올라와. 그런데 사람들이 그런 일에 일일이 신경쓰디?"(69쪽) 왜 해주는 피가 솟구치게 하는 백부의 질문을 어찌할 바 없이 묵인할 수밖에 없었을까. 위험을 숫자와 공식이라는 차가운 문자로 희석시키는 이 불감증은 어떻게 가능해지는 것일까. 여기에는 세 가지 해석이 가능할 성싶다. 첫번째, **선택**의 문제. 위험사회에 대한 끔찍한 무관심은 대개 선택의 '주체'에게 명백한 책임을 묻는 일에서 기인한다. 말하자면 위험을 초래한 원인을 모두 개인적 선택의 몫으로 환원해버리는 것이다. 이 논리에 의하면 당신의 직업, 당신이 입었던 옷, 당신이 서 있던 자리는 모두 잠재적인 '죄'가 된다. 과오나 실수를 딛고 일어서기를 독려했던 자기 계발의 서사가 비약을 거듭해, 개인이 책임지지 못할 불합리성의 범위마저도 멋대로 계발의 축에 집어넣는 모양새다. 무서운 것은 잠재란 말 그대로 숨은 상태로 존재한다는 뜻이기에, 그 범위에 한계를 매길 수 없다는 점이다. "걔가 평생 벌어도 그만큼 벌었겠어?"(56쪽)라는 백부의 조롱 섞인 단언은 고졸 노동자라는 신분 자체를 책임의 근거로 무한히 증폭시켜 실질적인 과오를 희석한다. 오래전 울리히 벡이 내린 진단을 적용해보자면, 이는 정치적으로 약화된 사회의 문제가 개인적인 실패로 번역되는 작용에 해당한다. 즉 "사회 위기가 개인에게서 비롯된 듯이 보임"과 동시에 "대단히 제한된 정도로만 사회적인 것으로 인식된다는 의미"[1]에서 말이다. 사회적 위기를 인식하는 일이 간략해질수록 개인의 잘잘못을 따지는 일은 너무도 쉬워진다. 이제 우리에게 개인과 사회는 딱 붙은 접면으로만 존재해서, 그 안에 연루된 시장, 교육, 빈곤, 환경에 따른 사회 불평등의 요소들은 매우 단조롭게 축소되고, '책임을 짊어질 개인들'이라는 서사만이 영생을 얻게 되었다. 백부의 물음 앞에서 샤인머스캣을 입에 문 채 대답을 상실해버린 해주는 바로 이러한 현상 앞에서 굳어버린 것처

---

1) 울리히 벡, 『위험사회』, 홍성태 옮김, 새물결, 2014, 153쪽.

럼 보인다.

이와 같은 상상력의 빈곤은 해주만이 짊어져야 하는 윤리적 결함은 아니다. 그녀 역시 어떤 압력에 의해 적당한 말을 고르지 못했을 뿐일 테니 말이다. 해주를 그렇게 만든 사회적 문법의 핵심은 무엇일까. 여기에서 두번째로 검토해야 할 것은 **이익**의 문제다. 왜 우리는 누군가의 참혹한 고통 앞에서도 선뜻 입을 열지 못하는가. 해주는 백부의 공장에서 목숨을 잃은 스무 살 청년의 죽음을 적극적으로 변호하지 못했다. 이는 오늘날 위험이 모든 이의 완벽한 실패를 이끄는 것이 아니라 누군가에게는 이윤을 가져다주는 시장의 자원으로 순환하고 있다는 사실과 맞닿아 있다. "위험은 더이상 기회의 어두운 면이 아니며 오히려 시장기회"[2]라는 말처럼, 현대사회에서 위험에 관한 지식은 곧 부의 분배와 직결된다.

우리는 이미 타인의 신체적 고통보다 그뒤에 따를 부수적인 이해관계를 먼저 계산하도록 길들여져 있다. 거대한 자본 앞에서 말조심을 하듯, 타인의 위험 앞에서도 때로는 자신의 이득을 위해 침묵을 선택한다. 해주 역시 백모가 주는 후한 수고비를 받으며, 백부의 공장에서 일어난 "2인 1조"(69쪽) 수칙 위반이라는 진실에는 눈을 감는다. 그뿐인가. 해주와 해주의 엄마가 백부의 집에서 몰래 챙기는 고춧가루와 주방세제, 알이 굵고 색이 진한 샤인머스캣과 같은 소소한 재미에서부터 시작해 그들의 미래의 상속

---

2) 같은 책, 93쪽.

지분에 대한 기대—"해주가 형님네까지 책임질 거예요"(57쪽)
—는 그들이 사고를 묵인하는 대가로 보장된다. 이 아슬아슬한
거래 앞에서 위험에 관한 모든 발언은 불온한 정치적 시도로 여겨
진다. "기사도 났던데 괜찮아요?"라고 묻는 해주에게 돌아온 백
부의 대답, "저놈 저거 빨갱이 물 안 빠졌어"(69쪽)라는 대사는
위험에 대한 발화가 자본의 논리 안에서 얼마나 정밀하게 검열되
고 조정되고 있는지를 시사한다.

　　노동자의 산재, 기업의 이윤추구, 은폐와 폭로, 소비와 불매와
같은 민감한 정치적 사안의 한가운데를 휘돌다가 사라져간 많은
이의 목숨을 생각해보자. 그리고 그것에서 파생해온 정치적 적대
의 감정을 떠올려보자. 비참하게도 뾰족한 예방책 없이 다음, 그
다음의 사고가 일어나고, 그 일에 말을 얹는 순간 우리는 자연히
정치에 참여하게 된다. 수전 손택은 특권을 누리는 우리와 고통
받는 이들이 같은 지도상에 존재한다는 사실을 직시하는 것이 우
리의 과제라고 말했다. 우리의 부가 타인의 궁핍을 수반할지도
모른다는 자각 말이다.

　　그러나 이 소설은 그 전언을 뒤집어 질문을 던진다. 특권을 유
지하기 위해 우리는 어디까지 비정해질 수 있는가. 소설 속 백부
의 집은 그 자체로 타인의 고통을 지도 밖으로 밀어낸 특권의 요
새다. 대중교통조차 닿지 않는 조용하고 깨끗한 동네, 서울 시내
를 굽어살피는 정원의 풍경은 그 아래 낮은 곳의 소란과 비극으
로부터 거주자들을 철저히 격리한다. 더 나아가 "그게 왜 아주버
님네 회사 잘못이에요. 걔가 잘못한 거지"(68쪽)라며 해주의 엄

마가 백부의 말에 맞장구를 치는 모습은, 비록 의례적인 동조일지언정 사회적 비극에서 기인한 타인의 고통을 개인의 과실로 치부함으로써 특권적 이익을 보전하려는 자세를 나타낸다. 우리가 이로부터 느껴야 하는 것은 무엇일까. '살려면 어쩔 수 없지'라는 무력감과 '정말 지긋지긋해'라는 염오감은 어째서 익숙하다못해 자연화되어버린 것일까. 여기에서 마지막으로 검토해볼 문제, 바로 **진보**의 문제가 등장한다. 빨갱이라는 조롱에도 불구하고 해주가 백부 앞에서 입을 꾹 닫아버린 이유는, 아주 간단히 말하자면, 입을 열어봤자 그녀에게 현실적으로 좋은 일이 없기 때문이다.

우리 문학은 한 인물이 비극적 상황에 처해 있을 때 발생 가능한 많은 사회적 문법을 검토하며 윤리적 결단이나 저항성을 계발해왔다. 그러나 진보 담론이 우리에게 더이상 신뢰와 희망을 주지 못한다면, 허구의 언어로 제시되는 정치는 또 얼마나 가소롭게 읽히게 되는가. 소설은 바로 그 지점을 '추도'라는 제목으로 되비춘다. 진보가 져야 할 책임을 묻는 동시에, 유명무실해진 진보 담론의 파산을 선언하는 의미에서 말이다. 우리는 이제 진보의 명복을 빌어야 한다. '앞으로 나아감'이라는 낙관적 허울은 현실의 불평등과 착취를 직시하기보다 회피해왔으며, 그 결과 탈정치화된 생존주의와 암암리에 공모하게 되었기 때문이다. 소설 속에서 과거 다큐멘터리를 제작하며 사회적 저항을 꿈꿨던 해주의 이력은 허울뿐인 진보의 잔해를 상징적으로 보여준다. 백부는 해주의 과거를 두고 "다큐멘터리 찍는다고 쏘다닐 때는 빨갱이 물이 들었나 했지"(61쪽)라며 조롱 섞인 웃음을 터뜨린다. 한때 세상을 바꾸겠다는 의지로 카메라를 들었을 해주의 진보적 기획은, 이제 백모의 유튜브 채널에서 부유층의 슬픔을 "품위"(68쪽) 있게 가공하는 생계 수단이 된다. "오늘날 인류가 추구할 수 있는 유일하게 확실한 '진보적' 목표는 그저 살아남는 것뿐"[3]이라는 지젝의 진단대로, 해방의 잠재력을 상실한 진보적 상상력은 이제 자본의 문법 안에서 비틀린 채 대체된 것이다.

결말부의 "고인의 명복을 빕니다"(73쪽)라는 댓글 알림은 사고로 죽은 이들에 대한 애도를 넘어, 실천적 힘을 잃은 진보 담론 그 자체에 대한 추도사로 읽힌다. 해주는 그 기계적인 문구 속에서 자신의 죽어버린 저항성을 발견한다. 그러나 "진보는 끊임없이 재정의될 필요가 있으며, 이러한 재정의는 진보의 중요한 일부"[4]라면 문학이 이곳에서 멈출 수는 없지 않은가. 지금껏 진보의 명복을 실컷 빌어봤으니 이 소설이 재정의하는 진짜 진보적 정치성을 질문해보자. 그건 바로 이 '멈춤'에 질문을 던지는 데서 시작한다.

유튜브의 우울한 천사

이삭은 죽은 채로 소설을 지배한다. 실로 "자본이 지배하는 뒤

---

3) 슬라보예 지젝, 『진보에 반대한다』, 강우성 옮김, 우중몽, 2026, 17쪽.
4) 같은 책, 22쪽.

죽박죽의 세계"에서는 언제나 "죽은 자가 산 자를 지배하며, 어떤 면에서는 산 자보다 더 살아 있는 존재"[5]다. 소설에서 이삭의 죽음이 처리되는 방식, 가령 그의 죽음이 곧장 "급발진 사례 중 하나로 묶여 다뤄"(67쪽)지는 것, 자동차 회사에서 그의 죽음을 "급발진이 아니라 음주운전으로 몰아"(68쪽)가는 것, 그 탓에 백부가 골머리를 앓으며 "아직 이삭이 사고도 해결 안 됐는데"(59쪽)라고 짜증을 내는 것은 이삭의 죽음이 단지 슬픔의 대상이 아니라 시장 자원으로서 까다롭게 다뤄지고 있음을 보여준다.

그러므로 백모가 유튜브를 통해 이삭의 죽음을 변호하는 일은 일견 자연스럽다. 투자가치에서 사후 보험금이라는 교환가치로 환원된 자원을 확실히 수익화하기 위한 수단처럼 보이니까 말이다. 이는 사랑하는 아들을 잃은 어머니의 계속되는 애도와 우울을 보여준다기보다는, 어떤 완성도를 향한 비틀린 집착처럼 보이기도 한다. 말하자면 백모는 '취향의 인간'이라는 귀족적인 미적 기준을 가진 사람이다. 이때 취향의 인간이란 단순히 세련된 안목을 지닌 자를 일컫는 말이 아니다. 오히려 미적판단이라는 현대적 감각을 통해 대상의 완성도를 가늠하고, 그 가치를 비로소 '허락'하는 초월적 관찰자의 지위에 가깝다. 소나무와 연못, 정원에서부터 시작해 서울을 굽어살필 수 있는 전망, "드라마틱한 연출"(53쪽)이 압도적인 백부의 저택은 단순한 주거 공간이 아니라 촘촘한 미적 취향의 영토다.

---

5) 같은 책, 145쪽.

문제는 이 부르주아적 감식안이 단순히 사적인 취향을 넘어, 무엇이 아름다운지를 결정하는 '미적 승인'의 권위로 격상되는 불순한 역전에 있다. 백모의 계급적 심미안은 사람들에게 훌륭하고 보편적인 안목으로 수용되는데, 이는 유튜브 댓글창에서 노골적인 방식으로 확인된다. 백모의 영상을 시청한 구독자들은 영상의 내용보다는 "돈이 만들어주는 품위"(68쪽)로 치장된 외양에 더욱 열광한다. 백모가 입는 옷, 먹는 음식, 쓰는 화장품과 가구가 은근슬쩍 노출될 때 콘텐츠의 소비자들은 비판적 관찰자가 아닌 취향의 동조자가 되어 백모가 휘두르는 미적 권위에 전염되는 것이다. "피부 관리는 어떻게 하세요?"(같은 쪽)라고 묻는 한 댓글처럼, 구독자들은 이삭의 죽음이라는 사건보다는 백모가 가진 취향을 닮아가는 일에 더욱 집중한다.

이 기이한 취향의 전염을 독해할 언어는 다양하다. 누군가는 이를 유튜브라는 가상공간이 추동하는 군중심리라 부를 것이고, 다른 누군가는 자본주의의 정점에 선 승리자를 향한 신격화된 선망이라 진단할 것이다. 그러나 보다 심층적인 곳에는, 취향의 인간이 '내용 없는 인간'으로 변모하는 일종의 존재론적 타락이 자리하고 있다. 취향을 향한 탐닉이 대상의 내용보다는 형식에 집중될 때 그 대상은 텅 빈 껍데기처럼 세속성으로만 남게 된다. 미적 내용의 상실은 취향의 방향을 악취향에 가까운 세속적 타락으로 이끌며, 예술의 경험이라는 귀중한 자원조차 소비주의로 타락시킨다. 이때 실로 백모는 "'수준 높은 사람이 되고 싶은 부르주아'가 아니라 동시에 취향의 인간이 되고 싶어하는 저속한 취향의 인간"[6]에 머문다. 그러므로 도덕적으로 무감각하며 선악을 구분하지 못하는 백모에게 취향의 '내용'을 보증해주는 자아의 일관성이란 존재하지 않는다. 그녀가 비교적 또렷하게 유지하는 것은 오로지 껍데기인 취향뿐이며, 유튜브 영상 속 취향의 전시는 내용 없이 형식만 가득찬 채―매일 와인 반잔을 마시고 십자수나 퍼즐을 맞추는 기이한 무미건조함에도 불구하고―매력적인 자본의 기호로 승인된다. 아이러니한 것은 바로 그 '승인'의 능력이다. 백모가 가진 건 오직 껍데기를 향한 구매력뿐이지만, 이는 역설적이게도 사람들에게 가장 확실하게 취향의 본질(내용)을 보증하는 것처럼 오인되기 때문이다.

백모가 취향의 주권자로서 권력을 고수하는 한, 아들의 죽음에 묻은 진실―"음주운전 살인자"(67쪽)―은 결코 그 미적 프레임 안으로 진입할 수 없다. 그녀에게 이삭의 죽음은 상실의 아픔이기 이전에 자신의 무결한 미적 형식성을 위협하는 서사적 결함이며, 그녀가 유튜브라는 창구를 통해 이삭의 과실을 변호하는 행위는 이 결함을 메워 완성도를 회복하려는 미적 결벽증의 발로다. "문제는 돈이 아니라 그런 것이었겠지. 이삭 오빠가 쓸모없는 인간이 되어버리는 것"(55쪽)이라는 문장이 보여주듯, 백모에게는 슬픔이나 애도라는 윤리적인 '내용'도 없다. 이삭은 백모와 백부에게 젊고, 잘생기고, 돈도 많으며, 앞날이 창창한 변호사로서 내용이 무결한 상품성으로 자리하고 있었기 때문이다.

---

6) 조르조 아감벤, 『내용 없는 인간』, 윤병언 옮김, 자음과모음, 2017, 47쪽.

그렇다면 이를 촬영하고 편집하는 해주의 위치는 어디인가. 한때 진실을 기록하는 다큐멘터리를 만들던 해주가 오로지 백모만을 위한 유튜브 편집자로 변모한 상황에서 말이다. 사실 여기에는 해주가 백모를 위해 헌신한 채 정치적 죽음을 맞이했다는 사실보다 더욱 중요한 것이 있다. 바로, 마치 주된 권력을 가진 것처럼 보이던 해주가 관찰자의 위치로 격하되는 정치적 무력감과 마주하는 순간이다. 소설에서 해주는 백모의 영상을 찍는 동안 촬영의 주도권이 자신에게 있다고 확신했다. "백모의 옷차림, 헤어스타일, 화장법까지 모두 지시했다. 촬영할 때에는 구도와 배경의 배치, 빛이 들어오는 각도까지 신경썼다. 이미지에 방해가 되는 것들은 모두 편집해서 잘라냈다."(61쪽) 백모가 자신이 시키는 대로 하고 있다는 "묘한 쾌감"(62쪽), 백모에게 무언가를 지시하고 조종하며 일종의 권력을 휘두르는 일은 해주에게 영상의 완성도나 경제적 보수와는 차원이 다른 어떤 만족감을 선사한다. 그러나 소설의 말미에서 백모는 이 주도권을 완전히 뒤집는다. 아들이 마지막으로 마신 와인을 꺼내 들이켠 뒤 음주측정기를 카메라 앞에 내보이고, 차고로 내려가 액셀을 밟을 때 백모는 더이상 수동적인 피사체가 아니라 자신의 비극을 스스로 승인하고 연출하는 주권적 주체로 거듭나는 것이다.

"너도 타."

백모가 말했다. 아직 카메라는 돌아가고 있었다.

"큰어머니, 이건 좀…… 안 되지 않을까요?"

"왜 안 되는데?"

백모가 나를 노려보았다.

"너도 이삭이가 잘못했다고 생각하니?"

나는 조용히 조수석에 올라탔다. (66쪽)

　"너도 타"라는 백모의 명령은 해주의 마지막 도피처였던 '카메라 뒤'라는 공간을 소거해버린다. 해주는 자신이 백모의 이미지를 가위질하고 기워내며 편집권을 쥔 주체라고 믿었으나, 실상 그녀는 처음부터 백모가 승인한 프레임 안에서만 움직일 수 있는 소품에 불과했던 것이다. 우리는 앞서 진보의 죽음이라는 테마를 검토했다. 한때 세상을 바꾸려 했던 해주의 저항성이 자본의 문법 아래 어떻게 마모되었는지를 말이다. 그러나 바로 그 죽음마저도 착각에 불과할 뿐, 그것이 백모에 의해 '허가된' 것이라면 어떻게 할 텐가. 진보가 단순히 실패한 것이 아니라 심지어 관리되고, 기획되고, 승인되는 종류의 것이었다면 말이다. 말하자면 해주는 단 한 번도, 심지어 다큐멘터리 영화를 만들 때조차 정치적이었던 적이 없다. 그녀가 믿었던 '정치적 저항'은 신자유주의의 교묘한 장치 안에 배치된 하나의 기획이었기 때문이다. 그 장치는 정치적 몸짓과 의견을 포착하고 통제하며, 결국은 그런 저항마저도 시스템의 활력으로 흡수해버린다.

　해주는 자신이 카메라를 들고 진실을 포착한다고 믿었으나, 실상 그녀는 정치적인 것이 상품적인 것으로 번역되는 장치 속 부속품에 불과했다. 해주의 위치가 다큐멘터리 감독에서 유튜브 편집자로 얼마나 매끄럽게 변환될 수 있었는지를 생각한다면, 이는 그다지 놀라운 사실이 아니다. 이런 관점에서 보면 '빨갱이'라는 조롱조차 해주에게는 과분하다. 차라리 해주는 정치적인 것과 상품적인 것의 매끄러운 전환과 역전 앞에 서서 모든 것을 목격하고 있었던 우울한 천사에 가깝다. 자본이 승인한 미적 주권이 새로운 아우라를 구축했고, 이로 인해 백모의 취향은 박물관에 전시된 수집품처럼 신비로움을 얻게 되었다. 이 박물관 안에는 인간에게 어떤 식으로든 거울이 되어줄 수 없는 미적 쾌락만이 축적되고, 이 쾌락은 인간이 예술을 통해 행위와 앎의 공간을 열 수 있는 능력, 즉 포이에시스적인 능력을 제거해버린다.[7] 이 같은 미적 붕괴와 더불어 진보가 자본에 위탁되어버린 현실이 함께 나타난 것은 우연의 일치가 아니다. 그렇다면 예술의 힘도, 진보적 의지도 잃어버린 이 천사에게 "금칠한 성경"(71쪽)은 이제 어떤 의미가 될까.

---

7) 조르조 아감벤은 '프락시스'와 '포이에시스'라는 두 개념을 분명하게 대비시키며 인간의 생산활동을 설명한다. 프락시스는 이미 경험된 것의 실천이자 실용적인 의미에서의 인간 행위를 뜻한다. 반면 포이에시스란 하나의 앎을 구축하고 사물을 현존의 상태로 '생-산'해내는 한 방식이다. 그렇기에 포이에시스는 어두움에서 밝은 빛으로, 부재의 상황에서 존재의 상황으로 이행하는 '현존으로의 도입'이라는 경험을 뜻한다. 이는 감추어진 것이 드러난다는 아-레세이아(a-letheia)의 한 방식으로서 본질적으로 예술작품의 진리와 근접해진다. 같은 책, 151~164쪽 참조.

애도의 최소주의

　백모와 백부는 왜 그토록 고집스럽게 성경에 의지할까. 부족할 것도, 아쉬운 것도 없어 보이는데 말이다. 이들에게 종교는 실존적 구원을 향한 갈망이라기보다, 풍족한 세속적 삶의 특권과 계급적 정당성을 신의 이름으로 승인받기 위한 도구에 가깝다. 소설에서 이들이 아들의 죽음을 추도예배의 형식으로 애도하는 방식을 보자. 겉치레와 세속적 형식성에 매몰된 채 인간적인 애도의 윤리를 잃어버린 이들은 죽음과 슬픔을 '어떻게 다루는지조차' 알지 못한다. 모든 종교식 제사나 추도예배가 이런 방식으로 이루어진다고 주장하고 싶은 것은 아니다. 다만 중요한 생의 감각을 잃어버린 채 종교에 의탁해버린 백모와 백부의 모습은 고통을 직시하지 않고 아들의 죽음이라는 슬픔을 그저 통과하는 내용 없는 인간의 전형처럼 보이기도 한다. 특히 이들은 내세와 신성을 향한 '수직적 초월'의 권위를 현실의 이해관계라는 차원으로 끌어내려, 자신들의 탐욕스러운 일상을 정당화하는 '수평적 초월'의 알리바이로 오용한다.[8] 이때 성경은 진리를 계시하는 책이 아니라, 이삭의 과오와 백부의 착취를 닦아내고 그 자리에 신의 섭리라는 매끄러운 코팅을 입히는 도구, 문자 그대로 '금칠한 성경'이 된다.

　소설에서 해주는 의문을 가진다. 어째서 이와 같은 부자의 삶

---

　8) 찰스 테일러, 『세속의 시대』, 조형준 옮김, 새물결, 2026, 1090쪽.

과 늘 낮은 곳에 임하는 성경의 말씀이 공존할 수 있는지를 말이다. "예수님은 부자가 천국에 가는 건 낙타가 바늘구멍에 들어가는 것보다 어렵다고 하셨다는데."(60~61쪽) 해주의 의문에도 불구하고, 신앙과 세속적 자유는 어떻게 양립하게 되는가. 로크에서 시작된 '최소주의적minimalist' 종교는 계몽주의 이후 종교의 역할을 최소한으로 적용되는 수준의 도덕으로 바라본다. 이때 최소주의는 인간에게 거창한 희생이나 도덕적 결단을 요구하지 않으며, 정직하고 자유로운 시장경제만이 인류에게 황금시대를 보장할 수 있다고 이야기한다. 계몽된 자기 이익은 공동체와 조화를 이루며 초월적 가치가 사라진 자리에서도 모종의 인간적 본성과 공감대를 추구할 수 있다고 말이다. 그러나 계몽이 공동선을 보장하지 않듯, 최소주의적 규칙은 도덕적으로 매우 불안정하며 심각한 결함을 지닌다. 얇아진 도덕률은 개인의 지나친 이기주의, 오만, 욕망, 경쟁을 방기하며 공동체의 조화를 방해한다. 자유시장의 규칙은 공동 이익에 대한 헌신을 요구하지 않아 타인을 향한 윤리나 도덕적 무게로부터 자유롭기 때문이다. 직원을 속이는 CEO나 환경보호에 무책임한 기업처럼, 공장 노동자의 죽음에도 눈을 꿈쩍하지 않는 백부의 비정함은 바로 이 도덕적 무게가 증발한 시대의 산물이다.

그러나 반대로 이렇게 생각해볼 수도 있다. 초월적 가치가 부과하는 도덕적 무게가 가벼워진 탓에, 우리 시대는 그 어느 때보다 팽팽한 울타리도 굳건한 체계도 없는 방임적 연대와 선의에 적극적으로 호소하고 있다고 말이다. "문밖의 이방인에게 그렇게 멀리까지, 그렇게 수미일관되게, 이렇게 체계적으로, 그렇게 당연한 일로〔연대와 선의의 손길을〕뻗칠 것을 요구받아온 적은 일찍이 없었다. (……) 어떻게 그것을 해낼 수 있을까?"[9] 소설은 바로 이 요구가 가지는 정당성과 인간이 지나온 과오에 질문을 던진다. 초월적 도덕 가치와 보편적 서사, 제대로 된 공공선의 타당성을 잃어버린 지금, 우리는 무엇을 해낼 수 있을까? 우리는 황무지에 산다. 우리는 죽었고, 진보는 힘을 잃었으며, 황무지 밖은 너무도 황금으로 찬란하다. 그리고 심지어 우리는 그것을 너무도 잘 알고 있다. "아무것도 문제될 것은 없었다. 품위도, 가치 있는 죽음도, 주님의 뜻도 모두 금으로 만든다는 걸 알고 있지 않은가."(72~73쪽)

소설이 우리에게 명복冥福, 즉 죽음 뒤에 받는 복을 비는 이유는 죽음을 선언하기 위해서만은 아니다. "진보는 끊임없이 재정의될 필요가 있으며, 이러한 재정의는 진보의 중요한 일부"[10]라면, 우리는 다시 일어서기를 반복해야만 한다. 이 황무지 같은 허무의 끝에서 다시 진정한 정치적 행위의 가능성을 찾아내야 한다는 이야기다. 진정한 진보란 기존의 장치가 허용하는 선택지 안에서 더 나은 것을 고르는 일이 아니라, 그 장치의 좌표 자체를 뒤흔드는 '멈춤'에서 시작된다. "너도 타"(66쪽)라는 백모의 명령 앞에서 해주가 마주한 그 찰나의 정적, 자신이 단지 조종당하는

---

9) 같은 책, 1119쪽.
10) 슬라보예 지젝, 같은 책, 17쪽.

소품이었음을 깨닫는 그 비참한 각성, "알고 있지 않는가"(73쪽)라며 실감하는 염세적 혐오의 순간은 역설적이게도 새로운 정치적 기점이 된다.

　제대로 된 진보적 기획은 우리가 '세계의 끝'이라 부르는 그 절망의 장소에서 비로소 시작된다. 모든 것이 금으로 만들어진 허구임을 알게 된 자는, 이제 더이상 그 금빛 매끄러움에 속지 않을 권리를 얻기 때문이다. 소설이 요청하는 '재정의된 진보'는 이제 앞으로 나아가기 위한 가속도가 아니라, 주권자의 질주하는 차에서 뛰어내릴 수 있는 용기, 즉 '불가능해 보이는 것을 결단하는 행위'다. 결말의 알람 소리는 더이상 기계적인 추도사만은 아니다. 그것은 금칠한 성경과 유튜브 프레임이 가려버린 실재를 향해 다시 눈을 뜨라는, 파산한 진보의 잔해 위에서 새로운 주체로 거듭나라는 지극히 정치적인 기상나팔 소리이기도 하다. 우리는 비로소 이 황무지에서, 아무것도 문제될 것 없는 세계를 '문제적인 곳'으로 되돌려놓는 저항의 첫 프레임을 기록하기 시작하는 것이다.

전청림
2022년 문화일보 신춘문예를 통해 평론을 발표하기 시작했다.

남의현

나는 야구를 사랑해

.
.
.
.
.
.
.
.

작가노트

크기가 크고 당도가 높은 멋쟁이 오렌지

해설 최다영

이런 나를 어떻게 사랑할래?

남의현
2025년 경향신문 신춘문예에 「관희는 거울 거울은 관희」가 당선되며 작품활동을 시작했다.

나는 야구를 사랑해

🕯

　어린 시절 숙모네 집에서 자랐는데 그녀가 아들을 끔찍이 사랑해서 나도 자연스럽게 그렇게 됐다. 숙모 아들은 나와 전혀 다르게 생겼지만 그애를 내가 낳은 것처럼 아끼고 보살피는 게 좋았다. 그애를 내 아들처럼. 아들이 열병에 시달리면 이마에 차가운 물수건을 얹어주고 뺨에 흐르는 물방울을 닦아주며 작은 기쁨을 느꼈다. 한 손에 무리 없이 쥘 수 있는 작은 기쁨. 아픈 동생을 돌보기 힘들지 않냐고 숙모가 물어봤을 때 나는 대답했다. "재, 재밌어요." 그러고 나서 뺨이 얼얼해질 만큼 맞았다. 그렇지만 작은 기쁨만은 사라지지 않았다. "이게 재밌니?" 숙모의 물음에 마음속으로 대답했다. 네, 아주 기쁘고 좋아요. 그때 나의 재능을 알았다. 나는 사랑하는 데 재능이 있었다. 사랑받으며 자라지 않았는데 사랑하는 재능을 타고난 거야. 이것이 내 유일한 자랑거리. 노력하지 않아도 쉽게 사랑할 수 있었지만, 사랑하기 위해 내가 유일하게 노력해야 했던 것이 야구였다.

야구를 꽤 좋아했던 아들은 초등학생 때만 해도 선수를 꿈꿨다. "누나도 야구를 사랑해줬으면" 하는 아들의 부탁에 나는 그 난해한 놀이를 사랑해보려고 부단히 노력했지만 잘 되지는 않았다.

내가 아는 야구의 규칙: 너무 많은 사람이 필드에 우두커니 있음. 너무 많은 사람이 필드를 떠남.

매일 밤 일기에 적었다. '나는 야구를 사랑해.' 그렇게 말하기 위해 내가 사랑하는 것들에 야구라는 이름을 붙이기도 했다. 한 손에 꼭 쥐어지는 흰색 햄스터. 투명한 공병에 미지근한 수돗물 담기. 먹다 남은 샌드위치 냄새.

나는 중학생 때 야구부원 한 명과 사귀었다. 그 남자애, 민희는 아들에게 공 쥐는 법과 투구 자세를 알려주었고 어떤 때는 티브이로 야구 경기를 같이 봐주었다. 아들이 낮잠에 들면 우리는 그 애를 소파에 눕혀두고 내 방에서 야구를 했다.

이런 것도 야구였다.

어두운 방에 희고 굵은 초.

촛불이 낮은 가구들을 비추며 그것들이 얼마나 볼품없는지 다정하게 드러내면 나는 민희에게 내 손목을 내밀어 힘껏 쥐어보게 했다. 야구공 가죽을 꺼안은 실밥을 손끝으로 세게 눌러 쥐듯이. 그러면 피부 아래에 단단한 코르크가 들어찬 것처럼, 내가 야구공만큼 강해진 것처럼 느껴졌다. 나는 눈꺼풀을 닫고 상상했다. 캐치볼하는 민희와 나. 내가 힘껏 던진 공에 낯선 창이 박살나고, 우리는 겁에 질려 그 집을 방문한다. 노크를 한 번. 두 번. 그러자 오히려 그 집의 내부가 내 머릿속으로 걸어들어오기 시작한다. 빈 창문만 우르르 남아 주위가지 않은 빛으로 가득한 집. 그 집은 이제껏 누구도 방문하지 않은 듯이, 나도 모르는 새 잊힌 과거같이 몹시 청결하고 외롭다.

그날도 야구를 했다. 촛불이 일렁이며 우리 그림자를 흔들면 민희가 내 손목을 꽉 움켜쥐었다. 그날은 민희가 더 세게 해주기를 바랐다. 내 손목이 초의 말단만큼 충분히 뜨거워질 수 있게. 나는 민희를 다그쳤다. "더, 더, 세, 세게……" 그 순간, 방문이 벌컥 열리고 어슴푸레한 어둠이 밀려들었다. 거기에 숙모가 서 있었다. 숙모는 나를 본 체도 않고 성큼성큼 민희에게 다가간 뒤 손바닥을 들어 그애의 얼굴을 사정없이, 그러나 규칙적으로 내리쳤다. 몇 번을 때려야 할지 오래전부터 정해놓은 사람 같았다. 그 모습을 보면서 나는 뭘 했더라. 민희가 다 맞고 나면 꼭 안아줘야지, 마음먹었던가.

그날 저녁 처음으로 야구 경기를 끝까지 시청했다. 불 꺼진 거실에 티브이를 켜두고. 투수가 공을 던지자 얼마 지나지 않아 타자가 공을 쳤다. 몸 안쪽 어느 깊은 구석이 시려오는, 환한 소리가 났다. 필드 저멀리, 외따로 서 있던 선수가 공을 잡기 위해 빠르게 달리기 시작했다. 전속력으로, 그러나 공보다는 느리게. 그는 끝까지 공을 노려보았고 이윽고 펜스에 몸통을 세게 부딪치고 말았다. 펜스를 전혀 신경쓰지 않고 달렸던 그는 그 반동으로 강하게 튕겨나왔고 얼른 일어나지 못한 채 그대로 쓰러져 있었다. 무언가 잘못됐나봐. 나는 생각했다. 하지만 그가 정확히 어디를 다쳤는지는 알 수 없었다. 주변에 있던 선수와 코치들이 그에게 몰려갔다. 그는 아주 고통스러워 보였다. 나는 눈을 깜빡이지 않고, 눈이 시려서 눈물이 핑 돌 때까지 그 장면을 오래오래 지켜보았다.

숙모네 집 거실에는 작은 업라이트피아노가 있었다. 그것만을 위한 방이 따로 없어도 되는 몸집이 작은 악기. 보드라운 덮개를 벗기면 드러나는 상아색 건반이 무신경하게 반사하는 빛. 백건을 누를 때 한시적으로 떠올랐다가 소리와 함께 사라지는 기쁨. 그런 것들은 파편적으로만 기억난다. 업라이트피아노는 삼촌이 집을 떠나고 가세가 조금 기울면서 처분했다. 삼촌은 과묵하고 자존심이 강한 사람이었는데 멀리 떨어진 지역으로 좌천되고 나서는 입을 완전히 다물어버렸다. 삼촌은 제삿밥 먹으러 오는 귀신과 크게 다를 것 없이 제사 때만 집에 와서 조용히 잠만 자다 돌아갔다. 언젠가 소파에 잠든 삼촌을 검지로 가리키며 "죽었어요?" 물었을 때 숙모는 "그러길 바라니?" 되물었다. 나는 입을 꾹 다물었다. 삼촌이 죽었으면 하는지 아닌지 내 안에서 결정된 바가 없었으므로. 그렇다고 숙모에게 똑같이 되묻지도 않았는데 그녀가 어떻게 대답할지를 이미 알고 있었기 때문이었다. 그 집은 일 년에 네 번 제사를 지냈고 제사상에 올릴 음식은 전부 숙모가 준비했다. 맏이인 아빠가 나를 두고 집을 나간 탓에 동생인 삼촌네가 제사와 나를 떠맡았던 것이다. 제삿날이 되면 나야말로 귀신과 다를 것 없는 존재가 아닌지 의심해보곤 했다. 숙모가 만든 제삿밥이 내 입에 무척 잘 맞았기 때문에.

업라이트피아노가 있던 자리에는 덩굴무늬가 음각된 원목 식탁이 놓였다. 숙모는 나를 식탁 앞에 앉혀놓고 소설 『오렌지와 놀이와 오렌지놀이』를 소리 내어 읽게 했다. 나는 대화하거나 낭독할 때 늘 더듬었는데 중학생이 된 후로 증상이 훨씬 심해졌다. 의사는 심리적인 문제라고 진단하여 책 한 권을 골라 큰 소리로 읽으라는 처방을 내렸다. 숙모는 내가 그 식탁 앞에 앉아 더듬고 또 더듬다보면 더듬지 않게 될 거라 믿었던 것 같다. 하지만 내가 생각하기에 진짜 문제는 믿음이었다. 더듬고 또 더듬다보면 선명해지는 내가 더럽게 못 읽을 것 같다는 믿음. 내가 더듬으면 숙모는 가볍게 입꼬리를 올리고 내 아래팔을 부드럽게 매만져주었다. 그리고 이렇게 말했다. "괜찮아, 더 해봐." 그건 이렇게 말한 것일 수도 있다. "괜찮아, 더 더듬어봐."

숙모는 평일 낮이면 피아노 교습소에 일하러 갔다. 나와 민희는 학교에 다녀와 책가방을 거실에 던져놓고 아들을 찾았다. 크림빵을 한입 크기로 떼어 아들에게 먹이고 큰 부스러기가 떨어지면 우리가 주워먹었다. 소파에 나란히 앉아 야구를 보기도 했다. 스코어가 순식간에 역전되면 아들은 "이게 야구냐……" 중얼거렸는데 그럴 때마다 민희는 빠짐없이 "이것도 야군데" 대답했다.

경기가 없는 월요일에는 야구공과 글러브를 가지고 고가도로 아래 공터로 갔다. 고가도로로 차가 달릴 때마다 울리는 둔탁한 진동, 그 진동이 내 몸을 관통하게 두는 일, 탄내가 나는 아스팔트 바닥, 불에 그슬린 자국이 있는 콘크리트 벽. 그런 것들도 나에게는 야구였다.

그리고 캐치볼.

"내가 너에게 공을 주면, 네가 다시 나에게 공을 주는 거야."

민희가 말하자마자 머리 위로 차가 사납게 지나갔고, 철제 구조물이 텅, 하고 울렸다. 아들은 고개를 젓는 법이 없었지만 공을 잘 받지는 못했다. 공이 날아오면 눈을 질끈 감고 움푹한 글러브 안에 얼굴을 완전히 묻었다. 아들은 머리통을 맞고 나서야 안심한 기색으로 굴러가는 공을 따라 걷기 시작했다. 결국에는 민희가 공을 던지고 바닥에 떨어진 공을 아들이 주워오는, 얼핏 보기에 사람이 개와 놀아주는 모양이 되었다. 아니면 개가 사람과 놀아주는 모습 같기도. 나는 그 아이들에게서 몇 발짝 떨어져 서서 팔짱을 꼈다. 그러고는 어리고 활기찬 개 두 마리를 산책시키는 나이든 부인의 얼굴을 떠올렸다. 나는 여자의 표정을 따라 지어보았다. 입꼬리를 가볍게 올린, 삶에 대한 싫증과 애착을 모두 받아들인 여자의 웃음. 그렇게 따라 웃는 순간 순식간에 머리가 새하얗게 세고, 단숨에 고통 없이 늙을 수 있으리라 믿으면서. 그런 시도는 늘 실패했고 내가 오래오래 살아갈 거라는 예감에 울적해졌지만. 아이들이 땀에 젖어 더러워지면 공중화장실 세면대에서 세수를 시켰다.

거울 속에는 검은 머리의 세 아이.

"공을 노려봐."

공을 던지기 전, 민희가 아들에게 조언했다. 가볍게 투구 자세를 잡으며.

"공을 안 보면 네가 움직일 수 없어."

민희는 공을 멀리 던졌다.

"끝까지 공을 봐!"

아들이 공을 노려보면서 달리기 시작했다. 본 것 중 가장 빠른 속도로, 점점 더 빠르게, 너무 빠르게. 그러다 일순간 균형을 잃어버린 아들은 아스팔트 바닥에 고꾸라져 텅, 하고 머리를 세게 박았다. 그러곤 얼른 일어나지 못하고 바닥에 축 늘어져 있었다. 조금 전까지 그애를 움직이게 하던 활기가 텅, 하는 소리와 함께 간결하게 사라져버렸다. 나는 한참을 얼어붙어 있었고, 살아 있는 것이 그렇게 오래 침묵할 수 있음을 처음 알았다. 시간이 얼마나 지났을까. 조심스레 다가가 엎어져 있는 아들을, 그 따뜻한 몸을 꼭 안아보았을 때, 아들이 갑자기 내 가슴통이 울릴 정도로 크게 울어대기 시작했다. 죽었다가 다시 막 낳아진 아이같이. 나는 어쩔 줄 몰라서 그 작은 몸을 민희에게 넘겼다. 민희가 그 몸을 꼭 안아주었다. 우리는 작은 몸을 꼭 안아주는 짓을 할 수 있었고 그래서 그렇게 했다. 나 한 번, 민희 한 번. 크림을 입에 잔뜩 묻히며 사이좋게 빵을 나눠 먹듯이.

빠른 것 중 가장 상냥한 건 민희의 공.

민희는 장타와 홈런을 많이 허용하는 투수였다. 당시 민희에게는 입스가 왔고 제구가 되지 않아 스트라이크를 던지기 힘들어했다. 민희가 공을 잘못 던진 횟수는 그애가 가지고 다니는 격자 노트에 기록된 숫자들로 확인할 수 있었다. 민희는 자신이 형편없는 투수라는 자책을 이러저러한 방식으로 계속했다. 폭설이 내리던 날 연습경기에서 돌아온 민희는 내 품에 안겨 말했다.

"새를 박살냈어……"

민희의 투구로 새를 박살내다니. 나는 지어낸 이야기란 걸 곧바로 알았다. 민희는 새를 박살낼 만큼 빠르게 못 던지기 때문이다. 하지만 민희의 몸이 떨리고 있어서 무언가 두려워한다는 것만은 진짜 같았다.

"희고 빛났어……"

그거 새가 아니라 눈 아니었을까. 두 손으로 민희의 머리통을 잡아보았다. 관자놀이가 참 단단하네. 넌 단단한 겨울 과실이다. 오렌지 새끼. 사과 새끼. 그렇게 중얼거리다 문득 재미있는 생각이 들어 단단한 겨울 과실에 키스했다. 내가 더럽게 못하는 것 같았는데 바로 그 점이 끝내주게 재밌었다. 눈을 감고 한참 재미를 보고 있자니 민희가 박살냈다던 새를 생생하게 떠올릴 수 있었다. 희고 빛나는 것, 눈이 녹는 냄새. 민희의 눈물을 손등으로 닦아내자 쓰다듬는 손과 뺨의 온도가 비슷해졌고 마치 스스로의 뺨을 쓰다듬는 것처럼 느껴졌다. 그리고 내가 민희를 정말로 사랑하고 있다는 사실을 알아챘다. 아무도 모르게 머릿속에 죽은 새한 마리를 그려두고 간직하는 것 같은 그런 감정.

민희는 자신의 말대로, 정말 형편없는 투수였다. 팀이 이기고 있는 상황에서도 그가 등판하기만 하면 매번 역전패를 당했다. 같은 팀 선수들은 민희를 두고 상대 팀에게 역전극을 만들어주는 '작가'라고 비아냥대기도 했다. 하지만 민희는 진짜로 소설을 썼다. 자신의 할아버지에 대해서. 민희는 할아버지와 캐치볼을 하며 자랐는데 나이를 먹으면서 할아버지는 공을 받지 못할 정도로 쇠약해졌고 이유 없이 헐떡거렸다. 평온한 공기 속에서도 잠 속에서도. 민희는 할아버지가 땀을 뻘뻘 흘리며 트랙을 몇 번이고 몇 번이고 달리는 소설을 썼다. 그 소설을 처음 읽었을 때, 나는 민희가 할아버지에게 가혹한 형벌을 내리려 한다고 생각했다.

"기도 같은 거야."

민희는 소설에 대해 그렇게 설명했다.

"사랑하는 것을 계속 사랑할 수 있는 방법을 생각하는 거야."

숙모는 피아노 교습소에 다녀오면 베란다에 나가 담배 두 개비를 연달아 피웠다. 그럴 때 나는 책상 앞에 앉아 소설을 써보려고 했다. 이를테면 이런 문장으로 시작하는. '숙모는 건강해.' 물론 이런 문장도 있었다. '나는 야구장에 갔어.' 또는 '나는 야구장을 달렸어.' 하지만 문장은 좀처럼 더 이어지지 않았다. 흰 종이를 노려보고 있으면 어디선가 천천히 눈이 녹는 냄새가 났다.

학교에서 짝꿍이 내 손목의 멍에 대해 물어본 적이 있다. 그애는 손목을 가리키며 "너를 아끼고 사랑해야지" 했다. 하지만 세상에는 네가 모르는 일도 있어. 그걸 모르는구나. 그렇게 말하고 싶었는데 말을 더듬을까봐 두려웠다. 잠자코 있자 짝꿍이 내 귀에 대고 속삭였다. "너한테서 고약한 냄새 난다." 짝꿍은 책상을 끌어 나에게서 반 뼘쯤 떨어졌다. 나는 내 몸에서 나는 냄새를 몰랐다. 내가 아는 냄새는 민희의 몸에서 나는 오래 방치된 젖은 신문지 냄새.

민희는 글러브를 미온수에 담가 가죽을 부드럽게 만들고 손에 꼭 맞도록 모양을 잡는 일에는 능숙했지만 몸을 씻는 데는 서툴렀다. 나는 늘 말했다. "민희야, 네 냄새를 맡고 네 몸을 씻으면서 살아가야 해." 우리는 아들이 낮잠에 들면 이따금 욕조에다 뜨거운 물을 받았다. 물은 냄새를 못 맡으니까 우리는 오래도록 그것과 함께 앉아 있을 수 있었다. 나를 글러브처럼 생각해보라는 내 말에 민희는 대답했다.

"글러브는 씻기는 게 아니고……"

민희는 잠시 고민하다가 이어서 말했다.

"내 손에 꼭 맞도록 부드럽게 만드는 거야."

우리는 올바르게 씻는 법보다 서로의 몸을 더 잘 알게 되었다. 그러다 숙모에게 들킨 날에 우리는 물에 불은 몸으로 식탁 앞에 나란히 앉았다. 숙모는 우리에게 소설을 읽게 시켰다. "저 글을 못 읽어요." 민희가 그렇게 말하자 숙모는 음, 고민하더니 내가 먼저 소설을 읽고 그 내용을 민희가 다시 말하라고 했다. 나는 되도록이면 규칙적으로 반복되는 소리를 떠올리려 했다. 싱싱한 겨울 과실이 규칙적으로 박살나는 소리. 소설을 읽는 동안 나는 더듬지 않기 위해 필사적으로 노력했다. 혹은 필사적으로 더듬었다. 그리고 이제 민희가 입을 열 차례.

"오렌지 농장에서 케이와 케이지가 사랑을 나누었어요."

민희가 이야기한 내용을 요약하자면 다음과 같다.

캘리포니아의 오렌지 농장에서 일하는 케이와 케이지. 그 사이에서 태어난 아이가 사사키. 사사키는 야구를 사랑해서 LA 다저스에 입단하고 싶었지만 그애는 평생 동안 오렌지 농장에서 오렌지를 따야 할 운명이었다. 왜냐면 케이와 케이지가 평생 동안 오렌지를 따왔기 때문에. 사사키는 야구를 포기했다. 대신 오렌지를 사랑하기로 했다. 크기가 크고 당도가 높은 멋쟁이 오렌지. 사사키는 오렌지를 진심으로 사랑해서 지극정성으로 보살폈다. 어느 날, 한국인 가족이 농장에 오렌지 따기 체험을 하러 왔다. 엄마 아빠 그리고 아이 하나였는데, 사사키가 보기에 엄마 아빠는 아이를 사랑하는 것 같았다. 왜냐하면 그들이 아이를 꼭 안아주고 쓰다듬어주고 뽀뽀해주어서. 하지만 아이가 별안간 성질이 나서 오렌지 하나를 바닥에 팽개쳐버렸을 때, 엄마는 아이의 머리를 한 번 강하게 때렸다. 텅, 하는 소리. 사사키는 의문이 들었다. 왜 자신의 부모는 자신을 때리지 않는지. 사사키는 사랑하는 오렌지를 하나씩 던지기 시작했다. 텅, 하고 튼튼한 과실이 망가지는 소리. 사사키는 누군가 자신을 거칠게 잡아서 바지를 벗기고 엉덩이가 붉어지게 때려줄 때까지 계속할 작정이었지만 날이 어두워지도록 아무도 그애를 찾지 않았다. 사사키는 텅, 하는 소리가 몇 번이나 났는지 돌이켜보았고 그만큼의 죄책감을 느끼며 집으로 돌아갔다.

실제로 『오렌지와 놀이와 오렌지놀이』의 내용은 이러하다. 케이와 케이지가 아이를 낳았는데 그 아이의 이름은 사사키. 사사키는 얼마 못 가 죽었고 그들은 그 이름을 다신 입에 올리지 않았다. 이게 끝. 이 시점부터 사사키는 소설에 나오지 않는다. 숙모는 종종 우리에게 그 훈육이랄지 처벌을 시도했는데 나는 늘 더듬었으며 민희의 이야기는 늘 원형과 달랐다. 그런 날에는 기억을 되짚어가며 민희가 했던 이야기를 일기에 써내려갔다. 그러면 우리가 다른 방식으로 걷고 있어 서서히 멀어지는 두 사람처럼 느껴졌고 조금씩 외로워졌다. 그럴 때면 나를 다른 공간에 놓아보기도 했다. 주워가지 않은 빛으로 가득한 곳. 내가 그곳에 고장난 채 환하게 놓여 있었다.

🕯

나는 당신들을 사랑할 수 있다.

내가 낳지 않은 것이나 나를 낳지 않은 것. 그것들을 꼭 안아주고 쓰다듬어주고 뽀뽀해주면 강하고 또 지혜로운 사람이 되는 기분이 든다. 언젠가 사랑하는 것들이 모두 사라지면 나는 텅 빈 방처럼 어리둥절한 표정으로 남아 있을지도 모른다.

숙모는 그랜드피아노 모양, 수납공간이 거의 없는 도자기 함을 가지고 있었는데 그것을 너무나도 귀하게 여겨 안에 어떤 물건도 넣어두지 않았다. 내가 실수로 그것을 떨어뜨려 박살냈을 때, 나는 숙모가 곧바로 나를 때릴 줄 알고 눈을 질끈 감았다. 몸이 떨릴 정도로 힘을 바짝 주고서. 숙모가 내 뺨을 올려붙이기만을 기다렸지만, 그녀는 아이고, 허리를 숙여 깨진 조각을 하나씩 주울 뿐이었다. 이상했다. 아름다운 도자기 함과 함께 그것을 아끼는 마음까지 사라져버린 듯했다. 모든 조각을 줍고 나서 숙모는 이렇게 말했다.

"나는 내가 때려야 할 때를 안다."

숙모는 폭력에 관해 굳은 신념을 가지고 있었으며 그 신념을 이행하는 데 주저함이 없었다. 자신이 때려야 할 때를 알았고, 때릴 때는 염두에 둔 만큼만, 명확한 리듬으로 때렸다. 그러나 내 입장에서는 맞아야 할 때가 언제인지, 그 리듬이 무엇인지 도저히 알 수가 없었다. 인생의 어떤 지침들은 어떻게 배워야 하는지조차 모른다는 사실. 터무니없는 무지. 차라리 숙모가 멍청하고 힘센 기계였으면, 그래서 우리를 좀 규칙적으로 부수거나 납작하게 만들어줬으면…… 그렇게 바라기도 했다.

아들이 이마를 깨먹은 뒤로 숙모는 공터에 가는 것을 금지했다. 내가 학교에 다녀와 소파에 엎드린 채 잠들었던 어느 날, 민희는 규칙을 어기고 아들을 몰래 공터로 데려갔다. 내가 일어났을 때 그애들은 물에 푹 젖은 채 몸을 심하게 떨고 있었다. 창밖에 비가 내리고 있지 않았는데도. 아들은 "휘파람을 부는 형들이……"
하고 이야기하다가 울음이 터져서 말을 끝맺지 못했다. 공터에서
대체 무슨 일이 벌어졌던 걸까? 아득히 먼 곳으로부터 알 수 없는
감정이 밀려왔다. 잠든 사이에 어떤 일이 벌어지고 말았고, 나는
영영 그 일을 알 수 없으며, 그저 잠 속에서 그 일이 끝없이 반복
되리라는 감각. 겁먹음. 민희는 눈을 질끈 감은 채 몸에 힘을 바짝
주고 서 있었다. 마치 어떠한 처분을 기다리는 듯이, 숙모 앞에서
내가 그래왔던 것처럼. 어쩌면 민희의 뺨을 때려야 할 순간일지
도 모른다고 나는 생각했다. 하지만 민희의 불그스름한 볼을 보
자 문득 이런 생각이 들었다. 공터에서 아들의 이마를 깨먹은 날,
피투성이가 되어 돌아온 우리에게 숙모가 뭐라고 했더라? 다만
나는 공터에서 따뜻한 몸을 안았던 감각을 기억해냈고, 땀으로
축축하게 젖은 손으로 두 아이의 뺨을 쓰다듬어주었다. 쓰다듬는
손과 뺨의 온도가 비슷해지며 스스로의 뺨을 쓰다듬는 것처럼 느
껴질 때까지.

숙모는 버릇처럼 말했다.

"괜찮아, 너희는 아무것도 모르니까."

하지만 숙모에게도 모르는 것이 있었을 것이다. 이를테면 비어
있는 것과 비어 있는 곳은 어떻게 다른지. 박살난 도자기 함에는
둘 중 어떤 이름을 붙여야 하는지……

중학교 3학년 겨울, 숙모가 내 졸업여행비 송금을 깜빡한 적이
있다. 아들은 중학교 입학을 앞두고 수학학원에 등록을 했고, 이
래저래 돈 나갈 곳이 많았다. 비용이 미납되었다는 이야기를 들

고 현관문을 박차고 들어섰을 때 숙모와 삼촌은 식탁 앞에 앉아 대화를 나누고 있었다. 나는 낼 수 있는 가장 큰 소리로 이렇게 말했다. "그, 왜, 왜, 왜, 아, 안, 내……" 삼촌이 당황하며 "무슨 일이니?" 말했고, 나는 기묘한 승리감을 느끼며 생각했다. 너 내가 하는 말 이해할 수 있어? 나는 할 수 있는 만큼 크게 소리를 질러대기 시작했다. 정확한 문장을 만들어낼 순 없었지만. 하지만 또렷이 기억한다. 내가 뱉어내는 그 모든 단어를 견디지 못한 삼촌이 자리에서 일어나 안방으로 들어가버리고, 그러고 나서도 내가 끝없이 더듬는 동안, 숙모가 얼마나 얼떨떨한 표정으로 그 식탁 앞에 앉아 있었는지.

⬩

이듬해 봄, 할아버지 제삿날이었다. 숙모가 앓아누워서 제사는 건너뛰어야 했다. 숙모는 소파 위에 무거운 모래 자루처럼 늘어져 있었다. 아들은 학원에 가고 나는 흰죽을 끓이기 위해 쌀을 깨끗이 씻었다. 가스레인지 위에 냄비를 올리고 레버를 돌리려는 순간, 누군가 문을 두드리는 소리가 들렸다. 나는 현관문 손잡이를 잡은 채로 얼마간 망설였다. 그때 다시 노크 소리가 한 번. 두 번. 조심스레 문을 열자 나타난 더러운 피와 땀으로 번들거리는 민희의 얼굴. 튀어나온 광대뼈 부근에 멍이 들어 있었는데 경기가 끝나자마자 부원 하나가 기다렸다는 듯이 주먹을 날렸다고 했다. 숙모가 힘겹게 몸을 일으켜 이리 온, 손짓하며 불렀다. 얼굴의 상흔을 신중히 살피는 숙모에게 민희가 "고장난 부분이 있으면 이러기도 해요"하고 말했다.

"네가 맞고만 있으니까 고쳐지지 않는 거야."

그건 정말 맞는 얘기였다. 그런데 맞고만 있지 않으려면 어떻게 해야 하지? 나는 부엌으로 돌아가 냄비에 얌전히 엎드린 흰쌀을 보았다. 숙모가 말했다. "그런 불합리한 가혹 행위는 알려야지." 숙모가 천천히 일어나 조금씩 발을 옮기는 소리가 들렸다. 숙모는 티브이 하부 장에서 구급함을 꺼내면서 말을 이었다.

"정말 아무것도 모르는구나."

맞아. 나는 내가 뭘 모르는지도 몰라. 그런데 그 사실을 알았다. 나는 숟가락으로 흰쌀을 몇 번 건드렸다. 흰쌀 몇 톨이 떠올랐다가 완전히 가라앉았다. 가스레인지 레버를 더이상 돌릴 수 없는 지점까지 돌리자 스파크 튀는 소리가 두어 번 났고, 센불이 일순 크게 일렁였다. 그때였다. 텅, 하고 무언가 땅에 떨어지는 충격음이 들렸다. 나는 천천히 뒤돌았다. 거기엔 정적. 그리고 구급함. 그 옆으로 약간 비껴난 채 바닥에 쓰러진 숙모가 있었다. 숙모 쪽으로 걸음을 내디딜수록 그녀가 내는 숨소리가 생생하게 들려왔다. 짧고 불완전한 숨. 숙모가 손을 들어 가슴인지 배인지 정확히 구별할 수 없는 그 어딘가를 가리켰다. 그러다 손으로 힘없이 구급함을 툭 쳤고, 그 안의 물품이 우르르 쏟아졌다. 탈지면, 소독약, 감기약, 반창고, 구충제. 흰 섬유 냄새와 살짝 썩은 밀가루 냄새. 숙모의 말대로, 우리는 도대체 뭘 해야 할지 몰랐다. 그저 가만히 서서 고통스러워하는 숙모의 얼굴을 멍하니 내려다보았다.

무언가 잘못됐어. 그렇게 생각했고 이렇게 말할 수밖에 없었다.

"그, 그, 뭐, 뭐야, 그, 그거."

민희는 구급차를 불렀고, 사람을 데려오기 위해 밖으로 나갔다. 내내 틀어둔 티브이에서는 이제 새로 등판한 선수의 평균 자책점이 안내되고 있었다. 곧이어 첫번째 타자가 타석에 섰다가 별다른 소득 없이 들어갔다. 나는 숙모를 거의 질질 끌다시피 소파로 옮기다가 그녀의 팔에 난 멍자국을 보았다. 숙모의 머리를 내 무릎 위에 올려두고 그녀의 팔을 조심스럽게 쓸어보았다. 숙모의 손목 부근을 슬며시 잡았을 때, 푸르스름한 멍과 내 손이 어설프게 겹쳤다. 그 순간, 문득 어떤 장면이 떠올랐다.

어두운 방에 희고 굵은 초.

그날 숙모는 손바닥으로 민희의 얼굴을 사정없이, 그러나 규칙적으로 내리쳤다. 그러고 나서 내 앞에 쪼그려앉아 자신의 얼빠진 얼굴을 보여주었다. 아이가 다쳐 왔을 때 부모들이 지어 보이곤 하는 겁먹은 얼굴. 숙모는 내 손목을 부드럽게 쥐고 이리저리 돌려보더니 구급함을 가져와서 이것저것 늘어놓았다. 탈지면, 소독약, 감기약, 반창고, 구충제. 숙모는 구급 물품들을 가만히 내려다볼 뿐, 어떠한 처치를 하지는 않았다. 다만, 그것들을 다시 구급함에 주워 담으며 그녀가 잘 알고 있는 진실을 말해주기는 했다.

"그 초는…… 제사 때 쓰는 거다."

야구 경기는 끝나 있었다. 나는 숙모의 머리를 조심스럽게 소파에 내려놓고 베란다로 나갔다. 재떨이에서 꽁초 하나를 골라 불을 붙이자 야구공이 배트에 맞는 충격음이 환하게 울렸다. 담배를 깊게 빨았다가 연기를 뱉자 터져나오는 관중들의 희미한 환호성. 경기는 이미 끝났는데도. 어쩌면 이 집에서 누군가 공을 던지고 있고, 이건 어떤 새가 박살나는 소리의 반향일 뿐인지도 몰라. 희고 빛나는…… 나는 머릿속으로 복도를 배회하고 있을 민희를 떠올렸고 그애를 이 집에 들인 것을 후회했다. 아들에게 야구를 가르치게 한 것, 나와 야구를 하게 한 것, 그러니까 그 모든 끔찍한 보살핌에 민희를 가담시킨 것을. 나는 겁을 먹었다. 숙모가, 아니면 민희가, 아니면 내가, 누구라고 콕 집을 것 없이 우리모두가 무섭게 느껴져서. 우리의 무지함과 우리의 다정함이, 그러니까 우리가 함께 있다는 사실이 말이다.

숙모는 협심증으로 며칠간 간호 병동에 입원했다. 나는 처음으로 숙모를 달리게 했다. 숙모가 땀을 뻘뻘 흘리며 트랙을 몇 번이고 도는 이야기를 쓰면서 내가 그녀에게 가혹한 형벌을 내리는 것 같다고 생각했다. 병원 로비에서 삼촌은 이렇게 말했다. "너희가 같이 있어서 얼마나 다행이니." 비로소 나는 삼촌이 귀신이 아니라 명료하게 존재하는 한 사람으로 느껴졌고, 그가 죽어버렸으면 하고 바랐다.

숙모의 팔목은 항상 멍이 들어 있었다. 나는 그 푸르스름한 흔적을 볼 때마다 방안에 덩그러니 앉아 나를 바라보던 얼빠진 숙모의 표정이 떠올랐다. 그 표정을 되새기면 숙모가 나를 사랑한다고 마음껏 오해할 수도 있었다. 맞아. 어쩌면 정말로, 숙모는 나를 사랑했는지도 모른다. 내가 숙모를 사랑해서 그녀에게 가혹한 형벌을 내렸던 것처럼.

제사를 지낼 때, 여러 번 절을 하고 한동안 그대로 엎드려 있어야 하는 순간이 있다. 누구도 묻거나 대답하지 않는 편안함 속에서, 머리를 숙이고 있는 자세 탓인지 나는 기도를 하는 것 같다고 생각했다. 기도라면 응당 무언가를 구해야 한다. 나는 그 시절 일기에 매일같이 적고 실현되기를 원했던 하나의 문장을 마음속으로 되뇌었다. '야구를 사랑하게 해주세요.' 하지만 막상 입 밖으로 나온 건 이런 말이었다.

"우리 모두 건강하게 해주세요."

고등학교를 졸업한 뒤, 민희와 나는 잠시 함께 살았다. 민희는 새벽에 출근해 건설 현장에서 일했고 자기 전 소설을 썼다. 나는 공무원시험을 준비했는데 민희가 출근하면 새벽부터 맥주를 두세 캔 마시고 잠들었다. 민희가 돌아올 즈음 쓰레기를 묶어서 버리고 책상 앞에 앉았다. 민희는 건설 현장에서 호이스트를 타고 아주 높이 올라가보았다고 했다. 어느 덥고 습한 여름날 민희는 삼층 높이에서 돌연 추락했다. 이후 밝혀진 사실에 따르면 그건 안전장치가 없어 사람이 타면 안 되는 호이스트였다. 민희는 그런 결함을 몰랐지만 만약 알았다 해도 타지 않을 수 없었을 것이다. 민희는 몇 군데 타박상을 입었을 뿐 뼈가 부러지거나 금이 가지도 않았다. 나는 민희가 일을 그만두기를 바랐다. 하지만 민희는 오히려 그 일을 근거로 나를 안심시켰다.

"나는 건강하니까. 한 번도 부러진 적 없잖아."

민희와는 미지근하게 헤어졌다. 욕조의 물이 식으면 일어나 밖으로 걸어나가듯이 자연스럽게. 우리가 헤어지고 일 년 뒤에 숙모가 죽었다. 장례식장 입구에서 우연히 민희를 만났을 때 그애는 살이 좀 빠진 듯 보였고 다리를 절고 있었다. 장례식장에서 나는 그다지 할 게 없었는데 그 점이 약간 참담했다. 장례식장을 떠나기 전 나는 검은 양복을 입고 상주로 서 있는 아들을 꼭 안아주었다. 민희도 아들을 꼭 안아주었다. 나 한 번. 민희 한 번. 크림빵을 사이좋게 나눠 먹듯이. 몇 번쯤 반복하다가 나는 아들의 둥근 얼굴을 유심히 보았다. 너는 숙모와 참 닮았네. 그야말로 숙모의 아들이구나. 나는 입꼬리를 약간 끌어올려 웃어보았다. 어떤 여자를 떠올리며, 삶에 대한 싫증과 애착을 모두 받아들인 그런 늙은 여자를.

느린 것 중 가장 난폭한 건 눈.

장례식장에서 나와 우리는 느린 눈을 맞으며 걸었다. 눈만큼 느리게. 그리고 낯설게. 민희는 낯설게 걸었다. 먼저 한 발을 길게 내딛고 나머지 한 발을 짧게 지면에 붙였다 뗐다. 길게. 짧게. 길게. 짧게. 발이 푹푹 빠지는 부드러운 눈의 소리가 해롭게 들려왔다. 나는 코트 소매를 걷어올려 민희에게 손목을 내어주었다. 한 손에 무리 없이 쥘 수 있게. 힘줄이 불거진 민희의 커다란 손이 내 손목을 쥐었다. 영하의 날씨 탓에 차가워진 손에선 체온이 느껴지지 않았다. 왠지 울음이 나올 것 같아 이렇게 말해버렸다.

"더, 더 세게."

116

우리는 고가도로 아래의 공터로 향했다. 그곳엔 놀이터가 들어서 있었다. 어쩌다 다리를 다치게 되었는지 물어보아도 민희는 별거 아니라고만 답했다. 민희는 얼마 전 행정복지센터에서 장애인 등록 신청을 하려다가 마감 시간이 지나 그냥 되돌아왔다고 했다. 그걸 하면 뭐가 좋은 건지 물어봤는데 민희는 "금전적인 것들?" 하고 어깨를 으쓱일 뿐이었다. 민희는 헤어지기 전에 말했다. "너도 건강해." 그러고 조심스럽게 나에게서 떨어져나갔다. 나는 대답 없이 바닥에 쌓인 눈을 바라봤다. 너무 희어서 내 얼굴을 반영하지 않는 눈. 그 속으로 손을 집어넣어 눈뭉치를 만들었다. 눈뭉치를 꽉 쥐었고, 너무 시리다는 생각을 했고, 눈의 표면을 긁어내듯이 앞으로 세게 던졌다. 눈으로 만든 공이 민희의 등에 맞고 떨어졌다. 뒤돌아본 민희와 잠시 눈이 마주쳤다. 나는 무언가를 말하고 싶어서 입을 뗐지만, 더듬을 것 같아서 쉽게 말을 뱉어낼 수가 없었다. 그때 민희가 웃음기 섞인, 그러나 약간 지친 목소리로 말했다.

"더럽게 못 던지네."

민희는 내가 예측할 수 없는 자신만의 리듬, 자신만의 궤적으로 걸어갔다. 나는 집으로 돌아가는 길에 민희에게 하려던 말을 곰곰이 떠올려보았다. 건강해? 건강하라니? 하지만 민희야, 우리에게 주어진 시간은 너무 많아서 우리는 오래오래 늙어갈 거야. 우리는 더 작아지고 더 약해질 거니까 우리를 노려보고 있어야 해. 우리가 작고 약하다는 믿음을.

노려보기.

그걸 같이 하고 싶었다.

민희는 어쩌다 다리를 다쳤는지 끝내 말해주지 않았다. 다만 병원에서 깨어났을 때, 낡고 깨끗한 이불 안에서 몸을 조금씩 움직여보며 이렇게 생각했다고 한다. '무언가 잘못됐어.' 그건 나도 아는 마음이라서, 자기 전 흰 종이에다 그렇게 썼다. 종이의 흰 면을 노려보다보면 그것을 빈 배경으로 오해할 수 있게 된다. 그러면 어디선가 눈이 녹는 냄새. 들려오는 목소리.

"기도 같은 거야."

숙모가 암으로 장기 입원했을 때 나와 숙모 아들은 번갈아가며 그녀를 간병했다. 그때 숙모 아들이 이런 말을 했다. "엄마를 돌보면서 깨달은 건, 내가 엄마를 돌볼 수 없다는 사실이었어." 그건 좀 아들로서 무책임한 발언 아냐? 생각했지만 나는 누군가의 자식이 되어본 적이, 적어도 기억하는 한에서는 없었으니까 별다른 말을 덧붙이지 않았다. 솔직히 이야기하자면, 숙모는 누군가에게 돌봄받을 만한 사람은 아니었다. 숙모는 강했다. 몇 번의 유산과 한 번의 출산을 겪고도 자신이 건강하다고 믿었다. 자신이 낳지 않은 아이에게도 열과 성을 다해 벌을 주었다. 무엇보다, 자기가 실컷 괴롭힌 아이에게서도 힘껏 사랑받았다. 나는 그녀가 누구의 도움도 받지 않고 알아서 잘 살아가기를 바랐다. 깊은 앙심과 그보다 훨씬 큰 사랑을 담아서.

숙모가 죽고 방에 처박혀 은둔하고 있을 때, 맥주 캔과 남은 배달 음식, 박스 더미 사이에서 숙모 아들이 나를 찾아냈다. 그러고 바닥에 굴러다니던『오렌지와 놀이와 오렌지놀이』를 집어 몇 줄 읽다가 책상 위에 올려두었다. 숙모 아들은 몇 시간 동안 땀을 뻘뻘 흘리며 방을 치웠다. 청소를 끝낸 뒤에는 티브이를 켜 야구를 틀었다. 4월이었고, 정규 시즌 경기가 진행되고 있었다. 숙모 아들은 어깨를 으쓱하며 "좋아했잖아" 하고 덧붙였다. 나는 지고 있는 경기를 그저 가만히 노려보았다. 눈도 깜빡이지 않고, 눈물이 핑 돌 때까지. 숙모 아들과 나는 한 이닝 동안 어떠한 말도 나누지 않고 그저 우리 팀이 경기를 망치는 것을 지켜보았다. 이것도 야구냐. 그런 말도 없이. 숙모 아들이 슬그머니 일어나 외투를 입고, 신발을 신고, 현관을 나서려다가 문득 뒤돌아 이런 말을 하기는 했다.

"누나가 날 참 사랑했지."

그 말을 듣고 나는 울어버리고 말았다. 그애가 그 사실을 알아줬기 때문이라든지, 보상을 받은 기분이라든지, 그런 것 때문만은 아니었다. 내가 그 시절로부터 너무 멀리 와버렸다는 걸 깨달았기 때문이었다. '나는 야구를 사랑해.' 그 문장을 매일 적고 또 노려보기, 그것이 야구를 사랑하기에 정말 괜찮은 방식이었나. 나는 여전히 알 수 없다. 내가 아는 것은 이런 것. 너무 많은 사람이 떠남. 나는 어둠 속에서, 티브이가 출력하는 야구장의 미미한 불빛에 의지해,『오렌지와 놀이와 오렌지놀이』를 소리 내어 읽어보았다. 이렇게도 말할 수 있다. 소리 내어 더듬어보았다. 나는 차라리 사사키에 대해 쓰기로 했다.

사사키는 뛰어난 외야수였다. 공을 노려보는 사람이었기 때문에. 그는 공의 궤적을 끝까지 주시했다. 그럴 때는 필드에 공과 자신만 있다고 느꼈고, 약간 외롭기도 했지만, 그 외로움이 그를 팀 최고의 외야수로 성장시켰다. 팀이 처음으로 포스트시즌에 진출했을 때 그는 선수 인생에서 가장 큰 부상을 입었다. 그는 외야에 있었고 타자가 공을 쳤을 때 이미 홈런임을 확신했다. 하지만 끝까지 공을 노려보았고 이윽고 펜스에 몸통을 세게 부딪치고 말았다. 그는 펜스를 전혀 신경쓰지 않고 달렸기 때문에 강한 반동으로 튕겨나왔다. 무언가 잘못됐군. 그는 바닥에 누워서 생각했지만, 자신이 정확히 어디를 다쳤는지 깨닫지 못했다. 저 멀리서, 다른 외야수가 필드를 가로질러 달려왔다. 그는 사사키의 머리를 무릎에 올려두고 몸을 이리저리 만져보았다. 그러곤 "어깨가 빠진 것 같아"하고 그가 그 부근을 슬며시 짚어줬을 때, 사사키는 비로소 편안해졌고, 더이상 외롭지 않았다.

사사키의 이야기를 몇 번이고 반복해 소리 내어 읽었다. 그러다 어느 순간 눈물이 뚝 그쳐서 씩씩하게 샤워하러 갔다.

나는 행정복지센터에서 일하게 되었다. 청사는 고지대에 있어 가파른 계단을 오르고 나면 얼굴이 붉어지고 헐떡이게 된다. 공기 속에서도 숨이 차다는 게 이상하다. 가끔 계단참에 앉아 아래를 내려다보며 계단을 힘겹게 오르는 사람들, 그들의 땀으로 번들거리는 얼굴을 노려보기도 한다. 청사에 불평을 하거나 도움을 받으러 온 그 사람들의 얼굴을. 당신들은 여기에 뭐하러 왔어? 연약해? 씩씩해? 아니면 씩씩하게 걸어야만 하는 연약한 사람들이야? 하지만 걸음걸이가 당신의 강함을 증명해주지는 않아. 그런 생각들을 하면서. 그리고 민희가 어떻게 살아나가고 있을지를 그려본다. 내가 할 수 있는 한 최대한 구체적으로. '민희는 불행하지 않았다'는 문장보다는 더 현실적으로. '민희는 덜 불행했다.' '민희는 더 불행해지지 않았다.' 하지만 그렇게 생각하는 건 꽤 괴로운 일이었는데, 그 문장들은 이렇게 바꿔 쓸 수도 있기 때문이다. '민희는 나와 함께했던 시간보단 덜 불행했다.' 그러니까 나는 이 말을 하지 않기 위해 오랜 시간 외면해왔다. '내가 네 옆에 있어서 미안했어.'

내가 쓰지 못한 민희의 이야기가 어디엔가 남아 있다는 걸 안다. 어쩌면 여기에 쓰지 못하는 민희의 시절이야말로 그애의 인생에서 가장 핵심적인 부분일지도 모른다는 생각이 이따금 나를 힘들게 한다. 나는 민희 이야기를 여러 방식으로 수십 번도 넘게 써보았다. 강습 교실에서 아이에게 야구를 가르치는 민희. 공원에서 우연히 만난 아이와 캐치볼을 하는 민희. 아이를 구하기 위해 차가 달리는 도로로 기꺼이 뛰어드는 민희. 그중 어떤 것은 사실일지도 모른다. 민희에 대해 상상할수록 더 많은 이야기가 사실과 가까워질 수 있다. 더 많은 이야기가 사실과 멀어질 수 있다.

얼마 전, 둥근 눈송이가 얼굴로 들이치는 게 좋아서 계단참에 웅크리고 앉아 있는데 계단을 내려가던 젊은 남자가 물었다. "선생님, 어떻게 오셨어요?" 내가 대답 없이 가만히 있자 "도와드릴까요?" 하고 재차 물었다. 솔직히 말해서 나는 도움이 절실히 필요했다. 예, 도와주세요, 말하지 못했는데 내가 더듬을까봐 두려워서는 아니었다. 그 남자가 나를 도울 수 있을 것 같지 않아서였다. 나는 그 사실에 조금 낙담했고, 걱정스러운 표정의 남자에게 말했다. "나, 나 알아요?" 남자는 말없이 계단을 마저 내려갔다. 나는 바닥에 쌓인 눈을 쥐어 이리저리 만져보았다. 둥글게 만들려고 하면 할수록 조금씩 부서져서 결국 내 손에는 아주 작은 공이 쥐어져 있었다. 나는 작은 공을 노려보았다. 작은 공은 손의 온기 때문에 더 작아지고 있었고, 내리쬐는 햇빛이 작은 공의 어떤 부분을 환하게 표백시키는 것처럼 보였다. 오래오래 바라볼수록 작은 공은 더 희어 보였고 나는 오래오래 바라보았다. 그것이 희고 빛나는 새로 오해되고, 이윽고 낯익은 그 손을 마주하게 될 때까지.

크기가 크고 당도가 높은 멋쟁이 오렌지

내가 이 소설에서 가장 좋아하는 사람은 사사키.

사사키의 유년 시절에 대해 더 이야기해볼 수도 있을 것이다. 그건 좀 슬픈 일일뿐더러 어쩐지 해서는 안 되는 일처럼 느껴진다. 하지만 사사키가 찍힌 사진 한 장을 우리가 같이 볼 수는 있을 것이다.

거실 한편의 통창 앞에서, 아버지는 쪼그려앉아 근육이 올라붙은 한쪽 팔로 그보다 키가 작은 사사키를 꽉 끌어안고 있다. 사사키의 큰 머리통은 뒤쪽으로 젖혀져 있으며, 뒤에서 밀려오는 역광 때문에 인상을 쓰고 있는지 아닌지 구분할 수 없다.

내가 이 사진을 어디서 얻었을까? 사사키에게는 이제 낯선 것이 된 이 순간을 말이다.

어느 날 사사키는 이제 혼자 사는 집에서 낮잠을 자다 깨어나 이 사진을 찾아볼 마음이 들 수도 있다. 그런 마음이 어디에서 문득 솟아올랐는지, 괜한 의문을 가지지도 않고서. 사사키는 협탁의 서랍을 열어 잡동사니들을 모조리 꺼내 방을 엉망으로 만들어 놓을 수도 있을 테고, 냉장고 문을 열었다가 자신이 왜 여기로 왔는지 잊어버린 채 어리둥절한 표정을 지을 수도 있을 것이다. 사사키는 다시 침대로 돌아올 수도 있다. 분실해버린 유년 시절에 대해 생각하면서. 자신 안에서 상연되는 얼굴들이 낯선 빛덩어리 같다고 생각하면서.

꿈속은 컴컴한 오렌지밭. 흑백 영상에서도 여전히 자신의 색을 보여주고자 하는 크기가 크고 당도가 높은 멋쟁이 오렌지. 사사키는 한 팔을 편 채 걷기 시작한다. 자기 손이 오렌지 나무들을 아무렇게나 건드리게 둔 채로 허기질 때까지.

사사키를 이렇게 만든 사람은 누구일까? 사사키가 꾸어야 할 오렌지 꿈을 대신 꾸는 사람은? 나는 여기에다가 이렇게 쓸 수도 있다.

'사사키는 오렌지밭에서 넘어져 팔꿈치가 부러진 적이 있음.'

그러지 않았을 수도 있는데……

이 소설을 쓸 때는 줄곧 이런 생각을 했다.

이런 나를 어떻게 사랑할래?[1]

최다영

1. 기대 없는 내기

"내가 너에게 공을 주면, 네가 다시 나에게 공을 주는 거야."
(102쪽) 이는 캐치볼의 가장 기본적인 정의이지만, 동시에 사랑
의 고전적인 정의이기도 하다. 기대를 주고받을 수 있을 거라는
확신은 존재가 온전히 수용받는 듯한 기분을 느끼게 하니까. 그
런데 어떤 이들은 공을 기다리는 일에 지쳐서 아예 단정해버리기
로 한다. 어차피 저 사람은 날 사랑할 수 없을 거라고. 그러한 혼
자만의 내기가 사실이 될 때, 확실한 불행을 통해 미약한 효능감

---

[1] 이 글의 제목은 이실비의 시 「서울 늑대」(『오해와 오후의 해』, 문학과지성사,
2025)에서 빌려왔다. 이 해설은 『문학동네』 2025년 가을호에 실은 계간평 「아무
도 주워가지 않는 빛」을 토대로 삼아 확장한 글이다.

이 확보된다. 하지만 내심 내기에서 완전히 패배하기를 바란다는 점에서 모순적이다. 그 패배로 인해 무너지는 것은 공들여 가장하고 합리화해온 자신만의 서사이기도 하다.

'나'는 스스로 사랑에 재능이 있다고 믿지만, 아무리 노력해도 야구만은 좀처럼 사랑하지 못한다. '나'가 아는 야구의 규칙은 이러하다. 너무 많은 사람이 필드에 우두커니 서 있다가 한꺼번에 떠나버리는 것. '나'는 차라리 사랑하는 것들을 야구라 불러본다. 믿어서 기도하는 게 아니라 기도를 축적함으로써 믿음이 생겨나기를 바라는 여느 무신론자들처럼. 사랑의 목록이 야구라는 하나의 기표로 수렴되는 이러한 주술적 수행은 일기장 위에서도 반복된다.

때때로 제사용 초를 켜둔 방안에서 민희가 '나'의 손목을 멍들 때까지 힘껏 쥐는 시간도 야구가 된다. '나'는 서로의 온도가 같아지는 걸 느끼며 코르크가 단단히 들어찬 야구공처럼 안정감을 얻는다. 그리고 상상한다. 자신이 던진 공에 낯선 집의 창문이 박살 나고 그 집을 찾아가면 잘게 부서진 유리 조각들이 온 바닥에 빛처럼 흩어져 있는 모습을. 오래 방치한 과거와 같은 그곳에 가볼 수 있는 건 민희가 곁에 있기 때문이다. 민희의 사랑이 머무는 한 '나'는 안전하다고 생각한다.

2. 기도의 두 유형―일기와 소설

남의현의 소설에 등장하는 병약하고 유순한 교제 상대들은 '나'와 거울을 마주보듯, 혹은 하나의 몸에서 갈라져 나온 두 얼굴처럼 둘만의 자족적인 관계를 구현한다. 그런 만큼 손목을 쥐는 장면 외에도 민희와 '나'의 온도가 같아지며 합일감을 느끼는 장면들이 빈번히 그려진다.

'나'는 일기를, 민희는 소설을 쓰는 인물인 점에서도 둘은 분신처럼 그려진다(그렇기에 남의현 소설에서 교제 상대들은 '나'의 상상 속 인물로도 읽힌다). 민희는 소설쓰기가 일종의 기도라 말한다. 사랑하지 않는 것을 사랑하고 싶다는 일기 쓰기가 '나'의 기도라면, 민희는 소설을 씀으로써 사랑하는 것들을 계속 사랑할 수 있게 해달라고 기도한다. 할아버지에게 끊임없이 트랙을 달리게 하는 민희의 소설은 할아버지의 건강 회복을 허구로 실현하는 일이지만, '나'에게는 그저 "가혹한 형벌"(105쪽)처럼 보인다. '나'도 민희처럼 소설을 써보려 하지만 쉽지 않은 이유다.

숙모는 '나'의 말더듬증을 고치기 위해『오렌지와 놀이와 오렌지놀이』라는 소설을 소리 내어 읽게 한다. '나'와 민희가 함께 욕조에 있다가 들킨 뒤로는 민희에게도 소설을 읽게 한다. 민희는 글을 못 읽으므로 '나'가 먼저 소설을 더듬어 읽으면 민희가 그 내용을 정리해 말하는 방식으로. 그런데 민희는 '나'가 읽은 것과 다른 내용을 말하며 즉흥적으로 새로운 이야기를 지어낸다.

매번 원형과 다르게 말해 훈육을 놀이로 전환시키는 민희의 이 이야기 속에서, 작중 사사키는 운명에 굴복하여 야구 대신 오렌지를 사랑하기로 결심하는 아이가 되었다가, 학대받고 싶어서 사랑하는 오렌지를 망가뜨리는 아이가 된다. 사사키는 맞음으로써 부모의 사랑을 확인받고 싶어하지만 언제까지나 외롭게 방치된다.

'나'의 이야기를 다르게 번역하는 민희의 이야기를 다시 일기로 옮기면서 '나'는 한몸 같던 민희와 조금씩 멀어지고 있음을 느낀다. 그때마다 '나'는 상상 속 집에 자신을 놓아둔다. 그 집은 '나'가 유리창을 모조리 깨버린 집, 스스로 망가뜨린 과거다. '나'는 맞고 싶어하지만 아무에게도 맞지 못하는 사사키처럼 외로워진다.

3. 사사키의 고장난 오렌지

기준도 빈도도 파악할 수 없는 숙모의 체벌 앞에서 '나'는 번번이 무력함을 느낀다. 차라리 규칙적이고 정확한 불행을 통해 예측 가능한 패턴이 주는 통제감이나마 얻을 수 있기를 바란다. 하지만 이 불확실함은 숙모 때문만은 아니다. '나'를 혼자 남겨두고 민희와 아들(숙모의 아들)이 공터에 나갔을 때도, 나-민희-아들로 구성된 일종의 가족 삼각형 세계는 부서진다. 둘만이 겪은 공터에서의 사건을 영영 알 수 없듯 인생과 타인에 대한 무지가 끝없이 이어지리라는 예감 앞에서 '나'는 속수무책으로 무력해진다.

그리고 이는 소설 전반에 드리운, 오래 이어질 생에 대한 공포와 상통한다. '나'에게 삶은 그저 지겹도록 지속되는 불확실성이며 바로 그 점이 삶을 감당할 수 없는 것으로 느끼게 만든다. 그래서 가끔 "삶에 대한 싫증과 애착을 모두 받아들인"(102쪽) 나이든 여자의 웃음을 상상하고 흉내냄으로써 순식간에 늙어버리기를 바라기도 한다. 그러나 그 기대 끝에 남는 건 "오래오래 살아갈 거라는 예감"(같은 쪽)뿐이다. 어떠한 믿음도 기도도 이 사실을 이겨낼 수 없다.

어쩌면 그렇기에 '나'는 맞거나 아픈 이들을 볼 때 사랑스럽다고 느끼는지도 모른다. '나'의 사랑과 보살핌을 필요로 하는 무력한 이들은 "한 손에 무리 없이 쥘 수 있는 작은 기쁨"(97쪽)이다. 숙모가 잔병이 늘어 '나'의 보살핌이 필요하게 되었을 때도 마치 '나'는 자신의 존재가 수용되는 것처럼 느끼며 기뻐한다.

숙모가 쓰러지던 날, '나'는 숙모의 손목에서 멍자국을 발견하고 숙모 또한 삼촌에게 학대당해왔음을 알게 된다. 그리고 언젠가 숙모가 민희를 사정없이 때리던 때를 떠올린다. "아이가 다쳐왔을 때 부모들이 지어 보이곤 하는 겁먹은 얼굴"(113쪽)로 '나'를 바라보던 숙모의 표정이 이 순간 뒤늦게 해명된다. 어쩌면 숙모는 나를 사랑할지도 모른다는, 참담한 구원감 속에서 '나'는 숙모의 사랑에 대한 결핍을 민희로 메우고자 했던 것을 비로소 후회한다.

퇴원 후에도 숙모는 삼촌에게 맞는데, '나'는 숙모의 멍자국을 볼 때마다 숙모가 '나'를 걱정하고 보살피던 날을 떠올린다. 그렇게 숙모의 상처는 '나'를 언제든 "얼빠진 얼굴"(113쪽) 앞으로 데려다놓으며 "숙모가 나를 사랑한다고 마음껏 오해할 수도 있"(114쪽)게 하는 자원이 된다.

4. 사실이 되려는 믿음, 믿음을 배반하는 사실

숙모가 입원했을 때 '나'는 민희가 그랬듯 소설을 쓰면서 숙모를 달리게 한다. 사랑하는 숙모를 계속 사랑할 수 있도록, 건강한 숙모를 허구 속에서 미리 실현시키는 방식으로 기도하는 것이다. 그러나 '나'는 여전히 그러한 소설쓰기가 숙모에게 벌을 내리는 행위 같다는 생각을 떨칠 수 없다.

숙모의 죽음 후 은둔하던 '나'는 아들의 방문 이후 사사키에 대해 다시 쓰며 기운을 차린다. 사사키가 야구를 포기하는 민희의 이야기와 달리, '나'의 이야기에서 사사키는 뛰어난 외야수다. 외로울지언정 야구를 사랑하는 일을 포기하지 않는다. 경기 도중 큰 부상을 입은 사사키는 다른 외야수의 걱정어린 손길을 느끼며 더이상 외롭지 않다고 느낀다.

민희가 완전히 떠난 뒤에도 '나'는 이제 알 수 없는 민희의 현재를 그려보며 무수히 많은 허구의 민희를 쓴다. 이는 자신이 민희를 망가뜨렸을지도 모른다는 사실을 속죄하기 위함이자, 죄책감을 면제받을 여러 도피처를 만드는 일이기도 하다. 이렇게 민희로 인해 알게 된 허구의 세계, 소설이라는 기도는 다시 민희를 위해 투입되며, 실제 민희의 삶과 가까워질지 더 멀어질지 알 수 없는 채 이어진다.

유사한 시기 함께 발표된 「공과 놀이와 공놀이」(이하 「공놀이」)[2]는 이 소설과 메타소설 관계를 이루는데, 인물 구도 등 겹치는 지점이 많아 함께 읽을 때 두 소설을 더욱 풍성히 이해할 수 있다. 「공놀이」에서도 믿음이 사실을 구현할 것이라는 이중의 믿음이 나타나며 그 믿음의 매개는 무엇보다 소설을 쓰는 일이다.

「공놀이」의 화자 '나'는 엄마의 관심을 끌기 위해 여러 기행을 이어가는 인물이다. 이런 '나'는 꿈을 각색해 기록함으로써 "내 삶을 통제할 수 있다고 여"(147쪽)긴다. 그러다 민희의 권유로 소설을 쓰게 되고, 이후 엄마가 죽는 이야기를 매일같이 일기장에 적는다. 오직 그것만이 무심하던 엄마로부터 즉각적인 반응을 이끌어낼 수 있는 "유일한 놀이"(153쪽)이기 때문이다. 그 놀이는 한쪽이 던지면 다른 쪽이 받아서 다시 던지는 모양새를 흉내낸다. 자신의 존재로 인해 엄마의 그 "아무것도 아닌 표정"(같은 쪽)에 웃음이든 울음이든 일말의 변화라도 일어나는 게 보고 싶어 '나'는 엄마의 눈앞에서 야구공에 맞고 머리가 박살나는 상상을 하기도 한다.

---

2) 남의현, 「공과 놀이와 공놀이」, 『악스트』 2025년 3/4월호. 이하 이 책을 인용할 때는 본문에 쪽수만 표시한다. 강조는 인용자.

훗날 엄마의 죽음 이후 '나'는 그 소설들 앞에 전사를 덧붙인다. 그중 아래 대목은 「나는 야구를 사랑해」를 포함해 남의현 소설 전반의 주제의식과 긴밀히 맞닿는다.

> 엄마는 자신이 개를 기다리고 싶은지 아닌지, 그리고 개가 돌아올지 아닐지 확신할 수 없으면서도 거기에 한참 동안을 앉아 있었다. **그 지겨운 불확실성** 속에서, 두 무릎을 세워 **자기 자신만을 꼭 끌어안고서.** 얼마쯤 시간이 흘렀을까, 엄마는 저 멀리서, 가방을 입에 물고 질질 끌고 오는 개를 보았고, 그 개가 가까워지는 동안 서서히 **외로워졌다.**(162쪽)

기다림 아닌 기다림이 기약 없이 이어지다 드디어 개가 돌아왔을 때 엄마는 다시 지겹고도 익숙한 외로움에 빠져든다. 무척이나 지쳐 보이는 모습으로. 왜 혼자가 아니게 되었을 때 외로워질까. 이러한 감정의 역설은 크게 세 가지 해석으로 우리를 이끈다. 기다림이 끝나는 순간, 자각하지 못했던 고독을 뒤늦게 맞닥뜨리며 자신이 얼마나 외로웠는지를 깨닫는 대목으로 읽는 게 아마 일반적일 것이다. 더이상 누군가를 기다릴 필요가 없어졌을 때 불확실한 기대와 불안이 사라지며 오래 외면하고 있던 감정의 공허가 비로소 드러나기 시작한 것. 혹은, 무력하게 방치된 수동성의 경험이 감정을 무디게 해 안도감이나 두려움 등 어떠한 감정도 그저 외로움이라는 하나의 반응으로밖에 나타나지 않는 거라보는 이들도 있을 것이다.

그런데 「나는 야구를 사랑해」와 겹쳐두고 읽을 때, 이 외로움은 예기치 못한 상실과 지겨운 불확실성의 순환이 살아가는 내내 반복될 것에 대한 직감으로도 이해된다. 그러므로 외로움이라는 상태는 (이미 반복을 통해 기억에 각인된) 특정 루프의 이행에 따른 자연스러운 산출이자, 다시 반복될 외로움에 대한 예감이다. 상실했던 대상의 귀환은 엄마를 더 큰 고독 속에 남겨둔다.

이러한 소설쓰기는 엄마가 언제나 모든 불행을 예상한 것 같은 무던한 얼굴로 살았던 이유에 납득 가능한 서사를 부여하는 듯하다. 이처럼 허구는 남의현의 인물들에게 삶에 미약한 통제감이나마 확보하려는 기술이자, 간절히 바라는 허구를 현실로 미리 불러오는 일, 그럼으로써 타인을 이해하고 받아들이는 일이 된다.

5. 맞춤형 분신과의 작별

여러 레이어가 중첩되고 의미화와 해석의 폭이 넓은 만큼, 이 소설의 내부는 극단적으로 추상화되어 있다. 그렇기에 메타소설의 구성이나 알레고리 축조에 주력하는 것으로 볼 수도 있을 텐데, '사랑'이나 '신성', '문학(창작)'의 알레고리보다는 특히 인생에 대한 알레고리로 읽을 것을 제안하고 싶다. 앞서 본 것처럼 '나'와 대결하고 있는 건 예측 불가능성이 기약 없이 이어지는 삶 그 자체, 착실히 누적해나가야 할 시간의 지속이니 말이다.

'나'가 자주 나이든 여자를 그려보는 것은 이 생에서 제 몫으로 마련된 모든 감정을 단번에 받아들이고 싶다는 바람에 기인한다. 무지 속에서 불안해하는 일을 오래 겪지 않아도 된다면 젊음의 시간을 모두 잃어도 '나'는 아깝지 않다. 그러나 그 불가능을 매번 확인받는다.

소설의 끝은 '나'가 쥔 눈덩이의 온도와 손의 온도가 같아져 물이 되어 녹아내리고, 바라볼 수 있는 건 손밖에 남지 않는 장면이다. 이제 같은 온도가 되도록 쓰다듬고 마주볼 얼굴 대신, 자기 자신만이 '나'에게 남아 있다. 민희나 숙모, 아들과 함께하던 시절의 연결고리이자 야구라 부를, 사랑을 가장할 마지막 대리물마저 소멸함에 따라, '나'는 비로소 자신을 직시할 수밖에 없게 된다. 현실과 대면하고 싶지 않아 곧장 늙어버리기를 바랐으나 이제 맨몸으로 삶의 진실과 고통을 겪어내야만 하는 것이다. 그리고 이는 소설에서 빈번히 강조된, 노려보라는 당부의 결과이기도 하다.

> 우리에게 주어진 시간은 너무 많아서 우리는 오래오래 늙어갈 거야. 우리는 더 작아지고 더 약해질 거니까 우리를 노려보고 있어야 해. 우리가 더럽게 작고 약하다는 믿음을.
>
> 노려보기.(117쪽)

노려보아야 할 것은 "믿음"이지만 맥락상 '사실'이기도 하다. 여기서 줄곧 타인을 향하던 질문은 이제 '나'의 몫으로 돌아온다. 이런 나를 어떻게 사랑하겠냐고. 사랑하는 것들이 모두 사라지면 텅 빈 방이 될 거라던 말처럼, 맞춤형 분신마저 사라진 후 텅 비어버린 야구장 같은 자신을 어떻게 온전히 수용하고 남은 생을 함께 살아갈 것인지 자문할 수밖에 없게 된다. 그렇다면 노려보아야 한다는 당부는 사랑을 증명해야 할 이유가 사라진 뒤에도 삶을 피하지 말고 정확히 직시하라는 말로도 읽을 수 있을까. 앞으로 더한 불확실과 외로움에 헐어가더라도 힘껏 삶을 사랑하라는, 생에 대한 의지를 잃어서는 안 된다는 메시지로. 그럴 때 「나는 야구를 사랑해」를, 성장 과정에서 겪는 애착 대상들과의 관계 변화를 수용하고 불안정한 미래로 발을 내딛기를 격려하는 성장소설로 읽을 수도 있을 것이다.

그러나 그러고 싶지는 않다. 차라리 이 소설은 나날이 효능감을 잃어가며 나약해지는 여정 자체가 인생이라는 인식을 넘어, 그렇기에 구태여 사랑이나 의지를 가장할 필요가 없다는 것까지 말하고 있는 게 아닐까. 망가진 것을 극복하려 애쓰지 않아도 되고 납득할 수 없는 기다림이나 도무지 파악할 수 없는 타인의 언행에 의미를 부여하지 않아도 된다고 말이다. 우리는 인생에서 교훈을 배우지도 인생을 사랑하지도 못하겠지만 그래도 이런 나와 계속 살아갈 수 있다. 그저 그 모든 것들로부터 마음이 자유롭게 놓여날 수 있다면 충분하지 않을까.

마지막으로 이 소설의 형식적 배치와 문체의 아름다움에 대해서도 언급하고 싶다. 연쇄되고 중첩되는 동형적 이미지의 각운은 마디마다 정확하게 들어차는 음률처럼 정교하고, 다층적으로 고안된 문장에서 뻗어나가는 리듬을 따라 놀이의 멤버들은 계속해서 자리를 바꾼다. 이렇듯 밀도 높게 축조된 언어의 미적 설계가 남의현 소설의 가장 빛나는 독보성이다.

최다영
2022년 『문학과사회』 신인문학상을 수상하며 평론을 발표하기 시작했다.

서장원

히데오

.
.
.
.
.
.

작가노트
내가 여기 있어도 될까

해설 성현아
이름과 잃음 사이

서장원
2020년 동아일보 신춘문예를 통해 작품활동을 시작했다. 소설집 『당신이 모르는 이야기』가 있다. 2024년 이효석문학상 우수작품상, 2025년 이상문학상 우수상, 문지문학상, 젊은작가상을 수상했다.

히데오

히데오에겐 몇 가지 비밀이 있었는데, 그중 하나는 그의 친부가 일본인이며 그가 어린 시절을 교토에서 보냈다는 것이다. 어느 저녁나절, 한적한 거리를 걷던 중에 히데오는 이 사실을 내게 말해줬다. 이후 히데오는 어린 시절에 대해 조금씩 더 들려주었고, 나중에 나는 히데오의 생애 초반에 일어난 일들을 하나의 이야기로 꿸 수 있게 됐다.

히데오가 태어난 곳은 교토 외곽으로, 한국 사람들이 떠올리는 여행지 교토와는 거리가 먼 평범한 주택가였다. 히데오는 그곳을 자세하게 기억하지는 못했다. 습한 여름 날씨나 우듬지가 한눈에 들어오지 않는 거대한 나무들에 대해 말하면서도 그것이 정말 자신의 기억인지 교토에 대해 보고 들은 뒤 상상해낸 이미지인지 구분하기 어렵다고 덧붙이곤 했다. 교토에서 있었던 일 중 히데오가 확실하게 기억하는 건 모두 나쁜 경험이었다. 이를테면 초등학생 시절 책상 가득 자이니치나 조센진, 총 같은 단어가 적혀 있던 풍경이나 동급생 남자애들이 그의 가방을 걷어차며 드리블 시합을 했던 일, 그를 조롱하려고 반 아이들이 케이팝을 개사해 불렀던 일, 그런 사건들. 한번은 같은 반 아이들에게 얻어맞아 코뼈가 부러진 적도 있었다. 그날 저녁에 히데오의 부모는 아들을 위해 나고야로 이주하는 일을 의논했다. 히데오의 아버지는 아들을 불러앉히고 나고야에서는 어머니가 한국 사람이란 사실을 숨겨야 한다고 경고했다. 히데오는 깜짝 놀라며 식탁 앞에 앉아 있는 어머니를 바라봤다. 어머니가 그 말에 동의했는지 확인하고 싶었던 것이다. 히데오가 아는 한, 어머니는 자신이 한국인임을 숨기려 한 적이 없었다. 그러나 그 순간 어머니는 눈을 내리깐 채로 남편도 아들도 바라보지 않았다. 아버지가 다시 말했다.

"어쨌든 우리는 일본에서 계속 살 거니까, 그렇게 하기로 하자."

그날 밤, 히데오는 코의 통증과 식도로 넘어오는 피, 어머니의 고요한 얼굴과 나고야에서 보낼 새로운 나날의 환영 때문에 잠을 이루지 못했다. 다만 히데오의 부모는 나고야행을 두고 갈팡질팡했고, 히데오로서는 온전히 이해할 수 없는 과정을 거쳐 이혼을 결정했다. 이혼 후 히데오의 어머니는 아들을 데리고 경기도의 친정으로 돌아왔다. 이후 히데오는 일본인 아버지와 일본에서의 삶을 철저히 숨겼다. 나에게 고백하기 전까지 누구에게도 자신의 첫번째 이름 히데오를 말해주지 않았다.

내가 히데오를 처음 본 건 연극원 강의실에서였다. 아직 벚꽃도 피지 않은 3월, 나와 히데오를 포함해 여덟 명의 학생이 책상을 둥글게 붙여 앉았다. 그해 연극원에서는 입학이 예정된 학생들을 모아 십오 분 내외의 단막극, 일명 '짧막극'을 만드는 프로젝트를 신설했다. 입학 전부터 그룹별로 모여 공연을 준비하고 3, 4월 동안 연극원 소극장에서 공연을 올리는 이색적인 신입생 환영회라 할 수 있었다. 학보사는 이 프로젝트에 참여하는 신입생 그룹 중 하나를 인터뷰하기로 결정했는데, 그것이 그해 들어 나에게 처음 주어진 취잿거리였다.

인터뷰는 활기찬 분위기에서 진행됐다. 내가 질문을 던지면 인터뷰이 중 하나가 말꼬리를 낚아채서는 장황한 대답을 늘어놓았고, 한 사람이 발언을 마치기도 전에 누군가 이어 말하기 시작했다. 이야기가 자꾸 주제 밖으로 뻗어나갔다. 나는 녹음기를 켜둔 채 학생들이 자유롭게 의견을 나누는 것을 듣다가 한 번씩 끼어들어 원래의 질문을 상기시켰다. 그러다 문득 맞은편 자리의 남학생이 그때껏 입을 다물고 있다는 사실을 깨달았는데, 그가 바로 히데오였다. 준비중인 연극에 대해 어떻게 생각하는지 모두에게 답변을 청했을 때에도 히데오는 가장 늦게 대답했다. 이번 작품은 평범한 고등학생들을 주인공으로 하지만 교훈적인 내용은 아니고, 한국의 입시제도나 주입식교육을 비판하는 내용도 아니며, 그렇다고 『데미안』 같은 소설을 떠올리는 것도 곤란하다고. 그렇게 말한 뒤 히데오가 입을 다물었으므로 나는 그래서요, 하고 다시 물었다. 히데오는 참여중인 연극과 관련 없는 사실에 대해 말했을 뿐 작품에 대한 의견을 내놓진 않았으니까. 뜻밖의 질문이라는 듯 히데오는 한동안 강의실 천장을 바라보며 말을 골랐고, 그러다 옆자리에 앉은 극작과 학생이 그래도『데미안』과는 겹치는 지점이 있다고 말을 보태면서 자연스럽게 화자가 바뀌어버렸다. 이후로도 두 시간 남짓 인터뷰가 진행되는 동안 히데오는 방청객처럼 동기들의 대화를 가만히 지켜봤다. 나는 히데오에 대해 '수줍음, 자기 확신 ×'라는 메모를 적어두었다.

히데오를 다시 만난 것은 2학기가 개강하는 8월의 마지막날, 영상원 지하의 어둑한 강의실에서였다. 강의를 맡은 교수는 강의실에 들어오자마자 벽면 쪽에 앉은 학생에게 불을 모두 끄라고 시킨 뒤 빔 프로젝터를 켰다. 빔 프로젝터가 작동하며 푸르스름한 빛이 강의실을 채우고 있을 때 히데오가 뒷문을 열고 들어왔다. 그는 내 옆자리로 다가와 큼직한 백팩을 내려놓았다. 빈자리가 많지 않았으니 나를 의식하고 온 건 아니었을 것이다. 다만 나는 곧바로 히데오에게 알은체를 했고, 히데오 역시 그랬다. 강의가 시작된 지 십 분쯤 지나서 히데오는 책상 위에 줄 없는 노트를 펼치더니 "기사 잘 봤어요, 늦었지만" 하고 필담을 건넸다. 그것을 시작으로 우리는 이런저런 이야기를 주고받았다. 그날의 인터뷰와 학보에 난 기사, 히데오가 출연한 짤막극에 대한 이야기로 한 페이지를 다 채우자 더는 할말이 없었다. 나는 필담을 마무리할 겸, 농담처럼 적었다.

—언젠가 슈퍼스타가 되어도 저를 잊지 마세요.

　—선배가 보기엔 제가 배우가 될 것 같아요?

　—네 그럴 거 같아요.

　—고맙습니다.ㅋㅋ

　—연기과 학생 같지 않아요.

　—그게 좋은 뜻인가요?

　—당연히 좋은 뜻 아닐까요?ㅋㅋ

　나는 그렇게 적으며 실제로 킬킬댔는데, 복도에서 노래를 부르고 연극 대사를 읊어대는 연기과 남학생들이 떠올랐기 때문이었다. 나는 그들이 멋있어 보인 적이 없었다. 잠시 뒤 히데오가 답을 적었다.

　—그렇다면 고맙습니다.

　다음 시간에도, 그다음 시간에도 교수는 수업시간 내내 강의실을 어두컴컴하게 해두고 고전영화를 틀어주었다. 틈틈이 설명을 덧붙이기는 했지만 경청하는 학생은 소수였고, 교수도 개의치 않는 듯했다. 히데오와 나는 스크린 위로 상영되는 고전영화를 흘끗거리며 필담을 이어갔다. 각자의 학교생활이 주된 화제였다. 히데오는 인터뷰 내내 입을 굳게 다물고 있던 사람답지 않게 제 이야기를 술술 써내려갔다. 몸을 활용하는 연기과 수업이 힘들다고, 몸을 통해 무언가를 표현하는 것이 익숙하지 않다고 히데오는 전했다. 나는 나대로 희곡을 쓰는 일과 학보사 기자로서의 고충에 대해 적었다. 내가 좋아하는 희곡, 극작과 학생들은 좋아하지만 나는 어쩐지 마음이 가지 않는 작품, 새롭게 알게 된 해외의 젊은 극작가들, 그리고 그들을 소개하는 칼럼을 학보에 실은 일에 대해 나는 썼다. 어느 토요일에 있었던 보강수업에서는 전 남자친구 영도에 대해 미주알고주알 적고 있었다. 히데오는 '헐' 'ㅜㅜ' 하고 추임새를 곁들이며 따라 읽었고, 내 이야기가 다 끝 난 뒤에는 노트를 가져가 여러 페이지를 한꺼번에 넘겼다.

"자, 이제 새로운 챕터로 넘어가요."

히데오는 그렇게 말하고는 손가락으로 아무것도 적혀 있지 않 은 백지를 쓸었다. 내내 틀어져 있던 영화의 음향 때문에 히데오 의 손이 종이에 스치는 소리가 들렸을 리 없는데, 나는 어째선지 그 소리를 분명하게 들었다고 기억한다.

히데오의 진짜 이름이 더는 히데오가 아닌 것처럼, 영도 역시 실제로는 다른 이름을 가지고 있었다. 영도는 영도의 별명이다. 수업중에 발언할 때마다 스스로를 영화학도라고 강조하여 붙여 진 조롱조의 별명. 나는 그 별명을 좋아하지 않아서, 그를 직접 영 도라고 부른 적은 없다. 다만 헤어진 뒤로는 그를 생각할 때마다 자연스럽게 영도라는 이름을 떠올리게 됐다.

영도는 콩트 창작 수업을 듣는 유일한 타과생이었다. 그 수업 은 극작과 전공 기초라서 원래 타과생이 수강할 수 없는 과목이 었다. 그런데도 영도는 개강 날에 모두가 보는 앞에서 교수에게 사정사정하여 수강을 허락받았고, 이후 강의실의 분위기 메이커 역할을 도맡았다. 적절한 순간에 적당한 농담을 던져 모두를 웃 겼고, 아무도 의견을 내지 않고 있으면 어김없이 나서서 발언하곤 했다. 합평에서 자기 글의 단점을 낱낱이 지적받아도 영도는 기가 죽는 법이 없어서, 쉬는 시간이면 자신의 글이나 의견에 날카롭게 공세를 퍼붓던 학생들에게 다가가 천연덕스럽게 말을 붙였다. 마치 어릴 적에 특별한 백신을 맞아서, 미움받거나 홀대받아도 그다지 상처 입지 않는 사람 같았다. 사실 미움받는 일도 내가 아는 한은 많지 않았다. 언젠가부터 영도는 수업이 끝난 뒤 맥주를 마시러 가는 극작과 학생들 무리에 끼어 있었다. 동기들이 전하는 말에 따르면 그는 말술을 마시고도 취하지 않는 주당에, 언제나 술자리의 중심이 되는 사람인 듯했다.

물론 영도를 불편해하는 수강생도 몇 있었다. 그들은 영도가 관심을 받으려 애쓴다고, 모두에게 친한 척을 한다고 평가했다. 나로 말할 것 같으면, 그 중간쯤의 입장이었던 것 같다. 영도 덕분에 날 서 있던 합평 분위기가 유해졌다고 생각하면서도 그의 행동이 마냥 좋게 보이진 않았다. 무엇보다 그가 쓴 글을 읽고 나면 가슴이 답답해졌다. 매 수업마다 이천 자 분량의 콩트를 제출하고 함께 평했는데, 영도의 글은 늘 레퍼토리가 똑같았다. 젊은 남자가 예쁜 여자를 만나 사랑에 빠지지만 끝내 그녀의 마음을 얻는 데 실패한다는 이야기였다. 내 눈에 그 이야기 속 주인공은 영도로, 나머지 인물들은 전부 영도에게 상처나 위로를 주기 위해 등장하는 소품으로 보였다. 영도가 그 레퍼토리에서 벗어난 건 수업이 종강할 즈음이었다. 그때껏 한 번도 수정한 글을 가져오는 법이 없던 영도는 서너 편의 글을 고쳐서 제출했고, 처음으로 모두에게서 긍정적인 평가를 받았다. 나 역시 그의 글을 칭찬했는데, 놀랍게도 영도는 이 변화가 모두 나의 피드백 덕분이라는 엉뚱한 소리를 했다.

"지난 수업에서 수진 학우가 해준 말이 큰 도움이 됐어요." 영도는 그렇게 말하고는 좌중의 눈치를 살피고 장난스럽게 덧붙였다. "그러니까 이번 글에 대해선 수진 학우님께 박수를 양보하겠습니다."

합평이 끝난 뒤 글을 제출한 사람에게 격려의 박수를 보내는 것이 그 수업의 관행이었다. 그런데 내가 쓰지도 않은 글로 박수를 받다니, 좀 묘하지만 기쁜 일이라고 생각했다. 돌이켜보면 거기서 그쳤어야 했는데, 그러지 못했다는 생각도 든다. 그때 나는 이 상황을 지나치게 긍정적으로 받아들였다. 자기 밖의 세계를 상상하지 못하던 남자가 나로 인해 변했다고 여겼던 것이다. 사실 영도가 한 일이라곤 쪽글 몇 편을 고친 것뿐이었는데 말이다. 그날 수업이 끝난 뒤 영도는 내게 학교에서 조금 떨어진 위치의 칵테일 바에 함께 가자고 했고, 나는 영도를 따라나섰다. 나중에 영도와 나는 그 일을 우리의 첫 데이트라고 부르게 됐다.

히데오와 함께 처음으로 영상원 건물을 벗어난 건 추석 연휴 바로 직전의 수업을 마치고서였다. 그날 수업은 교수의 사정으로 원래보다 한 시간 반 일찍, 오후 세시가 조금 넘은 대낮에 끝났다. 가방을 챙겨 강의실을 나서는 동안 바로 지금이 자연스럽게 무언가를 제안할 기회라고 생각했다. 나는 도서관 일층에서 열리는 미술원 학생들의 작품 전시회를 볼 생각인데 같이 가겠느냐고 히데오에게 물었고, 히데오는 좋다고 대답했다. 우리는 햇빛이 환하게 들이치는 영상원 복도를 지나 도서관 건물로 넘어갔고, 설치미술작품 몇 점을 감상했다. 그런 다음엔 자연스럽게 후문 근처의 베트남 식당으로 자리를 옮겼다. 그리고 거기서 영도를 마주쳤다. 주문한 쌀국수를 기다리는 동안 가게 밖에 한 무리의 남학생들이 나타났는데 그중에 영도가 있었다. 유리창 너머의 남자가 진짜 영도인가 생각하는 사이 후드를 뒤집어쓰고 있던 영도가 내 쪽으로 고개를 돌렸고, 짧은 순간이지만 나와 영도의 시선이 분명하게 맞부딪쳤다. 사실 나는 그 비슷한 상황, 그러니까 다른 남자와 함께 있는 모습을 영도에게 보여주는 일을 자주 상상하고 바랐다. 그러나 그런 일이 진짜로 닥치자 적잖이 당황스러웠고, 그뒤에 일어난 일은 내 상상을 한참 벗어났다. 히데오가 창 너머의 영도 무리 중 하나에게 손을 흔들었던 것이다. 히데오에게 인사를 받은 남자애가 유리문을 밀고 가게로 들어왔다. 가까이서 보니 전에 몇 번 본 적 있는 얼굴이었다. 예전에 영도가 나에게 소개했던 후배들 중 하나이지 싶었다.

"데이트해?"

남자애가 히데오에게 물었다. 만약 그 순간 히데오가 나에게 눈길을 줬다면, 그 눈길 속에 아주 작은 질문이라도 들어 있었다면 나는 어떻게든 긍정적인 신호를 보냈을 것이다. 물론 마음속 더 깊은 곳에서 바랐던 건 히데오가 나에게 물을 필요도 없다는 태도로 그렇다고 대답하는 것이었다. 그러나 히데오는 그러지 않았다. 그는 나를 쳐다보지도 않은 채 대꾸했다.

"무슨. 그냥 밥 먹는 거지."

남자애는 고개를 끄덕였고 히데오와 몇 마디를 더 주고받다가 가게 밖으로 나갔다. 나중에 나는 그 일을 여러 번 되돌아봤다. 히데오가 이 상황은 데이트가 아니라고 잘라 말하는 순간의 부끄럽고 당혹스러운 마음이 오랫동안 가시지 않았다. 한편으로는 남자애가 영도에게 전했을 말, 그 말을 들은 영도의 반응 같은 걸 끝도 없이 상상하게 됐다. 시간이 조금 더 흘러서는, 놀랍게도 영도와의 첫 데이트를 떠올리고 말았다. 영도와 칵테일 바에 갔던 날도 비슷한 상황이 있었다. 바텐더가 나에게 옆에 앉은 분은 남자친구냐고 물었던 것이다.

"노력중이죠."

나와 바텐더의 대화를 듣고 있던 영도는 망설임 없이 끼어들었다. 그러자 바텐더는 그를 응원한다면서, 말린 오렌지를 한 조각 얹은 공짜 칵테일을 만들어 내 앞에 놓아주었다. 생각해보면 영도는 자신이 언제 어디에서 주도권을 잡을 수 있는지 아는 사람이었고, 그 상황이 닥치면 절대 놓치지 않았다.

영도의 후배가 돌아가자 히데오는 기역 자로 꺾인 비좁은 가게 내부를 요령 있게 오가며 물과 단무지를 담아왔다. 우리는 필담으로 나누던 대화를 이어갔지만, 나는 방금 전의 상황에 마음이 붙들려 있었다. 정신을 차린 건 히데오가 내가 쓴 희곡의 오디션을 언급했을 때였다.

"누나네 팀에서 배우 구한다며?" 히데오는 그렇게 말하고는 잠시 나를 바라봤다. "나도 그 연극 지원해보려고."

히데오가 말한 연극의 제목은 '따귀 게임'이었다. 그건 내가 대학에 입학하고 나서 쓴 여섯번째 희곡이자 2학년 2학기 전공수업에 제출한 과제였다. 내가 그때껏 쓴 글 중 가장 좋다고 생각한 작품이기도 했다. 학기말에 이 희곡을 낭독극 형태로 무대에 올려야 했는데, 그 공연에 대한 평가가 곧 학교에서 보낸 이 년에 대한 평가가 될 것이었다. 연출을 맡은 지윤도 나와 같은 처지였다. 우리는 공연 준비를 위해 학교 근처의 카페에서 만나 대체로는 잡담만 나누다 헤어졌다. 인물들이 맞고 때리는 장면을 어떻게 처리할지가 지윤의 골칫거리였고, 나는 사소한 뉘앙스를 바꾼답시고 대사를 고치고 또 고쳤다. 무엇보다, 주연 중 하나가 여전히 공석으로 남아 있는 것이 가장 큰 문제였다. 에브리타임과 학교 홈페이지에 구인 공고를 올려두었지만 우리는 히데오를 만나기 전까지 적당한 지원자를 찾지 못했다.

나와 지윤 그리고 히데오가 조촐한 오디션을 치르기로 한 날이었다. 가장 먼저 강의실에 도착한 나는 묵직한 자주색 커튼을 걷고 창을 열었다. 그 순간에 밀려들던 가을 공기와 선명하게 보이던 창밖 풍경이 기억난다.

히데오는 조금 긴장된 표정으로 강의실에 들어섰다. 무릎이 반들반들한 회색 슬랙스에 흰 셔츠, 군데군데 보풀이 일어난 니트 조끼를 입고 진흙이 말라붙은 반스 운동화를 신은 모습이 내가 상상했던 작품 속 불량소년과 비슷했다. 히데오는 강의실 한가운데 놓인 의자에 앉아 대본을 읽기 시작했다. 잠시 뒤 곁에 앉아 낭독을 듣던 지윤이 가볍게 내 허벅지를 두드렸고, 나는 지윤도 나와 같은 생각임을, 우리가 히데오와 함께 낭독극을 올리게 될 것임을 알았다.

〈따귀 게임〉은 어느 고등학교에서 열린 학교폭력위원회 현장을 배경으로 한다. 등장인물은 모두 넷인데, 학폭위의 내부 위원인 교사 둘과 학폭위를 요청한 모범 소년, 그리고 학폭위에 회부된 불량소년이다. 모범 소년은 불량소년에게 매일 따귀를 맞았다고 신고했으며 이 혐의는 불량소년도 인정하는 바다. 다만 불량소년은 모든 폭력이 모범 소년의 요청에 따른 것이라고 주장한다. 작가 지망생인 모범 소년이 자신에게 도움을 청했다고, 모범 소년은 고통스러운 경험을 한 사람만이 좋은 글을 쓸 수 있다고 믿고 있다고 불량소년은 말한다. 그래서 모범 소년에게 자신이 아버지로부터 학대받은 이야기를 들려주고, 그 이야기에 값을 매겨 매일 저녁 모범 소년을 때려주었다는 것이다. 오디션에서 히데오는 불량소년이 되어 학대받은 경험을 이야기하는 대목을 낭독했다. 이야기를 마친 뒤에는 옆에 앉아 있을 가상의 모범 소년을 향해 고개를 돌렸다.

"오늘의 이야기는 여섯 대 반이야. 동의하지?"

히데오는 확인을 받은 듯 고갯짓을 하더니 의자 밑에 놓여 있던 바람 빠진 농구공을 집어들고 손바닥으로 때리기 시작했다. 농구공을 잡은 왼손이 공을 때리는 충격에 힘없이 밀려났고, 히데오는 의자 위에서 휘청거렸다. 오디션용 대본은 거기까지였다. 히데오가 괴상한 춤을 추는 것 같은 동작으로 정확히 여섯 대 반을 다 때렸을 때 오디션이 끝났다. 그가 강의실을 떠난 뒤 지윤은 신이 나서 말했다.

"감정을 폭발시키는 데 재능이 있는 것 같아."

잠시 뒤 나는 히데오에게 전화를 걸어 합격 사실을 알렸고, 히데오는 괜찮다면 저녁을 함께 먹겠냐고 내게 물었다.

"그러고 싶은데 영화학도가 볼일이 있대서." 나는 재빨리 덧붙였다. "너 한 시간 정도 기다릴 수 있어?"

영도는 기숙사 로비에 서서 휴대전화를 들여다보고 있었다. 익숙한 모습이었다. 가을이면 자주 입던 무릎까지 내려오는 야상재킷을 걸치고 있었는데, 내 눈에는 덥고 거추장스러워 보였다. 그는 어젯밤 문자메시지를 보내와 내게 빌려준 책을 돌려받고 싶다고 했다. 얼마 전 새로 시작한 시나리오 작업에 꼭 필요하다는 거였다. 나는 이참에 모조리 정리할 작정으로 밤늦게까지 그의 물건들을 추렸다. 혹시라도 훼손되어 시비가 생기지 않도록 박스 아래에 다 쓴 이면지를 깔고 우리가 연인이던 시절에 영도가 내게 떠안기듯 건네준 영화잡지와 책 몇 권, 기숙사에서는 들을 수도 없었던 관상용 음반들을 전부 담았다. 상자를 돌려주는 장면을 상상할 땐 내심 통쾌하기도 했는데, 내 기대와 달리 영도는 시큰둥한 표정으로 상자를 받아들었다. 상자 속에 자기가 말한 책이 있는지 확인할 생각도 하지 않고 영도는 말했다.

"아 근데, 저번에 너랑 같이 있던 애 있잖아. 걔 일본인이었다가 귀화했다며?"

"귀화라고? 아니야."

나는 히데오가 히데오인 것을 까마득히 모른 채 대꾸했다. 영도는 손에 들린 상자를 한 번 추어올리곤 자신 있게 말했다.

"몰랐나보네. 연극원 사람들은 다 아는 얘기야. 입학 서류 관리하는 교직원한테서 나온 말인데."

나는 곧 영도가 이 얘기를 하려고 나를 불러냈다는 것을, 그런만큼 영도는 자기 말이 사실이라고 굳게 믿고 있다는 것을 알았다. 그러자 수다스러운 동기들 사이에서 입을 다물고 있던 히데오가 떠올랐는데, 어쩌면 방금 들은 얘기가 그날의 풍경에 대해 무언가를 설명해줄지 모르겠다는 생각이 들었다. 영도는 박스를 뒤적거린 다음 책 한 권을 내게 건넸다. 표지에 쓰인 사진을 보니 내가 특별히 좋아하던 영화감독의 에세이집이었다. 그 감독이 미투 고발자들을 공개적으로 지지하고 있다는 사실은 잠시 뒤, 히데오와 함께 식당을 향해 걷는 동안 듣게 됐다. 우리는 영화와 연극 그리고 그즈음 여러 분야에서 시작된 미투운동에 대해서 이야기를 나눴지만 영도가 말한 그 일에 대해서는 언급하지 않았다. 그 대신 나는 히데오의 연기를 거듭 칭찬했다. 내 말은 모두 진심이었다. 히데오는 어느 대목에서 진심으로 분노해야 하는지, 어느 대목에서 진심을 숨기고 모범 소년과 교사들을 조롱해야 하는지를 직감적으로 알고 있는 듯했다. 히데오는 낮에 펼쳐 보였던 연기의 여운이 다 가시지 않은 듯 들뜬 얼굴로 중얼거렸다.

"대본 봤을 때부터 마음에 들었어. 그래서 꼭 하고 싶었어. 나는 항상…… 억울했거든."

"억울했다고?"

나는 입속에서만 굴려대던 영도의 이야기를 한번 더 곱씹으면서 히데오의 다음 말을 기다렸다.

"나 어릴 때 일본에서 살았거든. 그때 일본 애들한테 맞아서 코뼈가 부러진 적이 있어."

"코뼈가 부러질 정도로 맞았다고?"

나는 조금 놀란 채로 히데오를 바라봤다. 히데오는 멋쩍다는 듯 고개를 살짝 틀어 내 시선을 피하고 있었는데, 그래서 한 번 부러졌다는 그의 날렵한 콧대가 더 잘 보였다. 그러고 보니 코가 왼쪽으로 조금 휘어진 것 같기도 했다. 히데오가 어렸을 때 일본에서 살았을 뿐 아니라 일본인이었으며, 아버지는 여전히 교토에서 지내고 있다고 털어놓은 건 우리가 찾아간 식당이 영업을 마친 것을 확인하고 다른 식당이 나올 때까지 조금 더 걸으면서였다. 이런 얘기를 하는 것은 처음이라고 말하면서, 그러나 이미 시작한 이야기를 끝까지 해야겠다는 듯이, 히데오는 제법 긴 이야기를 쉬지 않고 말했다. 그사이 해가 저물었고, 불그스름한 가로등 빛이 길 위로 드리워졌다. 우리는 방음벽으로 가로막힌 1호선 철길을 따라 외대 쪽으로 걸어갔다.

"그래서 그 배역도 꼭 맡고 싶었어. 나도 사람들을 좀…… 때려주고 싶었어."

히데오는 그렇게 말하고 입을 다물었다. 때려주고 싶었다는 것이 이 이야기의 결말이자 자기가 〈따귀 게임〉의 불량소년 역에 지원하게 된 중요한 단서임을 전하려는 것 같았다. 다만 그 말은 그때껏 내가 어렴풋이 알고 있던 히데오가 할 법한 말이 아니어서 나는 좀 당황했다. 물론 전혀 이해할 수 없는 것은 아니었다. 일본의 초등학교에서 괴롭힘당했고 한국에서 학교를 다니는 동안에는 자신의 정체성을 숨겨야 했다는 얘기를 방금 들었으니까. 그럼에도 당시의 내게 히데오의 억울함은 너무나 멀리 있는 감정이었던데다, 다소 낭만적으로 들리는 면까지 있었다. 조금 당황하고 놀란 채로 애꿎은 지도 앱을 들여다보며 적당한 식당을 찾고 있을 때, 히데오가 이것 좀 보라며 갑자기 웃음을 터뜨렸다. 힘차게 농구공을 때린 탓에 히데오의 손바닥이 발갛게 부어올라 있었다.

"피부가 아직도 오돌토돌해."

히데오는 그렇게 말하며 한번 만져보라는 듯 손바닥을 내 쪽으로 미세하게 돌려주었다. 나는 히데오의 손바닥을 검지로 쓸었다. 과연 농구공 표면의 자잘한 돌기 자국이 히데오의 손바닥에 남아 있었다.

히데오가 〈따귀 게임〉에 캐스팅되고 며칠 뒤, 처음으로 팀원 전원이 대본 리딩을 위해 모였다. 연출자와 작가, 네 명의 배우가 연극원 일층 연습실에 둘러앉았다. 연습에 앞서, 지윤은 학기말 공연 때는 발을 설치할 예정이라고 설명했다.

"중식당 같은 데서 현관에 걸어두는 발이요. 모범 소년, 불량소년 사이에 놔둘 거예요. 두 분이 손이나 어깨로 발을 건드리면 발에 걸린 대나무나 유리가 부딪치면서 소리를 낼 수 있게요. 그 순간에 타격음 효과도 줄 거고요."

곧 교사1 역을 맡은 배우가 무대 지시부터 낭독을 시작했다. 지문이 대사로 넘어가고 대사들이 대화로 이어졌다. 교사들이 모범 소년과 불량소년의 학교폭력 사안에 대해 보고한 다음 마침내 불량소년 히데오가 발언했다.

"모든 것은 모범 소년의 요청 때문에 일어난 일입니다. 저희는 거래를 한 거예요. 저는 제 고통을 모범 소년에게 나누어주고 모범 소년은 뺨을 내주는 거죠."

곧바로 모범 소년이 반박했다.

"하지만 그 거래는 신뢰와 정직을 바탕으로 합니다. 불량소년은 이 약속을 깨뜨렸어요. 불량소년은 매일 아버지에게 학대받은 일을 따귀로 환산해서 저를 때리기로 했지만, 알고 보니 그애 아버지는 오 년 전에 죽었더군요."

"아버지는 없지만, 제가 아버지에게 학대를 당했다는 건 분명한 사실이에요. 그건 없던 일이 되지 않아요. 저는 정확하게 제가 당한 만큼만, 그 고통을 따귀로 환산하여 모범 소년을 때렸습니다. 게다가 이 과정에서 저는 강도를 엄청나게 덜어냈어요. 제가 당한 그대로 저 약해빠진 애한테 했으면……"

히데오는 맞은편에 앉은 모범 소년을 노려보면서 중얼거렸다. 그리고 그즈음엔 너무나 분명하게 알 수 있었다. 나는 히데오에게 푹 빠져 있었다. 몸에 비해 조금 커 보이는 체크 남방을 입고 연습실의 나무 바닥 위에 양반다리를 하고 앉아 있는 히데오를 가만히 바라보면서, 나는 그 사실을 담담하게 받아들였다.

그때도 히데오가 나에게 마음이 없다는 건 알고 있었다. 히데오는 나를 좋아했지만 내가 바라는 방식으로는 아니었다. 그의 감정이 달라질 가능성도 거의 없을 것 같았다. 다만 한 주에 두 번씩, 팀원 전원이 참석하는 연습이 끝나면 히데오는 정해진 순서처럼 나에게 함께 걷기를 청했고, 걷는 동안엔 그때껏 누구에게도 말한 적이 없다는 이야기들을 내게 들려주곤 했다. 한국의 초등학교로 전학 온 뒤 얼마나 열심히 한국어 발음을 연습했는지, 일본인 아버지에 대해 어떤 거짓말들을 지어냈는지, 그리고 그 모든 과정이 어찌나 피곤했는지. 이런 일이 몇 번 반복되자 나도 기대를 안 할 수가 없는 마음이 됐다. 돌이켜볼수록 그 대화에는 분명 지나치게 내밀한 구석이 있었다. 히데오는 한국에서 학교를 다니는 동안 마주했던 복잡한 감정들도 말해주곤 했다. 역사 시간이나 국어 시간에 들려오던 일본에 대한 말들, 혐오와 경멸로 범벅이 된 그 말들을 히데오는 모두 기억했다. 하지만 그러면서도 그런 일들을 어떻게 받아들여야 하는지 여전히 잘 모르는 것 같았다. 히데오는 한국인 어머니를 모욕하며 자신을 괴롭히던 어린이들과 원어민 일본어 교사를 쪽발이라고 부르던 고등학생들이 다르지 않아 보였다고 말하면서도 그걸 똑같이 인종차별이라고 할 수 있는지는 확신하지 못했다.

"그래도 인종차별이 맞지. 아니면 그걸 뭐라고 해?"

나는 석연치 않은 마음으로 대꾸했다. 히데오가 겪은 일들, '쪽발이'니 '섬승이'니 하는 말들은 당연히 인종차별이 맞겠지만 한국인이 일본과 일본인을 싫어하는 걸 그저 인종차별이라고만 할 수 있는가 생각하면 마음이 좀 복잡해졌다. 히데오 역시 그런 점을 모르지 않았다.

"한국이랑 일본 사이엔 과거가 있잖아."

히데오의 이야기는 늘 그렇게 끝났고, 그러면 우리는 연극이나 학교생활로 화제를 바꾸곤 했다. 만약 시간을 되돌려서 그때로 돌아갈 수 있다면 나는 아마 다른 이야기를 들려줄 것이다. 한국과 일본 사이에 과거가 있고 그것은 전혀 청산되지 않았지만, 그럼에도 그 죄를 히데오가 감당해야 하는 것은 아니라고, 고등학교 일어 교사가 공공연하게 쪽발이란 말을 들었던 것은 분명 인종차별이고 제노포비아라고 말이다. 물론 지금의 히데오에게는 그런 말이 더이상 필요하지 않겠지만.

리허설 날 무대에는 비즈로 만든 발이 설치됐다. 나와 지윤은 며칠 전부터 남대문시장을 돌며 여러 가지 색과 모양의 비즈들을 사 모았고, 이틀 밤을 새워가며 배낭 가득 담아온 비즈를 여러 조합으로 꿰었다가 풀기를 반복했다. 마침내 완성된 발은 불량소년과 모범 소년 자리 사이에 놓였다. 불량소년이 손을 뻗어 모범 소년을 때릴 때 관객들에게 급작스러운 빛을 반사하는 효과를 줄 수 있도록. 지윤은 그렇게 해서 관객들이 산란하는 빛에, 지윤의 표현에 따르면 빛의 폭력에 노출되길 원했다.

히데오와 모범 소년은 같은 교복을 입고 무대 중앙에 앉았고, 교사1과 교사2가 그 양옆에 앉았다. 리허설이 진행되는 동안 지윤과 그날 하루 우리를 도와주기로 한 무대미술과 선배는 무대장치를 여러 번 조정했다. 그들이 비즈 발과 조명의 위치를 미묘하게 바꾸는 동안, 나는 거의 텅 비어 있는 객석 한가운데에 앉아 어떻게 했을 때 찰랑거리는 비즈 발이 가장 눈부시게 빛을 반사하는지를 알려주었다.

"환한데 그냥 예쁘게 보여!"

"잠깐 반짝거리기만 해!"

"아주 환해!"

마침내 환한 빛이 어둑한 소극장 가득 번쩍여서 저절로 눈이 감겼을 때, 눈꺼풀 안쪽에 박힌 빛의 파편이 망막을 파고들었을 때, 나는 머리 위로 커다랗게 동그라미를 그려 보였다. 그리고 환한 빛 속에서 히데오를 만났는데, 그 사람은 히데오가 아닌 히데오, 언젠가 히데오가 내게 말해준 또다른 히데오였다.

히데오가 또다른 히데오에 대해 들려준 건 공연이 얼마 남지 않은 어느 저녁, 오래 걷는 대신 연극원 건물 앞 평상에 나란히 앉아 잠깐 이야기를 나누었던 때라고 기억한다. 당시엔 몰랐지만 그때가 나와 히데오가 물리적으로나 정신적으로나 가장 가까웠던 순간이었다. 빛이 사라져가는 하늘을 바라보면서 히데오는 샛별이 보이겠다고 중얼거리고는, 점퍼 주머니에서 휴대전화를 꺼내 밤하늘을 찰칵찰칵 찍었다. 그러고는 급작스럽게 진로를 정해 경기도 안양에서 강남의 연기학원을 오가던 고등학교 3학년 무렵의 이야기를 꺼냈다.

"집에 가는 버스에서 잠들어서 내릴 곳을 한참 지나친 적이 있는데." 히데오는 말했다. "일어나보니까 창밖이 새카매서 여기가 어디인지 모르겠더라고. 그리고 갑자기 그런 생각이 들었어. 그때 엄마 아빠가 이혼 안 하고 다 같이 나고야로 갔으면 어땠을까."

나고야. 히데오와 히데오의 부모가 완전한 일본인이 되기로 약속했던 곳. 나는 그 이야기에 뭐라 답하지 못한 채 히데오를 바라봤다. 이윽고 히데오가 내게 물었다.

"누나는 내가 만약에 나고야에서 살았으면 어땠을 것 같아?"

"나고야에서 살았어도…… 지금이랑 비슷하지 않을까? 넌 거기서도 비밀을 갖고 있겠지."

히데오는 고개를 끄덕였다.

"아마 그렇겠지? 근데 나는 계속 생각했어. 엄마 아빠가 다 일본 사람이었더라면 내가 어땠을지. 반대로 다 한국 사람이면 또 어땠을지. 누나 생각엔 어땠을 것 같아?"

"그러면 너는 지금의 히데오가 아니고 다른 사람이겠지." 나는 그렇게 대답하고는 얼마 전 봤던 영화 이야기를 했다. "그 양자경 나오는 영화 있잖아. 〈에브리싱 에브리웨어 올 앳 원스〉. 거기 나오는 여러 가지 버전의 인물들처럼 약간은 다르고 약간은 비슷하고, 그렇지 않을까?"

히데오는 자기도 그 영화를 봤다면서 밤하늘을 찍던 휴대전화로 영화 이미지를 검색하기 시작했다. 그는 화려한 드레스를 입고 스포트라이트를 받는 영화 속 양자경의 이미지에 시선을 고정한 채 말했다.

"있잖아, 누나, 나는 이런 사람이 되고 싶어."

히데오는 그렇게 말했는데, 그 말이 내게는 상처받지 않은 자신, 따돌림도 비밀도 없는 성장기를 가지고 싶다는 얘기로 들렸다. 그리고 나는 거의 직관적으로 영도를 떠올리게 됐다.

"그런 사람은 좀…… 끔찍할 수도 있지 않을까?"

나는 그렇게 말하고는 영도와의 일화를 들려주었다. 페미니즘 영화를 둘러싼 기이한 토론이 있었다고. 영도와 막 사귀기 시작했을 무렵, 영도는 한 단편영화제의 수상작이 마음에 들지 않는다면서 어떤 남자 감독들은 비평가들에게 아부하기 위해 페미 영화를 만든다고 주장했다.

"그럼 페미니즘 영화는 여자 감독들만 만들어야 해? 그건 아니지."

내가 그렇게 말하자 영도는 화들짝 놀라서 외쳤다.

"여자 감독들이야 피해의식에 찌들었으니까 페미 영화 같은 걸 만들지."

영도는 누군가가 페미니즘에 진지한 관심을 갖거나 페미니즘을 통해 자기 삶을 설명할 수 있다고 생각하지 못했다. 영도와 사귀는 내내 나는 영도에게 그 가능성을 설득하려고 애썼지만 영도는 흔들림이 없었다. 사실 영도와의 이런 일화는 끝이 없었다. 그와의 반년 남짓한 연애는 이런 대화들로 점철되어 있었다.

히데오는 그런 영도가 끔찍하다는 데 동의했지만, 내가 왜 자신과 영도를 연결시키는지, 어째서 또다른 자신이 영도 같은 사람이 되었으리라고 짐작하는지는 이해하지 못했다. 그는 그저 상처받지 않은 자신, 따돌림도 비밀도 없는 성장기를 가지고 싶었을 뿐이니까. 그리고 나도 어떤 이유에서 두 사람을 연결시키게 된 건지 설명하기가 어려웠다. 그렇게 우리의 대화는 잠깐 중단됐다. 문득 히데오가 하늘을 바라보며 중얼거렸다.

"진짜 별 보이겠다."

이윽고 정말 별들이 보이기 시작했다.

공연 당일, 히데오는 누구보다 빛을 발했다. 우리 팀의 다른 배우들은 물론이고, 연극원 학기말 공연에 출연한 모든 배우와 비교해도 그랬다. 그때 그가 겨우 스무 살이었고 연기과에서 이제 막 두 학기를 보냈다는 걸 생각하면 놀라운 일이었다. 〈따귀 게임〉 공연 이후 히데오는 연극원에서 제작되는 몇몇 작품에 불려 다니며 연기과에서 가장 바쁜 학생이 됐다. 영상원 학생의 졸업 작품에도 출연했는데, 그 영화가 국내 단편영화제들에서 주목받으면서 히데오도 덩달아 약간의 유명세를 얻었다. 그날의 공연을 마치고도 나는 히데오와 종종 연락을 주고받고 몇 번의 긴 통화를 했지만, 직접 만나지는 못했다. 연락 횟수도 서서히 줄어갔다. 내가 히데오를 다시 본 것은 히데오가 휴학을 마치고 학교로 돌아왔을 때였는데, 그때 나는 졸업을 보류한 채로 도서관을 드나들며 졸업 작품을 쓰고 있었다. 개강하고도 거의 한 달이 다 지났을 무렵, 히데오는 내게 전화를 걸어왔다. 어느새 일 년 넘게 히데오와 아무런 왕래가 없었던 터라 나는 꽤 오랫동안 휴대전화 화면에 뜬 히데오의 이름을 바라봤다. 마침내 통화 버튼을 누르자 히데오의 목소리가 튀어나왔다.

"누나. 잘 지냈어?"

히데오는 예전에 우리가 가려다가 가지 못했던 식당 이름을 불러주며 기억이 나느냐고 내게 물었다. 물론 기억했다. 히데오와 함께한 거의 모든 것을 나는 소중하게 간직하고 있었으니까.

"거기 가볼래?"

히데오는 그렇게 물었고, 잠시 뒤 도서관 앞으로 나를 데리러 왔다. 덥수룩한 머리에 학과 마크가 새겨진 반팔 티셔츠를 입은 히데오는 내 기억 속의 모습과 크게 다르지 않았다. 히데오는 나를 보고는 벤치에서 일어났다. 우리는 예전처럼 후문 방향으로 걸었다. 나는 히데오에 대한 마음이 그다지 달라지지 않았다는 걸 씁쓸하게 깨달으면서 그의 안부를 물었다. 히데오는 최근에 치른 몇 번의 오디션 이야기를 들려줬고, 요즘엔 자기를 알아보는 사람들이 종종 있다고 자랑하기도 했다. 그러고는 어제 학보사와 인터뷰를 했다고, 이제는 학보사 일을 하지 않느냐고 내게 물었다.

"그만둔 지 한참 됐지." 나는 말했다. "인터뷰에서 무슨 얘기 했는데?"

"이런저런 얘기. 〈따귀 게임〉 얘기도 했고. 아, 그리고 나 어렸을 때 얘기도 해줬지." 히데오가 대답했다. "일본에서 있었던 일들."

나는 조금 놀란 채로 히데오를 바라봤다. 히데오는 심상한 표정으로 고개를 끄덕였다. 잠시 뒤 나는 히데오의 비밀이 더는 비밀이 아니라는 것을 알게 됐다. 그의 동기들이며 함께 일한 학교 사람들 대부분이 그가 한때 일본인이었다는 걸 알고 있다고 히데오는 설명했다.

"너 되게 편해졌구나."

내가 말하자 히데오는 웃음을 터뜨렸다.

"그런 일에 집착하다니 지금 생각하면 좀 웃겨. 그땐 무슨 대단한 비밀처럼 생각했는데."

나는 놀라움을 숨긴 채 히데오의 웃음기 가득한 얼굴을 바라보았다.

"그럼 넌 이제 비밀이 없어?"

히데오는 또 한번 웃음을 터뜨리고는 고개를 저었다.

"아니, 새로 생긴 비밀이 아주 많지."

히데오는 새로운 비밀들을 말해줄 용의가 있어 보였지만 나는 묻지 않았다. 그날 이후 나는 히데오를 다시 만나지 못했다.

졸업 후에 나는 공연예술 소식을 전하는 잡지사에서 반년쯤 기자로 일했고, 그런 뒤에는 어린이책을 만드는 출판사에 들어가 편집자로 일하기 시작했다. 지윤은 소규모 영상 프로덕션에서 일하고 있다. 한때 우리는 〈따귀 게임〉을 수정해 낭독극이 아닌 정식 공연으로 올리는 일에 골몰했지만 성공하지는 못했다. 〈따귀 게임〉에 참여했던 사람 중 전공과 관련된 일을 지속하고 있는 사람은 히데오가 유일하다. 얼마 전에 그는 촉망받는 신인 감독의 영화에 비중 있는 조연으로 출연했고, 몇몇 기사에서 "충무로의 신성"이라는 찬사를 들었다. 이제 히데오는 그를 찾는 인터뷰마다 자신의 어린 시절 이야기를 들려준다. 레퍼토리는 늘 비슷하다. 어렸을 때 일본에서 자랐으며 그곳에서 심각한 이지메를 당했다고 고백하고, 그래서 한국으로 이주하여 보낸 학창시절이 소중하다고 강조한다. 일본에 살면서도 한국인 정체성을 포기하지 않았던 어머니에 대한 사랑을 전한다. 그리고 그의 이야기를 읽을 때마다 나는 이제 더는 히데오가 아닌 히데오를 히데오라고 부르곤 한다.

내가 여기 있어도 될까

「히데오」는 2024년 여름에 처음 쓰기 시작했다. 그때 히데오는 화자의 헤어진 연인이었다. 당시의 나는 소설을 완성하지 못했는데, 이 소설을 통해 무슨 말을 하고 싶은지 잘 모르겠다고 판단했다. 거의 일 년 가까이 미완성 소설 폴더에 남아 있던 「히데오」를 다시 써야겠다고 마음먹은 2025년 봄에도 상황이 많이 다르진 않았다. 다만 몇 가지를 수정했다. 화자와 히데오의 거리를 조금 더 떨어뜨려야 한다는 예감이 들어서, 헤어진 연인 사이가 아니라 대학 선후배 사이인 것으로, 화자가 히데오를 남몰래 짝사랑하는 것으로 소설의 설정을 바꿨다. 〈따귀 게임〉 오디션과 공연 장면도 추가했다. 다만 이 모든 과정에 확신을 갖지는 못했다. 소설을 쓰는 내내 그때껏 가보지 않은 지역을 헤매는 기분이었던 것 같다. 히데오란 사람을 잘 모르겠다는 생각도 했다. 모르는 사람, 모르는 삶, 모르는 고통, 모르는 정체성에 대해 써도 될까, 하는 의구심이 어느 때보다 자주 들었다. 조금이나마 다행스럽게 여겼던 것은 화자 역시 히데오를 잘 모른다는 점이었다. 화자는 시간이 제법 흐른 뒤에 대학 시절 히데오와 함께한 시간을 되짚는다. 이때 화자가 붙든 것은 당시의 히데오와 자신, 지나간 시절에 대한 불완전한 기억의 파편이다. 이 소설을 쓰는 동안 시간과 타인이라는 두 겹의 필터가 화자에게 덧씌워져 있다고 생각했다.

소설을 송고한 다음 다시 읽었을 때엔 잘 모르는 장소를 휘돌아다니다가 마음에 드는 어떤 곳에 도착한 기분이었다. 내가 거기 있어도 됐는지는…… 여전히 잘 모르겠다. 다만 우리는 때때로 천진난만한 여행객의 얼굴로 허락되지 않은 장소에 들어가고, 멋모르고 주제넘는 말을 건네기도 하지 않나? 소설을 쓰는 일이 그런 잘못을 저지르는 것과 비슷하게 여겨질 때가 있다. 어쨌거나 나는 「히데오」와 관련한 이 모든 과정이 행운이라고 생각한다.

「히데오」를 읽고 히데오에게 머물러주신 분들에게 마음 깊이 감사드린다.

이름과 잃음 사이

성현아

　한 사람에게로 다다르는 가장 쉬운 길은 이름일 것이다. 누군가를 무어라 이르는 일, 혹은 무엇이라 부르기로 마음먹는 일은 그에게 가까워지기 위한 첫걸음이자 이해의 출발점이 된다. 그러나 이름이라는 그물망이 만들어지는 순간 그것이 아우르지 못할 면모들은 탈각된다. 여러 방향으로 열려 있던 한 사람의 가능성은 닫히고 그에게 닿는 길은 하나로 수렴되어버린다. 누군가를 이르는 일은 언제나 그를 부분적으로 잃는 일이 되므로, '이름'은 소리 그대로 '잃음'이 된다. 소설 「히데오」는 이름을 제목으로 내세운 만큼 한 사람을 이루는 고유명사의 무게와 그에 매임으로써 잃게 되는 잔여의 조각들을 섬세히 조명한다. 회상의 형식으로 구성되어 다소간 잔잔해 보이는 이 소설은 극적인 사건이나 절정으로 치닫는 갈등 없이도 서서히 진행되는 관계의 균열을 그려낸다. 잠잠한 물결 아래 잠깐의 어긋남, 그 고요한 파문이 얼마나 깊은 곳을 깨뜨려놓았는지를 드러내며 한참 서성이게 한다. 서장원의 소설을 읽으며 우리는 서로에게로 다가서는 지름길인 줄 알았던 호명이 여러 갈래의 가능성을 짓이기는 발짓이 되기도 한다는 것을 깨닫는다.

히데오는 일본인 아버지와 한국인 어머니 사이에서 태어나 교토에서 어린 시절을 보낸 인물이다. 그는 초등학교에서 "조센진"(142쪽) 등으로 불리며 또래 아이들에게 심한 따돌림을 당했다. '조센진'은 조선인朝鮮人의 일본식 독음으로, 본래 가치중립적이었으나 한국인을 비하하는 뉘앙스로 굳어진 용어이다. 히데오는 일본에서 태어나 자랐고 외양으로 구별되지도 않았을 것이기에 가시적인 차이나 문화적 이질성으로 인해 차별당했다고 보기는 어렵다. 오히려 그에게 '일본인이 아닌 한국인'이라는 표지가 먼저 부여되고, 그 분류와 낙인이 차별을 불러들였을 것이다. 명명이란 타자를 배척하기 쉽게 규정하는 교묘한 권력작용이 되기도 한다. 히데오가 같은 반 아이들에게 폭행당해 코뼈가 부러지기까지 하자 그의 부모는 나고야로의 이주를 고민하게 되는데, 이때 그의 아버지는 어머니가 한국 사람임을 숨겨야 한다고 말한다. 이는 히데오가 자기 정체성의 일부를 숨기고 살아야 한다는 의미이기도 하다. 역사와 민족 구분을 토대로 한 혐오에 대응하는 최선책이 혼혈임을 감추고 "완전한 일본인"(161쪽)으로 가장하는 일이 된 셈이다.

그러나 부모의 이혼으로 외갓집이 있는 한국으로 돌아오자 상황은 다시 뒤집힌다. 한국에서는 일본인이라는 표지가 차별의 근거가 될 수 있으므로, 히데오는 "일본인 아버지와 일본에서의 삶을 철저히 숨"(142쪽)긴다. "열심히 한국어 발음을 연습"하고 "일본인 아버지에 대해" "거짓말들을 지어"(158쪽)낸다. 그가 귀화했다는 사실이 마치 흠인 양 떠드는 영도를 보면 히데오의 불안은 기우가 아니다. 히데오는 일본에도 한국에도 온전히 속하지 못한 채 부여받은 이름들을 숨겨야 한다. 이 모순적이고 혼란스러운 배제의 경험 속에서 히데오라는 이름은 말할 수 없는 비밀로 남는다.

이는 히데오가 자기 확신이 없고 수줍음이 많은 인물로 성장하게 된 이유이기도 하다. 이름은 누군가가 자신에게 다가오도록 열어두는 문과 같은 것이지만, 그의 문을 열고 들어온 자들은 대부분 위협적이었다. 안전하게 자신을 지키기 위해, 아이러니하게도 히데오는 히데오여서는 안 된다. 그런데 그는 이 무거운 비밀을 화자인 '나'(수진)에게 털어놓는다. 비밀秘密이라는 말은 문자 그대로 '빈틈없이 감추어야 할 것'을 뜻한다. 꼼꼼히 숨기지 않으면 곧 위협이 되는 중요한 정보를 공유하면서 수진과 히데오는 가까워진다. 노출되면 위험해지고 말 정체성을 히데오는 왜 수진에게 드러냈을까. 비밀을 터놓을 수 있는 상대는 단순히 친밀한 사람이 아니라, 들키면 부끄러울 사실을 고백해도 "수치심을 주지 않을 대상"[1]이어야 한다. 고백의 내용을 약점 삼아 우위를 점

---

1) 서장원·강동호, 『소설 보다: 가을 2025』 인터뷰, 문학과지성사, 2025, 46쪽.

하려 들지 않을 사람, 혹은 그렇게 할 수 없는 위치에 있기에 연약한 부분을 노출해도 안전한 존재 말이다. 히데오에게 수진은 그런 사람이다. 호감이 있지만 깊은 사이가 아니기에 어떤 의무도 없고, 전공도 달라 지속적으로 얽힐 일 또한 없어 적당한 거리감을 유지할 수 있는 이 관계에서 히데오는 안전함을 느낀다.

수진 역시 히데오를 안전한 사람으로 느끼지만, 수진이 감지하는 안전성은 이와는 다른 성격이다. 그는 히데오가 비밀에 부쳐왔던 내밀한 이야기를 들려주었다는 사실을 친밀함의 증거로 받아들인다. 히데오가 자신에게 "마음이 없다는 걸"(158쪽) 눈치채고는 있지만, 그의 비밀을 공유받으며 이전과 다른 성격의 애정을 은근히 기대한다. 강의실에서 필담을 이어가던 히데오가 "자, 이제 새로운 챕터로 넘어가요"라고 말하며 종이를 쏠았을 때 실제로 들렸을 리 없는 "손이 종이에 스치는 소리"(146쪽)를 분명히 들었다고 느꼈던 것처럼, 수진은 히데오의 고백을 들으면서 두 사람의 관계가 다음 차원으로 나아가고 있다고 생각한다. 더욱 중요한 것은 수진이 히데오의 유년 시절 체험을 약자의 위치에 놓여본 경험으로 이해한다는 점이다. 여성혐오에 노출된 채 살아가는 여성들에게 페미니즘이 어떤 의미인지 전혀 이해하지 못하는 전 남자친구 영도와 그를 대조하며, 수진은 히데오를 소수자로서의 감각을 공유할 수 있는 남자로 분류한다. 어느 자리에서나 주도권을 거머쥐어 "중심이 되는"(147쪽) '알파 메일'이기에 더욱 위협적인 영도와 달리 자기 확신과 자신감이 부족해덜 위력적인 히데오는 비교적 안전하고 무해한 남자로 인식된 것이다. 실로 히데오가 수진의 끔찍한 연애담에 공감하고 영도의 여성혐오적 발언에 경악하는 장면들은 그것이 수진만의 오해가 아님을 보여준다.

그러나 수진의 이러한 도식화는 또다른 사각지대를 만든다. 누군가를 신속히 분류하는 행위는, 모든 정보를 충분히 검토하여 정확한 이해에 도달하기보다 빠르게 결론 내리는 편이 생존에 유리하다는 판단하에 이루어진다. 이는 사람을 알아가는 일보다 위험한 인물로부터 달아나는 것이 시급한, 혐오범죄가 만연한 사회에서 여성이 체득하게 된 불가피한 자기방어 전략일 것이다. 하지만 이는 관계하는 사람의 입체적인 삶을 단순화하고, 범주 바깥의 다채로운 결을 배제하게 만든다. 수진이 히데오를 '무해한 남자'로 호명하는 순간, 히데오는 하나의 틀 안에 갇힌다. 선험적인 인식틀이 고정됨에 따라 수진이 알지 못하는 히데오의 다채로운 면모를 알아가는 여정은 무해한 남성상에 부합하지 않는 히데오의 면면을 다소 실망스럽게 확인하는 과정이 되어버린다. 연극 〈따귀 게임〉의 불량소녀 역에 지원한 이유가 "사람들을 좀…… 때려주고 싶었"(155쪽)기 때문이라고 말하는 히데오를 보며 수진은 그가 "할 법한 말이"(156쪽) 아닌 이야기들을 어떻게 해석해야 할지 몰라 당황스러워한다. 정체성을 숨긴 채 마음 졸이며 살아왔을 그의 억울함을 이성적으로 이해하는 것과 별개로, 그 감정의 크기는 수진의 예상을 초과하기 때문이다. 과거의 상처가 건드려지자 눌러왔던 울분을 연기의 형식을 빌려 다소 폭력적으로 분출하는 히데오를 보면서, 수진은 그의 아픔보다 자신의 예측을 배반하는 불합치에 더 집중하게 된다.

　이러한 어긋남이 극에 달하는 때는 역설적이게도 수진과 히데오가 "물리적으로나 정신적으로나 가장 가까웠던 순간"(160쪽)이다. 히데오는 엄마 아빠가 모두 일본 사람이거나 한국 사람이라서 정체성을 숨기지 않아도 되었다면 자신이 어떤 사람이었을 것 같냐고 수진에게 묻는다. 수진은 다중우주 속 여러 자아가 나오는 영화 〈에브리싱 에브리웨어 올 앳 원스〉(2022)에서처럼, 약간 다르면서도 비슷한 히데오가 되지 않았겠냐고 답한다. 이때 히데오는 "화려한 드레스를 입고 스포트라이트를 받는 영화 속 양자경의 이미지"(161쪽)에 시선을 고정한 채 "누나, 나는 이런 사람이 되고 싶어"(162쪽)라고 고백한다. 해당 장면이 세탁소를 운영하며 평범하게 살아가는 에블린(양자경 분)이 또다른 우주에서는 대중의 주목을 받는 스타 배우가 되어 있는 장면임을 생각하면, 히데오는 남들의 시선을 염려하며 앞에 나서지 않는 삶을 살아왔지만 실은 자기를 과감히 드러내어 인정받으며 그 시선의 중심에 있기를 갈망해왔다고 볼 수 있다. 시간이 지난 후 동창들이 대부분 전공과 큰 관련 없는 삶을 살아갈 때도 그는 꿋꿋이 배우 일을 지속해나간다는 점까지 환기하면, 이는 숨겨왔던 바람과 직업적 열망에 대한 진솔한 고백처럼 느껴진다.

　더군다나 에블린의 남편인 웨이먼드 왕(키 호이 콴 분)이 배우가 되는 장면 역시 존재함에도 여자 배우가 환영받는 장면을 자신의 이상이라고 고백하는 것은 일종의 "커밍아웃"[2]이었을 가능성이 있다. 물론 영화의 주연배우가 양자경이고 그의 스틸컷

이 훨씬 많다는 점을 고려하면, 큰 위화감 없이 여성 인물에 자기를 대입한 것일 수 있지만, 화려한 드레스를 입고 대중 앞에 서는 자기를 기대한다는 말이기도 한 것이다. 이처럼 다층적인 고백이 히데오를 영도의 대척점에 세워놓은 수진에게는 "따돌림도 비밀도 없는 성장기를 가지고 싶다"는, 그러므로 약자의 고통을 몰라도 되는 위치에서 무엇이든 자신감 있게 발화하는 영도처럼 "끔찍"(162쪽)한 사람이 되고 싶다는 다소 단순한 고백으로 환원되어버린다. 상처 없이 자란 히데오는 혐오 발언을 늘어놓는 영도가 되고 말리라는 비약으로 인해 수진은 히데오라는 한 사람을 심도 있게 알아갈 기회를 잃는다. 그러나 이러한 이분법적 관점이 여성 차별적 사회에서 여성이 느낄 수밖에 없는 젠더화된 불안으로부터 기인한다는 점을 유념해야 한다. 위해를 가할 것 같은 남성을 경계하는 여성의 불안은 흔히 과민함이나 피해의식으로 치부되지만, 높은 여성혐오 범죄율과 그에 비해 미약한 처벌을 환기하면 이는 일상에서조차 빈번히 위험해지는 여성들이 스스로를 지키고자 벼려낸 기민함이다. 안타깝게도, 그것이 대개는 들어맞는 불길한 예감이라는 사실도 덧붙인다.

결국 두 사람이 공유했다고 믿은 비밀은 각기 다른 의미로 새

---

2) 이는 안세진 평론가의 글 「사라지는 청년 남성의 몸들—서장원의 최근 소설을 중심으로」(『문학과사회 하이픈』 2025년 가을호)에서 확인할 수 있다. 그는 이 장면을 "다시는 돌아오지 않을 커밍아웃의 순간"(같은 책, 30쪽)으로 해석한다. 처음에는 다소 비약적인 해석이라고 생각했으나, 이후 소설을 재독하는 과정에서 가능한 독해라고 동의하게 되었다.

겨진다. 히데오에게 그 고백은 관계적 책임으로부터 자유로운 상태에서 잠깐의 해방감을 느끼기 위한 노출이었고, 수진에게는 관계의 진전을 기약하는 희망적 신호이자 소수자로서의 감각을 공유한다는 위안이었다. 이 미묘한 어긋남에서 균열이 싹트고, 관계는 균형을 잃는다. 히데오가 다시 수진을 찾아와 새로운 비밀을 털어놓으려던 것 역시, 그는 수진에게 궁금한 것이 없고 언제나 일방적인 청자가 되는 쪽은 수진임을 확인시킴으로써 관계의 비대칭성만을 공고히 한다.

배우로서 나름의 입지를 다지게 되자 히데오의 비밀은 꺼내 보여도 수치스럽지 않은 매력적인 서사가 된다. 그는 인터뷰마다 유년 시절 이야기를 털어놓고, 한국에 와서 경험한 혼란은 함구하되 일본에서 한국인 정체성을 지키려 애쓴 어머니에 대한 사랑과 한국에서 보낸 학창시절의 소중함을 강조한다. 민족주의를 자극하는 방향으로 각색하여 "이지메"(166쪽)를 당했던 일화를 드러내면, 정체성을 숨기지 않고도 한국 사회에 비교적 수월하게 포섭될 수 있음을 터득한 것이다. 과거에는 사회에 편입하는 데 실패하거나, 요구되는 정체성으로 위장해야만 가까스로 수용되던 히데오가 약간의 타협을 거쳐 자신을 내보일 수 있게 되는 이 서사는 문학평론가 조연정이 짚어주었듯 "사회적 인정이라는 일종의 안전 막"을 획득함으로써 숨겨왔던 비밀을 "무용담처럼 말할 수 있게" 되는 "남성 성장담"이다.[3] "외부의 인정이 대체로 남성 동성 사회성에 기반한다는 사실"[4]까지 고려하면, 수진이 같은 경로로 성장할 수 있을 것 같지 않다.

그러므로 수진이 가져본 적 없지만 결국 잃게 된 "이제 더는 히데오가 아닌 히데오"(166쪽)를 고집스럽게 히데오라고 부르는 결말은 사랑의 실패 정도로 치부할 수 없다. 오히려 그것은 빈번한 좌절의 경험으로 격해질 힘을 잃은 이가 맞이하는 무력한 마무리다. 이는 연극 〈따귀 게임〉의 무대장치로 구현한 '빛'과도 연결된다. 극중 불량소년이 모범 소년을 때릴 때, 둘 사이에 놓인 "비즈로 만든 발"(159쪽)이 흔들림에 따라 난반사되는 빛은 관객에게 폭력을 시각적으로 경험하게 한다. "눈꺼풀 안쪽에 박힌 빛의 파편이 망막을 파고들"(160쪽)어 관객 역시 잠깐이나마 고통에 노출되는 것이다. 이 빛은 설치 의도와 무관하게 어떤 때는 환하고 아름답게 보이는데, 히데오와 수진이 어렵사리 고백한 아픔이 서로에게는 다소간 낭만적으로 들리던 것과도 같다. 이와 같은 무대연출은, "피해의식에" 찌든 여자 감독이나 "페미 영화 같은 걸만"(162쪽)든다는 등의 여성혐오적 발언을 들으며 페미니즘의 필요성을 피력해야 하는 수진의 고통이 이상적인 모습으로 빛나는 히데오에 의해 개인적인 그늘처럼 가려진다는 사실을 환기하기도 한다.[5] 강렬한 빛 한 점만을 받아들일 때, 마찬가지로 작품 속 문제의식을 한 줄로 요약하려 할 때, 〈따귀 게임〉의 관객과 「히데오」의 독자인 우리 역시 "빛의 폭력"(157쪽)을 처연한 아름다움

---

3) 조연정, 「선정의 말」, 문학과지성사, 2025. 9. 5. https://www.moonji.com/moonji/notice/detail/1569?page=2.

4) 같은 글.

5) 성현아, 「이름의 겹, 고통의 파편들」, 『문학동네』 2025년 가을호, 549쪽.

으로 소비하게 된다. 그 순간, 곳곳에 몸을 숨긴 아픔은 휘발되어 버린다. 아름다움을 판단하는 기준이 주관적이라 할지라도 그것이 지배체제에 영향받았으리라는 점을 감안하면, 힘 있는 것이 아름다운 것으로 오인될 가능성이 있다. 매력적인 남성을 향한 선망에는 중심 사회로 편입되고 싶은 욕구가 섞여 있으며, 주변으로 배제되었던 남성이 여성보다 수월하게 성장할 수 있는 발판에는 젠더 위계가 자리하고 있다.

그렇다면 상실은 예정되어 있던 결말일 것이다. 그러나 잃음이이 소설의 전부라고는 생각하지 않는다. 히데오와 수진이 더는 만나지 않게 되었고 지난 시절을 회상하는 일밖에는 할 수 없다고 해도, 한마디로 어떠한 사건도 일어나지 않는다고 해도 수진은 나은 방향으로 나아가고 있다. 히데오는 학창시절, 일본에 대한 "경멸로 범벅이 된 그 말들"(158쪽)을 내뱉던 한국 학생들을 마주할 때 그 적대감이 해결되지 않은 과거사에서 비롯한 것임을 알지만 받아들이기 어려웠다고 이야기한 바 있다. 수진은 당시 흐지부지 끝났던 대화를 복기하며 "만약 시간을 되돌려서 그때로 돌아갈 수 있다면" "한국과 일본 사이에 과거가 있고 그것은 전혀 청산되지 않았지만, 그럼에도 그 죄를 히데오가 감당해야 하는 것은 아니라고, 고등학교 일어 교사가 공공연하게 쪽발이란 말을 들었던 것은 분명 인종차별이고 제노포비아라고"(159쪽) 말해줄 것이라 다짐한다. 일본에 대한 한국인의 반감은 식민 지배의 역사에서 기인한 것이지만, 그것을 표출하는 방식의 부적절성은 지적할 수 있어야 하며, 또한 그것이 히데오가 감내할 일이 아님을 스스로도 짚어보는 것이다. 이어 수진은 히데오가 내밀한 욕망을 고백했던 순간을 되돌아보며, 그때가 히데오가 "또다른 히데오"(158쪽)에 대해 들려준 날임을 이제는 제대로 인식한다. 홀로 남은 수진은 히데오와 함께한 날들을 회상하며 단선적이고 폭력적인 이름 짓기의 폐단을 깨우친다. 그는 씁쓸한 이별을 경험한 후에도 '히데오'라는 기표가 놓쳐온 기의들을 헤아리고 정체성의 겹을 이해하는 사람으로 성장해가고 있다. 우리는 수진을 따라 이름 바깥의, 우리가 열어보지 않아 비밀에 부쳐진 면면에 머무르게 된다. 머무른다는 것은 멈춰 있다는 것과 분명 다르다. 끝끝내 어딘가에 이른다는 점에서 그러하다.

성현아
2021년 경향신문, 조선일보 신춘문예를 통해 평론을 발표하기 시작했다.

위수정

귀신이 없는 집

ⓒ김승범

위수정
2017년 동아일보 신춘문예를 통해 작품활동을 시작했다. 소설집 『은의 세계』 『우리에게 없는 밤』, 중편소설 『fin』이 있다. 2022년 김유정작가상, 2024년 한국일보문학상, 2025년 동국문학상, 2026년 이상문학상 대상을 수상했다.

귀신이 없는 집

여름에는 장마랄 것도 없이 지나갔는데 10월이 되자 하루걸러 비가 내리는 날들이 이어졌다. 재원은 우산도 쓰지 않고 횡단보도를 뛰어가는 여자를 눈으로 좇다가 신호가 바뀌는 것도 알아차리지 못했다. 뒤차가 경적을 울렸을 때에야 재원은 천천히 가속 페달을 밟았다. 전방을 주시하고 도로를 달리면서도 재원의 시야에는 좀전에 보았던 여자의 잔상이 남아 있었다. 비에 젖은 어깨에 찰싹 붙은 하얀 셔츠, 그리고 그 안에 선명하게 비치는 검은색 브래지어. 살구색 레깅스를 입은 매끄러운 하체는 뛸 때마다 탄력 있게 위아래로 흔들렸다. 레깅스를 벗으면 아마 그렇게 매끄러운 라인은 아니겠지.

주차를 한 뒤 차에서 내리자 한기가 끼쳐 외투 주머니에 손을 넣었다. 9월까지만 해도 기온이 떨어지지 않아 반팔 차림의 사람을 많이 볼 수 있었는데 며칠 비가 내린 후로 계절이 달라졌다. 여름옷도 정리하지 못한 채 외투를 꺼내야 했다. 하지만 좀전의 여자는 가벼운 차림이었다. 아마 근처 피트니스센터에 운동을 하러 가는 길이었을 것이다. 브래지어와 레깅스. 나일론과 스판덱스, 또는 폴리우레탄. 부드러운 촉감과 신축성에는 최적의 조합이라고 생각하며 재원은 엘리베이터에 올라 습관적으로 자신의 구두를 내려다보았다. 아내가 몇 개월 전 생일 선물로 보내준 짙은 브라운색의 이태리산 수제 윙팁 구두. 오늘 처음 꺼내 신었는데 그래서인지 발볼과 뒤꿈치가 아팠다. 이 주 정도는 매일 신어야 가죽이 발의 형태에 맞춰질 것이다. 이태리 사람들은 가죽을 참 잘 다룬다고. 신발 라인이 부드럽고 박음질이 견고하다고. 하지만 역시 브라운보다는 캐멀이 더 좋았을 거라고 생각하는데 엘리베이터 문이 열렸다. 재원은 반사적으로 발을 내딛다가 바깥에 서 있던 누군가와 몸이 부딪혔다. 아, 죄송합니다. 재원의 입에서 사과가 튀어나왔다. 파란 다저스 볼 캡을 눌러쓴 남자가 재원을 빤히 바라보며 혼잣말하듯 내뱉었다. 놀래라. 앞집에 사는 남자였다. 남자의 눈은 쌍꺼풀이 짙고 약간 돌출되어 있어 항상 조금 놀란 사람처럼 보였다.

안녕하세요, 제가 딴생각을 하느라. 죄송합니다.

재원이 다시 고개를 숙였다. 퇴근하시나봐요. 앞집 남자가 인사치레로 물었다. 둘은 민망한 듯 인사하며 어색한 웃음을 나누었다. 서로가 빨리 잊히기를 바라는 사람들처럼 시선을 피하며 고개를 돌렸다. 남자는 엘리베이터에 올랐고 재원은 몸을 돌려 현관문 앞으로 걸어갔다. 재원은 엘리베이터 문이 닫히기 전까지 남자가 자신을 바라보고 있다는 것을 느낄 수 있었다. 엘리베이터가 내려가는 소리를 듣자마자 재원은 뒤늦게 미간을 찌푸렸다. 그 시선과 냄새. 씻지 않은 몸에서 나는 수컷의 비린내. 게다가 보풀이 인 플리스 집업에 통이 넓은 반바지, 낡은 검정 러닝화. 외출을 위해 마지못해 대충 손에 잡히는 대로 걸친 것들. 아마 담배를 피우러 나가거나 마트에 가려는 것이겠지. 앞집에 사는 사람치고 자주 마주치는 편은 아니었으나 볼 때마다 그는 비슷한 차림이었다. 양치는 했을까? 재원은 문 앞에 놓인 택배 상자를 집어들고 도어록을 열어 안으로 들어갔다.

실내는 언제나처럼 고요했다. 이 적막이 낯설던 때가 있었다. 조기유학 문제로 상미와 세라가 처형 부부가 사는 시드니로 떠난 뒤 몇 달간은 그랬다. 처음 시드니에 갈 때는 셋이 함께였다가 서울에 돌아올 때는 혼자였다. 홀로 집에 돌아온 날을 재원은 기억했다. 아내나 딸이 수다스러웠던 것도 아닌데, 둘이 떠난 공간에 마치 적막이라는 낯선 세입자가 들어와 있는 것 같았다. 한동안은 둘의 얼굴을 보려고 거의 매일, 하루에도 몇 번씩 영상통화를 했다. 이제는 일주일에 한두 번, 그마저 건너뛰는 날이 생겼다. 가족 채팅방이 있었으나 내년에 열세 살이 되는 세라는 답을 잘 하지 않았다. 원래 말이 없는 편이긴 하지만 통화를 해도 응, 아니, 가 전부였다. 상미는 세라가 적응을 잘하고 있으며, 보통의 사춘기를 지나고 있을 뿐이라고 했다. 세라를 따르는 아이들이 많다며 걱정하지 말고 당신이나 잘 지내라고. 그렇게 말하는 상미의 표정은 여느 때처럼 느긋하고 여유로워 보였다. 재원은 상미의 그런 점이 좋았다. 의지가 되었다. 그런 아내가 곁에 없어서 쓸쓸했으나 한편으로는 덕분에 은근한 해방감을 즐길 수 있었다. 은근한 해방감. 처음에는 그랬다. 은근했다. 그런데 지금은 적막과 가까워졌고 그것이 편하기까지 했다. 하지만 사람들이 기러기아빠라고 부르는 말은 여전히 듣기 싫었다. 기러기, 아빠, 라는 두 단어의 조합이 영 마음에 들지 않았다.

샤워를 마친 재원은 아무것도 걸치지 않은 그대로 욕실 앞의 체중계 위에 올라섰다. 재원은 숨을 멈춘 채 숫자가 정지하기를 기다렸다. 59.7킬로그램. 언제나 소수점 뒤가 문제였다. 재원은 머릿속에 고기 한 근의 무게를 떠올렸다가 곧이어 붉게 썰린 돼지고기의 이미지가 겹쳐져 의식적으로 고개를 저었다. 178센티의 키에 60킬로그램은 누가 봐도 마른 편이었으나 재원은 만족스럽지 않았다. 59와 60은 당연히 달랐다. 58 정도가 이상적이라고 생각했지만 그렇게 빼면 얼굴이 보기 안 좋아졌다. 59와 60. 또는 59.7과 60은 크게 체감되는 차이는 아니었으나 60에 닿지 않는 것이 재원이 정한 마지노선이었다. 재원은 저녁으로 맥주에 닭가슴살 샐러드, 그리고 작은 컵라면 하나를 먹을 계획이었지만 맥주는 반잔, 컵라면은 국물만 몇 모금 마시는 것으로 자신과 합의를 보았다.

식사를 하기 전에 재원은 택배 상자부터 열었다. 상자 안에는 후쿠스케 17데니어 검정 스타킹 두 켤레가 에어캡에 싸여 담겨 있었다. 재원은 포장을 벗긴 후 조심스레 스타킹을 꺼내보았다. 매끄러운 스타킹이 차르륵 펼쳐지며 피부에 닿았다. 아름다운 실루엣과 감촉에 재원은 허기를 잊었다. 재원은 스타킹을 들고 침실로 들어갔다. 침대에 걸터앉아 스타킹의 형태와 촉감을 다시 한번 찬찬히 느껴본 후, 착용하기 위해 상체를 구부렸다. 보드랍고 탄력 있는 스타킹에 발을 넣고 끌어당겨 올릴 때 피부에 느껴지는 은근한 조임. 재원의 아랫배가 천천히 달아올랐다. 다른 한쪽에도 발을 끼우고 스타킹을 조심스레 허벅지까지 올렸다. 17데니어 스타킹은 흔하지 않았다. 15데니어는 너무 얇고 20데니어는 나쁘지 않지만 17데니어가 좀더 미묘하게 투명했다. 처음 신어보는 후쿠스케 스타킹은 그 만듦새가 저가 브랜드와는 신축성이나 촉감 면에서 확연히 차이가 났다. 최근 들어 시디 카페에서 눈여겨보고 있는 회원이 올린 추천 글을 읽고 구매한 것이었다. 역시 다르긴 다르구나, 재원은 감탄하며 자신의 살을 덮고 있는 정교한 직물에서 한동안 눈을 떼지 못했다. 재원은 몸을 일으켜 스타킹을 허리까지 끌어올렸다. 하지만 예상대로 스타킹은 골반쯤까지밖에 올라오지 않았다. 재원은 국내산이나 일본산 팬티스타킹을 신을 때마다 이 점이 아쉬웠다. 국내산은 보통 원 사이즈였고 이것도 가장 큰 사이즈지만 길이가 한 뼘 정도 모자랐다. 재원은 올이 나가지 않도록 조심하면서 조금 더 힘을 주어 끌어올려보았다. 하복부에 기분좋은 압박감이 전해졌다. 재원은 전신 거울 앞에 서서 맨몸에 검은색 반투명 팬티스타킹만 신은 자신의 모습을 빤히 바라보았다. 어느새 단단해진 성기가 스타킹 위로 빼꼼 올라왔다. 재원은 성기가 덮이도록 스타킹을 좀더 끌어올렸다. 팬티를 입지 않아 성기와 음낭이 스타킹 아래로 비쳐 드러났다. 재원은 섬세하게 직조된 얇은 스타킹에 밀착된 자신의 성기를, 엉덩이와 다리의 굴곡진 라인을 이리저리 바라보며 몸을 쓰다듬었다. 피부를 직접 만질 때와는 다른 매끄러운 감촉에 매혹되었다. 재원은 몸을 돌려 침대 옆에 일렬로 진열해둔 구두 컬렉션 앞에 가서 섰다. 거기에는 열 켤레쯤 되는 270 사이즈의 구두들이 나란히 줄지어 있었다. 재원은 구두를 쭉 한번 훑어본 뒤 검은색 스틸레토힐에 발을 넣었다. 발은 마찰 없이 매끄럽게 구두 안으로 들어갔다. 7센티 힐을 신자 엉덩이는 자연스레 뒤로 빠졌고 상체가 앞으로 나와 몸의 라인이 달라졌다. 재원은 다시 거울 앞에 섰다. 그새 또다시 골반 부근으로 내려간 스타킹에 성기가 걸려 기묘한 모습이었다. 재원은 인상을 찌푸리며 성기를 바로잡았다. 다음에는 사이즈가 넉넉한 유럽산 스타킹을 주문하리라 마음먹었다.

재원은 이리저리 포즈를 취해가며 한참 더 자신의 모습을 응시했다. 여장을 아무리 잘해도 사람들은 자신이 남자라는 걸 금방 알아차릴 것이었다. 일단 어깨가 너무 넓었다. 남자치고는 좁은 편이지만 여자라기엔 넓었다. 그리고 무엇보다 여자와는 확연히 차이가 나는 목의 두께와 승모근. 여성복을 입으면 그 부분이 제일 도드라졌다. 아름답지 않았다. 재원은 일부러 입술을 깨무는 표정을 지어보았다. 여자들이 우울하거나 속상할 때 짓는 표정. 짧은 머리에 수염 자국이 거뭇한 사십대 중반의 남자가 여성용 팬티스타킹에 힐만 신은 모습이라니. 역시 기괴한가, 생각했으나 그래서 재원은 자신의 모습에서 눈을 떼기 힘들었다. 팔로 어깨를 감싸며 포즈를 취해보기도 했다. 재원은 자신의 이런 기이한 부조화에 매혹되었다. 여성용 의류나 구두를 착용하면 움직임은 물론이고 내면도 미묘하게 달라지는 것이 느껴졌다. 재원은 휴대폰으로 자신의 사진을 몇 장 찍은 후 단단하게 솟아올라 가라앉을 줄 모르는 성기를 쓰다듬으며 힐을 신은 채 그대로 침대에 누웠다. 스타킹을 조금 내렸다. 그리고 자신의 몸이 원하는 대로 천천히, 조금씩 격렬하게…… 마치 타인이 자신의 몸을 만지고 있는 것처럼 재원은 흥분했다. 그러다 절정의 순간에는 아내의 얼굴이 떠올랐다. 그것이 위안이 되었다.

재원은 구두를 다시 제자리에 두고 스타킹을 벗어 돌돌 말아 침대 밑 상자 안에 넣었다. 상미에게 배운 정리법이었다. 거기에는 서른 켤레가 넘는 스타킹이 다양한 빛깔로 정렬되어 있었다. 포장을 뜯지 않은 새것도 한쪽에 포개어 가지런히 두었다. 자신만의 이벤트를 끝낸 재원은 반바지에 티셔츠로 갈아입은 후 뉴스를 보며 식사했다. 식사를 마친 뒤에는 서재 컴퓨터 앞에 앉아 시디 카페에 들어갔다. 시디는 크로스드레서의 이니셜을 따서 부르는 은어였지만 널리 알려진 말이었다. 재원은 여러 카페를 떠돌면서 필요한 정보들을 얻었고 자신과 비슷한 성향의 사람들이 올리는 글을 보며 시간을 때웠다. 그러다 눈에 띄는 이가 있으면 아이디를 클릭해 블로그에 들어가보기도 했다. 하지만 사진을 주고받거나 개인적인 정보를 노출하는 일은 경계했다. 무엇보다 재원은 그들을 보면서도 동질감을 느끼지 못했다. 성향 차이도 있었지만 흥미가 돋을 만큼 매력적인 시디를 찾기도 힘들었다.

재원은 맥주를 반잔만 마시기로 했던 자신과의 협상을 별 고민 없이 깨버리고 마지막 한 모금까지 쭉 들이켰다. 짜릿하고 시원한 감각이 위장으로 퍼져나갔다. 배를 긁으며 긴 트림을 한 뒤 아내에게 영상통화를 걸었다. 신호가 얼마 가지 않아 볼이 상기된 상미의 얼굴이 화면에 등장했다. 안녕? 벌써 퇴근했어? 상미가 물었다. 외근 갔다 바로 퇴근했지. 뭐해? 재원이 되물었다.

와인 한잔했더니 졸려.

와인? 거기 이제 여덟시 아니야? 세라는?

친구네 파자마 파티.

또?

사춘기잖아. 저녁은 뭐 먹었어? 서울 이제 춥다던데.

상미가 말을 돌리는 것을 눈치챘지만 재원은 모른 척 저녁 메뉴와 몸무게에 대해 말했고 세라의 학교생활과 둘의 귀국 일정에 대해 이야기를 나누었다. 별일 없지? 말끝에 상미가 물었다. 그렇지 뭐. 재원이 낮게 웃으며 말했다. 박재원, 너무 재밌게 있지는 마. 재원은 상미가 하는 말의 의미를 알고 있었다. 그래, 당신도. 아니다, 하상미는 재밌게 지내. 재원의 말에 상미가 코웃음을 치며 말했다. 사진이나 보내봐. 재원은 오케이 사인을 보낸 뒤 전화를 끊고 좀전에 거울 앞에서 찍은 사진 중 한두 장을 골라 전송했다. 잠시 뒤 상미에게서 문자가 도착했다. 하여간 못 말려. 근데 이제 좀 자제해. 돈 들어갈 데 많아서 머리 아프다. 여기 물가 장난 아님. 문자에서 상미의 목소리가 들리는 것 같았다. 심드렁한 뉘앙스. 재원은 김이 빠졌다. 보고 싶어. 재원의 메시지에 상미는 한참 지나서야 답했다. 그러게. 재원은 이어서 메시지를 쓰다 지우고 하트 이모티콘 하나를 보내는 것으로 대화를 마무리했다.

십사 년 전, 오랜 연애 끝에 청혼을 한 사람은 상미였다. 상미는 반지 대신 고급스러운 붉은색 박스를 내밀었다. 박스를 열자 스팽스의 화려한 가터벨트와 브래지어가 들어 있었다. 그날 상미는 흰 셔츠에 검은 슈트 차림이었다. 상미는 재원의 옷을 하나씩 벗긴 후 검은색 실크 속옷을 입혀주었다. 상미는 펨돔, 재원은 멜섭이 되어 주인과 노예의 관계를 즐겼다. 뜨거운 시간을 보낸 뒤 상미는 재원의 얼굴을 쓰다듬으며 말했다. 여장이 섹시한 건, 자기가 남자라서야. 상미의 말에 재원은 고개를 끄덕였다. 상미는 재원에게서 얼굴을 조금 떨어뜨린 뒤 말을 이었다. 자기 이러다 남자한테 꼴리면 어쩌냐. 난 그게 걱정인데.

너는? 나도 너 레즈 될까봐 걱정인데? 재원은 웃으며 상미의 가슴을 쓰다듬으려 했다. 상미는 재원의 손을 잡으며 진지하게 물었다. 너, 네가 남자인 거, 그걸 잊지 않을 자신이 있으면 나랑 결혼해. 재원은 아무런 고민 없이 고개를 끄덕였다. 그건 잊을 수 있는 게 아니야. 상미의 손이 느슨해졌고 재원은 상미에게 키스를 했다. 상미가 새끼손가락을 내밀자 재원은 망설임 없이 자신의 손가락을 걸었다. 우리끼리만이야.

그래, 우리 둘이만.

십사 년 전의 그 강렬했던 기억을 떠올릴 때면 재원은 그날 밤이 당장 손에 닿을 정도로 가까이 있는 물체처럼 여겨졌다. 팔을 뻗으면 잡을 수 있는 유리컵이라든가 안경 같은. 하지만 과거를 만질 수 있을 리가. 그것보다 불가능한 일이 있을까. 재원은 물이 반쯤 비워진 컵을 손으로 꽉 쥐어보았다. 이것은 가능하다고 말할 수 있나. 이런 엉뚱한 생각에 빠지면 모든 게 뒤죽박죽되었다. 익숙하고 당연한 것들이 저멀리 달아나는 듯 혼란해졌다. 재원은 최근 들어 유난히 과거의 이미지가 자주 떠올랐다. 그날 밤이 십사 년 전이라니. 이건 뭔가 이상하다. 이상해. 하지만 회사에서 비슷한 연배의 동료나 선배들과 대화를 하면 그들도 재원과 똑같이 말했다. 그게 벌써. 우리가 어느새. 이상하다. 이상해. 이상하게도 그런 짧은 수긍의 순간, 재원은 그들에게 자신을 내보이고 싶은 충동이 올라오곤 했다. 사실은 제가 오늘 끝내주는 여성용 브리프를 입고 왔거든요. 보여드릴까요? 그리고 바지를 내린다. 그러면 그들은, 깨순이추어탕 없어진대, 아 진짜? 그럼 이제 또 어딜 가나, 거기에 또 뭐 생기겠죠, 하는 것과 다름없는 기승전결로, 깜짝이야! 미친놈이네 이거, 근데 은근 잘 어울린다, 요즘 세상에 마음대로 옷 입을 자유는 있어야지, 이 21세기 문화를 선도하는 글로벌 K컬처의 구성원으로서……라고 말하며 수긍해주지 않을까. 완전한 인정까지는 아니더라도, 어쩌면 조금도 이해하지 못하더라도, 그저 뭐 그런가보다, 하고 넘어가는 수준으로 무심하게. 간혹 재원은 정말로 보여주고 싶을 때가 있었다. 아니, 말이라도 해보고 싶었다. 이게 뭐 대단한 일이라고. 범죄도 아니고. 그냥 모양이 다른 옷을 입는 것뿐인데. 각각의 다리를 따로 꿰어야 하는 곳을 하나로 터서 입는 것이 스커트일 뿐인데. 좀더 화려하고 디자인이 다른 천을 피부에 두르는 게 여성용 속옷일 뿐인데. 일종의 취향이라고 생각하면 안 될까. 스트라이프 무늬는 절대 입지 않는다든가, 흰 양말을 신느니 맨발로 다니겠다라든가, 하는 것과 엄청나게 다른가. 게다가 너네도 군대에서 타이츠나 레깅스 정도는 입어본 적 있지 않냐고, 따듯하고 좋지 않았냐고…… 물어도 괜찮지 않을까.

혹시 시디라고 들어봤어?

오랜 시간 회사에서 호형호제하며 지냈던 이들과의 술자리에서 재원이 물었던 적이 있다.

시디? 시디플레이어에 넣는 그거? 하며 작게 동그라미를 그리던 동기.

아니, 그게 아니라.

양도성예금증서 말씀하시는 거예요? 옆에 있던 후배의 말에 재원이 뭐? 그게 뭔데? 하고 도리어 되물었다.

크리스찬 디올? 맞죠? 이것은 명품 마니아 후배의 말.

그들은 동시에 재원을 바라보았다. 재원은 그날의 눈동자들을 기억했다. 그 눈에서 느껴지던 기색을. 눈에는 어째서 감정이 깃들어 있는 걸까. 눈을 바라보면 어째서 그것을 느낄 수 있는 것인가. 눈에는 망막과 수정체가 있고 사람마다 각각의 색과 모양이 조금씩 다르긴 하지만 그저 신체의 일부일 뿐인데. 조도에 따라 동공이 축소 확장될 뿐인데. 그날 재원은 정말로 자신의 취향을 고백할 수 있으리라고는 생각지 않았다. 다만, 내 친구의 친구가, 글쎄 어렸을 때 사촌 여동생들이랑 명절에 만나면 서로 옷을 바꿔 입고……로 시작하는 이야기 정도는 할 수 있지 않을까 기대했다. 하지만 답을 기다리는 그들의 눈동자를 보고는 피식 웃으며 작게 답했다. ……콘돔.

재원은 다시 책상으로 가 컴퓨터 앞에 앉았다. 후쿠스케 스타킹을 추천한 그 크로스드레서의 블로그에 새 글이 업로드된 것을 발견했다. 제목은 '귀신이 없는 마을'.

옛날 헤이안시대 교토에는 코요紅葉라는, 귀족 집안의 아름다운 여성이 있었다. 코요는 황족의 총애를 받았으나 주변 사람들의 질투로 인해 황족을 독살했다는 누명을 쓰고 교토에서 추방되어 미즈세라는 시골 마을로 유배되었다. 코요는 마을 사람들에게 도시의 문화와 글, 의술 등을 가르쳤고 마을은 점점 번성했다. 이후 코요는 병사를 모아 도시를 만들 생각까지 하게 되었다. 사람들은 이런 코요를 귀녀鬼女라고 불렀다. 조정에서는 그를 위험한 인물로 간주해 그곳을 토벌하라는 명령을 내렸다. 코요는 마을 사람들의 도움을 받아 피해 다녔지만 결국 서른셋의 나이로 생을 마감하게 되었다. 귀녀는 그렇게 그곳에서 사라지게 되었다. 그 후로 그곳은 '귀신이 없는 마을'을 뜻하는 기나사鬼無里라는 이름으로 불리게 되었다. 이것은 지금의 나가노현에 위치한 기나사라는 지역에서 전해 내려오는 이야기로…… 제게는 일본인 시디 친구가 있습니다. 그 친구가 제게 코요라는 이름을 붙여줬어요. 풀업 정모도 좋고 남녀 불문 러버도 기다립니다. 댓글이나 쪽지 주세요.

코요. 홍엽. 붉은 잎이면 단풍을 말하는 건가. 코요는 재원이 그동안 본 크로스드레서 중에 손꼽을 만큼 취향이 좋았다. 코요는 미혼에 바이섹슈얼이었다. 블로그에 올린 글과 사진을 토대로 짐작해본 결과 그는 재원보다 훨씬 어린 게 분명했다. 어렸을 때 일본에서 지낸 적이 있고 그곳에 친구도 꽤 많은 듯했다. 그리고 무엇보다 외모가 뛰어났다. 블로그에 올린 사진은 비록 서너 장뿐이었지만 남자임에도 얼굴 골격이 부드럽고 피부는 뽀얬다. 화장술이 좋은 건지 포토샵 기술이 좋은 건지는 알 수 없었으나 누가 봐도 매력적인 외모였다. 아담한 키에 마른 몸매라 니트원피스도 잘 어울렸다. 하지만 재원이 그에게 끌린 것은 그가 남자라는 사실을 특별히 감추려고 애쓰지 않기 때문이었다. 목울대를 가리기 위한 스카프도 하지 않았고 맨얼굴에 상의를 탈의한 사진도 있었다. 자신의 정체성을 과하게 드러내지도 감추지도 않는 자신감이 재원은 부러웠다.

재원은 기나사라는 한자를 한참 바라보았다. 귀무리. 귀신이 없는 마을. 번영의 시절을 보내던 사람들은 코요가 죽은 뒤 고요한 쇠락을 맞았을 것이다. 생기와 희망을 불어넣어준 사람에게 귀녀라니. 재원은 묘한 이야기라는 생각을 하며 모니터 옆에 놓인 거울에 얼굴을 비춰보았다. 입술에 각질이 일어나 있는 것을 보고 립밤을 찾아 발랐다. 재원은 다시 모니터로 시선을 돌려 충동적으로 아이디를 클릭한 뒤 쪽지창을 열었다. 안녕하세요, 언제 시간 되시면 같이 풀업, 까지 쓴 후 화면을 가만히 바라보았다. 재원은 자신이 쪽지를 전송하지 않으리라는 사실을 이미 알고 있었다.

주말 오후 재원은 장을 보러 마트에 들렀다. 할인 행사를 하는 맥주나 처음 보는 치즈 따위를 사는 재미가 있었다. 가족들이 함께 와서 장을 보는 모습에 간혹 시선을 뺏기기도 했다. 재원은 필요한 물건들을 골라 담은 뒤 의류 코너를 향해 천천히 카트를 밀었다. 매장에는 겨울 상품들이 진열되어 있었다. 재원은 파자마를 이리저리 훑어보며 손으로 천의 감촉을 느껴보았다. 대형마트에 입점된 브랜드 제품들은 저렴하면서도 디자인이 다양해 가성비가 좋았다. 재원은 연한 하늘색 줄무늬 면 파자마와 회색 수면 양말을 골랐다. 이어서 여성용 언더웨어 코너로 눈길을 돌렸다. 편안한 차림으로 장을 보러 나온 여자들이 무심한 얼굴로 잠옷과 속옷 따위를 고르고 있었다. 재원은 여자들의 얼굴을 흉내내어 덤덤한 척 한 발짝 떨어져 물건들을 훑었다. 그러다 살구색 슬립이 눈에 들어왔다. 살구색은 평소에 촌스럽다고 생각했는데 며칠 전 길에서 살구색 레깅스를 입은 여자를 본 뒤로 비슷한 색깔의 속옷이 갖고 싶어졌다. 사이즈를 찾고 있는 재원을 향해 직원이 다가왔다. 도와드릴까요? 재원은 고개를 들어 여유로운 미소로 답했다. 이거, 엑스라지 사이즈 있습니까? 직원은 익숙한 손길로 물건을 찾아 재원에게 내밀며 말했다. 자상하셔라. 잘 고르셨네요. 재원은 쑥스러운 얼굴로 감사하다는 인사를 남긴 뒤 자신의 연기에 만족하며 카트를 돌려 나왔다. 그 순간 재원은 익숙한 얼굴을 마주쳤다. 그리고 잠시 어리둥절했다. 생각지 못한 곳에서 낯익은 얼굴을 만나면 머리가 잠깐 멈춘다. 누구더라. 쌍꺼풀이 짙고 안구가 돌출되어 항상 조금 놀란 듯 보이는 눈…… 앞집 남자. 남자 역시 재원을 보고 걸음을 멈추었다. 둘은 짧은 순간 서로를 응시했다. 그러다 남자가 먼저 재원을 향해 눈인사를 했다. 재원은 놀람을 반가움으로 급히 위장하느라 목소리가 커졌다. 안녕하세요. 하지만 남자의 표정은 크게 달라지지 않았다. 장 보러 오셨나봐요. 남자의 돌출된 눈이 재원의 카트 안을 바라보았다. 아, 예. 아내가 뭐 좀 사다달라고 해서요. 재원은 당황한 나머지 불필요한 말을 했다고 금방 후회했다. 그럼 들어가세요, 하며 얼른 카트를 밀고 지나치는데 며칠 전과 마찬가지로 그의 시선이 따라오는 것이 느껴졌다. 재원은 뒤를 돌아 확인하고 싶었다. 그가 정말 자신을 보고 있는지. 보고 있다면? 보고 있다면, 물어볼 수 있을까. 왜요? 뭘 보는 건데요? 하지만 재원은 끝까지 뒤돌아보지 못했다. 대신 속도를 줄이고 천천히 움직였다. 당황한 기색이 드러나지 않도록 최대한 느긋하고 유연하게. 무빙워크에 올라 아래층으로 내려가며 슬쩍 고개를 돌려 바라보기까지 재원은 여러 번 망설였다. 뭔가를 찾는 척 시선을 멀리하며 그의 위치를 가늠해보았다. 다행히 자신을 주시하는 시선 같은 것은 없었다. 주위는 적당한 소음과 편하게 물건을 사는 사람들로 평온하게 유지되고 있었다. 재원은 그제야 겨드랑이가 땀으로 젖어 있는 것을 알았다. 카트 안에 있는 살구색 슬립이 불길하게 여겨졌다. 그 새끼. 그 냄새나는 놈이. 왜 자꾸.

재원은 카운터로 향해 반납 매대에 슬립을 올려둔 뒤 다른 생필품만 계산해 집으로 돌아왔다. 아내가 뭐 좀 사다달라고 해서요. 아내가. 재원은 남자가 묻지도 않았는데 자신이 꺼낸 변명을 곱씹었다. 자책했다. 멍청하기는. 란제리를 산 것이 앞집 남자와 무슨 상관이란 말인가. 이상하게 생각하건 말건 나와 무관한 사람인데. 재원은 생각에서 벗어나려 애썼으나 잘되지 않았다. 침대에 누워 뒤척이다 아내에게 영상통화를 걸었다. 신호가 한참 간 뒤에야 상미의 얼굴이 나타났다. 재원은 마트에서 있었던 일을 전했고 상미는 재원의 이야기를 들으며 와인을 마셨다. 그래서, 자꾸 찜찜한 기분이 들어서 잠이 안 와.

자기 혼자 괜히 그러는 거 같은데. 그 사람은 기억도 못할걸.

아니야, 그놈이 내 카트 안을 유심히 봤다니까. 촉이라는 게 있잖아.

와이프 거라고 했다며.

그러니까. 내가 왜 그런 말까지.

상미는 가볍게 한숨을 내쉰 후 와인 잔을 입으로 가져갔다. 재원은 상미가 와인을 마시는 모습을 지켜보았다.

자기 요즘 너무 많이 마시는 거 아니야? 맨날 와인이네.

상미는 와인을 한 모금 넘긴 후 잔을 내려놓고 혀로 입술을 핥았다. 그러고는 재원을 향해 입을 열었다.

이제 슬슬 그만두는 게 어때?

뭘?

뭐긴.

예상치 못한 말에 마땅한 답을 찾지 못한 채 상미의 얼굴만 멀거니 바라보았다. 상미는 예의 그 느긋한 얼굴로 조용히 재원을 응시했다. 그러다 작게 하품을 하면서 다시 술잔을 들었다. 저녁

햇살이 술잔을 통과하며 반짝였다. 그 순간, 재원은 아내가 아주 먼 곳에 있다는 사실을 체감했다. 시간이 다르고, 계절도 반대로 흘러가는, 아주 먼 곳. 세라는? 세라는 자나? 재원이 말을 돌렸다. 세라는 자. 오늘도 수영장에서 신나게 놀았거든.

세라 좀 보여줘. 재원의 말에 상미는 천천히 손가락을 들어 코를 긁었다. 내 말 들려? 상미는 술잔을 들어 또다시 한 모금을 마신 뒤, 응, 하고는 자리에서 일어났다. 걸을 때마다 화면이 흔들렸다. 재원은 침대에 누운 채 상미가 걸어서 세라의 방에 들어가는 모습을 지켜보았다. 방안으로 들어서자 화면이 어두워졌다. 재원은 몸을 일으키고 화면을 주시했다. 잠시 뒤 희미하게 세라의 얼굴이 화면에 잡혔다. 재원의 입꼬리가 올라갔다. 어둠 속에서 보이는 딸의 감은 눈, 동그란 코, 작은 입술. 눈을 깜빡이기라도 하면 딸이 사라지기라도 하는 듯, 재원은 집중해서 화면 속의 세라를 바라보았다. 상미가 세라의 옆에 누웠다. 작은 화면 안에 아내와 딸이 함께 보였다. 잘 자네. 그새 또 컸지? 재원이 묻자, 같이 있어도 크는 게 보여, 자긴 놀랄걸, 상미가 속삭였다.

벌써 놀라고 있어.

그러니까 이제 접어.

뭘?

싫으면…… 나 있을 때만 하든가.

너도 그럼 술 끊어. 나 있을 때만 마시든가.

재원의 말에 상미는 코웃음을 쳤다.

그게 같아? 이제 품위를 좀 지키자.

통화를 마친 재원은 휴대폰을 든 채 눈을 감았다. 상미의 말이 머릿속을 채웠다. 뒤늦게 볼이 달아올랐다. 이 수치심은 어디에서 기인하는 것인가. 재원은 자신이 느끼는 감정의 원인을 찾아보려 했으나 머리가 돌아가지 않았다. 불을 꺼야 한다고 생각했지만 재원은 그저 팔을 들어 눈을 가렸다.

세라를 낳고 키우면서도 재원은 자신의 성향을 심각하게 고민하지 않았다. 여장을 하고 상미와 둘만의 유희를 즐길 때에도 죄책감이 들지 않았다. 이건 그저 둘의 사생활이니까. 성인이고 부부니까. 그만두려면 얼마든지 아무때나…… 둘은 서로 살을 맞대고 누워 그들의 미래에 대해 속삭이고는 했다. 세라가 나중에 여자가 좋다고 하면 어떡할래? 존중해줘야지. 에이섹슈얼이라고 하면 어떡할까? 존중해줘야지. 성을 전환하겠다고 하면? 아, 그건 괴로운데, 그래도 힘이 돼줘야지. 자기는 좋은 아빠야. 자기는 좋은 엄마지. 둘은 자주 이런 식의 문답 놀이를 즐겼다. 둘은 의견이 잘 맞았다. 재원은 아내의 눈을 바라보며, 자신은 운이 좋은 사람이라고 생각하곤 했다. 그런데, 갑자기? 가장 가까운 이로부터 무시를 당한 느낌. 아내는 그저 자신을 걱정했을 뿐인데, 라고 생각하려 해도 마음 깊은 곳에서는 자꾸 다른 말이 들렸다. 나를 한심하게 보고 있었나. 영상통화를 하면서 보았던 그 나른한 눈빛들이 떠올랐다. 피식 웃는 상미의 웃음도 습관이 아니라 의미가 있는 거였나. 비웃음이었나. 그러면, 세라를 데리고 시드니로 가겠다고 한 것도…… 아니다. 말이 없는 세라는 여기에서 학교를 다닐 때 잘 적응하지 못했다. 상미는 이 사회가 세라에게 적응할 생각이 없는 거라고 했다. 세라 잘못이 아니라고. 그때 재원은 상미를 나무랐다. 사회가 우리한테 적응을 왜 하나? 재원은 상미와 다투었던 그날을 떠올렸다. 내 잘못이라고 생각하는 건가. 그래서 나를 두고. 재원은 침대에서 몸을 일으켰다. 설마. 이건 망상이다. 언제나 망상이 관계를 망치지. 아, 이게 다 그 불길한 놈 때문이다. 그 눈. 그 툭 튀어나온, 놀란 망둥이 같은, 불쾌한 냄새를 풍기는……

재원은 책상에 앉아 컴퓨터를 켰다. 시디 카페에 들어가 스크롤바를 내렸다. 지금 시디 바 오프 가요, 핑크 가발 팝니다, 풀업 봐주실 분, 경북 러버 계신가요, 주말에 외출하실 분. 카페는 언제나처럼 서로 만나고 싶어하는 이들로 북적였다. 이런 사람들이 북적이고 있다는 사실을 대부분은 모를 것이다. 컴퓨터 창을 끄면 사라지는 세계. 몰라도 되는 세계. 어쩌면, 없는 것이 나은 세계. 재원은 카페의 글을 하나씩 눈으로 훑으며 자신은 언제부터 이런 세계에 발을 들이게 됐는지 기억을 되감아보았다. 그래 봤자 특별한 건 없었다. 가까웠던 이종사촌 자매와 명절 때 만나 방에 들어가 함께 놀았던 기억 정도였다. 자매 중 재원보다 네 살이 많은 누나는 재원의 머리에 핀을 꽂아주었고 자신의 원피스를 입혀주기도 했다. 신기하게도 재원은 그것이 불쾌하거나 부끄럽지 않았다. 오히려 셋이 원피스를 입고 모여 앉아 서로 머리를 빗어주던 그 순간이 포근한 추억으로 남아 있었다. 물론 십대로 접어든 이후로 셋은 결코 그런 식으로 놀지 않았다. 한번은 사촌들에게 그때의 이야기를 꺼낸 적이 있었는데 둘이 깔깔 웃으며 그 당

시 재원이 얼마나 우스꽝스러웠는지에 대해 농담처럼 말해서 혼
자 머쓱했던 기억이 있다. 재원은 이런저런 생각에 빠져 기계적
으로 스크롤바를 내리다가 코요의 블로그에 접속했다. '핼러윈
풀업 만남'이라는 제목의 글이 올라와 있었다.

일 년 중 단 하루. 다가오는 핼러윈에 풀업 외출 함께하실 분은
댓글 달아주세요.

불과 몇 분 전에 올라온 글이었고 아직 댓글은 하나도 없었다.
재원은 이것이 어쩌면 운명일지도 모른다는 착각에 빠져 충동적
으로 댓글을 썼다. 저는 시스헤테로 취미 여장러입니다. 저 같은
사람도 함께 가능할까요. 외롭습니다, 까지 썼다가 외롭습니다,
는 삭제했다. 그리고 등록 버튼을 눌렀다. 이제 보내지도 않을 글
을 썼다 지우는 일은 그만하겠다고 다짐했다. 하지만 재원은 금
방 후회했다. 얼른 자신의 흔적을 삭제하기 위해 블로그에 들어
갔는데 그새 답글이 달려 있었다. 재원은 침을 삼켰다. 안녕하세
요, 보위님. 당연히 가능합니다. 부담 갖지 마세요. 우리 편하게
연락해요. '우리'라는 말에 재원의 시선이 머물렀다. 두려움과 매
혹은 왜 항상 함께일까. 재원은 코요가 쓴 짧은 댓글을 몇 번이나
다시 읽었다. 그후로 며칠간 둘은 메시지를 주고받았다. 코요를
정말 만날 생각은 없다고 믿었는데 이야기를 주고받다보니 친구
를 사귄 것처럼 설렜다. 둘은 서로의 안부를 묻고 취향을 공유했
다. 코요는 마르지엘라와 생로랑을 좋아한다고 했고 그것만으로
도 호감이 갔다. 코요도 재원에게 이런저런 것을 물어왔다. 재원
은 자신의 신상에 대한 정확한 정보는 교묘하게 피하는 방식으로

답을 했다. 향수는 톰 포드 좋아해요. 저는 사십대 중반. 화장은 안 해봄. 직장 다녀요. 지금은 혼자 지내요……

재원은 출근해 일을 하면서도 자주 코요를 떠올렸다. 밥을 먹거나 샤워를 하다가도 혼자 미소를 짓다가 자신이 대체 무슨 얼빠진 짓을 하는 건지 고개를 흔들기도 했다. 당장 댓글을 지우고 없었던 일로 해야지. 계정을 폭파해야지. 만나본 적도 없는데. 이름도 모르는데. 이 험한 세상에. 그러다 블로그에 들어가면 마음이 바뀌었다. 그동안 재원이 비밀을 공유하는 이는 아내가 유일했고 그것으로 만족하는 법을 익혀왔는데…… 아니 익힌다는 생각도 없이 그것만이 유일한 세계였는데.

오프 잡을까요?

코요의 메시지를 본 순간 재원의 심장이 투둑투둑 뛰었다. 둘은 홍대 근처에 위치한 시디 바에서 핼러윈 주말에 만나기로 했다. 재원은 이 약속을 심각하게 생각하지 않으려고 애썼다. 오프 만남이라는 게 그런 거 아닌가. 약속을 정해도 안 나가면 그만인 것. 그러면서도 무슨 옷을 준비해 갈지 구상하는 시간이 즐거웠다. 재원은 단 한 번도 여장을 하고 밖에 나가본 적이 없었다. 이 일에 대해 상미와 의논을 할까 몇 번이나 망설였지만 하지 않기로 했다. 상미와는 비밀이 없었으나 이번만은 예외로 하기로 마음먹었다. 재원은 스스로와 타협했다. 나중에 때가 되면 고백하기로. 그러니 이것은 거짓말이 아니다. 그렇게 생각하자 마음이 한결 편해졌다.

코요와의 만남을 기다리면서 재원은 평소보다 자주 콧노래를 흥얼거렸고 회사 동료들은 좋은 일이 있냐고 물어왔다. 있겠냐? 재원이 말하면 동료들은 피식 웃고 말았다. 좋은 일이 없어서 안도하는 사람들 같았다. 일어서면 보이는 그 까만 머리통들을 바라보며 재원은 생각했다. 이들도 숨기고픈 비밀이 있겠지. 비밀이 깊을수록 생기가 도는 것인가. 피폐해지는 것인가. 둘 다인가.

며칠 뒤 택배 봉투 하나가 현관문 앞에 도착해 있던 날이었다. 봉투는 누가 대충 던져둔 모양으로 방치돼 있었다. 모서리에 신발 자국이 찍혀 있었다. 재원은 봉투를 집어들었다. 송장에는 '마릴린_XL'라는 상품명이 인쇄되어 있었다. 재원은 기분 나쁜 예감에 빠졌다. 앞집 남자가 이걸 보았을 것 같았다. 간혹 그런 촉이 올 때가 있었다. 좋은 예감은 잘 맞지 않았으나 나쁜 예감은 거의 언제나 맞았다. 상미는 재원이 그럴 때마다 고개를 저으며 대수롭지 않은 얼굴로 말하곤 했다. 그런 걸 선택적기억 효과라고 하지. 배운 사람이 왜 이러실까. 그날 저녁, 재원은 상미에게 전화를 걸었지만 받지 않았다. 재원은 점점 기분이 나빠졌다. 느릿느릿 와인 잔을 들어 입으로 가져가는 상미의 얼굴이 떠올랐다. 세라에게 걸어볼까, 하고 통화 버튼을 누르려는데 화면에 아내의 이름이 떴다.

왜 전화를 안 받아.

세라 생리 시작했다.

뭐라고?

우리 세라 여자 됐다고.

세라가? 아니, 아직 애긴데.

그건 당신 생각이고. 난 세라보다 한 살 빨리 시작했어. 그날이 아직도 생생한데……

재원은 상미의 말이 더이상 귀에 들어오지 않았다. 재원은 세라를 바꿔달라고 했다. 오버하지 마. 세라 성격 알잖아. 상미가 낮게 말했다.

알지 그럼. 내가 걔 아빤데. 얼른 바꿔봐. 잠시 뒤 들려오는 소음들에 재원은 귀를 기울였다. 아빠가, 아니 왜, 세라야, 어서, 누군가의 한숨 소리와 뭔가를 떨어뜨리는 소리의 조각들에 재원은 신경을 곤두세웠다. 세라야. 재원이 휴대폰에 대고 몇 번이나 이름을 부른 뒤에야, 여보세요, 하는 가늘고 익숙한 목소리가 재원의 귀에 닿았다.

아빠야.

응, 아빠. 안녕하세요.

잘 지냈어, 우리 딸?

뭐. 그럭저럭.

그럭저럭? 재원은 웃음을 터뜨렸지만 웃겨서라기보다는 딸에게 웃음소리를 들려주고 싶어서였다. 재원은 아무렇지 않은 듯 일상적인 질문을 던졌고 세라는 평소처럼 짧게 답했다. 그래서, 오늘 축하할 일이 있더라고. 아빠는 세라가 정말……

아빠. 세라가 재원의 말을 끊었다. 응?

그만하면 안 돼?

약속 당일 재원은 샤워를 하며 면도기로 다리와 겨드랑이 털을 밀었다. 몸에는 코요가 추천한 향이 좋은 보디 오일을 신경써서 발랐다. 침대 밑의 박스에서 칼제도니아 망사스타킹을 꺼내어 신었다. 그리고 그 위에 양말을 덧신었다. 나머지 물건들은 조심스레 가방에 넣었다. 여기에서 입고 나갈 수는 없는 것들. 핼러윈 코스프레를 위해 주문한 매릴린 먼로 스타일의 홀터넥 원피스와 금발 가발, 베이지색 힐. 코요의 말에 따르면, 그 시디 바에는 소위 업방이라고 부르는 메이크업 룸이 있다고 했다. 재원은 면바지에 피케 셔츠를 입고 트렌치코트를 걸쳤다. 외출 준비를 하면서도, 여기서 그만둘까, 몇 번이나 고민했다. 하던 일을 멈추고 치킨을 시키자. 그리고 맥주를 마시며 넷플릭스를 켜는 거야. 먼로 옷을 입고 셀카를 찍어 상미에게 보내자. 상미는 시큰둥해하겠지만 그래도 핼러윈이니 웃어줄 것이다. 회식이 취소되었다고 하면 좋아하겠지. 그렇게 평온하게 하루를 마무리할 수 있다. 시드니에서도 오늘 핼러윈 파티가 있다고 했다. 세라는 무슨 옷을 입는다고 했더라. 스폰지밥이랬나. 상미는 원더우먼 코스튬을 샀다고 했다. 원더우먼과 매릴린 먼로 사이에 스폰지밥. 셋이 나란히 선 장면을 머리로 그리며 재원은 즐거워졌다. 하지만 그런 사진은 찍을 수 없겠지. 아니다. 핼러윈이라면 가능할지도. 기괴하고 우스꽝스러운 모습을 모두가 허용해주는 날이니까. 서로 바라보며 유쾌하게 웃어주는 날이니까. 그 안에 누가 있는지 궁금해하지 않는 날이니까.

해가 지기 전인데도 지하철역은 인파로 숨이 막힐 지경이었다. 젊은이들로 북적일 거라고 생각은 했지만 예상보다 훨씬 많은 사람이 앞뒤로 꽉 차 있어 재원은 역 바깥으로 나가는 데에도 꽤 오랜 시간이 걸렸다. 쌀쌀한 날씨에도 브라톱에 쇼트 팬츠를 입은 여자들이 흔했고 기괴한 가면을 쓴 이도 많았다. 버스킹을 하는 뮤지션들, 구경꾼들, 그들을 통제하는 안전요원들로 길거리는 빈틈이 없어 보였다. 왠지 모를 불안감을 누르며 재원은 커다란 가방을 어깨에 메고 종종걸음으로 약속 장소로 향했다. 낡은 빌딩 지하에 위치한 술집은 중심 거리에서 한두 블록 떨어진 골목에 있었다. 방금 본 인파는 착각이었던가 싶게 골목은 한산했다. 재원은 실제로 코요를 만난다고 생각하자 손에 땀이 났다. 바지에 손바닥을 몇 번 문지른 후 계단을 내려갔다. 그 순간에도 재원은 그냥 돌아갈까, 생각했지만 몸은 그대로 움직여 가게 입구의 유리문을 밀고 있었다. 한산한 골목과 달리 가게 안은 손님으로 북적였다. 여장을 한 남자들과 평상복을 입은 남자들이 비슷한 비율로 섞여 있었다. 개중에는 여자들도 보였다. 사람들의 시선이 재원을 훑었고 재원은 눈 둘 곳을 찾지 못해 휴대폰을 꺼내들었다. 유리문 하나를 밀고 들어왔을 뿐인데 다른 세계로 진입한 느낌이었다. 재원이 전화를 걸자 바에 앉아 있던 누군가가 재원을 향해 손을 들었다. 재원은 코요와 처음으로 눈이 마주쳤던 그 순간을 시간이 흐른 뒤에도 오랫동안 기억했다. 코요의 그 호기심에 반짝이던 눈빛을. 그리고 얼마 가지 않아 차갑게 식어버리던 얼굴을.

재원은 코요를 알아보지 못했다. 코요가 손을 들어 자신을 알렸음에도 재원은 어리둥절한 표정으로 그를 바라보았다. 그게 문제였다. 코요는 블로그에서 보았던 사진과 너무 달랐다. 어느 정도 보정했을 거라 짐작하긴 했으나 눈앞의 코요는 아예 다른 사람이었다. 퉁퉁한 얼굴은 각이 졌고 안경 너머로 보이는 눈은 작고 밋밋했다. 게다가 그는 살집이 꽤 있는 건장한 몸매의 남자였다. 통이 넓은 청바지에 경량 패딩 차림의 그는 마르지엘라나 생로랑과는 거리가 있어 보였다. 그리고 무엇보다 너무 어려 보였다. 회사를 다닌다고 해서 당연히 삼십대일 거라 생각했는데. 재원은 그대로 몸을 돌려 집으로 돌아가고 싶었지만 차마 그럴 수는 없어서 그에게 다가가 인사를 건넸다. 안녕하세요. 코요는 재원의 속마음을 읽은 듯 입꼬리만 겨우 올려 웃어 보였다. 안녕하세요, 보위님. 재원은 코요의 눈을 피해 그가 쥐고 있는 칵테일 잔을 바라보았다. 인공적인 파란색 액체가 든 컵 표면에 물방울이 맺혀 흘러내리고 있었다. 잔을 쥔 코요의 손톱이 뭉툭했다.

어색하게 인사를 나눈 둘은 술을 한 잔씩 주문해 받아들고 미리 예약해둔 방으로 들어갔다. 두 평 정도 되는 방에서 싸구려 방향제 냄새가 났다. 요란한 조명이 달린 화장대와 옷걸이가 보였고 벽에는 전신 거울이 부착돼 있었다. 불편한 기색의 재원을 향해 코요가 말했다. 어떻게, 메이크업 먼저 하시겠어요? 재원은 코요 역시 인내심을 발휘하고 있음을 감지했다. 그제야 재원은 미안한 마음이 들었다. 말씀드렸다시피 저는 화장은 제대로 해본 적이 없어서요. 재원이 난처한 얼굴로 말했다. 싫으시면 안 하셔도 되고요. 그렇게 말하는 코요의 눈에는 체념이 담겨 있었다. 코요가 재원에게 화장을 해주기로 미리 합의를 본 상태였다. 둘 다 그것을 기억하고 있었다. 아니요, 죄송해서. 재원이 마음에 없는 말을 했고 코요는 한쪽 입꼬리를 올리며 웃었다. 정하세요. 코요는 블로그에서 보았던 모습과 거의 모든 것이 달랐지만 자존심이 세 보이는 건 비슷했다. 재원은 잠깐 망설이다 말했다. 그럼 먼저 하시겠어요?

코요는 가방에서 화장도구를 꺼내 화장대 위에 늘어놓았다. 재원은 그의 옆에 엉거주춤 앉아 위스키를 홀짝였다. 코요는 다양한 화장도구를 능숙하게 배치한 뒤 안경을 벗었다. 둘 사이의 침묵이 어색해 재원은 휴대폰으로 음악이라도 틀어야 하나 생각했다. 하지만 코요는 개의치 않고 화장을 시작했다. 눈에 연회색 컬러 렌즈를 낀 후 스펀지를 얼굴에 빠르게 두드려가며 파운데이션을 발랐다. 다양한 브러시를 사용해 셰이딩을 넣었고 눈가에 진한 아이라인을 그렸다. 재원은 그의 당당한 태도와 능숙한 손놀림에 점점 빠져들었다. 각이 진 얼굴 라인은 어느새 부드러워졌고 작고 밋밋한 눈은 크고 깊어졌다. 낮고 펑퍼짐한 코는 오뚝하게 살아났다. 무엇보다 눈동자 색이 달라지니 다른 사람처럼 보였다. 거울을 사이에 두고 둘의 눈이 몇 번 마주쳤을 때 코요가 불쑥 말을 던졌다. 화장하는 남자 처음 보세요?

예? 예상치 못한 말에 재원이 놀라자 코요가 푹, 웃었다. 죄송합니다. 재원이 사과했다. 죄송하긴요. 난 누가 봐주는 거 좋아해요. 코요는 화장을 멈추고는 바셀린 통을 열더니 새끼손가락으로 내용물을 찍어 재원에게 내밀었다. 입술이요. 병 같은 건 안 걸렸으니까 걱정 말구. 재원은 조금 꺼려졌으나 무례하게 보일까봐 코요를 향해 얼굴을 내밀었다. 이걸 발라야 나중에 립스틱이 잘 먹어요. 코요의 손가락이 재원의 입술 위를 부드럽게 왕복했다. 코요가 손가락을 휴지로 닦는 모습을 보며 재원이 물었다. 그런데, 몇 살인지 물어봐도 돼요?

서른이요. 에이, 아닌 거 같은데. 군대는 갔다 왔어요? 당연하죠. 어느 부대에 있었냐고 묻고 싶었으나 재원은 참기로 했다. 하지만 코요는 재원에게 나이를 묻지 않았다. 그는 새침한 얼굴로 눈에 긴 인조 속눈썹을 붙이고 붉은색 립스틱을 바르는 것으로 화장을 마무리했다. 너무 진해서 드래그 퀸 같은 느낌이 들기는 했으나 재원은 완벽하게 변신한 코요를 향해 박수를 쳐주었다. 아름답다고 말할 수는 없었지만 좀전의 남자는 사라지고 없었다. 그것이 신기했다. 이제 언니 차례. 이리 오세요. 코요가 의자를 내밀었다. 재원은 남은 위스키를 비운 뒤 화장대 앞에 앉았다. 재원은 코요의 얼굴이 너무 가까이에 있는 게 신경쓰여서 일부러 시선을 멀리 두었다. 너무 진하게는 말고요. 처음이라. 코요는 대꾸도 하지 않고 스펀지를 들어 거침없이 재원의 얼굴을 두드리기 시작했다. 힘 좀 푸세요. 아무도 안 잡아먹으니까. 그의 농담에 재원은 예의상 웃어주었다. 어린놈이 까불기는…… 재원은 코요가 시키는 대로 눈을 감았다. 눈꺼풀 위로 부드러운 브러시가 간지럽게 지나다녔다. 코요는 손으로 재원의 눈꺼풀을 살짝 끌어올린 뒤 가느다란 붓으로 라인을 그려넣었다. 손가락으로 화장품을 찍어 눈두덩에 톡톡 바를 때에는 손가락의 온기가 느껴졌다. 화장이라는 건 향기와 부드러움에 얼굴을 맡기는 거구나. 재원은 그 시간이 낯설면서도 꽤 마음에 들었다. 간혹 코요의 숨결이 가깝게 느껴져 불편한 것만 뺀다면.

저 보고 실망했죠.

코요의 말에 재원은 눈을 떴다.

네?

표정 관리가 안 되시는 듯.

아닌데. 낯설어서 그런 건데.

거짓말.

코요님이 실망한 거 아니고요? 웬 아잰가 했겠지.

저는 실망 같은 거 안 함.

에이.

그냥, 사람이면 돼요. 저는.

코요가 바셀린이 발린 재원의 입술을 티슈로 닦았다. 재원은 대답을 하고 싶었다. 사람이면 된다뇨, 너무하시네, 그리고 저 실망하지 않았습니다, 같은 말들. 하지만 그건 명백한 거짓말이었고 결국 재원은 아무 말도 하지 않았다. 자신의 얼굴이 변해가는 모습을 거울에 비춰보면서 재원은 어떤 표정을 지어야 할지 점점 난감해졌다.

왜요? 별로예요?

웃기지 않아요? 역시…… 심하게, 안 어울리네요.

재원은 기괴하다는 말을 하려다가 참았다.

코요가 재원의 코앞으로 바짝 다가왔다. 뜨끈한 숨결과 화장품 향이 훅 끼쳤다. 재원은 숨을 멈추었다. 두피에서 땀이 솟아나는 게 느껴졌다.

자신감. 웃기다고 생각하지 말고요. 그럼 진짜 우스워짐.

코요는 재원의 입술 위에 조심스레 점을 찍어주었다. 재원은 그의 턱에 난 수염 자국을 발견했지만 못 본 척했다.

화장을 마친 둘은 싸구려 파티션을 사이에 두고 각자 옷을 갈 아입었다. 재원은 바지와 양말을 벗고 드레스를 끌어올렸다. 신축성이 없는 폴리에스테르 드레스가 가슴통에 꽉 끼어 등뒤의 지퍼를 올리기 힘들었다.

저기, 좀 도와줄래요?

잠시 뒤 코요가 파티션을 걷었다.

어디 봐요.

코요는 빨간 바탕에 하얀 물방울무늬 원피스를 입은 모습이었다. 그 아래로 하얀 스타킹을 신은 근육질의 다리가 보였다.

멋지네요.

이번에도 거짓말이었다.

괜찮나요?

코요는 과장된 포즈를 취해 보인 후 재원의 드레스 지퍼를 올려주었다. 언니는 몸이 날씬해서 사이즈가 잘 맞네. 부럽다.

근데, 계속 언니라고 할 거예요?

싫어요? 그럼 보위님? 아니면, 오빠?

형이라고 해요.

코요는 뭐가 우스운지 소리 내어 웃고는 말했다.

님 진짜 시헤남이구나. 신기하네.

212

뭐가요?

그게 아니라, 옷차림이 바뀌면……

코요는 말을 멈춘 뒤 재원의 다리를 보았다.

근데, 이 스타킹 너무 예쁘다. 칼제도니아랬죠? 한번 만져봐도 돼요?

코요는 쪼그려앉아 스타킹을 찬찬히 관찰했다. 재원은 코요가 눈을 깜빡일 때마다 인조 속눈썹이 위아래로 리드미컬하게 움직이는 것을 바라보았다. 그리고 뽀얀 이마. 퍼프소매 밖으로 탄탄하게 뻗은 팔과 뭉툭한 손톱이 달린 납작하고 매끈한, 아직 어린 손. 코요는 조심스레 재원의 발목에 손을 올렸다. 그리고 무릎까지 천천히 쓸어 올린 뒤 다시 발목으로 쓸어내렸다. 그의 손길이 닿자 재원은 몸에 소름이 돋았다. 이상할 정도로 강렬한 감각에 재원은 다리를 뒤로 뺐다.

이제 그만 나가요.

재원은 당황한 마음을 들키지 않으려 애써 명랑하게 말했다. 이건 뭐지? 끌림인가 혐오인가. 둘 다인가. 가발까지 쓰고 둘은 나란히 거울을 보았다. 매릴린 먼로 흉내를 낸 마른 남자와 핀업 걸 코스튬을 한 통통한 남자 둘이 서 있었다. 재원이 바란 건 이런 게 아니었다. 하지만 오늘은 핼러윈이니까. 재원은 긴장된 마음을 풀어보려 애썼다. 게다가 이런 모습이라면 길에서 아는 사람을 만나도 자신을 못 알아볼 게 분명했다. 그래도.

우리 그냥 홀에서 술이나 마실래요?

둘은 메이크업 룸을 정리한 뒤 짐을 로커에 넣고 가게를 나섰다. 코요가 앞장서서 계단을 올라갔다. 코요의 허벅지는 굵고 두꺼웠다. 하얀 스타킹에는 보풀이 나 있었고 구두는 굽이 보기 싫게 닳아 있었다. 재원은 계단 중간에 멈춰 섰다. 코요가 뒤를 돌아보았다.

우리 꼭 나가야 할까?

재원이 물었다.

코요의 회색 눈동자가 재원을 응시했다.

나는 나가려고요.

코요는 다시 몸을 돌려 계단을 마저 올라갔다.

거리에는 어둠이 내려 있었고 골목은 아까보다 더 스산했다. 코요의 옆으로 다가가자 그의 얼굴이 밝아졌다.

언니도 참 어렵다. 비밀이 많은가봐요.

재원은 대답 대신 질문을 택했다.

회사 사람들 만나면 어쩌려고 그래요?

인사해야죠.

코요의 답에 재원은 말문이 막혔다. 재원은 이런 차림으로 거리를 걷는 것이 말할 수 없이 어색했다. 쇼윈도에 비친 자신의 모습도 똑바로 바라보기 힘들었다. 혼자 있을 때에는 하루종일 보아도 지루하지 않았는데. 재원은 사람들이 보이면 얼굴을 돌리기 바빴다. 낯선 시선을 의식하느라 재원에게는 즐거움이고 뭐고 어떤 것도 느낄 여유가 없었다. 메인 도로가 가까워졌고 아까보다 더 많은 인파가 눈에 들어왔다. 코요가 갑자기 재원의 팔짱을 꼈다. 코요의 살이 닿자 재원은 아까와 마찬가지로 피부가 찌릿했다. 재원은 혼란스러웠다. 이것은 매혹인가 혐오인가. 둘 다인가. 둘은 하나인가. 재원은 은근슬쩍 코요의 팔을 뺐다.

거리는 축제 분위기로 가득했다. 털 인형을 뒤집어쓴 사람부터 피 흘리는 귀신, 선정적인 복장과 다양한 캐릭터 분장을 한 사람까지 젊은이들이 거리낌없이 서로 포옹하고 사진을 찍으며 요란하게 거리를 휩쓸고 다녔다. 코요 역시 낯선 이들과 사진을 찍고 큰 소리로 인사를 나누거나 하이파이브를 했다. 인파에 섞이자 재원은 마음이 조금 놓였다. 어차피 이들은 내가 누군지 모른다. 관심도 없다. 직장 동료들도 나를 못 알아볼 것이다. 그렇게 주문을 외우며 코요와 나란히 걷다 코요에게 물었다. 일본에서는 얼마나 살았어요? 안 살았어요. 앞으로 살고 싶어서. 재원은 코요를 향해 눈을 흘겼다. 소설가네 소설가. 이 정도면 완전 사기 아님?

재원은 코요의 말투를 흉내내 말했다. 코요는 코를 찡긋하고는 하이 톤으로 대답했다.

앞으로 다 이룰 거라고. 그거 뻥 아니고, 말하자면 미래 일기라고요. 그리고. 코요 얘기는 진짜예요.

하지만 재원은 더 따지거나 묻고 싶은 마음이 사라져버렸고 그것이 스스로도 의아했다. 처음 보았을 때와 다른 사람이 되어 여자처럼 걷고 있는 코요. 재원의 눈에 넓고 둥그런 코요의 어깨가 들어왔다. 우스꽝스러운 퍼프소매 아래로 흔들리는 생생한 팔뚝. 힐을 신고 힘차게 내딛는 걸음걸이. 순간 재원은 코요의 손을 잡고 싶었다. 손톱이 뭉툭하게 닳아 있는 젊은 손을 쥐어보고 싶었

다. 손을 뻗으면 닿는 거리에 그의 몸이 있다는 사실이 새삼스러
웠다. 왜 갑자기 그런 충동이 올라왔는지 재원도 알 수 없었다. 술
기운인가. 분위기 탓인가. 재원은 이성을 찾아야 한다고 생각했
다. 아, 이 변태 새끼들, 존나 토 나오네. 이어서 누군가 탁, 하고
침 뱉는 소리가 재원의 귀에 날카롭게 꽂혔다. 좆같은 세상 말세
다, 말세. 재원은 반사적으로 코요를 바라보았다. 그가 아무것도
듣지 못했기를 바랐다. 그저 계속 가던 길을 가고 싶었다. 하지만
코요는 표정을 굳히고 걸음을 멈추었다. 그냥 가요. 재원이 말했
지만 코요는 재원의 목소리가 들리지 않는 것처럼 어딘가를 매서
운 눈으로 응시했다. 뭘 쳐다봐, 씨발년아. 대학생쯤으로 보이는
어린 남자 셋이 경멸에 찬 눈으로 욕설을 했다. 사람들이 흘끔거
렸다. 재원은 코요의 팔을 끌었다. 가, 그냥 가자. 상대하지 마. 하
지만 코요는 그들을 향해 지지 않고 소리를 질렀다.

지금 우리한테 욕했냐? 너네 이거 범죄인 거 알지?

재원은 숨고 싶었다. 그리고 이어서, 이게 범죄인가? 생각했
다. 사람들이 멈춰 섰고 누군가는 휴대폰을 들었다. 재원은 어서
이들로부터 멀어져야겠다는 마음뿐이었다. 하지만 코요는 그럴
생각이 없는 듯했다. 분이 차오른 듯 그들 앞으로 다가섰다. 마치
어서 한 대 때려보라고 도발하는 것처럼 보였다. 사람들의 시선
은 개의치 않았다. 오히려 여기 좀 보라고, 어서 와서 보라고 하는
것 같았다.

재원은 얼굴을 숙이고 급히 자리를 벗어났다. 사람들을 피해
근처 골목으로 가는데 누군가의 시선이 따라붙는 것 같았다. 골

목길에 들어설 즈음 슬쩍 고개를 돌려보았다. 그때 그 남자와 눈이 마주쳤다. 몇 초도 안 되는 짧은 시간이었을 뿐인데 재원은 그 순간 심장이 잠깐 멈추는 듯 오싹했다. 트럼프 마스크를 머리에 뒤집어쓴 남자. 작은 구멍 사이로 보이는 눈알. 재원은 그 눈빛이 익숙했다. 어딘지 항상 놀란 듯 보이는 그 눈빛. ……설마. 아니겠지. 맞나? 아닌가? 아니어야 하는데. 저 마스크는 오늘 거리에서 몇 번이나 봤는데. 좀전에 코요와도 함께 보며 웃었는데. 어쨌든 그가 나를 알아본 게 분명했다. 나는 이런 사람이 아닌데. 이건 오핸데. 오늘은 핼러윈이고 그래서 분장을 한 것뿐인데. 속이 뒤틀렸다. 아내에게 전화를 걸어야 할 것 같았다. 주위를 둘러보았다. 엉망진창의 세계가 눈에 들어왔다.

화장이 번진 채 상기된 얼굴로 코요가 재원을 향해 다가오고 있었다. 재원은 몸을 돌려 골목 안으로 계속 걸었다. 뒤꿈치가 아려왔다. 새 구두는 발에 적응하려면, 최소 일주일 이상은…… 코요가 재원을 불렀지만 재원은 멈추지 않았다.

언니, 어디 가요?

코요가 종종걸음으로 뛰다시피 와서 재원의 팔을 잡았을 때, 재원은 그를 거칠게 뿌리쳤다.

언니 아니라고, 씨발.

재원의 눈앞에는 이해할 수 없다는 듯 자신을 바라보는 코요가 있었다. 재원은 그로부터 멀리, 아주 멀리 떨어지고 싶었다.

재원은 당장 집으로 돌아가고 싶었지만 그 차림으로 갈 수는 없어 다시 술집으로 향했다. 무작정 걷는 재원의 귀에 코요의 목소리가 들렸다. 바에 가는 거 아니에요? 재원은 걸음을 멈추었다. 코요는 무표정한 얼굴로 재원을 잠깐 응시한 뒤 등을 돌려 걷기 시작했다.

코요를 따라 바에 도착한 재원은 로커에서 옷과 소지품을 꺼냈다. 룸이 다 차서 기다려야 한대요. 코요는 무심한 어조로 말한 뒤 클렌징폼을 건넸다. 그리고 턱짓으로 화장실을 가리켰다. 화장실 세면대에서 재원은 화장을 지웠다. 세수를 하는데 여자가 들어와 깜짝 놀랐다가 여장 남자라는 사실을 깨닫고 작게 한숨을 쉬었다. 물이 너무 차가워서 머리가 얼얼했지만 재원은 얼굴을 박박 문질러 닦았다.

코요는 가죽 재킷을 입은 남자와 나란히 스탠드에 앉아 술을 마시며 대화를 나누고 있었다. 재원이 다가가 클렌징폼을 돌려주었다. 고마워요. 재원의 말에 코요는 네, 하고 짧게 대답했다. 가게를 나가려다 재원은 고개를 돌려 코요를 보았다. 둘의 눈이 마주쳤고 코요는 재원을 향해 작게 손을 들어 보였다. 재원이 답을 하기도 전에 그의 시선은 옆자리의 남자에게로 돌아갔다.

사진에는 활짝 웃는 원더우먼과 무표정한 스폰지밥이 나란히 서 있었다. 재원은 사진을 열심히 들여다보았다. 세라의 표정이 뚱한 것이 마치 자신의 잘못처럼 여겨졌다. 택시가 잡히지 않아 재원은 지하철을 타고 집으로 돌아왔다. 고작 열시가 조금 넘었을 뿐이라는 게 믿기지 않았다. 아파트 입구에 서서 위를 올려다보았다. 옆집에 불이 켜져 있었다. 아까 본 남자는 깔끔한 정장 차림이었던 것 같은데. 그래, 아니겠지. 그럼 그렇지. 멍청하기는…… 재원은 깊게 한숨을 내쉬었다. 네댓 시간 외출했을 뿐인데 아주 오랜 시간 노동하고 돌아온 기분이었다. 재원은 소파에 누워 눈을 감았다. 적막이 다가와 재원의 주위를 서성였다. 나 오늘 이상한 나라에 다녀왔다. 재원은 적막에게 말을 걸었다. 다시 갈 수 있을까. 없겠지. 적막은 말이 없었다. 적막이니 당연하다고 생각했다. 잠이 들려는데 전화벨이 울렸고 재원은 흠칫 놀라 휴대폰을 들었다. 화면에 뜬 상미의 이름에 재원은 기운이 빠지면서도 안도감이 들었다. 통화 버튼을 누르자 상미가 오랜만에 보는 상기된 표정으로 손을 흔들었다. 이마에는 원더우먼 머리띠를 차고 있었다. 잘 어울리네. 이쁘다. 그 말을 하는데 이상하게도 코끝이 찡해졌다. 재원은 그 감정을 자신도 이해할 수가 없었다. 예뻐? 자긴 오늘 회식 어땠어? 전화도 안 받더라.

미안. 회식은 그냥 그랬지. 가장은 외롭다.

조금만 참아. 우리가 갈게.

당연히 와야지. ……세라는 괜찮아?

재원의 목소리가 떨렸다. 상미는 그런 재원을 보며 웃음을 터뜨렸다. 자긴 진짜 못 말려. 나중에 세라한테 다 말해야지.

그래. 다 말해. 꼭 말해.

전화를 끊은 후에도 재원의 귓가에는 상미의 웃음소리가 남아 있었다. 술에 취하지 않은 상미는 즐거워 보였다. 아니면 모르는 사이에 술을 더 많이 마신 걸지도. 재원은 한참을 망설인 끝에 코요에게 메시지를 남겼다.

여기엔 아무도 없네요. 사람도. 귀신도.

잠시 뒤 메시지 알림이 울렸다. 재원은 메시지를 읽는 대신 휴대폰을 꼭 쥐었다. 휴대폰을 열지 않으면 평온한 집. 나와 적막만이 함께 사는 집. 자신이 겪은 하루를 상미는 영영 알지 못할 것이다. 어쩌면 재원 자신조차도.

서성이는 사람

최근(이라고 말하지만 꽤 오래전부터) 텔레비전을 틀어놓은 채 거실 소파에 앉거나 누워서 보내는 시간이 많아졌다. 영화 보는 것을 좋아하지만 요즘엔 영화도 제대로 본 적이 없다. 책을 펼쳐도 집중해서 읽을 수 있는 시간이 점점 줄어드는 것 같다. 〈링컨 차를 타는 변호사〉 같은 드라마를 배경음악처럼 틀어놓고 딴짓을 한다. 성인 ADHD인가? 정신과의사인 친구에게 물어보니 그건 아닐 거라고 한다. 나는 친구의 말을 믿을 수 없지만 굳이 병원에 찾아가 검사를 할 의지가 있는 것도 아니다. 하지만 정말 ADHD 라면?

SNS에서 본 적이 있는데, ADHD 환자가 약을 먹으면 평소에 산만해서 하지 못했던 것들을 차근차근 실행에 옮길 수 있고 집 중력도 놀라울 정도로 올라간다고 한다. 그렇다면 그 약은 나를 위한 것이 아닌가? 내가 병원에 가겠다고 한다면 친구는 굳이 말리지는 않겠지만 어찌되었든 가능한 한 약은 먹지 말라고 할 것이다. 그 친구는 약 쓰는 것을 좋아하지 않는 의사니까. 나는, 내가 집중해서 좋은 글을 쓸 수 있다면 약을 먹는 쪽을 택할 텐데, 하고 생각하며 공상의 나래를 펼친다. 일찍 잔다. 일찍 일어난다. 공복에 따뜻한 물 한잔을 마신 뒤 책상 앞에 앉는다. 글을 쓴다. 약 두 시간 정도 천 자에서 이천 자 분량을 쓴다. 그렇게 글쓰기를 마친 뒤 기분좋게 스트레칭을 한다. 건강한 아침식사를 편안한 마음으로 준비한다. 잔잔한 클래식이나 감성적인 인디밴드의 음악을 틀어놓은 뒤 강아지와 함께 각자의 식사를…… 평온하고 이상적인 루틴. 불가능할 것도 없는 일상. 할 수 있을 것 같은데 잘 안 되는 일들이다. 역시, 오늘도 글렀어. 자기 전에 거의 매일 하는 생각이다.

여행을 다니면서 유독 눈에 들어왔던 사람들이 있다. 지하철이나 길거리에서 여성복(이라는 말도 언젠가 달라지지 않을까. 그저 스커트라든가 드레스 같은 말로만 존재하게 될지도 모른다)을 잘 차려입은 남성들. 나는 왠지 그들을 향해 웃으며 인사를 건네고 싶은 마음이 들었는데 그건 슈트 차림의 여성을 볼 때와는 또다른 감정이었던 것 같다. 사회적 편견에 맞서려는 좀더 깊은 의지와 용기가 전해진달까. 그리고 그중 어떤 이들은 외부의 시선 따위 개의치 않는 듯 수염을 기르고 가슴의 털을 그대로 노출한 채 민소매 원피스를 입고 자연스럽게 걷고 있기도 했다. 국내에서도 크로스드레서들을 본 적이 있다. 그들을 보면서 나는 기이함과 존경을 동시에 느꼈던 것 같다. 응원의 마음이 든 것은 내 안에 학습된 일종의 정치적 올바름의 작용일지도 모르겠다. 하지만 지금은 이 마음이 어디서 기인했는지 구분하는 것이 큰 의미가 없다고 생각한다. 학습된 작용이든 뭐든 그것이 내 진심이라고 느끼기 때문에. 나는 사람들이 입고 싶은 옷을 입고도 그 누구의, 어떤 종류의 폭력에도 노출되지 않은 채 행복하고 편안하게 지내기를 바란다. 비단 옷차림에 국한된 문제는 아니다. 그런데, 내가 이렇게 거리낌없이 주장할 수 있는 이유는 혹시 내게 배우자나 아이가 없기 때문은 아닐까? 그러니까, 가정이 있는 이들이 사회적 규율에 예민할 수밖에 없는 이유 또한 충분히 공감할 수 있다는 말이다. 그럼에도 불구하고 나는 역시 소수의 말에 좀더 귀를 기울일 수밖에 없다. 아무래도 나는 소설을 쓰는 사람이니까. 써야 하니까. 아니, 그 이전에, 국가나 사회가 '잘' 작동되기 위해 만들어진 시스템을 본능적으로 의심하는 편이기 때문에. 그럼에도 내 안에 다양한 형태의 보수성이 있음을 종종 느낀다. 그런 것들은 의식적으로 떨쳐내려고 노력해야 한다. 노력하고 싶다. 잘 안 되더라도. 사람은 쉽게 변하지 않는다고 하지만, 그래도 노력하는 사람은 먼지만큼, 또는 우주만큼 다르다고 믿는다.

「귀신이 없는 집」에 나오는 코요와 관련된 설화를 들었을 때 나는 머리에 작은 등이 깜빡 켜지는 경험을 했다. 그런 경험은 잘 찾아오지 않는, 작가로서 언제나 고대하는 순간이다. 기나사 설화는 「귀신이 없는 집」보다 한 계절 앞서 발표한 단편소설 「눈과 돌멩이」의 초고를 먼저 읽어주신 허병식 선생님께서 들려주신 이야기다. 내 소설을 읽고 그 이야기가 떠올랐다고 하셨는데 그 순간 그동안 쓰고 싶었던 이야기의 구름들이 손에 닿았다. 쓸 수 있겠다는 기분. 작가로서 가장 설레는 순간.

한 작품으로는 그리고 싶은 인물들을 다 그리지 못해 두 편의 소설에 코요의 이야기를 담게 되었다. 하지만 두 편으로도 여전히 뭔가 부족하다는 느낌이 든다. 2부작보다는 3부작이 익숙해서인가? 코요에게서 뻗어나간 작품 하나를 더 쓰고 싶다. 연결되는 듯 전혀 다른 독립된 작품으로. 언젠가는 쓸 수 있기를.

사실 나는 시간을 낭비해도 좋다는 입장이다. 성실함이라는 것 역시 사회에서 요구하는 덕목 아닌가. 과거의 양반이나 귀족들의 행태를 보면, 성실함의 미덕은 피지배층을 부려먹으려는 지배층의 계략에 가깝다. 하지만 그렇게 생각함에도, 역시 나태하다는 생각이 들면 불안하다. 반면, 유용하게 시간을 보냈다고 느끼면 안정감이 찾아오는 것은 어쩔 수가 없다. 다행인 점은 내게 유용한 시간은 문학을 할 때가 거의 유일하다는 것이다. 다행이라고 생각하는 게 맞는 건가? 나는 어쩌다, 이 시대에 글을 읽고 쓰는 시간을 유용하다고 느끼게 되었는지 모르겠다. 때로는 전시회에 가거나 영화를 보는 일들이 아르바이트를 하거나 일당을 주는 일을 하는 것보다 유용하게 느껴진다. 나는 비경제적인 인간이다. 하지만 그래서 다행이라고 생각한다. 어쩌면 내가 가진 유일한 자부심인지도 모르겠다. 문학이 유용하다고 믿는 마음을 억지로 가지려 하지 않아도 몸과 마음이 그렇게 향한다는 것. 이런 마음은 타고난 것은 아닐 것이다. 문학의 가치를 높게 여기는 환경에서 자란 것(부유하게 자랐다는 말은 아니니 오해 마시길). 경제적 이득보다 다른 가치를 더 중요하며 살아가는 동료와 선생님들이 내 주위에 있어서 나는 불안 속에서도 믿음을 가지고 문학하는 사람으로 살아갈 수 있다. 그리고 여전히 예술의 가치를 외면하지 않(못하)는 사회에도 빚을 졌다면 졌을 것이다.

작가는 중심이 아닌 주변부에서 서성이는 사람이다. 그것은 내가 선택한 위치인 동시에 시대가 부여한 자리이기도 하다. 그러므로 경계의 삶에 관심을 갖는 것은 당연한 일. 우리의 내면에 감추어진 각자의 소수성을 찾아내고 관찰하는 것이 나의 임무. 그들이 오십대 남성이건, 십대 소녀이건, 나는 꾸준히 그들을 찾아나설 것이다. 그런 의미로 나는 성실한 작가가 되고 싶다. 힘을 주세요. 내일은 좀더 나은 글을 쓸 수 있기를. 오늘도 잠들기 전에 기도해본다.

귀신이 사는 벽장

정의정

　재원의 은밀한 취미는 크로스드레싱이다. 그는 "검은색 반투명 팬티스타킹"(187쪽), "스텔레토힐"(188쪽) 등 성적 규범상 여성 젠더의 것으로 여겨지는 의복을 사 모으고 남몰래 착용해본다. 성기와 음낭이 그대로 비치는 스타킹 아래 자신의 몸을 보며 여성적 의복과 남성적 육체의 "기이한 부조화"(189쪽)에 성적흥분을 느끼고, 스타킹이 주는 압박감과 부드러운 감촉을 즐기며 자위를 한다. 가끔은 '여장'한 자신의 모습을 촬영하여 아내 상미에게 전송한다.

　이러한 재원의 취미는 취미 이상의 취향을 내포한다. 그에게 크로스드레싱은 오로지 즐거움을 위한 하나의 활동이라기보다, 자신의 성적선호와 성향, 지향성과 밀접하게 연관된 행위이기 때문이다. '남성'으로서 '여성복'을 입는 행위를 '좋아하고' 심지어는 그것을 야하다고 느끼는 재원의 취향은 이성애 젠더/섹슈얼리티 각본에 어긋난다. 또, 재원과 상미는 멜섭malesub과 펨돔femdom 혹은 노예와 주인으로 성관계를 해온 것으로 짐작되는데, 이 또한 (BDSM 플레이의 각본을 따른다고 할지라도) 고정된 성역할을 위반한다. 이러한 재원의 취미, 즉 이탈의 방향성을 가진 행위의 반복은 인간사회의 성규범을 의문시하고, 단일한 성정체성이라는 환상을 유동하게 만드는 수행으로서 '퀴어하다'.[1]

그런데 재원이라는 인물에게서 눈여겨봐야 할 점은, 그가 자신의 퀴어함queerness을 퀴어하지 않도록 관리하고 있다는 것이다. 재원은 크로스드레싱, 즉 비규범적인 젠더 표현을 반복하는 '젠더 교란종'의 가능성을 지녔음에도 불구하고, 스스로를 '시스젠더 헤테로'라는 정체성 좌표의 한 점으로 규정한다. 이러한 규정에는 아내 상미의 영향이 크다. 십사 년 전 상미는 "반지 대신 고급스러운 붉은색 박스"를 내밀며 재원에게 청혼하고 "검은색 실크 속옷"을 입혀 섹스를 하면서도, "여장이 섹시한 건, 자기가 남자라서"라든가 "자기 이러다 남자한테 꼴리면 어쩌냐. 난 그게 걱정"이라든가 "너, 네가 남자인 거, 그걸 잊지 않을 자신이 있으면 나랑 결혼"(191쪽)하자고 말한다. 상미는 재원의 성적 취향을 인정하면서도 그를 '시스젠더 헤테로 남성'으로 반복해서 호명하

---

1) 퀴어란 단순히 소수자 정체성을 지칭하는 말이 아니라 정체성·동일성(indentity)을 해체하고 흔드는, 규범 바깥으로의 지향을 아울러 이른다. 퀴어를 고정불변하는 정체성이 아닌 반복적인 수행성의 효과로 보는 관점은 주디스 버틀러를 참조한다.

는데, 재원은 그 강력한 인준과 호명의 밤을 만질 수 있는 "물체"(191쪽)처럼 단단한 것으로 여기며 고정된 정체성에 붙들린다. 이때 소설은 두 사람의 관계를 묶어놓은 제도, 즉 재원과 상미가 합의하고 약속한 이성애 모노가미monogamy, 일부일처제가 퀴어함을 안정화하고 있음을 예리하게 짚는다. 이 부부는 자신들의 성적 취향을 오직 둘이서만 공유하기로 약속한 뒤 결혼을 하고 딸 세라를 낳아 재생산에 참여하는 식으로 국가 만들기의 유구한 생애 서사, 즉 이성애 핵가족 시나리오를 충실히 따른다. 그렇게 퀴어함은 가정이라는 제도 안에서 관리되고, 퀴어한 인물은 시민/국민 주체가 된다.

재원이라는 인물을 퀴어로 인정할 수 있는가 아닌가 따위를 타율적으로 논하려는 것은 아니다. 그보다 크로스드레싱을 하는 것이 재원에게 점차 어떤 감각과 감정을 불러일으키게 되는지 살펴보는 것이 더 중요하다. 특히 소설의 후반부 서사를 차지하는, 재원과 코요의 풀업 만남은 재원에게 결정적인 사건으로 작용한다. 이 하루를 통과하는 동안 재원의 크로스드레싱은 더이상 남몰래 숨어 즐길 수 없는, 제도·관습·규범과 어떻게든 마찰하는 퀴어적 수행이 되어버리기 때문이다.

핼러윈데이에 재원은 온라인으로만 대화하던 시디 코요와의 오프라인 만남을 위해 홍대 근처에 있는 "시디 바"(202쪽)로 향한다. 그는 "업방"(206쪽)에서 코요에게 화장을 받고, 가발을 쓰고, 치마를 입고, 스타킹과 힐을 신은 채로 처음으로 집밖의 거리를 돌아다니며, 상미가 아닌 타인들에게 자신의 모습을 내보인다. 재원은 오랫동안 오직 집안에서 아내와만 공유하던 취미와 취향을 왜 갑자기 바깥에 보여주기로 결심한 것일까? 가장 근본적인 이유는 상미의 부재다.

상미는 초등학생 딸 세라의 조기유학을 위해 호주 시드니로 떠났다. 혼자 한국에 남은 재원은 소위 "기러기아빠"(186쪽)가 되어 직장생활을 이어가고 있다. 재원이 그토록 듣기 싫어하는 기러기아빠라는 말은, 크로스드레싱을 즐기는 섹시한 남편의 이미지를 지운 채 가장으로서 헌신하는 남성의 지위만을 암시한다. 그래서 재원은 즐겁고 안전한 성적 실천을 위해 역설적으로 자신을 관리·감독하는 권력으로서 상미와의 관계를 필요로 하는 것이다. 그러나 상미가 재원에게 생일 선물로 보낸 남성용 구두는 마치 재원에게 퀴어함을 소거한 이성애자 남성 가장의 역할을 강제하는 상징처럼 보인다.[2] 재원은 단단한 가죽 구두에 발을 맞추듯, 상미가 없어도 상미가 지켜보는 것마냥 얌전하게 생활한다. 상미와 메신저로 사진을 주고받거나 실시간으로 영상통화를 하며 상미의 존재를 계속 확인하고, 심지어는 자위를 하면서도 상미의 얼굴을 떠올린다. 하지만 그러한 연락마저 "건너뛰는 때가 생"(185쪽)기면서 재원은 상미의 품이 아닌 바깥으로 눈을 돌리게 된다.

이 과정에서 재원의 심리는 여러 단계를 거쳐 변화한다. 처음

---

2) "아내가 몇 개월 전 생일 선물로 보내준 짙은 브라운색의 이태리산 수제 윙팁 구두. 오늘 처음 꺼내 신었는데 그래서인지 발볼과 뒤꿈치가 아팠다. 이 주 정도는 매일 신어야 가죽이 발의 형태에 맞춰질 것이다."(184쪽)

에는 재원도 상미가 없다는 사실에 "은근한 해방감"(186쪽)을 누린다. 이는 상미가 있어야 재원의 자유롭고도 안전한 성생활이 가능하다는 전제를 상기하면 다소 이상한 마음으로 보이지만, 정신분석학적으로 보면 쉽게 납득할 수 있다. 프로이트에 따르면, 주체의 (성)충동drive은 현실원칙reality principle이 받아들일 수 있는 수준으로 조절되며 그 과정에서 억압repression되거나 다른 형태로 전위된다. 재원의 경우에도 충동의 표현으로서의 리비도libido가 상호 독점적 이성애 관계 내부의 성역할 반전으로 우회되어 나타나고 있다. 이 관계에서 아내 상미는 재원의 외부화된 초자아super-ego로서 금기와 이상을 동시에 부과하며 재원의 억압 기제를 강화해온 존재다. 그러므로 아내의 부재에 재원이 느끼는 해방감은 자연스럽다.[3]

하지만 그것도 잠시, 재원은 "적막이라는 낯선 세입자"(185쪽)만을 느끼며 외로워한다. 이것은 성적 실천이 애초에 타자와의 관계 속에서 작동하는 수행적 행위라는 방증이며, 한편으로 초자아가 부재한 상황, 즉 통제와 규범이 사라진 상황에서 주체가 느끼는 근원적인 불안감의 일종이다. 그래서 재원은 자신이 속한 사회, 즉 회사 동료들에게 자신의 취향을 고백하여 외로움을 해소하고 싶어한다. 그들에게 "일종의 취향"(193쪽)으로, "옷 입을 자유"(192쪽)로 받아들여지길 바라며 재원은 "혹시 시디라고 들

---

3) 지그문트 프로이트, 「정신적 기능의 두 가지 원칙(1911)」「억압에 관하여 (1915)」, 『정신분석학의 근본 개념―프로이트 전집 11』, 윤희기·박찬부 옮김, 열린책들, 1997, 11~22, 133~153쪽.

어봤어?"라고 묻지만, 동료들은 "시디플레이어" "양도성예금증서" "크리스챤 디올"(193쪽) 등으로 답할 뿐이다. 이들의 언어적 세계, 즉 상징계(라캉)에 재원의 자리는 없다.

그렇게 재원의 경험은 상징계에서 기표화되지 못한 채 충동의 차원에 머무는데, 이러한 상징화의 실패에는 불안이 따른다. 특히 이 불안을 부추기는 것은 '앞집 남자'의 존재다. 식단 조절까지 하며 몸무게와 몸매를 관리하고 패션에 민감한 재원과 다르게, 앞집 남자는 항상 "보풀이 인 플리스 집업" "낡은 검정 러닝화"(185쪽), "파란 다저스 볼 캡"(184쪽) 등을 착용한 허름한 차림새다. 재원은 남자의 "시선과 냄새, 씻지 않은 몸에서 나는 수컷의 비린내"(185쪽)로 표상되는 남성성에 불쾌를 느끼면서도, 남자가 속한 동성사회로부터 자신의 비밀스러운 성적 취향과 '여성성'을 들켜 처벌을 받을까봐 불안에 떤다. 마트에서 란제리를 구매하려다가 남자를 마주쳤을 때도, 문 앞에서 "마릴린_XL"(204쪽)이라고 적힌 송장이 붙은 택배 봉투를 가져오면서도, 재원은 아우팅 위협에 상상적으로 시달린다.[4]

무엇보다 결정적으로 재원이 코요와의 만남을 결심한 계기는

---

4) 초기의 정신분석학자들은 크로스드레서를 도착증자로 간주하기도 했으나, 퀴어 이론은 그러한 관점을 비판적으로 본다. 오히려 소설에 한정한다면, 재원은 엄격하게 식단을 관리하고, 물건을 나란히 정렬하며, 앞집 남자를 과도하게 신경쓰는 등 강박신경증자의 흔한 반응을 보인다. 과도한 통제로 욕망을 지연시키고 불안을 다루려고 하지만 억압된 표상이 집요하게 반복적으로 나타나는 것을 막지 못하는 것은 강박증의 전형이다. 지그문트 프로이트, 「무의식에 관하여(1915)」, 『무의식에 관하여─프로이트 전집 13』, 윤희기 옮김, 열린책들, 1997, 176~214쪽.

수치심에 있다. 화면 너머의 상미는 재원에게 딸 세라가 많이 컸으니까 "이제 품위를 좀 지키자"(200쪽)며 크로스드레싱 취미를 접거나, 자신이 있을 때만 하라고 말한다. 재원은 "가장 가까운 이로부터 무시를 당한 느낌", 즉 상미의 사랑과 승인으로 안정화되었던 가족제도에서 거부당하는 감각을 처음으로 느끼며 "수치심"(같은 쪽)에 볼이 달아오른다. 이러한 수치심은 벽장closet-퀴어의 핵심 정동이다. 수치심은 재원의 몸을 움츠러들게 하지만, 동시에 재원의 욕망과 사회적 규범이 충돌하는 지점을 드러내어 재원으로 하여금 자신이 어떤 사람인가를 고민하게 만드는 동력이 된다.[5] 그렇게 재원은 평소 즐겨 보던 블로그의 주인이자 크로스드레서인 코요가 올린 "핼러윈 풀업 만남"(202쪽) 글에 댓글을 달게 된 것이다.

재원이 수많은 시디 중 하필 코요에게 끌렸던 건 뛰어난 외모, 고급한 취향, 그리고 자신감 때문이다. 그는 블로그에 올라온 코요의 사진 속 "아담한 키에 마른 몸매"(195쪽), 부드러운 얼굴 골격과 뽀얀 피부 등을 보며 매력적인 외모라고 생각한다. 또, "마르지엘라"와 "생로랑"(202쪽)을 좋아하고 "후쿠스케"(187쪽) 스타킹을 추천하는 취향을 보며 호감을 갖는다. 게다가 "남자라는 사실"을 감추지 않으면서, 그렇다고 "자신의 정체성을 과하게 드러내지도 감추지도 않는"(195쪽) 자신감에 재원은 끌린다.

---

5) Eve Kosofsky Sedgwick and Adam Frank, "Shame in the Cybernetic Fold: Reading Silvan Tomkins," *Critical Inquiry*, vol. 21, no. 2(Winter 1995), pp. 496~522.

하지만 코요를 만나기 전 재원이 품었던 환상은 그를 대면한 뒤 깨지고 만다. 우선 코요는 자식을 유학 보내고, 명품을 소비하는 상류-중산층 재원만큼 부유하지 않아 보인다. "통이 넓은 청바지에 경량 패딩 차림"(208쪽)에 "하얀 스타킹에는 보풀이 나 있었고 구두는 굽이 보기 싫게 닳아 있"(214쪽)는 코요의 모습은 명품 브랜드와는 거리가 먼 어린 학생 같다. 게다가 크로스드레싱을 하기 전 마주한 코요는 사진과 전혀 다르게 "살집이 꽤 있는 건장한 몸매의 남자"(208쪽)로만 보인다. 화장을 하고 드레스업을 한 모습을 보아도 "하얀 물방울무늬 원피스"와 "근육질의 다리"(212쪽)가 안 어울리긴 마찬가지다. 재원은 거울에 비친 자신의 모습도 코요의 꼴만큼이나 우스꽝스럽고 기괴하다고 생각한다. 어쩌면 재원은 루키즘을 내면화한 채, 성별 고정관념을 크게 거스르지 않는 선에서의 젠더 표현만 허용해왔는지도 모른다. 그런 그가 코요와의 만남을 통해 얻은 건, 동질감은커녕 거울상인 코요를 경유해 자기 몸에 새기게 된 혐오감이다.[6]

블로그 안의 코요와 실제 코요의 유일한 공통점은 자긍심이다. 메이크업을 할 때도, 하고 나서 홍대의 길거리로 나서기 전에도

---

6) 재원이 육체적인 디스포리아를 크게 느끼고 있는지에 관한 단서는 소설에 많지 않다. 다만, 몸무게와 몸매를 강박적으로 관리하는 모습이나, 스스로를 두고 어깨가 너무 넓고 키가 커 영락없이 남자처럼 보인다고 생각하는 대목은 그가 자신의 몸에 불만을 가지고 특정한 방식으로 몸을 조절해왔음을 알게 해준다. 또, 남자임을 잊지 말라는 상미의 말에 "그건 잊을 수 있는 게 아니야"(191쪽)라고 대답하는 장면은 역설적으로 자신의 육체성을 부정한 적이 있음을 암시하기도 한다.

코요는 머뭇거리는 재원에게 "자신감"(212쪽)을 가질 것을 당부하며 그를 리드한다. 기괴한 꼴을 한 채 자신감에 차 있는 코요에게 재원은 혐오와 매혹을 동시에 느낀다. 코요의 매끈하고 어린 손이 자신의 발목을 쓸 때 재원은 몸에 소름이 돋을 정도로 강렬한 감각을 느끼고, 코요가 팔짱을 끼면서 닿는 맨살에 피부가 짜릿해진다. 심지어 재원은 코요의 손을 쥐고 싶다는 강한 욕망에 사로잡힌다. 코요에게 끌림을 느끼는 순간, "시혜남"(213쪽)으로 스스로를 규정해온 재원의 정체성과 섹슈얼리티는 불안정하게 흔들린다. 어쩌면 바이/팬섹슈얼일 수도, 시스젠더가 아닐 수도 있는 재원은 그러한 가능성에 혼란스러워하고, 동시에 그것을 부정하고자 노력한다.

재원은 자기부정과 혐오로 혼란스러운 와중에 설상가상 홍대 거리의 타인들로부터 혐오적 시선과 폭력적인 언사를 맞닥뜨린다. 처음으로 공적인 곳에서 여성적인 외양을 표현하고 연출하자마자 단숨에 소수자minority로서 세계와 마찰하는 경험을 하게 된 것이다. 핼러윈의 축제 분위기는 "기괴하고 우스꽝스러운 모습을 모두가 허용"(206쪽)해줄 것처럼 보이지만, 젠더 규범의 교란만은 허용하지 않는다. 욕을 하는 남자들에게 맞서는 코요를 돕기는커녕 사람들의 시선을 피해 골목으로 숨어드는 순간, 재원은 "트럼프 마스크를 머리에 뒤집어쓴 남자"(217쪽)를 마주치고 그가 앞집 남자일 것이라는 망상과 불안에 사로잡혀 다시금 패닉에 빠진다. 그길로 재원은 서둘러 거리를 빠져나와 분장을 모조리 씻어내고 집으로 도망치듯 돌아온다.

소설은 공간적 배경을 기준으로 집-시디 바-홍대 거리-시디 바-집으로 돌아오는 재귀적 구성을 갖추고 있다. 이 세 공간은 너무 달라서, 이동할 때마다 "유리문 하나를 밀고 들어왔을 뿐인데 다른 세계로 진입한 느낌"(207쪽)을 준다. 시디 바와 홍대 거리를 통과하며 재원의 퀴어함은 한껏 요동치고 사회의 폭력으로부터 위협받지만 집으로 복귀해 문을 닫는 순간 바깥의 모든 일들이 꿈처럼 아득해지며 재원의 정체성은 다시 안정화된다. 아무도 자신의 비밀을 알 수 없는 벽장 안으로 안전하게 숨어들었기 때문이다.

하지만 아무도 없는 이 집은 재원에게 안전할지언정, 따뜻하지는 않다. 재원은 상미와 영상통화를 하며 자기도 모르게 울먹이는데, 이때 재원이 느끼는 슬픔은 상미와 세라를 향한 그리움인 동시에 수치심, 외로움, 불안을 촉발한 퀴어 정동을 모두 끌어안은 감정에 가까워 보인다. 재원에게 들러붙어 있는 그 정동은 집을 나설 때보다 집으로 돌아온 뒤 어쩌면 더 몸집을 불린 듯하다. 재원은 상미와의 통화를 종료한 뒤, 코요에게 "여기엔 아무도 없네요. 사람도. 귀신도"라는 의미심장한 메시지를 남기고 "나와 적막만이 함께 사는 집"(220쪽)에서 막막한 고독을 절감한다.

그런데 재원은 왜 이 집에 "귀신도"(같은 쪽) 없다고 말한 걸까. 귀신은 누구일까. 코요는 언젠가 블로그에 자신의 이름이 왜 코요가 되었는지에 대해 쓴 적이 있다. 일본인 시디 친구가 붙여 주었다는 그 이름은 일본 나가노현에 위치한 기나사라는 지명에서 유래되었다. 코요는 귀족 출신의 아름다운 여성이었으나, 주변의 질투로 누명을 쓰고 교토에서 추방되어 시골 마을로 유배된다. 비범했던 그는 도시의 문화, 글, 의술을 사람들에게 가르치며 마을을 번성토록 했지만, 결국 조정에 의해 견제당해 죽음에 이른다. 마을 사람들에게 귀녀鬼女라고 불리던 코요가 사라진 뒤, 그곳은 기나사鬼無里 즉 귀신이 없는 마을로 불리게 되었다는 것이다. 크로스드레서 코요는 마을 사람들에게 새로운 것들을 알려준 귀녀 코요처럼, 소설에서 재원을 다른 세계로 이끌어준 사람이다. 재원이 첫 풀업 외출을 하게끔 만들고, 재원에게 처음으로 메이크업을 해주었으며, 부끄러워하지 말라며 자긍심을 가르쳐주었다. 한편 재원은 자기부정과 그로부터 비롯하는 코요를 향한 혐오를 숨기지 않으며 코요가 보여준 세계를 끊어내려고 하는데, 그럼에도 코요는 시디 바로 다시 돌아가는 길로 기꺼이 재원을 인도한다.[7] 풍성한 성의 세계를 열어젖히고, 성적 주체로서의 자기 번영을 가능케 하는 퀴어함의 상징으로서의 코요는 핼러윈데이에 잠깐 나타난 귀신처럼 진짜로 존재했던 것이 맞는지 의심스러울 만큼 빠르게 재원에게서 사라진다. 그러니까 핼러윈의 거리

---

7) 위수정의 또다른 소설 「눈과 돌멩이」(『대산문화』 2025년 가을호)에는 나가노현에 머무르는 일본인 크로스드레서 코요가 등장한다. 코요는 눈 덮인 도로에 고립될 뻔한 유미와 재한을 자신의 집으로 데려가 하룻밤을 묵게 해준다. 하지만 재한은 계속해서 코요의 선의를 의심하고 코요를 무섭다고 여기는데, 여기에는 재원과 마찬가지로 코요에게 성적으로 강하게 매혹되고 있음을 부정하기 위한 혐오의 메커니즘이 있다. 코요는 자신을 향한 재한의 혐오를 알면서도, 웃는 얼굴로 끝까지 재한과 유미를 배웅한다. 그런 구원자 코요에게도 수치심과 경계심으로 얼룩진 피곤한 표정이 언뜻 비친다. 그 얼굴은 아마도 한국인 코요의 그것과 몹시 닮아 있을 것이다.

에 분명히 존재했지만, 존재하지 않은 것을 묻는다면 정답은 퀴어와 귀신, 두 개다.

하지만 이 집에는 퀴어-귀신뿐만 아니라 퀴어-사람도 없다. 실은 명백히 실존했던, 재원과 피부를 맞댔던 코요는 귀신이 아니라 사람이기 때문이다. 재원이 코요에게 자신이 아저씨라 실망했냐고 묻자 코요는 "그냥, 사람이면 돼요, 저는"(211쪽)이라고 답한다. 이 같은 코요의 말은 그 또한 얼마나 외로운 사람인지를 역설한다. 코요를 단순히 자긍심으로 똘똘 뭉친 구원자 같은 퀴어 인물로 생각했다면 오산이다. 코요는 재원과의 첫 대면에서 자신을 향한 실망감을 곧장 읽어낼 정도로 예민하다. 이는 외모에 대한 열등감 없이는 불가능한 반응이다. 블로그에 올리는 보정된 사진이 실제 그의 외모와 전혀 다르다는 점도, 자신이 가진 것에 비해 한껏 부풀린 고급 취향을 과시하는 일도 마찬가지다. 심지어 그는 어렸을 때 일본에서 지낸 적이 없지만, 마치 그런 척 블로그에 글을 쓴다. 그러면서 그는 그게 거짓말이 아니라 "미래 일기"라고, "앞으로 다 이룰 거라고"(215쪽) 말한다. 코요의 화려한 욕망과 새침한 자존심 아래에 커다란 수치심이 있다는 것을, 이쯤이면 모른 체할 수 없다.

이토록 아무도 없는 곳, "귀신이 없는 집"에서 재원은 두 세계를 겪었으나 어느 세계에도 속하지 못해 길 잃은 아이처럼 막막해 보인다. 3인칭 서술자는 재원이 자신이 겪은 하루를 어쩌면 영영 '알지' 못할 것이라고 진술하지만, 재원은 이 하루로 인해 무언가 크게 달라졌음을 '느끼고' 있다. 안전해 보이는 벽장 안에 터질

듯 몸집을 불린 정동이 도사리고 있기에, 앞으로 그는 전처럼 안정적으로 자신의 퀴어함을 관리할 수 없을 터이다. 그러므로 이 소설의 결말은 그렇게 안전하지만은 않다. 아이러니하게도 이 집 벽장 안에는 귀신 혹은 귀신이 되고 싶은 사람이 살고 있을지도 모르기 때문이다.

시스젠더 헤테로라는 규범적 정체성과 크로스드레싱이라는 퀴어적 수행 사이에서 진자운동하는 퀴어 인물의 독특성이 이처럼 도드라지는 것은 위수정 소설의 성취다. 이는 이성애 규범 내부의 퀴어함을, 퀴어에 내재한 규범 권력을 캐내려는 부단한 노력에서 기인한다. 이 과정에서 소설 속 인물 재원은 크로스드레싱이 단지 옷 하나를 걸치는 차원의 취미가 아니라, 삶과 결부된 성적 실천이자 수행임을 온몸으로 깨닫는다. 프로이트가 성적 주체로서의 자기발견이 있어야 진정성을 추구하는 삶이라고, 푸코가 끊임없이 자기를 생산하고 발명하는 것이야말로 자아 미학이자 윤리적 삶의 태도라고 주장했듯이, 재원의 하루는 '나'를 무너뜨리고 또다시 '나'가 되는 그 과정의 한 장면으로서 충분히 의미 있다.

정의정
2025년 동아일보 신춘문예를 통해 평론을 발표하기 시작했다.

이미상

일일야성—日野性

작가노트
L과 C에게 감사를 표합니다

해설 김다솔
이토록 부드러운 상상

이미상

2018년 웹진 비유를 통해 작품활동을 시작했다. 소설집 『이중 작가 초롱』이 있다. 2022년 문지문학상, 2019년 젊은작가상, 2023년 젊은작가상 대상, 2025년 이효석문학상 우수작품상을 수상했다.

일일야성—日 野性

남편이 마음을 먹기 전까지는 희망이 있었다. 문제의 다짐은 이른바 남성성 상실과 관련된 것이었다. 엄밀히 말하면 남편의 자발적인 존재 축소가 아내에게 미치는 영향에 관한 건.

동갑내기 부부인 운주와 경수는 마흔세 살이었고 그 나이는 이십칠 세가 그러하듯 의미심장했다. 늙음을 일찍 뒤집어쓰고 싶어지는 나이. 스물일곱 살 때 운주는 서른 살이라고 말하고 다녔고, 오늘날 경수는 병원에서 전립선 질환을 앓는 오륙십대들 사이에 끼어 자신도 '내일모레면 오십'이라고 너스레를 떤다. 늙는 것이 두려운 나머지 미리 늙어버려 노화의 공포를 잊으려는 것이다. 제일 먼저 매를 맞으려는 겁에 질린 아이처럼.

두 사람은 얼핏 나이 먹는 일에 초연해 보이지만—적어도 '젊어 보이려는 사십대'의 전형인 동년배들보다는—중년의 위기를 겪기는 마찬가지였다. 다만 극복의 방식이 다소 독특했다. 이십년 전 홍대 앞 라이브 클럽에 다닐 적 좋아했던 밴드의 재결성 공연에 갈 뿐 아니라 슬램 존에 뛰어들어 뼈가 부러져 나오는 친구들처럼 옛 취향을 현재로 불러들이는 쪽은 아니었다. 청년기를 복각하기 위하여 경수는 미래로 갔고 운주는 과거로 갔다. 각각 변화와 추억을 시간 터널로 삼았다고 말할 수도 있을 것이다.

경수는 작년부터 시민 강의/세미나 큐레이션 서비스를 받기 시작했다. 사설 강의와 달리 시민 강의/세미나는 참가비가 무료거나 오천원을 넘지 않았지만 행사장에는 늘 아는 얼굴들뿐이었다. 독립 서점, 협동조합 회의실, 국회의사당 간담회실. 뒷줄 의자가 텅 비던 그곳을 새로운 사람으로 채운 것은 지식의 민주화와 공론장의 확장이라는 가치가 아니라 상업화였다. 아이러니하다고 말할 것 없이 많은 꿈이 그렇게 이루어진다.

콘텐츠 큐레이션 회사가 시민 강의/세미나에서 수익을 뽑아낼 방법을 찾았다. 이용자들에게 월정액을 받고 각자의 취향에 맞는 강의를 선별하여 시간표를 짜줬다. 의도적으로 유치하게 디자인된 시간표에 이름도 초등학교의 '방과후 활동'을 모방해 '퇴근 후 활동'으로 붙였다. 교양과 노스탤지어의 결합. 교양을 쌓는 실용적인 이득과 어린 시절 노을에 물든 운동장을 쓸쓸히 걷던 몽글몽글한 기억의 뒤섞임이 셀링포인트였다. 그것은 한때 성인들 사이에서 구몬 학습지가 유행하며 재미를 봤던 레시피이기도 했다. 그리하여 텍스트 힙 열풍이 지나고 시민 강의/세미나의 차례가 왔다.

이번주 춤을 추는 역덕님을 위한 퇴근 후 활동 시간표

월 20:00 존 로스의 근대 초기 한국어 교재 개발 강의(오프만 가능, 무료)

수 19:30 가자 지구 집단학살 규탄 세미나(온/오프 가능, 단체 회원 무료, 비회원 5천원)

토 14:00 영화 속 그 차들—〈원스 어폰 어 타임 인 아메리카〉(1984)에 나오는 클래식 카(온/오프 가능, 무료)

돈벌이의 최종 타깃이 어디여야 하는지 아는 큐레이션 회사는 돈뿐 아니라 사람도 빼돌렸다. 비슷한 강의를 들은 회원들을 묶어 따로 뒤풀이를 짜줬다. 그리하여 수요일에 가자 지구 세미나를 들은 사람들은 토요일에 팔레스타인 연대 집회에 나가는 대신 남영동의 와인 바에서 레몬치즈파스타(이만이천원)를 먹으며 네타냐후와 나크바에 대하여 토론했다. 그러나 그런 인간들 중에서도 꽃처럼 피어나는 이가 있었으니, 경수가 그랬다. 그는 강의를 듣고 진정으로 변했다.

경수가 자기 입으로 페미니스트라고 말한 적은 없지만 운주가 보기에는 그게 되었고 같이 사는 입장에서 불편했다. 앉아서 소변을 보는 것까진 괜찮았으나 그동안 소변 방울을 튀기고 산 세월을 만회하기 위하여 생리대 심부름을 하겠다며 화장실 수납장을 열어서 생리대 브랜드를 꼼꼼히 조사해가는 데는 짜증이 났다. 그러나 나중에는 수건 옆에 '입는 생리대'를 꼬박꼬박 채워놓는 남편에게 고마움을 느끼게 되었다.

"고맙다고 말하면 안 돼." 경수가 운주에게 충고했다. "당신은 받는 연습을 해야 해. 쉽게 고마워하지 말아야 해." 구정을 앞두고는 부모에게 전화해서 못 간다고, 아니 안 간다고, 왜 운주가 거기 가야 하느냐고 어머니와 아버지도 이제 정신을 차리시라고 깨어나시라고 소리를 질렀다. 언젠가 술자리에서 친구가 대체 생리대 심부름이 페미니즘과 무슨 상관이냐고 묻자 경수는 "나는 아직 초급반이니까……" 하며 수줍어했다.

저 인간은 십 년 동안 누구와 산 거지?

운주는 생각했다.

남편이 절절매는 것을 보고 있으면 꼭 자신이 그를 위해 참고 살아온 것처럼 느껴졌다. 자기를 죽이고 남편만 떠받드는 손바닥 같은 삶. 희생적이고 유순한 생활. 내가? 어릴 적에 운주는 거칠었다. 본드까지는 가지 않았지만 어린 알코올중독자 정도는 되었다. 중학생 때 배운 술에 중독되어 이틀에 한 번꼴로 두꺼비를 두 병씩 마셨다. 냉장고 문을 열고 과일 칸에 오줌을 쌌다. 여자와는 초5 때, 남자와는 중3 때 끝까지 갔다. 그런데 순진해빠진 남편이 나한테 사과를 해? 운주는 사과할 일을 저지르면 저질렀지 사과를 받고 싶진 않았다. 그것은 순치되었다는 것을 의미했다—강의 덕분에 어휘력이 는 남편은 이렇게 말했을 것이다.

경수는 매일 밤 자기 방에 틀어박혀 강의에서 만난 동지들과 줌으로 자조 모임을 가졌다. 그들은 여러 방향에서 조롱을 받았으나—여자들 가랑이 사이를 기는 놈들, 어차피 자기 에고를 부풀리는 짓—핍박이 그들을 더욱 강하게 만들었다. 스스로를 변혁하려는 그들은 진지하고 산뜻한 에너지를 발했다. 펠리컨의 부리처럼 앞으로 쭉 모인 그들의 몰두에는 감동적인 구석이 있었다. 방에서 무알코올 맥주를 마시며 동지들과 마음을 나누고 결의를 다지고 크게 웃고 크게 울다 모임이 파하자마자 달려나와 지금 이 순간부터 '시댁'이 아니라 '시가'로 용어를 정정하겠다고 맹세하는 경수의 모습이 운주의 마음에 잔잔한 파동을 일으켰고 파동이 아래로 내려가 모처럼 거기를 수축시켰다.

"삼삼칠 박수 쳐줘." 운주가 말했다.

경수가 무릎을 꿇었다.

"충남에서 공무원 생활을 하는 우제라는 친구가 있어."

"내가 우제를 몰라?"

"어. 몰라. 네가 알던 사람이 아니니까. 우제가 채식주의자가 되었어. 구제역 파동 때 살처분 현장을 목격하고는 다시는 육식 하지 못하는 몸이 되었어. 어떤 것은 알게 되면 과거로 돌아갈 수 없어. 머리로는 그럴 수 있을 것 같은데 몸에서 아예 안 받아버려. 나에게도 불가역적인 변화가 일어났어."

우제는 여름마다 보양식으로 염소탕과 낙지탕탕을 먹는 사람이었다.

"며칠 전에 드라마에서 키스신이 나오는데 토해버렸어. 남자 주인공이 여자 주인공의 입에 혀를 집어넣는데 역겨워 견딜 수가 없었어. 강제로 한 것은 아니었어. 하지만 넣는다는 것, 내 것을 남에게 넣는다는 것 자체가 역겨워. 이제 나는 영원히 키스신은 못 봐. 그리고 성기 삽입 성교도 하지 않아, 영원히."

"열받게 하지 마라."

"사람들과 이야기를 나누며 알게 되었어. 내가 얼마나 당신에게 나를 집어넣어왔는지. 당신이 책을 읽고 있을 때면 나는 물을 떠오라고 시켰어. 그러면 당신은 책을 덮고 물을 가져왔어. 그런 나쁜 것들. 내가 당신에게 뱉은 말, 쏜 눈빛, 준 눈치 같은 것들이 당신의 뱃속에서 촌충처럼 우글거리는 것이 보여. 엑스레이를 찍은 듯 훤히 보여. 그것들이 쌓여서 당신으로 하여금 의지를 꺾고 꿈을 버리게 하고 나에게 종속시킨 것이겠지. 그런 생각을 하면 미칠 것 같아. 하지만 나에게는 자책에 머무를 시간이 없어. 이제부터라도 잘못을 바로잡을 거야. 지금 이 순간부터 나는 당신에게 영향을 미치지 않아. 나를 주입하지 않아. 우선 가장 쉬운 페니스부터."

운주가 기억하기에 경수는 물을 떠오라고 시킨 적이 없었다. 어떤 여자를 어떻게 착취하며 살아왔다는 것일까. 바라는 착취에 맞추어 새로이 창조되는 아내. 운주는 경수의 머릿속 아내와 자신을 일치시킬 수 없었다.

"다른 여자 생겼니?"

"성교는 못 해도 안마는 할 수 있어. 표면은 맴돌 수 있어."

경수가 매운 향이 나는 마사지 오일의 뚜껑을 열며 말했다.

그날 새벽 세시에 운주는 중학교 동창 선숙에게 연락해 남편 때문에 그러니 며칠만 재워달라고 부탁했다. 연락하지 않은 지 오 년이 넘은 친구였다. 남편이 자신에게 뒤집어씌운 '참고 사는 여자'의 이미지를 벗고자 즉흥적으로 취한 연락이었다. 운주는 무례하고 충동적인 자신을 젊게 느꼈다.

마흔이 넘어서까지 사람을 때리지는 않겠지, 하는 생각은 메시지를 보내고 뒤늦게 떠올랐다. 운주는 선숙에게 중학교 3학년 겨울방학 때 맞은 적이 한 번 있었다. 다른 애들이 맞은 횟수에 비하면 이례적인 숫자였다. 단짝에게 베푸는 선심이었다. 선숙이 메시지를 작성중임을 뜻하는 표시가 떴다. 막상 만날 생각을 하자 귀찮아져 연락처를 차단하려는데,

―출근중. 집으로 와.

*

대학원에 다닐 때, 운주는 학교 도서관에 비치된 신문에서 서울의 동별 인구밀도를 점으로 나타낸 지도를 본 적이 있었다. 빽빽한 점들로 색이 짙은 서쪽 동네가 운주와 선숙이 함께 중학교를 다닌 곳이었다. 그 동네가 지도에서 어둑한 까닭은 공공임대 아파트 단지가 밀집해 있기 때문이었다. 여덟 평 남짓한 집에 서너 명씩 모여 살기에 거주 인원이 많이 잡힌 듯했다. 그러나 학교를 쨌 오후에 임대아파트에 사는 여러 친구의 집을 헤집고 다녔던 운주가 기억하기에 나무가 많은 그곳은 늘 한적했다. 주변에서는 노는 물을 바꾸기 위해 부모가 이사까지 감행한 운주를 선숙이 끌고 다닌다고 말했지만 속사정은 달랐다.

1989년에 노태우 정부가 영구임대주택 건설 계획을 발표했고

90년대 중반에 서울 일부 지역에 대규모 공공임대아파트 단지가 준공되어 분양을 시작했다. 아파트가 들어서면서 갑자기 불어난 학령 인원을 수용하기 위해 새 중학교가 지어졌다. 임대아파트에 사는 학생들은 학교가 생긴 직후에 입학했다. 그들로 교실을 절반씩 채웠고 남은 절반은 이후에 전학 올 학생들을 위해 책걸상만 두었다. 몇 달 후에 대단지 민영 아파트 여러 곳에서 동시에 입주가 시작될 예정이었기 때문이다. 육 개월 뒤, 하루에 전학생이 예닐곱 명씩 들어오더니 학기말이 되자 임대아파트와 민영 아파트 학생의 비율이 반반이 되었다.

급하게 세운 학교는 운주가 전학할 때까지도 완공되지 않아서 골조를 갓 면한 건물의 왼쪽이 천으로 가려져 있었다. 학생들은 건설노동자들과 함께 등교했으며 언제나 망치 소리가 들리고 무언가가 안에서 무너져 먼지가 피어오르는 것이 보였다. 학교 안으로 들어가면 더욱 노골적인 미완이 드러났다. 복도 끝 전면에 희고 두꺼운 비닐이 쳐졌고 그 뒤에서 일하는 사람들이 느리게 오갔다. 한 겹 가려져 반투명하게 보이는 공사 현장이 운주에게는 신비롭게 느껴졌고 거기로 넘어가면 시공간이 휘어져 다른 시대로 가는 것이 아닐까 상상하기도 했는데……

거기 끌려가면 맞는다고들 했다. 운주 같은 전학생이 선숙 같은 선주민에게 밉보이면 공사장으로 끌려가 반 죽는다고 했다. 실제로 그런 일은 거의 일어나지 않았다. 옆 동네에서는 그런 일이 벌어졌다. 공부하게 교실에서 조용히 좀 하라고 전학생이 혼잣말했다가 펜치 고문을 당했다. 흔하게 뺨 같은 데를 때리지 않고 펜치 사이에 손끝을 끼우고 집게로 눌렀다. 이후 전학생은 충격에서 헤어나지 못하고 수술을 집도하는 의사처럼 양손을 뾰족하게 세우고 학교를 멍하니 돌아다녔다던데……

옆 동네에서는 그게 이쪽 동네에서 일어난 일이라고 믿었을 것이다. 나중에 소셜 믹스social mix라는 단어를 알게 된 운주는 소문 속 고문 기구가 왜 펜치였을지 생각한 적이 있었다. 쥐 죽은 듯 사는 전학생 중에서도 특히 모범생들은 중학교만 졸업하면 쟤들과 분리될 것이라고, 쟤들은 공업고등학교에 가고 혹여 인문계에 진학하더라도 직업반에 다녀 실습을 나갈 것이라고, 그때부터는 영영 서로 다른 배를 탈 것이라고 살을 날리듯 생각하곤 했다. 펜치는 공고의 상징이었고 그것으로 십지를 짓뭉갠다는 상상은 학교 폭력에 대한 실질적인 공포이자 육체노동을 하대하는 폭력의 은밀한 조기 연습이었다. 그들은 커서 육체노동이라는 말을 의심 없이 쓰게 될 것이었다. 그 노동 안에 담긴 지적인 요소는 모두 어디로 간 것인지 궁금해하지 않은 채.

좋아하는 가수, 저주하는 교사, 성격 그리고 혈액형으로 노는 무리가 나뉘었다고 증언하길 바라겠지만, 현실은 대단히 명료하고 심플하여 같은 아파트에 사는 애들끼리 놀았다. 한 학교에 두 학교가 있는 듯 따로 놀았다. 다행히 4단지의 K가 전교 일등이었다. 운주의 새 운동화를 뺏어 신고 가출했다가 중간고사 날에 맞춰 돌아온 K―그 시험에서 올백을 맞았고 외고에 갔으며 남자친구가 준 오토바이로 등교하다가 퇴학을 당했고 현재 피부과의사가 된―같은 예외도 있었지만 속된 말로 노는 애들은 거의 다 임대아파트에 살았고, 청소년기를 거쳐온 사람이라면 누구나 알겠지만 그때는 노는 그룹이 상층이었다. 운주는 선숙의 무리에 끼고 싶었다.

운주의 원대한 꿈. 교실 뒤편 서너 개 붙인 책상 위에 양반다리로 앉기. 중국집 배달부 오빠들이 모는 시티백 뒷자리에 타기. 오토바이 머플러에 종아리 데기. 다음날 애들에게 화상흉터를 보여주며 젖은 수건을 가져오라고 시키기. 운주는 폭주를 뛰고 싶었고 조리를 신고 싶었다. 조리가 유행하자 뉴스에서는 게다에서 유래한 신발이라며 일제 잔재의 무분별한 수용을 한탄했지만, 한겨울에도 조리를 신어서 발가락 사이로 눈이 떨어져 녹는 일이 자신에게 일어나길 바랐다. 선숙의 눈에 들어서 노는 그룹에 끼면 하반신에서만도 이렇게 신나는 일이 많이 일어나는데―화상 입은 종아리와 발가락에 떨어지는 눈송이―윗몸으로 올라가면 얼마나 무섭고 재밌는 일이 펼쳐질까! 꿈을 이룰 길은 셰에라자드가 되는 것이었다.

국산 전쟁영화에서 제일 먼저 폭사당하는 인물, 죽을 때 진지해지기 위하여 죽기 전까지 오로지 웃기기만 해야 하는 비극적인 코믹 캐릭터처럼 굴어야 선숙의 무리에 낄 수 있었다. 삼촌이 연예인 매니저라고 속이고 가짜 연예뉴스를 지껄였다. 누가 누구의 애를 뱄고 어디서 뗐고. 누가 누구를 강간했고 매니저를 사주해 강간범을 살해했고. 그런 이야기를 서슴없이 하는 것은 운주 자신을 위험에 빠뜨리는 일이기도 했다. 함부로 들어가도 될 애. 양념이 잘 배게 생선에 칼집을 내듯 자기 몸에 위험한 틈을 만드는 짓.

두 사람은 친해졌다. 선숙에게는 유명한 두 오빠가 있어서 고등학생들도 건드리지 못했다. "걔들 덕을 보는 게 나은지, 걔들에게 안 맞는 게 나은지 모르겠다니까. 시도 때도 없이 여동생을 무릎 꿇리면서 뒷배조차 못 되는 등신들도 있으니 우리집 등신들이 나은 거겠지. 그런데 그 등신들은 싸움을 못하니까 우리집 등신들처럼 아프게 때리지는 못할 테니 어떨 땐 남의 집 등신이 좋아 보이고." 노래방 소파 틈에 쑤셔박힌 휴지를 꺼내 운주에게 냄새를 맡아보라고 시키며 선숙이 말했다. 선숙이 운주를 왜 받아주었는지는 알 수 없지만 둘의 우정이 운주의 자존감에 어떠한 이득이 되었는지는 분명했다. 잘사는데 잘 놀기까지 하는 아이. 운주는 선숙과 놀면서 그게 되었다.

수업시간에 운주는 선생님으로부터 무슨 딴생각을 그렇게 골똘히 하느냐고 핀잔을 듣곤 했다. 그때 운주는 다른 애의 눈으로 자기 자신을 바라보고 있었다. 그렇게 본 자신이 충격적으로 근사해서 넋이 나갔다. 전학 오기 전에 잠시 다녔던 옛 중학교에서 있었던 일도 거의 잊었다. 맞고 난 다음날, 때린 애들에게 허리를 숙여 "안녕하세요" 인사했던 일 같은 거. 배꼽인사하라고 시킨 거였다면 덜 비참했을 것이다. 운주는 '이러면 덜 맞겠지'라는 속셈조차 없이 걔들을 보자마자 반사적으로 기었다.

그뿐만이 아니었다. 운주는 사십 평대 아파트에 살았고 냉장고 과일 칸에는 과일이 있었다. 산에서 술을 마실 때면 친구들은 운주에게 과일과 아빠 양주를 가져오라고 했다. 운주는 교복을 줄이지 않은 애들을 깔봤고, 한때 함께 등교했던 같은 아파트 애의 뺨을 조리 바닥으로 때렸다. 선숙을 보면서는 집 냉장고의 과일 칸을 생각했고, 아랫집 애를 보면서는 빨간 조리의 바닥을 생각했다. 상대적 우월감이 양방향에서 밀려왔다.

운주의 부모는 매일 울었다. 학군으로 유명한 옆 동네로 갔어야 했다면서. 이사할 집을 고를 적에 여기 사십이 평과 거기 이십칠 평 아파트값이 같았고, 애가 공부 머리를 못 타고난 마당에 학구열 강한 동네에서 학부모로서 자존심이 상하기 싫어서, 넓은 집에서 살고 싶다는 핑계로 이 동네를 선택했지만 십오 평을 얻고 치른 문화적 대가가 이렇게 클 줄 몰랐다고 울며 친구와 통화하는 아빠 또는 엄마.

"……밤마다 애를 잡으려고 시속 십 킬로미터로 골목을 누비고 다녀. 뒤에서 차들이 빵빵거려도 무시하고 차창에 얼굴을 붙이고 거리를 훑어. 며칠 전에는 애를 노래방에서 끌고 나왔는데 비디오방이 아니라서 다행이라고 생각했어. 그제는 애가 친구를 집에 데려와 재웠는데 오늘은 애 안 찾고 편히 자겠구나 싶어서 고맙더라. 친구 아빠가 애를 장난 아니게 패서 집에 못 들어간다던데 배우고 싶더라고. 우리는 애 어릴 때 때리질 않아봐서 지금도 못하거든."

운주는 중학교 졸업 전에 이사했다. 부모의 결단이 있었다. 한 시절이 끝나가고 있다는 것은 운주도 느꼈다. 예전만큼 선숙이 대단해 보이지 않았고 학교를 쨌 오후에 드나들던 임대아파트, 어른들 없이 비어 있는 것만으로 궁전 같았던 집들의 세간이 눈에 들어왔다. 술도 마실 만큼 마셨다. 이불을 치우고 둘러앉아 369게임을 하며 들이켠 두꺼비, 여자끼리 마시는 날, 옷 벗기 게임, 복도 창문을 미친 듯이 두드리는 남자애들, 모르는 오빠들. 더 가면 위험해지리라는 것을 운주도 알았다. 오십 도짜리 빼갈을 먹고 강간을 당했다던 소문의 여자애가 코앞이었다. 무엇보다 운주는 여자상업고등학교에 다니는 자신을 한 번도 상상해본 적이 없었다. 노래방에서 놀고 밤 열두시에 귀가해 과외수업을 받았다. 가까스로 내신성적을 올려 인문계 고등학교에 진학했다. 친구들은 같이 그렇게 놀아놓고 머리가 좋은가보다고 놀렸다. 운주는 상상 속 자존감 트리에 '좋은 머리' 오너먼트를 매달곤 그에 비친 자신의 빛나고 굴곡진 얼굴을 황홀히 바라보았다. 선숙은 상업계에 진학하며 갈라졌다.

운주는 고등학교 첫 시험에서 꼴찌를 했다. 이사한 동네에서는 잘살기는커녕 중간 축에도 못 꼈다. 손상된 자존심을 무엇으로 메울 수 있을까? 과일이 들어 있는 과일 칸으로? 새로 사귄 친구들의 냉장고 과일 칸에는 머리 좋아지는 값비싼 한약이 가득했다. 운주는 새 동네에 옛 친구들을 불러들였다. 다시 오토바이를 타고 다녔고 머플러에 종아리를 데었다. 운주에게는 선숙이 필요했다. 살면서 초라함을 느낄 때마다 운주는 선숙을 통과하여 스스로를 고양했다.

─나도 부탁할 것이 있어.

선숙의 빌라로 가는 언덕을 오르며 운주는 선숙의 문자를 떠올렸다. 새벽 네시 삼십팔분. 하루가 시작하기도 전에 끝나버리려는 듯 하늘이 새까매지더니 갑자기 폭우가 쏟아졌다. 비탈을 따라 물줄기가 콸콸 내려왔다. 앞으로 나아가는 걸음을 막는 물줄기의 세찬 저항이 샌들을 신은 맨발등에서 느껴졌다. 운주는 자신이 무엇 때문에 옛 친구를 찾는지 정확히 알았다. 옛날이야기를 하려는 것이었다. 그때 우리가 얼마나 겁이 없고 충동적이고 폭력적이고 부모를 울리고 상한 우유를 바로 들이켰던지. '맛이 갔나?' 생각하면서도 멈추지 않고 썩은 우유를 삼켰는지. 나쁜 시절을 함께 보낸 친구와 추억을 나누며 노스탤지어의 캠프파이어를 활활 일으키려는 것이었다. 왕년에 한가락 했다고 두고두고 떠들며 과거의 꿈속에 사는 사람처럼.

지문으로 지저분한 유리문을 밀며 빌라에 들어선 운주는 오늘의 일일야성─日野性이 기다려졌다. 몇 년 사이에 유행한 그 말은 하루 동안 야성을 되찾는다는 뜻으로, 주로 캠핑을 떠날 때 사용했다. 아니면 갑자기 월차를 쓰고 출근하지 않을 때라거나. 산세가 깊어 캠핑 스폿으로 유명한 모 지역은 군의 슬로건까지 바꾸었다. J군에서 보내는 일일야성. 문명이 지워낸 나를 다시 찾는 하루.

쳇바퀴처럼 돌아가는 일상에 지친 현대인이여, 단 하루만이라도 야성을 회복하라! 고기를 굽고 흙냄새를 맡고 콧잔등에 송충이를 올려라! 운주는 엘리베이터 없는 빌라 계단을 산 타듯 오르며 옛 친구네 집 거실에 가상의 텐트를 설치하는 자신을 상상했다. 텐트 안에서 옛날이야기를 할 것이었다. 비눗방울을 부는 아이들과 통조림 실은 손수레를 *끄는* 어른들이 있는 안온한 텐트 밖을 불곰이 출몰하는 위험지대로 상상하듯, 추억을 안전하고 위생적으로 파먹으며 아찔해질 것이다. 그럼으로써 남편이 실추시킨 이미지를 바로잡을 것이다. 운주로 하여금 "내가 피해자라는 거니? 결혼의 희생자라는 거야? 내가 네 아래라는 거야?" 소리치게 만들었던 그 허약한 이미지를 마음에서 지울 것이다.

*

김종배의 시선집중, 김영철의 파워FM, 신윤주의 가정음악에 이어서 유명 정치 유튜브 채널이 방송을 시작할 즈음 퇴근한 선숙이 돌아왔다. 북유럽계 글로벌 가구 회사 I의 물류팀에서 일하는 그는 새벽 네시부터 오후 한시까지 일했다. 팔 년 전 처음 새벽 일에 적응할 무렵에는 한 팔에 두 개의 손목시계를 차고 다녔다. 위 시계를 본래 시간에 두고 다섯 시간을 더해 아래 시계를 맞췄다. 아래의 시계가 가리키는 다섯 시간 뒤가 *그가 사는 시간*이었다. 야간조 휴게 시간에 마주치는 젊은 사람들은 성격이 아니라 시간 차이 때문에 연인과 헤어진다고 불평했다. 낮 두시. 그러나 선숙의 시간으로는 저녁 일곱시였다.

같은 시간이 운주에게는 낮술을 먹기에 적기였다. 집에서 발렌타인 21년산을 가져왔다. 산에서 술 파티를 벌일 때면 아빠 양주를 훔쳐다 바쳤던 십대 시절의 패러디였다. 선숙이 오기 전에 운주는 집을 둘러보며 어떻게 분위기를 띄울까 고민했다. 그러나 I의 가구로 채워진 열 평 남짓한 빌라는 이인용 병실처럼 희고 깨끗하고 비현실적으로 고요했다. 모든 말을 소곤거리며 해야 할 것 같은 긴장된 분위기. 흐트러지려고 온 것인데, 운주는 거실 한가운데서 돌아가는 제습기를 보며 생각했다.

"좀 버려주지."

선숙이 고개를 젖히고 목을 주무르며 말했다. 그러곤 제습기를 발끝으로 밀어 운주에게 보냈다. 그 무성의한 동작이 삼십여 년 전의 권력관계를 돌이켰다. 물통의 물을 화장실에 버리고 오면서 운주는 선숙이 방을 내주었으니 선심을 쓰는 것뿐이라고 스스로를 달랬다. 오래전의 자기 보호 방책이 다시금 세워지고 있었다. 왜 여기에 온 것일까. 후회되었다. 남편의 '다짐'은 충격적이지 않았다. 운주와 경수는 서로를 향한 관심을 포함해 삶 전반에 무감각해지고 있었다. 중년의 위기를 맞아 분출하는 쪽이 있는가 하면 사그라지는 쪽이 있고, 대개의 비극은 그 방향성이 어긋나면서 시작되지만 둘은 사이좋게 삶에 시큰둥해지고 있었다.

이따금 두 사람도 과거의 열의를 그리워했다. 운주에게 화상 입은 종아리의 시절이 있다면 경수에게는 동네를 돌아다니며 남의 집 두꺼비집을 다 내리고 다니던 시절이 있었다. 그러나 귀찮아, 귀찮아, 하며 불씨가 되살아날세라 발뒤꿈치로 비벼 껐다. 그런 서로를 보며 안심했다. 언젠가 산책길에 들른 성당 앞마당에서 촛불에 둘러싸인 성모상을 본 적이 있었다. 건물에서 어떤 남자가 나와 종 모양의 도구로 작은 촛불을 하나씩 껐다. 연기가 퍼졌지만 거의 보이지 않을 만큼 미미했다. 그런 식으로, 종에 갇혀 조용히 죽는 식으로 열정이 쥐죽은듯 사멸하기를 바랐다. 왜냐하면 불완전하게 갖느니 아예 안 갖는 게 나으니까.

운주의 상상 속에서 경수는 자조 모임 친구들과 소년떼처럼 동네를 헤집고 다녔다. 활력이 넘쳤다. 올리브영 문을 벌컥 열고 "나트라케어 울트라패드, 세일 들어갔어요?" 하고 외쳤다. 즐거움이 부활했으면서 운주를 속였다. 금욕으로 스스로를 벌하겠노라 맹세하며 애초에 품지도 않았던 욕망을 버리는 체했다. 그것은 이중의 배신이었다. 같이 삶에 실망하기로 해놓고 혼자만 해저에서 태양으로 튀어오르는 짓인 동시에 행복의 부활을 운주에게 감춘 채 참아내고 있다고, 당신을 위해 욕망을 내다버리고 있다고 낄낄대며 속이는 짓이었다. 경수는 도망치고 있었다. 권태, 무료, 물귀신. 축축 처지고 푹푹 꺼지는 침강의 감각으로부터. 그러니 나도 좀 꺼내주라, 운주는 배달의민족을 들여다보는 선숙을 보며 생각했다. 어린 시절 두꺼비를 마시러 친구의 집에 갈 때, 운주는 뛰다 말고 허리를 숙여 자기 발목을 잡곤 했다. 소변을 참기 위해서였다. 즐거워 미치겠는 일이 사방에 널려 있던 그때는 오줌 쌀 시간도 없었다.

"학교 앞에서 탕수육 팔던 일본 아줌마 기억나?" 운주가 찬장에서 양주잔을 고르며 말했다.

90년대 중반에 중국집에서 탕수육을 탈출시켜 떡볶이처럼 가볍게 즐길 수 있게 만든 즉석 탕수육 전문점이 유행했다. 둘의 중학교 앞에도 하나 있었다. 일본에서 살다 온 삼십대 한국인 여자가 주인이었다. 화상을 입을까봐 팔에 비닐 랩을 감고 담배를 태우며 기름에 고기를 튀기던 그는 미성년자에게 잔술을 팔았다. "잔蓋돈 챙겨." 탕수육 가게에 술 마시러 갈 때 선숙의 무리가 쓰던 은어였다. 일본에서 야키니쿠 식당을 운영하는 남자와 살다가 돌아온 가게 주인은 중학생들에게 삶의 지혜를 설파하는 재미로 살았다. "할 거면 제대로 해." "뿌리를 뽑아." 그렇게 조언하며 일본에서 있었던 일을 곧잘 재현했다. 때린 적은 없지만 하루가 멀다 하고 물건을 부수는 남편의 술버릇을 어떻게 고쳤는지에 대해 가르쳐주었다.

거울과 창문이 같이 박살났던 날, 물 위를 걷는 예수처럼 유리 파편 위를 맨발로 걸었다고 했다. 날카로운 유리 조각에 덜 베이고 싶어서 발을 오므리면 다시 피를 봐야 하기에 한 번에 끝낸다는 결기로 온몸의 무게를 싣고 걸었다. 바닥을 피바다로 만들고 응급실에 실려갔다. 스모 선수처럼 다리를 벌리고 한 발 한 발 묵직하게 걸으며 그때를 흉내내던 가게 주인에게서 운주와 선숙은 처음 반주를 배웠다. 탕수육과 잔술. 돼지고기는 몇 점 없었고 통조림 파인애플마저 점점했으며 소스는 케첩맛이 너무 강하고 술값은 말도 안 되게 비쌌다. 그래도 흥분을 북돋기에는 나쁘지 않은 에피소드였다. 폭력과 피와 술과 고기가 있으면 피곤한 선숙도 노스탤지어의 모닥불가로 못 이기는 척 올 것이었다.

"왜, 남편이 속썩여? 뭐가 많이 안 좋아?" 식탁 의자에 앉아 있던 선숙이 일어나 걸으며 말했다.

"탕수육 아줌마 몸에 이레즈미가 뭐였냐? 장미였냐, 용이었냐?" 운주가 주제를 돌렸다. 현재의 일을 생각하는 것이 지겹게 느껴졌다. 경수의 행동을 어떻게 설명해야 할지도 난감했다. 선숙이 운주를 뚫어져라 쳐다보다 "미안한데 나 조금만 자고 일어날게. 내가 낼 테니까 먹고 싶은 거 시켜놔." 말하곤 방으로 들어갔다. 거실에만 에어컨이 있어서 방문을 열어놓아야 했다. 선숙은 금세 잠들었다.

열 시간 가까이 기다렸던 선숙이 방에서 코 고는 소리를 들으면서 운주는 양주를 천천히 마시며 정치 유튜브를 소리 죽여 보다가 잠들었다. 깨어나니 오후 다섯시였다.

비가 그치고 해가 들어 집안이 노랬다. 그 황금빛 시간을 선숙의 시간으로 환산하면 밤 열시였지만 운주는 시차를 고려하지 않았다. 비록 자고 일어났지만 아직 초저녁이니 놀 시간이 충분하다고 생각했다.

"먼저 저녁 먹어서 미안. 먹다 남긴 거 아니고 미리 덜어놓은 거야." 선숙이 배달받은 족발을 건네며 말했다. 포장 용기 귀퉁이에 고기들이 정갈히 몰려 있었다. 이제 어떤 하드코어한 옛날이야기를 할까? 어떤 평범한 추억을 드라마틱하게 탈바꿈시킬까? 탕수육 아줌마의 등에 문신이 없다는 것은 운주도 알았다. 알면서 선숙에게 기억하느냐고 물었다. '등판 한번 무시무시했지!' 하고 맞장구치며 운주의 역사 왜곡에 동참해주기를 바라면서. 그러나 선숙은 피곤해할 뿐 과거로의 시간 여행을 떠날 의향이 없어 보였다.

"아니, 괜찮아."

술까지 거절하며 자리에서 일어났다.

집에 갈까? 운주는 생각했다. 그러는 사이에 주방을 벗어났던 선숙이 돌아와 메모를 건넸다. 작은 종이에 모르는 이름과 전화번호와 주민등록번호가 적혀 있었다.

"내가 부탁할 게 있다고 했잖아. 이건데, 다른 병원은 주민등록번호 앞자리만 대라고 하는데 여기는 전체를 부르라고 하더라고."

선숙의 부탁은 P대학병원 신경외과 교수 S의 초진을 대리 예약해달라는 것이었다. 척추질환 분야 최고 권위자인 S에게 자신이 목 디스크 수술을 받을 수 있도록 생각날 때마다 전화를 걸어달라는 것이었다. 쪽지에 적힌 것은 병원 전화번호와 의사 이름과 선숙의 주민등록번호였다.

"가끔 수술이 너무 급해서 진료 예약을 취소하고 다른 병원으로 가는 사람이 있대. 그 자리를 비집고 들어가려면 수시로 전화해야 돼. 예약에 성공해도 진료를 받기까지 일 년이 걸리기도 한다는데 그래도 기회가 생기면 나를 넣어줘. 황금 같은 기회라고 부모님 이름 부르지 말고. 나 진짜 아파서 그래. 그냥 뭐 기다리고 그럴 때 있잖아. 전철이나 커피 같은 거. 그럴 때 생각나면 한 번씩 병원에 전화해줘. 나는 일하는 동안에 전화기를 못 쓰잖아. 불리하기 짝이 없지."

"그렇게 바빠?"

"일할 때 못 갖고 들어가잖아. 휴대전화 반입 금지라서. 불이 나도 119에 전화도 못 하는데?"

"근데 진짜 안 마실 거야?"

"좋은 느낌이 있어. S선생과 나 사이에 운명적인 느낌이 있어. 지금 내 목이 어디서는 수술을 받으라고 하고 어디서는 신경 주사로 버티라는 애매한 상태거든? 왠지 S를 만날 즈음에 딱 무너질 것 같아. 타이밍 좋게 딱 알맞게 끝장이 날 것 같아. 몇시니?"

"일곱시."

"자자."

"일곱신데?"

"자정이지."

조용하던 건물이 학원과 회사를 마치고 돌아온 이웃들로 소란해졌다. 수영선수들이 귀에 물이 들어가지 않도록 착용한다는 미제 형광 주황색 귀마개를 낀 선숙이 거실에 운주의 잠자리를 마련해주었다. 그러곤 세탁한 향이 은은한 이불에 가부좌를 틀고 심호흡을 했다. 초저녁의 활기참을 물리고 차분함을 불러들이려는 듯했다. 동시에 그것은 세상의 시간을 자신의 시간에 복속시키는 거대한 움직임이었다. 그런데 노스탤지어의 캠프파이어는 어떻게 되는 거지?

"나 갈래." 운주가 삐쳐서 말했다.

"뭘 가. 약기운 돌 때까지 수다 떨어." 선숙이 수면제를 먹으며 말했다.

두 사람은 선숙의 방으로 들어가 침대에 나란히 누웠다. 옛날로 돌아간 것 같았다. 아직 불씨가 남아 있었다.

"영주랑 연락돼? 걘 뭐하고 살아?" 운주가 물었다.

영주는 운주가 자리를 뺏기 전까지 선숙의 단짝이었다. 고등학교를 중퇴하고 남성 미용 전문점 블루클럽에서 보조로 일하기 시작한 영주는 무리 중에서 제일 먼저 취직했다며 자주 술값을 냈다.

"나 그 얘기 하면 잠 달아나는데."

선숙이 부스스 일어나 이야기를 시작했다.

*

어느 날 선숙은 간호조무사로 일하는 영주로부터 도와달라는 연락을 받았다. 이사를 앞둔 병원이 포장이사를 부르지 않아서 혼자서 차트를 박스에 담아야 한다는 것이었다. 전산화하지 않은 종이 차트의 번호는 만 번대를 넘어갔다. "그거 했다가는 나 허리 디스크 백 퍼 다시 터져." 대신 일해달라며 영주가 말했다. 일당을 달라고 하자 그런 건 없다고 했다.

그날 수천 개의 차트를 빼고 나르고 다시 꽂은 선숙은 인테리어를 마친 새 병원을 구경했다. 텅 빈 로비 공간에 영주가 일할 데스크가 설치되어 있었다. 의자가 놓여 있기에 앉아보는데 데스크 앞판에 무릎이 닿았다. 영주는 하루에 여덟 시간을 그 안에서 보내야 할 것이었다. 무릎이 닿지 않도록 다리를 이리저리 비틀며 편안한 각도를 찾다가 결국 양반다리를 할 것이고 그렇게 디스크 재수술을 향해 노동할 것이었다.

선숙은 I에서 일하는 자신을 자랑스러워했다. '멀티스킬 워커'로 입사해 여러 부서를 전전하며 잡일이라고 부를 수밖에 없는 일을 했다. 회사는 다양한 직무를 경험하며 역량을 키울 수 있는 자리로 홍보했지만—병원의 인턴제도에 비유했다—물류팀에서 까대기를 하다가 푸드팀이 바쁘면 설거지하고 세일즈팀이 바쁘면 상품을 진열하는 등 뺑뺑이를 이 년 동안 하다가 물류팀에 자리잡았다.

처음에는 손수 박스를 옮기거나 핸드 자키만 쓰다가 눈칫밥을 먹어가며 지게차 운전을 연습했다. 운전이 미숙해 물건을 제때 빼지 못해 사람들이 화난 표정으로 직접 물건을 가져갈 때면 포기할까 싶었지만, 그럼 나는 언제 배워 싶어 싹싹하게 굴며 버텼다.

"오늘도 많이 느렸지, 미안."

"아래, 너였어?"

동료가 자신을 알아보지 못했을 때, 선숙은 기쁨으로 가슴이 뻐근했다. 처음으로 좁은 종이 팰릿 구멍에 초조함 없이 포크를 삽입했을 때도 그랬다. 나중에는 하이 리치로 까마득한 랙 꼭대기에 물건을 적치하고, 독 레벨러를 오가며 컨테이너에서 화물을 리시빙하고, '근두운'이라 불리는 오더 피커도 탔다.

위기를 겪기도 했다. 마스트를 세운 채 낮은 천장을 지나가다가 스프링클러 배관을 쳤다. 폭발하듯 터져나온 물벼락에 사람, 물건 할 것 없이 흠뻑 젖었다. 폭포처럼 쏟아지는 동시에 사방으로 퍼지는 용수 아래서, 선숙은 지게차를 탄 채로 관이 비어 물이 소진될 때까지 고개를 숙이고 있었다. 폭풍우가 내리치는 영화 세트장에 있는 것뿐이라고 스스로를 달래며. 넓은 창고 바닥에 찰랑일 만큼 막대한 양의 물을 쏟아내고서야 머리 위의 폭포는 멈췄다.

"원래 할 만하다 싶을 때 사고가 터져. 보험 처리 하면 돼." 지게차에서 내려오지도 못하는 선숙을 동료들이 위로했다. 그랬던 그들이 지게차 기사가 늘면서 장비를 돌아가며 타야 해서 이따금 자신들도 맨손으로 박스를 나르는 날이 생기자, 선숙을 '까대기로의 계급 하락'으로 밀어넣으려 뒤에서 손을 썼다. 그러나 자부심이 있었다. 화물을 배분하고 진열할 때 발휘되는 절묘한 전략, 방향키를 조작하는 섬세한 손기술과 놀라운 공간지각능력, 싸운 사람들을 화해시키는 중재 수완. 그 지성적 활동이 선숙에게 기쁨을 주었다. 근골격계질환이 심해지기 전까지는 그랬다.

"사람들은 칼로 찌르는 통증이라고 하던데 내 방사통은 쏙쏙 배는 느낌이야. 고통의 즙이 잘 발린 수백 개의 바늘이 달린 프레스 기계가 목부터 팔까지 꽉 눌러서 피부 끝까지, 끝의 끝까지 고통을 좍좍 스미게 하는 느낌? 영주가 무슨 일까지 하는지 알아? 나의 S선생에게 자기 병원 원장의 부모를 진료받게 하려고 일하는 틈틈이 P병원에 전화를 걸어. 그 사람들, 디스크도 아니래. 그런데 늙어서 언젠가는 목이든 허리든 나갈 테니까 미리 예약을 걸어두는 거래. 내가 왜, 우리가 왜 그 사람들에게 그것까지 져야 되나?"

선숙은 아홉시에 잠들었다. 그러니까 새벽 두시에. 거실로 나온 운주는 잠이 오지 않았다. 중학교 3학년 겨울방학 때 호프집에서 열린 자신의 송별회가 생각났다. 인천 호프집 화재 참사가 일어나기 전, 장사가 안 되는 술집에서 미성년자를 잘 받아주던 시절이었다. 돈이 별로 없었으므로 가방에서 몰래 두꺼비를 꺼내도 주인은 세 병까지는 눈감아주었다. 눈이 내렸고 엉망진창으로 취해서 나왔는데 남자애들이 어른 셋과 시비가 붙었다. 어른들은 유행하는 황토색 워커를 신고 있었다.

선숙의 무리가 사람 수는 더 많았지만 너무 취했다. 한 명이 붙잡혀서 바닥에 쓰러진 채 워커로 배를 걷어차였다. 다른 남자애가 친구의 몸에 자기 몸을 포갰고, 살짝 높아져 걷어차기 더욱 좋아진 새로운 배를 워커가 차고 또 찼다. 아래 칸의 배를 차다가 위 칸의 배를 찼다. 또다른 애가 포개졌고 일층의 복부, 이층의 복부, 삼층의 복부가 마구잡이로 차이는 것을 보면서 운주는 육차선 도로를 건너 도망쳤다. 다른 여자애들도 건너왔다. 선숙은 오지 못했다.

길 건너 호프집과 김밥집 사이 비좁은 골목에서 술에 취해 비틀거리는 남자의 뒷모습이 보였다. 그에 가려서 제대로 보이진 않았지만 운주는 선숙이 만져지고 있다는 것을 알았다. 경찰에 신고할 수는 없었다. 그들은 중학생이었고 술을 마셨으며, 운주는 정학당할 수 없었다. 학교에서 쫓겨나 선숙과 같은 고등학교에 다닐 수는 없었다.

다음 기억에 운주와 선숙은 영주네 현관문을 세게 두드리고 있었다. 영주가 문을 열자 둘은 침대방으로 향했다. 영주의 아버지가 미닫이문 너머에서 모로 누워 텔레비전을 보고 있었다. 그는 청각장애가 있었기에 둘은 목소리를 줄일 필요가 없었다. 눈에만 띄지 않으면 되었다. 이불을 머리까지 뒤집어쓴 선숙과 운주는 마주보고 누웠다. 선숙이 손을 뻗어 운주의 가슴을 만졌다. 과일의 무름 정도를 확인하듯 가볍게 쥐더니 뜯어내듯 비틀었다. 그러곤 운주를 벽에 밀어붙이고 누운 채로 주먹과 발로 배를 때렸다. 운주는 비명을 질렀지만 영주의 아버지는 듣지 못했다. '쟤도 한번 맞을 때가 됐지.' 문 앞을 지키는 영주는 생각했을 것이다. 다음날 운주는 목 아래부터 온통 피멍이 들었는데 그것은 선숙의 오빠들이 선숙에게 자주 쓰는 수법이었다. 그날 맞을 만큼 맞았으므로 운주는 지금의 선숙을, 우정을 야성 회복의 촉매제로 써먹어도 된다고 믿었다.

집에 돌아오니 경수가 외박하느라 피곤하겠다며 안마를 해주었다. 암막 커튼을 치고 은은한 조명을 켜고 싱잉볼 음악을 틀고 딥티슈 운운하는 것을 보니 경수는 마사지 강의/세미나를 들은 듯했다. 경수가 기름에 젖어 미끌거리는 운주의 목을 엄지로 쓸어내리며 말했다. "내 노력, 우습지? 무시하지?" 경수가 어깨를 손으로 주무르다 너무 뭉쳤다며 팔꿈치를 썼다. "돌덩이네, 돌덩이야." 그와 선숙은 진지한 인간이 되었다. 운주처럼 과거를 파먹지 않았다. 안마를 받아서 그런지 또 잠이 솔솔 왔다.

꿈속에서 세 사람은 한 침대에 있었다. 경수가 운주와 선숙을 번갈아 주물렀다. 선숙의 아픈 목과 허리를, 후방을 주시하느라 비틀린 척추를 오일로 마사지했다⋯⋯ "내가 신기한 거 보여줄까?" 선숙이 이불 속에서 운주의 손을 잡으며 말했다. "이것 봐. 손에 힘이 하나도 안 들어가." 스르륵. 영화에서 잠에 빠져 와인

잔을 떨어뜨리는 사람처럼, 옛 친구의 악력이 너무도 약했기에 운주는 선숙이 말하다가 잠든 줄 알았다. 오일로 뒤범벅된 세 사람이 미국영화에서 진흙 레슬링을 하는 여자들처럼 뒤엉켰다. 나자빠지고 미끄러지고 엄지로, 팔꿈치로, 몸 전체로 서로를 누르고 문질렀다. 등줄기를 따라 내려가는 손을 따라 일하지 않던 때로 돌아가는 몸. 선숙이 껄껄 웃으며 큰 소리로 말했다. "야, 니들 부부 뭐냐. 엄지 공주, 엄지 왕자냐? 마사지를 왜 이렇게 잘하냐. 아, 시원해, 너무 시원해." 이것이 중년 스리섬의 새로운 형태인가? 하하하. 눈을 떴을 때, 그러나 운주는 전혀 웃고 있지 않았다.

선숙의 집을 나서기 전, 운주는 선숙의 주민등록번호가 적힌 메모를 챙겼다. 메모 옆에 다른 종이가 놓여 있었다. 모든 변이 깔끔하게 잘린 이면지에는 운주의 주민등록번호를 적어놓고 가라는 지령이 적혀 있었다. 한 삼 년쯤 걸리려나? 선숙이 S에게 수술을 받고 운주의 예약 순번이 돌아오기까지는. 운주는 자신의 주민등록번호를 적으려다가 그만두었다. 선숙이 그것으로 무슨 짓을 할지 모른다는 생각이 들었다. 지금은 아니더라도 언젠가.

L과 C에게 감사를 표합니다

「일일야성—日野性」은 L과 C가 없었다면 쓰지 못했을 소설이다. 작년 여름에 L과 C와 부침개를 안주 삼아 술을 마시며 밤까지 대화를 나눴다. 명목은 인터뷰였으나 오래전 오줌을 참아가며 수다를 떨던 사이답게 이야기는 자연스레 여러 주제로 번졌다.

즐거운 가운데 새벽에 출근하는 C가 너무 늦게 자게 될까봐 신경이 쓰였다. 그러면서도 대체 지금이 그의 시간으로 몇시인지, 몇 시간 뒤에 출근하게 되는 것인지 헷갈렸다(취기 때문이라기보다는 산수를 못해서). "이제 자야 하는 거 아니에요?" 실효성 없는 초조함만을 내비칠 뿐 내심 '아, 모르겠다, 오늘 너무 좋다'고 생각하면서. 결국 C가 시간 계산법을 알려주었다.

남들이 아침 아홉시에 출근한다고 치면 자신은 다섯 시간 전인 새벽 네시에 출근하니까 자신의 체감 시간을 알려면 현재 시각에

268

다섯 시간을 더하면 된다고 했다. 그러면서 밤 아홉시에 자겠노라고, 그러면 남들로 치면 새벽 두시까지 놀다 자는 셈이라고 말끔히 설명해주었다.

그날 이후로 나는 시계를 보다 문득 다섯 시간을 더하곤 한다. 지금 이 글을 쓰는 시각은 새벽 3시 33분인데(진짜다! 라임을 맞추려고 지어낸 게 아니다!) 속으로 '8시 33분이네. 벌써 출근했겠다' 하고 생각한다. 생각은 자연스레 밤부터 새벽까지 일하는 심야 노동자들, 쿠팡의 새벽 배송 기사들에 가닿는다. 신체의 일주리듬을 교란하는 시간대에 일하는 것은 심장질환을 비롯한 여러 질병을 야기한다.

오래된 기억도 떠오른다. 십 년째 살고 있는 빌라에서, 지금은 이사한 옆집 사람은 윗집과 충간소음 문제로 자주 싸웠다. 밤에 택시를 운행하던 옆집 사람은 낮에 하교한 윗집 아이들이 현관에서 조금 떠들거나, 누가 잠깐 마늘만 빻아도 힘들어했다. 그 시간이 그에게는 몇시였을까. "잠 좀 자자!" 천장을 막대기로 때려 울리는 진동과 함께 전해지던 외침.

벽과 거리가 너무 좁아 보이는 안내 데스크. 의자는 높은데 책상은 너무 낮아 저절로 허리가 구부러지는 사무실 환경. 〈2015 전국플랜트건설노동조합 노동안전보건 활동가 양성교육〉 파일에서 읽은 작업 특성 조사표 예시—성명: 홍길동, 현재 작업 내용: 타워크레인 운전 십 년째, 주된 위험요인(주된 작업 자세): 지상 및 운전실 내 모니터 주시를 위하여 목과 허리를 삼십 도 내외로 숙인 상태에서 일 분 정도 정적인 자세를 유지하며, 분당 3~4회

정도 목을 좌우로 비트는 자세를 반복함—는 너무 옛날 자료지만 지금 사용해도 무방하리라는 비관적인 예상이 된다. 건조한 문체에 담긴 분절된 신체 활동은, 직접 따라해봐야 실제 그들이 겪을 통증의 초입도 상상할 수 없다. 문제는 압도적인 반복에 있기 때문이다.

그리고 오늘 목격한 것. 가족과 꽃게탕집에 갔다. 홀에 사인용 테이블 두 개를 붙여놓았는데, 두 테이블 사이에 투명 칸막이가 설치되어 있었다. 평소에는 테이블을 따로 쓰다가 단체손님이 오면 칸막이를 제거하는 듯했다. 다행히 옆 테이블에 손님이 없었지만, 있었다면 고개만 돌려도 바로 아크릴판 너머 게살 발라내는 낯선 이의 얼굴이 보였을 테고. 나도 그에게 볶음밥 긁어먹는 모습을 노골적으로 보이고. '테이블 좀 떨어뜨려놓지…… 공간을 조금이라도 아껴 쓰려고 그랬나?' 생각하면도 아크릴 칸막이라도 있어서 다행이었다. 코로나19 유행 때 쓰던 건가?

가게 직원들이 커다란 꽃게탕 냄비를 여기저기서 날랐다. "끓여서 나오긴 했는데 그래도 거품이 포로로 일 때까지 한번 더 끓이고 드세요." 우리 테이블을 담당하는 사람이 다가와 아크릴 칸막이 옆에 앉은 나에게 조금만 옆으로 가달라고 부탁했다. 공간이 확보되자 한 번에 몸을 비틀어 뜨거운 냄비를 테이블 중앙에 아슬아슬하게 놓았다. 칸막이가 없었다면 활동 반경이 넓어 훨씬 편하게 내려놓았을 것이다. 옆 사람에게 붙어 고개를 돌리자, 칸막이와 내 몸 사이 비좁은 틈으로 크고 무거운 냄비를 간신히 옮기는 직원의 완전히 틀어진 허리가 보였다. 그런 동작을 하루에도 수차례 할 것이다. 게다가 그의 활동 범위는 손님이 비켜'주는' 공간 너비에 달려 있다. 술에 취해 비틀거리다 펄펄 끓는 냄비에 부딪힐 뻔한 사람은 없을까. 그러면 일하는 사람은 있는 힘껏 냄비를 위로 치켜들 것이다. 그런 누적이 우리의 몸과 영혼을 파괴한다. 식당 홀을 알뜰하게 쓰려고 테이블을 붙이는 바람에 꺾이고 마모되는 뼈와 관절을 생각하면 '등골을 빼먹는다'는 표현이 비유가 아님을 알게 된다.

등줄기를 따라 내려가는 손을 따라 일하지 않던 때로 돌아가는 몸. 노동은 어쩌자고 이렇게 고통일까.

이토록 부드러운 상상

김다솔

마흔세 살 동갑내기 부부인 운주와 경수는 최근에 어떤 문제를 겪고 있다. 이른바 "남편의 자발적인 존재 축소가 아내에게 미치는 영향에 관한 건"(241쪽)이다. 운주의 말을 빌리자면 작년부터 시민 강의/세미나를 듣기 시작한 이후로 경수는 "페미니스트", 그러니까 "그게 되었"(243쪽)다. 이제 경수는 앉아서 소변을 보고, 아내가 쓰는 브랜드의 생리대가 떨어지지 않게 꼬박꼬박 채워넣으며, 귀경길에 오르는 대신 부모에게 "깨어나시라고" 윽박지르는 한편 매일 밤 뜻이 맞는 동료들과 인터넷에서 "자조 모임"(244쪽)을 가지면서 결의를 다진다.

경수는 말한다. 그동안 "내가 얼마나 당신에게 나를 집어넣어 왔는지"를, 그리고 "그것들이 쌓여서 당신으로 하여금 의지를 꺾고 꿈을 버리게 하고 나에게 종속"(246쪽)시켰음을 깨달았다고.

그리고 선언한다. 앞으로 영원히 섹스를 하지 않겠노라고. 운주를 두고두고 불쾌하게 한 이 다짐은 "자책에 머무를 시간" 따위는 없으니 신속히 잘못을 바로잡기 위해서 "가장 쉬운 페니스부터"(같은 쪽) 삽입하지 않겠다는 반성을 담고 있다.

그런데 정작 운주는 이 변화가 달갑지만은 않다. 경수의 사과와 배려에 고마움을 느끼다가도 곧장 찝찝하고 불쾌한 감정이 몰아닥친다. 어째서일까. 대혐오의 시대에 한국의 중년 남성이 깨달음을 얻고 페미니스트로 변화한 이 경이로운 사건을 그의 아내는 왜 기쁘게 받아들이지 못하는가.

그건 바로 경수가 구구절절 늘어놓은 죄목들이 실제로는 발생하지 않은 허구이기 때문이다. 운주가 기억하기에 경수는 자신을 착취하거나 희생시킨 적이 없다. 아니, 남편은 그럴 주제가 못 되었다. 거칠고 제어 불가능한 학창시절을 보냈던 운주가 보기에 그는 "순진해빠진 남편"(244쪽)에 불과하니까. 그러니 경수의 진짜 죄목은 운주를 자신의 상상에 맞춰 재구성한 것이다. 운주는 "남편이 자기에게 뒤집어씌운 참고 사는 여자의 이미지"(246~247쪽)가 너무도 불쾌해 가만히 견딜 수가 없다.

이로 인해 새롭게 구성되는 것이 운주만이 아니라는 점을 기억해둘 필요가 있다. 경수 역시 자신이 상상한 새로운 기억들에 의해 이전과는 다른 사람으로 거듭난다. 재창조된 경수의 상像은 이렇다. "나를 주입"하는 방식으로 상대의 "의지를 꺾고 꿈을 버리게 하고 나에게 종속시"킬 수 있을 뿐만 아니라 상대가 겪었을 고통까지 "엑스레이를 찍은 듯이 훤히"(246쪽) 볼 수 있는 시선까지 손에 넣은 남성적 권력의 행위자. 경수가 '저지른 착취'가 아니라 "바라는 착취"(246쪽)를 상상적으로 구축해낸 이유는 바로 이 강인한 남성적 자아를 되살리기 위해서였다. 이처럼 경수의 과한 사죄에는 잃어버린 남성성과 가부장 자아를 회복하고 싶은 욕망이 스며들어 있다. 아이가 쏙 빠진 부부관계, "전립선 질환"(241쪽)으로 병원에 다닌다는 설정까지. 소설이 넌지시 암시한 정보에 의하면 경수의 노화는 남성 기능의 축소와 가부장적 권력의 쇠퇴가 맞물려 진행되었을 것이다.

경수의 선언은 어째서 확대가 아니라 축소의 방식으로 행해졌을까? 빼앗기고 상실했다는 사실을 들키기보다는, 자발적으로 버리겠다고 선언하는 편이 자아를 지키기에 더욱 유용하기 때문이다. 포기를 공표하는 발화의 순간 실은 가진 적 없는 권력을 지닌 허구의 과거가 생겨난다. 게다가 사죄와 함께 탄생한 '중년 페미니스트 남성'이라는 자아는 변화한 시대에 걸맞은 도덕성을 보충한다. 권력의 부재를 상실로 위장하고 이전보다 진보한 인격을 얻는 이러한 고백은, 이상적인 자아상에 도달하지 못했던 과거의 수치심을 다른 방식의 자부심으로 변환시킨다. 사죄하는 남성성의 본질은 바로 여기에 있다. 그래서 경수는 자신의 과오를 드러내는 일을 부끄러워하지 않는다. 찰나의 결손이 결과적으로는 그를 진솔하고 반성할 줄 아는 좋은 남성으로 만들어줄 것이기 때문이다.

이러한 수치심의 발화는 자아가 지닌 자질에만 관심을 기울이면서 오직 자신으로만 향하기에 문제적이다. 죄를 고백하는 이가 수치심을 제거하기 위해 타자 앞에서 자신이 어떻게 드러날지에 만 몰두하는 것이다. 이 과정에서 상대는 그가 잘못을 받아들이 며 개선하는 모습을 목격하고 인정하기 위해서만 존재하게 된다. 또한 반성을 통해 자부심이 획득되는 순간, 여전히 남아 있는 문 제들이 말끔히 소거된 듯한 착각이 일어난다. 경수가 "이제부터 라도 잘못을 바로잡을 거야. 지금 이 순간부터 나는 당신에게 영 향을 미치지 않아"(246쪽)라고 말하며 마치 오래된 젠더적 문제 가 일시에 해결된 양 굴었듯이 말이다.

그렇다면 이 지점에서 질문해야 할 것이 하나 있다. 경수의 변 화는 잃어버린 자존심을 회복하려는 한 중년 남성의 그릇된 윤리 관으로부터 비롯된 것일까? 그러니까, 경수는 개인적·의도적으 로 이러한 모략을 꾸민 걸까?

소설은 경수의 상상이 개인의 문제가 아니라 사회구조적인 차 원에서 형성된 것임을 분명히 밝혀둔다. 현재의 신자유주의 사회 에서 행복한 삶에 대한 약속은 경제원칙에 근거한 현실 속 물적 표상이 아니라, 개인이 자신만의 상상을 거쳐 만들어낸 나르시시 즘적인 이상으로 자리잡는다.[1] 성공하기 위해 노력하라는 명령 안에는 각자 도달하고 싶은 상상 속의 자신을 만들도록 부추기 고 그것이 이미 눈앞에 펼쳐져 있다는 듯 온갖 매체들을 동원하 는 눈속임이 들어 있다. 사람들은 좋다고 느끼는 상상 속 자신의 모습에 가까이 가고자 기꺼이 질서에 따른다. 그렇게 사회적이고

---

1) 이졸데 카림, 『나르시시즘의 고통』, 신동화 옮김, 민음사, 2024, 118~119쪽.

역사적인 층위에서 조직된 상상을 통해 개인들은 이상화한 자기 자신의 모습을 시뮬레이션을 통해 현실로 체험한다.[2]

경수가 새로운 자아의 기반이 되어줄 가치관을 플랫폼 자본주의가 형성한 공론장에서 익혔다는 사실은 이러한 상상의 작동 방식을 구체적으로 보여준다. 그가 참여한 값싼 시민 강의/세미나는 콘텐츠 큐레이션 회사가 부담스럽지 않은 자기 변화와 어린 시절 느꼈던 충만함을 엮은 "교양과 노스탤지어의 결합"을 "셀링 포인트"(241쪽)로 삼아 판매한 하나의 소비 상품이었다. 지식인 중년 남성의 무료한 시간을 파고들어 새로운 자아상의 꿈을 이뤄준 것은 "지식의 민주화와 공론장의 확장이라는 가치가 아니라 상업화"(같은 쪽)였다.

그렇다면 운주의 상상은 어떠한가. 미래를 적극적으로 구상하는 경수와 달리, 운주는 과거의 찬란했던 한때를 되새긴다. 그런데 운주의 회고 또한 (비)의지적으로 기억을 왜곡하고 변형시켜 현실의 자아를 지탱하려는 상상의 방식을 통해 이루어진다. 이러한 행위의 중심에 바로 선숙과의 관계가 놓여 있다. 운주와 선숙은 중학교 동창이다. 당시 정부가 추진한 정책으로, 학교에는 민영 아파트와 공공임대아파트에 사는 아이들이 섞여 있었다. 운주가 배운 것은 소셜 믹스social mix가 초래한 역설적인 소셜 분리의 서늘한 감각이었다. 민영 아파트에 사는 운주의 세계에서 "선주

---

2) 로스 아비넷, 『신자유주의적 상상』, 김정환·김해원·전경모 옮김, 돌베개, 2026, 61쪽.

민"이라 불리던 임대아파트 아이들은 저소득층 가정-공업고등학교-육체노동자라는 공식과 함께 한 번 분리되고, 폭력적인 사건은 "옆 동네"(248쪽)에서 일어난다는 공간 분리적 태도로 인해 다시 한번 배제당한다. 그때 운주가 경험한 건 "학교폭력에 대한 실질적인 공포이자 육체노동을 하대하는 폭력의 은밀한 조기 연습"(249쪽)이었다.

그러면서도 운주는 선숙의 무리에 끼어 소위 말하는 잘나가는 아이가 되고 싶었다. 그 나이대에 걸맞은 권력은 그런 것들이었으므로. 여기서 운주의 상상력은 빛을 발했다. 운주는 선숙의 무리에 끼기 위해 온갖 자극적인 이야기를 만들어냈고, 젠더 권력과 폭력은 관심을 끌기 가장 좋은 요소들이었다. 그렇게 운주는 선숙과 어울리며 "잘사는데 잘 놀기까지 하는 아이"(251쪽)가 된 자신의 모습을 만족스럽게 여겼으나, 이후 홀로 진학한 인문계 고등학교에서 자아상은 다시금 무참하게 짓밟힌다. 이 "손상된 자존심"(253쪽)을 메우기 위해 운주는 새로운 동네로 선숙과 친구들을 불러들인다. 자존감을 채우기 위한 도구로서 "운주에게는 선숙이 필요했다. 살면서 초라함을 느낄 때마다 운주는 선숙을 통과하여 스스로를 고양했다"(253쪽).

그래서 운주는 중년이 된 지금도 선숙의 집으로 향한다. 옛 친구와 함께 "옛날이야기"로 "노스탤지어의 캠프파이어"(254쪽)라는 일종의 의식을 치르기 위해서다. "왕년에 한가락했다고 두고두고 떠들며 과거의 꿈속에 사는 사람처럼"(같은 쪽) 과거의 이야기를 되살려, 경수가 덮어씌운 "허약한 이미지"(255쪽)를 젊은

날의 "무례하고 충동적인 자신"(247쪽)이라는 이상적인 모습으로 바로잡으려는 것이다.

흥미로운 것은 전혀 달라 보이는 두 사람의 행보가 '노스탤지어'를 적극적으로 추구하기 위함이라는 목적에서 만나고 있다는 점이다. 이들에게 노스탤지어란 영원히 끝나지 않고 되돌아오는 이상적인 스스로의 모습과 맞닿아 있다. 여기에는 노화를 향한 이들 부부의 두려움과 영원히 이상적인 모습으로 남고 싶은 욕망이 함께 얽혀 있다. 두 사람이 노스탤지어를 추구하면서 상상해온 이유가 "늙는 것이 두려운 나머지 미리 늙어버려 노화의 공포를 잊으려"(241쪽)는 데 있다는 사실을 상기해보자. 지금까지 경수와 운주는 상상하지 못한 삶이라는 나락으로 떨어지지 않기 위해 안간힘을 써왔다. "불완전하게 갖느니 아예 안 갖는 게 나으니까"(257쪽)라고 되뇌며 삶을 향한 열정이 행여 살아날까 싶어 조심하고, 그런 서로를 보며 나란히 안심해왔다. 그러나 이는 "종에 갇혀 조용히 죽는 식으로 열정이 쥐죽은듯 사멸"(256~257쪽)하길 기다리는 시체 같은 삶이자 급변하는 시대상에서 도태될지도 모른다는 공포를 철저히 내면화한 삶이다.

이처럼 빠르게 늙어 공포를 잊으려는 충동은 현재에 머무르기를 거부하는 움직임으로 나타난다. 그래서 두 사람은 현실에서 마주치는 모든 종류의 손실과 상실을 결코 인정하지 않고 외면한다. 현재의 상실을 잊기 위해 경수와 운주가 도구 삼은 것이 각각 미래와 과거, 변화와 추억으로 다를 뿐, 그 모두가 결국 "청년기를 복각하기 위"(242쪽)한 도구였던 것이다. 가진 적 없던 과거를 조작하려는 일과 실제로 있었던 추억을 부여잡으려 애를 쓰는 일은 모두 이전의 이상을 영원화하려는 행위다. 상실된 것을 "현재 속에 되살려 미래에도 영속할 수 있도록 하는"[3] 이 작업은 절대로 도달할 수 없는 영원주의의 이상만을 끊임없이 좇도록 만든다. 놓치는 것이 없도록 언제나 경계를 늦추지 않는 삶, 끊임없이 개선하고 개발하고 되새기도록 종용하는 이 영원주의적인 삶 아래에서는 성장과 진보라는 이름을 덧입은 현재의 지속만이 가능해진다.[4] 그리고 이는 노스탤지어를 상품화하여 무언가를 잃어버렸다는 생각을 기반으로 사람들을 끊임없이 노동하게 만드는 방향으로 발전한 자본주의 시대의 모습이기도 하다.

"문명이 지워낸 나를 다시 찾는 하루"이자 "하루 동안 야성을 되찾는다는 뜻"(254쪽)의 '일일야성'이 품은 의미가 여기에서 드러난다. 그것은 노스탤지어적 이상만 좇으며 간신히 살아가는 삶을 포기하지 않게끔 아주 잠시간만 되찾을 수 있도록 허락되는 허위적인 생기와도 같다. 사실 운주에게 치명적이었던 건 경수의 다짐과 선언 그 자체가 아니었다. 오히려 그가 품은 활력이 더 심각한 문제였다. 떠들썩하게 소리를 지르며 동지들과 골목을 헤집어놓고 다니는 소년떼처럼 삶에 열정적으로 몰두하는 경수의 생생함은 운주가 절대 용서할 수 없는 "이중의 배신"(257쪽)이었다.

---

3) 그래프턴 태너, 『포에버리즘』, 김재저 옮김, 워크룸프레스, 2024, 22쪽.

4) 같은 책, 55~56쪽.

경수와 마찬가지로 운주도 이 "침강의 감각"(257쪽)에서 탈출하고자 노스탤지어를 향해 간다. 선숙을 향해 속으로 "그러니 나도 좀 꺼내주라"(같은 쪽)고 중얼거리는 이유는 바로 그 때문이다. 하지만 경수의 고백이 스스로를 상상 속 도덕적 주체로 끌어올리려는 복구의 서사가 되었던 것처럼, 운주 또한 자신의 자아에 생명력을 불어넣기 위해 다른 이의 존재와 이야기를 멋대로 도려낸다. 바로 여기에 상상의 양가성이 있다. 이제 상상은 타인의 고통을 스스로의 영원한 이상을 유지하기 위한 재료로 손쉽게 바꿔내면서 공감을 배반하는 자기보존의 장치로 전도되었다.

운주는 타인의 고통과 노력을 "흥분을 북돋기에는 나쁘지 않은 에피소드"(258쪽)쯤으로 여기면서 "드라마틱하게 탈바꿈"(259쪽)하고, 선숙이 이러한 "역사 왜곡에 동참"(같은 쪽)하기를 바란다. 현실의 문제를 해결하기 위해 열정을 쏟는 대신, 더 강하고 거칠었기에 생기 있었(다고 믿)던 추억 속 이상적인 자기 이미지를 안전하게 소비하는 일에만 몰두한다.

그런데 운주가 경수와는 다르게 미래를 설계하기보다 과거의 이야기를 변주하는 데에만 몰두한다는 사실은 무엇을 의미할까. 운주는 경수와의 일을 물어보는 선숙의 질문에 답하기를 꺼리는데, 그건 "현재의 일을 말하는 것이 지겹게 느껴"(258~259쪽)져서인 동시에 "경수의 행동을 어떻게 설명해야 할지도 난감"(259쪽)해서다. 즉, 운주에게는 경수가 자신의 존재를 의도적으로 축소하겠다는 선언을 통해 자아를 부풀리는 현재의 사태에 대해 설명할 능력과 여력이 부족해 보인다.

자기 이야기를 있는 그대로, 혹은 원하는 대로 상상해서 말할 수 없는 것은 선숙 또한 마찬가지다. 고된 노동으로 인한 피로에 절여진 선숙은 운주의 역사 왜곡에 별다른 말을 얹지 않는다. 선숙은 글로벌 가구 회사의 물류팀에서 새벽 시간에 일하는 노동자다. '멀티스킬 워커'라는 허울 좋은 직함은 사실상 온갖 일을 시키는 기업의 책략을 은폐하고 있는 것이지만, 선숙은 육체노동을 하는 도중에 간간이 생기는 "지성적 활동"(264쪽)에 기쁨을 느끼고 있었다. 그러나 고된 노동 끝에 심한 통증을 유발하는 근골격계질환을 얻은 이후 그러한 자부심을 잃어버린다. "고통의 즙이 잘 발린 수백 개의 바늘이 달린 프레스 기계가 팔과 다리를 꽉 눌러서 피부 끝까지, 끝의 끝까지 고통을 좌좍 스미게 하는 느낌"(264쪽)에 시달리면서부터 선숙은 "딱 무너질 것 같"(261쪽)은 느낌, "타이밍 좋게, 딱 알맞게 끝장이 날 것 같"(같은 쪽)은 순간을 고대하며 살아가는 사람처럼 보인다. 선숙이 유일하게 길게 이야기하는 대목은 바로 운주에게 자신을 위해 디스크 명의로 소문난 P병원에 대리 예약 전화를 걸어달라는 것과, 또다른 친구 간호조무사 영주의 이야기를 할 때뿐이다.

이처럼 운주와 선숙의 발화는 이야기를 통해 자신을 적극적으로 재구성하는 경수의 것과는 다르다. 운주는 목숨을 연명하기 위해 이야기를 지어내던 셰에라자드처럼 여성으로서 개인으로서 생존하기 위해 이야기해왔다. 당연하고 자연스러운 질서를 위해 누군가는 끊임없이 자기 자신을 설명해야 한다. 그리고 대체로 이러한 언어와 감정노동을 더욱 과도하게 수행해야만 하는 이들은 바로 여성들이다. 그 예시로 중학생 운주가 권력을 획득하게 해주었던 자극적인 이야기는 양날의 검으로 작용했다는 사실을 들 수 있겠다. "그런 이야기를 서슴없이 한다는 것은 운주 자신을 위험에 빠뜨리는 일이기도 했"(250쪽)던 건 이러한 발화의 행위가 "함부로 들어가도" 되게끔, "양념이 잘 배게 생선에 칼집을 내듯 자기 몸에 위험한 틈을 만드는 짓"(250~251쪽)이었기 때문이다. 여성과 남성의 말하기가 가지는 차이가 바로 여기에서 드러난다.

그러나 운주가 자기의 고통을 충분히 서사화할 수 있는 사람이며, 심지어 다른 사람의 고통을 전유할 수 있는 권력을 지닌 계급의 여성이라는 사실 역시 간과해서는 안 된다. 선숙은 반복되는 노동과 피로, 생계의 압박 때문에 운주와 달리 자신의 고통을 충분히 서사화할 능력 자체가 부족하다. 사회적으로 취약한 이들의 고통은 더 많은 상징 자본을 가진 존재 뒤에 가려질 수밖에 없다. 자신의 생존을 위해 선숙을 이용하는 운주의 모습은, 체제가 허용하는 범위 안에서만 회복과 일탈의 감각을 소비하고 복귀한다는 점에서 경수의 모습과 닮아 있기도 하다.

이처럼 타인을 서사의 재료이자 목격자로 손쉽게 치환해버리는 자기중심적 상상의 가장 큰 문제는 결국 타인의 고통을 보이지 않도록 지워버린다는 데 있다. 경수가 운주를 이상적인 피해자로 구성한 결과 실제 운주의 경험은 소설에서 전면화되지 못했다. 운주 역시 어린 시절 아직 겪지 않은 피해가 현실이 될지도 모른다는 공포 때문에 성적 폭력을 당하던 선숙을 외면한 적이 있다. 디스크 수술을 한 몸으로 부적절한 처우가 만연한 일터에서 "디스크 재수술을 향해 노동할 것"(262쪽)을 자명한 미래로 받아들이는 영주의 사연을 담담히 풀어놓는 동시에 자신과 겹쳐놓는 듯한 선숙의 태도는, 모든 종류의 상실과 상처 입은 타인의 신음 소리마저 외면하면서 열정과 욕망의 불씨를 삭인 채 천천히 죽어가고자 했던 운주 부부의 모습과 크게 다르지 않아 보인다.

하지만 선숙과 부부의 삶, 경수와 운주가 현재를 대하는 방식은 닮아 있으면서도 분명한 차이를 지닐 수밖에 없다. 젠더와 계급 등 다양한 맥락을 가지고 교차하는 이들은 그 취약성에 따라 사회구조적인 고통을 다르게 짊어지고 있기 때문이다. 이들은 모두 조용히 죽어가는 삶에 자발적으로 복종하면서 살아간다는 점에서 유사하지만, 그중에서도 누군가는 고통을 언어화할 수조차 없을 정도로 빈곤한 상상력을 가질 수밖에 없다.

그래서 소설에 두 차례 등장하는 마사지 장면이 특히 중요하다. 감정은 그 자체로 이미 만들어져 있는 속성이 아니라, 기호와 연결되어 작동함으로써 몸의 표면을 형성한다.[5] 표면은 깊이에 닿지 못한 실패의 흔적인 동시에 인물들이 서로를 만지고 감각할 수 있는 유일한 장소다. 몸의 표면을 어루만지는 마사지는 경수가 삽입하는 "성교" 대신 "안마는 할 수 있"(264쪽)다면서 운주에게 대안으로 제시한 행위였다. 그리고 소설의 마지막 장면에서 운주는 자신과 경수 그리고 선숙이 서로의 뭉친 몸을 마사지하는 꿈을 꾼

---

5) 사라 아메드, 『감정의 문화정치』, 시우 옮김, 오월의봄, 2023, 41쪽.

다. 계급과 젠더 등의 역사를 토대로 경계를 형성한 몸들이 잠깐의 회복에 불과한 친밀성을 즐기는 이 어루만짐은, 소진된 삶을 살아가는 인물들에게 "중년 스리섬의 새로운 형태"(267쪽)로 묘사된다. 이를 통해 상처를 서사화할 수 있는 중산층 여성의 몸, 사죄와 금욕을 통해 다시 강도를 되찾으려는 몸, 통증이 누적된 노동자의 몸은 모든 감정 노동과 물질 노동의 흔적을 벗어던지고 "일하지 않던 때로 돌아가는 몸"(267쪽)이 되어버린다. 백지화된 이 부드러운 몸의 기이한 감촉을 통해, 소설은 우리의 상상이 무엇을 놓치고 은폐하고 있는지를 묻고 있다.

김다솔
2023년 조선일보 신춘문예를 통해 평론을 발표하기 시작했다.

함윤이

우리의 적들이 산을 오를 때

:
:
:
:
:
:
:

함윤이
2022년 서울신문 신춘문예를 통해 작품활동을 시작했다. 소설집 『자개
장의 용도』, 장편소설 『정전』이 있다. 2023년 젊은작가상, 2024년 문지
문학상, 2025년 문학동네소설상, 이효석문학상 우수작품상, 2026년 이
상문학상 우수상을 수상했다.

우리의 적들이 산을 오를 때

신입 이름이 뭐였지. 그 질문은 몇 겹의 파티션과 책상을 건너 노아에게 왔다. 노아는 일어서 갈색이라고도 베이지색이라고도 할 수 없는 빛깔의 파티션 위로 얼굴을 내밀었다.

"이노아입니다."

과장이 졸린 개처럼 생긴 눈으로 그를 훑고서 말했다. "그래……" 뒤이어 박주사와 함께 어디를 좀 다녀오라고 했다. 노아는 고개를 끄덕이고 사무실 가장 안쪽을 보았다. 칸막이 너머에 둥그스름하게 웅크린 녹색 등이 있었다. 이제껏 한 번도 말 붙여 본 적 없는 등이었다.

"짐 챙겨요." 잠시 후 다가온 박녹원이 말했다. "거기서 퇴근합시다."

녹원의 차는 흰색 포터였다. 매끈한 방수포가 짐칸 전체를 꼼꼼하게 덮고 있었다. 조수석에는 겹겹의 옷가지와 손가방, 몇 해는 묵은 듯한 문서철이 쌓여 있었다. 녹원은 그것을 모조리 챙겨 뒷좌석에 밀어넣었다. 차에서는 흙과 송진 냄새가 났다.

주차장 옆 벤치에 앉은 노인들이 트럭을 타고 떠나는 두 사람을 지켜보았다. 노인들은 얇은 코트 혹은 우비만 걸친 채 매일 오후 면사무소로, 주차장으로, 가장자리의 벤치로 왔고 날이 저물 때까지 앉아 있었다. 그들이 무엇을 하러 오는지 노아는 잘 몰랐다. 시간을 때우러 오나보다, 막연히 추측했을 뿐이다. 그것은 이 소도시에 사는 사람들이 가장 자주 하는 일이었다. 느리고 꾸준하게, 표정 없는 얼굴로 시간을 흘려보내는 일.

면사무소는 소도시의 서쪽 끝에 있었다. 정문을 나와 동쪽으로 방향을 틀면 회색 강을 가로지르는 다리가 나타났다. 강을 건너면 국도였다. 길 양옆으로 창백한 노란색 논밭과 비닐하우스, 용도를 알 수 없는 조립식 건물들이 드문드문 이어졌다. 노아는 내비게이션 화면을 슬쩍 보았다. 천문대까지 약 반 시간이 걸린다고 나와 있었다.

면사무소를 떠난 후로 트럭 안은 내내 고요했다. 녹원은 음악도 라디오도 틀지 않았다. 음악이나 라디오를 듣는 모습이 상상되지 않는 사람이기는 했다. 노아는 실수로라도 그를 곁눈질하지 않기 위해 차창 쪽으로 몸을 틀었다.

"노아씨."

화들짝 놀란 노아가 고개를 돌렸다. 녹원의 옆얼굴이 바로 보였다. 진흙으로 빚은 양 뭉툭한 얼굴이었다. 꽤나 나이를 먹은 것 같다가도, 갓 성인이 된 듯 보이기도 했다.

"천문대에 대해 들은 적 있어요?"

노아는 그렇다고 대답했다. 실은 여러 번 들었다고. 면사무소의 자잘한 민원 속에서도 천문대 이야기는 유달리 도드라졌다. 사람들은 천문대에 사는 이들에 관해 여러 말을 늘어놓았다. 너무 시끄럽다, 쥐죽은듯 고요하다, 무슨 생각인지 모르겠다, 어떤 작당을 하는지 빤히 보인다…… 그들의 말에 따르면 천문대에 머무는 이들은 산 곳곳을 청소하고, 숲과 들을 돌아다니며, 둘러앉아 노래를 부르고, 폐건물 외벽을 칠하거나 본래 있던 철조망을 허물고, 등산객과 마주치면 미소 짓다가도 대뜸 소리를 지른다고 했다. 여기서 나가세요. 사유지입니다. 그들의 목소리를 흉내내는 민원인도 있었다. 잔뜩 내리깔거나 얼음이 갈라지듯 쨍하거나. 어느 쪽이든 듣기 싫은 목소리였다.

허공에 매달린 신호등이 노랗게 번쩍였다. 멈춰 선 트럭 안에서 노아가 외쳤다. "앗." 신호등이 매달린 기둥 뒤편에서 무언가를 발견한 탓이었다. 너른 밭 한가운데에 흑갈색 무리가 웅성이고 있었다. 노아가 큰 소리로 말했다.

"독수리예요."

"점심시간인가보네요." 녹원이 조수석 창밖을 바라보았다. "처음 보시나요?"

"저, 야생 독수리 자체를 처음 봐요."

노아가 차창을 살짝 내렸다. 희미한 우짖음과 분변 냄새가 섞여 들어왔다. 냄새는 또다른 민원을 떠올리게 했다. 도시 외곽의 식품 공장과 그 주변을 맴도는 독수리떼에 관한 민원이었다. 소도시의 사람이라면 누구나 새들의 냄새와 소리에 대해 할말이 있는 것 같았다.

독수리들은 매 겨울 몽골에서 삼천 킬로미터를 날아 이곳으로 왔다. 새들은 주기적으로 식품 공장을 찾았고, 이른새벽 떨어지는 소와 돼지의 부산물을 받아먹었다. 주말이면 카메라를 든 몇몇 시민단체가 스타렉스나 트럭에 또다른 동물의 사체를 이고 와 논밭에 뿌렸다. 공장 인근의 주민들은 독수리의 똥과 울음소리를 어떻게든 해달라 청해왔다. 반면 새들이 이곳을 떠나지 않게 해달라고 부탁하는 이들도 있었다. 독수리 밥을 주러 오는 이들 또는 탐조나 사진 촬영을 하러 오는 사람들이 가져다주는 관광 수익이 쏠쏠하다고 했다.

"정말 크네요, 세상에."

노아가 중얼거렸다. 인터넷에 올라온 강원도 독수리에 관한 농담을 몇 차례 본 적 있었다. 농담의 레퍼토리는 엇비슷했다. 길가에 털옷을 입은 어린아이 혹은 노인의 등이 보여 말을 걸었더니 날개를 펼치고 날아갔다는 것이었다. 실제로 보니 그 농담을 충분히 이해할 수 있었다. 새들은 놀랄 만큼 컸고, 묘하게 사람다운 면이 있었다. 둥글게 구부린 어깨나 축 늘어뜨린 목 등이 특히 그랬다.

신호가 바뀌고 트럭이 다시 출발했다. 노아는 방금 자신이 낸 목소리, 흥분에 겨운 그 음성이 부끄러워졌다. 입을 다물고 차창을 올리는 그에게 녹원이 또 말을 걸었다.

"실례가 될 수 있는 질문인데, 그래도 해야 할 것 같아요."

트럭이 굽잇길을 따라 큰 곡선을 그렸다. 녹원은 아까보다 더 뜸을 들였다. 말이 물위로 천천히 솟아올라 명확한 윤곽을 드러내기까지 기다리는 듯했다.

"노아씨의 이름에는…… 종교적인 의미가 있나요?"

"아, 네. 어머니가 개신교도세요."

녹원이 고개를 까닥거렸다. 다시 찾아온 적막 속에서 노아는 녹원의 다음 말이 무엇일지 가늠해보았다. 왼손으로는 오른 검지의 손톱을 서서히 뜯어냈다. 그의 이름을 옹호하는 쪽이든, 슬그머니 적대하는 쪽이든, 어느 쪽도 반갑지 않았다. 이름에 관한 질문은 늘 그를 초조하게 만들었다. 그러한 불안은 노아가 예전부터 개명을 원한 이유 중 하나였다.

하나 녹원이 꺼낸 말은 옹호와도 적대와도 가깝지 않았다. 대신 노아가 전혀 예상치 못한 질문이 날아왔다.

"천문대에 가서 사람들을 만나면, 그러니까 혹시 이름을 댈 일이 생기면, 가명을 말해줄 수 있나요? 그래도 괜찮겠어요?"

"네네, 문제는 없는데……"

"거기 사람들이 다른 종교에 예민할 수도 있어서요."

가드레일 너머로 천문대 방향을 가리키는 녹색 표지판이 보였다. 노아가 머리를 주억였다. 비로소 그간 민원인들의 목소리에 스며 있던 불안이 어디서 온 것인지 알 수 있었다.

트럭은 국도를 빠져나와 표지판이 놓인 곁길로 직진했다. 쉴 새 없이 구불거리던 길은 곧 산중 도로로 변했다. 오래도록 방치되었는지 곳곳에 난 포트홀이 눈에 띄었다.

십 분가량 비탈을 오르자 우거진 나뭇가지 틈새로 원통형 건물이 드러났다. 희고 길쭉하여 얼핏 등대처럼 보였다. 주차장 팻말을 지나갈 무렵에는 은박지 빛깔의 돔 지붕과 원통 옆에 딸린 직사각형 건물까지 볼 수 있었다.

녹원이 차를 세웠다. 주차장에서 건물로 이어지는 석조 계단에 또다른 표지판이 세워져 있었다. 한때는 천문대의 이름이 적혀 있었겠지만, 지금은 검은 페인트로 뒤덮인 채였다.

"노아씨, 이번이 첫 외근이지요?"

"네, 맞습니다."

차에서 내리자마자 바람이 목덜미를 파고들었다. 산 아래보다 배로 찬 공기에 머리카락이 송두리째 곤두섰다. 노아는 뒤를 돌아보았다. 천문대 너머로 펼쳐진 산면에 서슬 퍼런 백색이 군데군데 맺혀 있었다. 어머니의 목소리가 귓가를 맴돌았다. 강원도는 10월부터 눈이 왔지. 기억나? 그런 데서 평생을 살 수 있겠니? 너는 추위도 많이 타잖아. 녹원이 트럭 짐칸을 덮은 방수포를 한 차례 더 고정하며 말했다.

"오늘은 그냥 일 배우는 시간이라고 생각하세요. 제가 하는 걸 지켜보시면 돼요. 누가 말 걸어도 길게는 이야기하지 마시고요."

노아가 코를 훌쩍이며 답했다. "그러겠습니다." 녹원이 뒷좌석에서 꺼낸 목도리를 건넸다. 노아는 몇 차례 거절하다가 목도리

292

를 받아들었다. 천에서도 흙과 송진 냄새가 났다.

녹원이 먼저 계단을 올랐다. 노아가 바짝 뒤따라갔다. 건물이 가까워지자 통유리창 앞에 선 몇 개의 인영人影이 보였다. 일렬로 나란히 선 그림자들은 분명 두 사람을 응시하고 있었다. 이윽고 그중 하나가 움직였고, 정문이 열렸다. 검은 털옷을 입은 여자가 문간에 서 있었다. 체구는 작달막했으며 까맣고 기름진 머리채가 거의 허리에 닿았다.

"박녹원 선생님."

목소리는 두 채의 건물과 계단 그리고 산을 꿰뚫을 듯 날아 그들 앞에 꽂혔다. 소리친 여자가 잔걸음으로 달려왔다. 메아리가 잦아들 즈음, 여자는 그들 바로 앞에 섰다. 그가 녹원의 두 손을 덥석 잡았다. 면사무소에서는 물론이고 다른 어디서도 녹원을 그토록 스스럼없이 대하는 사람은 본 적 없었다. 여자는 녹원의 손을 아래위로 흔들며 말했다.

"얼마 만이에요. 반갑다. 오는 길이 얼진 않았어요? 요새 기온이 훅 내려갔거든요. 춥죠? 안으로 들어오세요. 차라도 드릴게요."

말을 마친 여자가 몸을 돌려 노아를 마주했다. 그는 노아가 한 발짝 물러선 거리를 순식간에 좁힌 다음 물었다.

"이쪽은 처음 뵙네요. 신입이신가요? 이름이 어떻게 되세요?"

여자가 손을 내밀었다. 얼떨결에 악수가 이루어졌다. 노아는 더듬대지 않으려 애쓰며 말했다.

"반갑습니다. 지난달에 새로 들어왔어요. 정선화입니다."

그것은 어머니의 이름이었다. 어쩌다가 그 이름부터 떠올렸는지 스스로도 알 수 없었으나, 적절한 대처 같기는 했다. 어머니의 이름은 구세대적이긴 해도 무던했다. 신분을 숨기기에도 좋았고 귀에 익은 만큼 입에도 잘 붙었다. 그러므로 여자의 뒤에 선 녹원과 눈이 마주쳤을 때 노아는 흠칫 놀라고 말았다. 부릅뜬 녹원의 눈에 들어선 감정이 무엇인지 이해할 수 없었다. 그와 악수하는 여자가 입을 벌리고 크게 숨을 내쉬는 이유 역시 알지 못했다. 다만 노아 자신이 무언가를 잘못 쓰러뜨렸다는, 혹은 엎질렀다는 사실 정도는 알 수 있었다. 목덜미가 다시 서늘해졌다.

"너무 신기하다." 마침내 여자가 말했다. "기막힌 우연이네요. 내 이름도 선화거든요."

선화는 두 여자를 양옆에 둔 채, 정확히 말하면 노아와 녹원의 양팔에 제 팔을 끼워넣은 채로 계단을 올랐다. 천문대의 유리문이 자동으로 열렸다. 실내의 훈기가 그들 사이를 파고들었다. 그 안에 세제와 락스 냄새가 섞여 있었다.

로비는 등받이 없는 벤치가 놓인 왼편과 한때 접수대였을 높직한 책상이 자리한 오른편으로 나뉘었다. 책상 뒤쪽에는 위층으로 향하는 새하얀 계단이 보였다. 벤치에는 작업복 차림의 여러 사람이 앉아 있었다. 방금까지 통창 너머로 방문자들을 보던 이들이었다. 부연 백발에 눈꺼풀이 내려앉은 여자부터 막 고등학교를 졸업한 듯 보이는 남자애까지, 도무지 교집합이 없을 법한 예닐곱 명이었다. 전부 허리를 꼿꼿이 세운데다 눈썹이나 입꼬리 또한 어디로도 치우치지 않은 듯 팽팽해서 마네킹 같은 인상을 주었다. 그들 옆으로 걸레가 차곡차곡 쌓인 붉은 대야와 벽에 기댄 대걸레, 통돌이 청소기 등이 놓여 있었다. 선화가 말했다.

"정신이 좀 없죠. 월요일이 대청소 날이어서요."

선화는 두 사람을 계단과 책상 사이의 조그만 방으로 데려갔다. 본래 직원 휴게실로 쓰던 공간이라고 했다. 거의 텅 빈 벽장 한가운데에 찻잎과 커피 가루들이 든 상자가 있었다. 선화는 싱크대 아래에서 전기포트를 꺼내고 물을 끓이는 내내 말을 멈추지 않았다.

"시내 간 김에 종류별로 사다 놨어요. 다행이지 뭐예요. 카페인 있는 것과 없는 것 중 뭐가 좋으세요? 아무거나 괜찮으시면 제가 즐겨 마시는 것으로 드릴게요…… 이게 특히 향이 좋아요."

노아는 찻잔을 건네는 선화의 얼굴을 슬며시 살폈다. 녹원과 마찬가지로 나이를 가늠하기 어려운 얼굴이었다. 눈가나 입 주변에 내려앉은 주름은 퍽 깊었으나, 뺨과 입술이 십대인 양 발그스름했다. 시종일관 밝은 표정은 갓 대학에 입학한 스무 살처럼도 보였다.

차는 적당하게 따뜻했고 진한 풀냄새를 풍겼다. 노아는 찻잔을 기울이며 앞쪽을 흘끔거렸다. 맞은편 벽장에 몸을 기댄 녹원이 차를 홀짝였다. 트럭에서는 가명을 쓰라거나 길게 이야기하지 말라는 둥 바짝 경계할 법한 말들을 늘어놓더니, 막상 천문대에 들어온 녹원은 몹시 편안해 보였다. 면사무소에서보다 더 자연스레 행동하는 것 같기도 했다.

선화가 그들을 도로 로비에 데리고 나갈 때까지 녹원은 아무 말도 하지 않았다. 선화가 벤치에 앉은 이들에게 무언가 이야기하는 순간에야 노아 옆으로 다가와 섰고, 빠르게 속삭였다.

"너무 오래 눈 마주치지 마세요."

목적어와 주어 모두 분명치 않은 지시였다. 누구와 눈을 마주치지 말라는 건지, 어느 정도 바라보아야 오래 눈을 마주친 것인지, 무엇 하나 명확한 게 없었다. 되물을 틈 또한 없었다. 선화가 두 사람 쪽으로 돌아선 탓이었다. 그는 벤치를 가리키며 머릿수건을 쓰거나 앞치마를 두른 여자와 남자, 노인과 아이, 누구랄 것 없이 등을 반듯이 펴고 입술이 경직된 이들을 한 명씩 소개했다. 선화가 말하는 내내 노아는 바닥에 눈길을 둔 채 고개만 끄덕였다.

"박녹원 선생님은 지난번에도 만나셨지요?"

벤치에 앉은 이들이 그렇다고 대답하자, 선화가 양손으로 노아를 가리켰다. 그가 빙긋 웃었다.

"이분…… 이분은 정선화 선생님이세요. 저와 완전히 같은 이름이지요? 깜짝 놀랐어요."

로비의 모든 시선이 노아에게 모였다. 온몸으로 느낄 수 있었다. 이번에는 녹원의 말을 의식적으로 따르려 할 필요도 없었다. 눈을 마주치기는커녕, 표정을 헝클어뜨리지 않는 데만도 갖은 노력을 들여야 했다.

녹원이 그의 옆으로 한 발짝 더 다가왔다. 면사무소에서는 낯설고 어색하던 존재가 이곳에서는 보호자처럼 느껴졌다. 그의 소매나 팔을 붙잡지 않으려 애써야 할 정도였다.

"선화씨." 녹원이 말했다.

"저흰 오늘 민원 때문에 왔습니다. 면사무소에 관련 민원이 계속 들어와서요."

"네에, 말씀하세요."

선화의 목소리는 정말로 듣기 좋았다. 뒤따른 녹원의 음성이 안쓰러울 정도였다. 녹원은 갈라지고 새된 목소리로 민원을 전달했다. 서로 모순되는 내용들은 적당히 쳐내고, 말투는 점잖게 다듬은 전달이었다. 민원인들은 천문대의 무리가 지난 몇 주간 유난히 시끄럽게 굴었고, 불을 피우는 듯 탄내를 풍기거나 번쩍이는 빛을 하늘에 쐈으며, 이른새벽 산나물을 캐러 온 주민들 앞에 낫이나 제초기를 든 채로 나타나 마주한 이들의 마음을 덜컥 내려앉게 만들었다고 했다. 민원인 일부는 천문대에 머무는 이들의 목적이 대체 무엇인지 알려달라고 호소해왔다……

말을 마친 녹원이 차를 한 모금 더 마셨다. 홀짝이는 소리가 로비 전체를 울렸다. 천문대의 사람들은 아무런 말도 표정의 변화도 없이 그들을 보고 있었다. 노아는 한번 더 눈을 내리깔았다.

자기들끼리 논의할 시간이 필요하다는 선화의 말에 따라 두 사람은 다시 휴게실로 물러났다. 벽 너머에서 소곤거리는 말소리가 들려왔다. 노아는 몇 번이나 녹원을 쳐다보았다. 그가 이 상황에 관해 조금 더 분명한 말을 해주지 않을까 기대했으나, 녹원은 입을 열지 않았다. 그는 희미한 김이 피어오르는 컵을 든 채 싱크대 위의 작은 창만 보고 있었다.

선화는 금방 돌아왔다. 위층에서 잠시 이야기하자고 했다. 녹원이 먼저 일어섰다. 노아는 그 뒤를 따라가다 방금까지 녹원이보던 창밖을 흘긋거렸다. 싱크대 바로 앞에 서자 숲 아래의 주차장까지 내려다볼 수 있었다. 그 한가운데에 파란 방수포를 덮어둔 녹원의 트럭이 서 있었다. 한 사람이 차를 향해 다가가는 중이었다.

그는 흰 스웨터에 야구 점퍼를 걸쳤으며, 머릿수건을 쓰고 있었다. 아까 로비에서 본 차림새였다. 여드름 흉터가 가득한 옆얼굴도 낯익었다. 트럭 앞에 선 소년이 침을 뱉었다. 오른손에 길쭉하고 구부러진 무엇인가가 들려 있었다. 낫처럼 보였다.

"선화 선생님!"

노아가 깜짝 놀라 돌아섰다. 제 이름과 똑같은 이름을 부른 선화가 웃는 얼굴로 말을 걸었다. "이쪽으로 오세요." 그가 로비 끝에 난 계단을 가리켰다. 다시 창밖을 보니 소년은 이미 사라지고 없었다.

층계를 따라 이어지는 벽에는 푸르스름하게 바랜 사진들이 붙어 있었다. 주로 하늘을 찍은 사진이었다. 12월에 관측된 카펠라의 역동적인 빛, 희거나 푸르게 빛나는 플레이아데스성단, 달의 크레이터와 목성의 줄무늬…… 사진 아래 적힌 설명과 날짜는 모두 십여 년 전의 것이었다. 지금 이곳에 사는 이들이 천문대와 그 부지를 사들인 것은 한 해 전의 일이라고 들었다. 그 일 년 사이 산의 분위기가 몹시 흉흉해졌다는 민원인의 말이 떠올랐다.

"우리 때문에 흉흉해졌다는 이야기는 좀 납득이 안 가요."

나선형으로 이어지는 계단을 오르며 선화가 말했다.

"녹원 선생님도 아시겠지만, 우리가 한 건 자원봉사나 다름없는 일뿐인걸요. 기억나시죠? 요 주위 잡초를 솎아내거나, 산처럼 쌓인 쓰레기들 좀 치우고, 옛날에 설치한 야생동물용 덫도 대신 없애주고…… 뭐 그런 것들. 아시잖아요? 좋은 이웃이 할 만한 일이요. 그런 일 때문에 여기가 흉흉해졌다고 얘기하면 저희는 할말이 없어요."

그가 계단 끝에 나타난 쇠문을 힘껏 밀었다. 경첩이 긁히는 소리와 함께 문이 열렸다. 희고 깨끗한 빛이 그들의 머리부터 발끝까지 적셨다.

빛 속으로 발을 디딘 순간, 노아는 문득 자신이 한 번도 천문대에 와본 적이 없다는 사실을 깨달았다. 그가 본 천문대는 사진이나 영상 속에 나온 이미지뿐이었다. 실제 관측대 내부는 상상보다 좁았으며 기대보다 훨씬 밝았다. 돔 지붕과 맞닿은 길쭉한 유리창에서 쏟아진 빛이 홀과 세 사람 그리고 중앙에 놓인 큼직한 망원경을 비췄다. 햇빛에 잠긴 몸체가 하얗게 반들거렸다. 주위를 둘러싼 또다른 망원경들은 은색 천으로 덮여 있어 인형극에 등장하는 유령처럼 보였다.

선화가 망원경 사이를 누비며 앞으로 나아갔다. 그는 따라오는 두 사람을 향해 이런저런 설명을 늘어놓았다. 정원의 수목들이라도 소개하는 것 같은 태도였다. 이것은 반사굴절망원경, 저기 있는 것은 굴절망원경, 저것으론 주로 목성을 보고 이것으로는 성단을 관찰하며…… 녹원이 그의 말을 잘랐다.

"아까 다른 분들과 이야기 나누셨다고 했는데, 결론은 어떻게 났나요?"

"아, 그러니까……"

선화가 멈춰 섰다. 중앙의 망원경 바로 앞이었다. 그가 녹원과 노아를 번갈아 보았다. 마지막 시선은 노아에게 오래 머무른 다음 허공으로 옮겨갔다. 선화의 눈길이 떠나갔다는 그 사실이 대체 왜 아쉬운지, 노아 스스로도 이해할 수 없었다.

"우리는 이 주 뒤에 떠나요." 선화가 말했다. "이 주 동안 저희도 더 조심할게요. 그렇지만 기도회나 대청소, 주변 순찰 같은 건 어쩔 수 없어요. 그런 걸 하려고 여기 온 거니까요. 혹 또 민원이 들어온다면 보름 내로 다 정리될 거라고 말해주세요."

"왜 이 주 뒤죠?"

녹원이 묻자 선화가 웃었다.

"원래 그때까지 머물려고 했어요. 저희도 먹고살아야죠. 어떻게 여기에만 계속 있겠어요?"

녹원이 고개를 끄덕였다. 그 이상의 문답은 없었다. 녹원은 먼저 관측실을 빠져나갔다. 노아가 그 뒤를 따랐다. 빠르게 걸었음에도 선화는 금세 그를 따라잡았다. 빙판 위를 미끄러지듯 날랜 움직임이었다. 노아의 팔을 붙든 선화가 말했다.

"선화 선생님."

"네."

"제 이름으로 계속 남을 부르려니 기분이 이상해요."

선화가 또다시 웃었다. 노아는 대답하지 않았다. 선화의 양손이 노아의 팔을 위아래로 쓰다듬었다. 부드러운 말씨나 걸음걸이와 달리 손아귀 힘은 억셌다. 선화가 얼굴을 바싹 붙여오며 속닥거렸다.

"선화 선생님, 이 주 뒤에 저희는 떠나요. 12일 다음날이요. 그러니까 12일 밤에 한번 오세요. 큰 행사를 열 계획이거든요. 즐거울 테고, 아주 아름다울 거예요. 어디서도 보기 힘든 행사예요. 그러니 꼭 와주세요, 네?"

바깥으로 향하는 문은 활짝 열려 있었다. 먼저 나간 녹원이 도어스토퍼로 고정해둔 것이었다. 말을 마친 선화가 팔을 놓아주었고, 노아는 서둘러 방을 나섰다. 계단 아래에서 그들을 올려다보는 녹원이 보였다. "오시면 제가 잘 대접할게요." 뒤따라 나온 선화가 한차례 더 속삭이고서 계단을 내려갔다. 노아는 그 자리에 서 있었다. 산속 주차장에 처음 섰을 때처럼 몸이 떨렸다.

주차장으로 돌아갔을 때 하늘은 이미 어둑했다. 불그스름한 구름떼가 숲의 정수리를 덮고 있었다. 그 아래 트럭이 서 있었다. 앞바퀴와 뒷바퀴가 하나씩 찢긴 채였다. 칼로 여러 번 벤 듯 너덜너덜한 모양이 눈에 띄었다. 선화가 다가가 타이어를 살폈다. 긴 머리를 높이 틀어 묶은 뒤 타이어 앞에 앉아 손끝으로 칼자국들을 매만졌다. 곧 그가 녹원에게 몸을 돌렸다.

"선생님, 큰일이네요. 이게 무슨 일일까요. 짐승 짓인지, 아니면 미친 사람 짓인지……"

노아가 한 발짝 앞으로 나섰다. 아까 휴게실 창 너머로 본 소년에 관해 말할 생각이었다. 그의 흰 스웨터와 둥그스름한 뒤통수, 손에 쥔 낫까지 똑똑히 보았다고. 그러나 녹원의 손이 그의 앞을 가로막았다. 멈춰 선 노아가 머뭇대는 사이 녹원은 트럭 짐칸으로 향했다. 팽팽하게 펼쳐진 방수포를 빼내어 둘둘 말기 시작했다. 곧 짐칸 한쪽에 쌓인 스페어타이어들이 드러났다.

녹원이 타이어를 교체하는 내내, 주차장은 이상하리만치 고요했다. 바람에 가지가 맞부딪히거나 새가 우는 소리조차 들리지 않았다. 어느새 로비에서 본 이들 모두가 주위에 서 있었다. 트럭을 반원형으로 둘러싼 모양이었다. 노아는 금세 흰 스웨터를 입은 소년을 찾아냈다. 그는 주머니에 양손을 꽂은 채 타이어를 가는 녹원을 지켜보고 있었다. 아무런 표정 없는 얼굴이었다.

반면 선화는 웃음을 꾹 참는 듯 보였다. 그는 차 옆에 쭈그려 앉아 타이어를 갈아끼우는 녹원을 바라보았다. 검은 털 코트가 반쯤 언 땅에 끌려도 개의치 않았다. 마침내 녹원이 일어서자, 선화는 그를 끌어안을 양 바투 다가섰다.

"박녹원 선생님."

"네."

"여길 떠나면 종종 생각날 것 같아요. 보고 싶을 거예요."

녹원이 선화를 내려다보았다. 몇 번의 호흡이 지나간 뒤에 그가 말했다.

"저도요."

그들이 트럭을 타고 주차장을 떠나는 내내 선화는 줄곧 손을 흔들었다. 그 뒤에 선 사람들 역시 자리를 지켰다. 새떼처럼 무리를 이룬 채, 그들을 기억에 깊이 새기려는 듯 눈길을 거두지 않았다.

이 주는 순식간에 지났다. 그사이 노아는 갖가지 민원과 서류 그리고 몇 개의 질문과 맞닥뜨렸다. 주로 박녹원과 다녀온 출장에 관한 물음이었다.

녹원은 발령받은 지 몇 해가 지났음에도, 동료 직원들과 일상적인 대화를 거의 나누지 않았다. 업무와 관련된 대화조차 대개 짧게 끝났다. 함께 출장을 다녀온 이튿날, 녹원과 노아가 나란히 앉아 밥을 먹는 모습을 본 몇 사람은 대놓고 기함했으며 이후에 슬며시 다가와 물었다. 박녹원 주사 어때? 같이 일하기 불편하지 않았어?

노아는 늘 비슷하게 답했다. 아니요. 친절하셨어요. 일도 잘 가르쳐주시고요.

거짓말은 아니었다. 천문대에 있는 내내 녹원은 미온적으로나마 노아의 보호자가 되어주었고, 노아는 소맷자락을 붙든 기분으로 그를 따라다녔다. 다만 산에서 내려올 때 녹원이 건넨 말에는 분명히 석연찮은 구석이 있었다. 노아는 그 대화에 관해서만은 누구에게도 말하지 않았다.

그날 녹원은 물었다.

갈 거예요?

네?

아까 선화씨가 얘기한 거 들었어요. 12일에 오라고 했잖아요.

주사님, 청력이 좋으시네요.

녹원은 웃음기 하나 없는 얼굴로 운전대를 틀었다. 산길이 끝나고 빛과 소음이 어룽진 도로가 나타날 무렵 한마디 더 덧붙였다. 가고 싶으면 도와줄게요. 노아가 물끄러미 그를 보았다. 녹원이 말했다.

나는 천문대 사람들과 아무 관련 없어요. 그랬다면 내 타이어를 망가뜨리지 않았겠죠. 그냥 의견을 묻는 거예요. 가고 싶어요?

그는 노아를 집 앞까지 태워다주었다. 노아의 집은 면사무소에서 도보 십오 분 거리에 있는 신축 빌라였다. 원룸과 투룸으로만 이뤄진 건물로 아직 절반가량이 공실이었다. 이삿짐 트럭을 타고 함께 빌라까지 왔던 어머니는 도배용 풀 냄새가 나는 방을 둘러보며 말했다. 정말 여기서 살 거니? 노아는 그날도 오랫동안 입을 다물고 있었다. 그러나 이삿날에도, 녹원과 나란히 앉은 그 순간에도, 대답은 분명히 노아에게 있었다. 귀와 눈 속 그리고 혀끝에 또렷하게 매달려 있었다.

네, 저는 가고 싶어요. 주사님, 궁금해요.

차에서 내리기 직전 노아는 말했다. 녹원이 그의 얼굴을 응시했다. 아주 잠시, 눈치채기 어려울 만큼의 찰나였으나 미소를 지은 것 같기도 했다.

그래요, 그럼. 곧 연락할게요. 주말 잘 보내요.

그러나 주말이 끝날 때까지 연락은 오지 않았다. 그 다음주도 마찬가지였다. 같이 점심을 먹으며 그날 일에 관한 말을 꺼내려다 관두길 두어 차례쯤 했을 때, 녹원이 연락처를 하나 건넸다. 근 방 파출소에서 일하는 경장의 번호였다. "이분은 누구세요?" 노아가 묻자 녹원은 이렇게만 말했다.

"모레 만나요. 나도 같이 갈 거예요."

대관절 어디에 같이 간다는 것이며 경찰의 번호는 왜 필요한 지, 이번에도 녹원은 무엇 하나 제대로 말해주지 않았다. 저녁에 집 앞으로 데리러 갈 테니 옷을 단단히 챙겨 입으라는 말만 덧붙일 뿐이었다. 노아도 더 묻지 않았다. 아무렇게나 휩쓸리는 쪽이 더 나을지도 모르겠다는 생각이 들었다.

일요일 저녁, 노아는 창밖의 경광등 불빛에 잠을 깼다. 직전까 지는 꿈을 꾸고 있었다. 새들이 나오는 꿈이었다. 천문대와 국도, 면사무소와 빌라가 한데 뒤섞여 눈앞에 펼쳐졌다. 새들은 뒤엉킨 도심 위를 날아갔다. 겨울 이불을 터는 듯 요란한 날갯짓소리가 땅까지 선명하게 들렸다. 소리는 점차 귓전을 때릴 듯 가까워졌다.

붉고 푸른 불빛에 눈을 떴을 때는 사위가 고요했다. 휴대폰을 보니 부재중전화 세 통이 찍혀 있었다. 녹원으로부터 온 것이었다. 부랴부랴 점퍼와 목도리를 챙겨 계단을 내려갔다. 녹원은 공동 현관 앞에 서 있었다. 그 뒤로 순찰차가 보였다.

"잤어요?"

"죄송해요. 언제 오시는지 몰라서……"

"뒤에 타세요."

뒷좌석에는 한 남자가 앉아 있었다. 노아와 비슷한 나이로 보였다. 두툼한 연회색 점퍼 어깨에 새겨진 완장이 도드라졌다. 노란 참수리와 저울, 무궁화가 첩첩이 쌓인 모양이었다.

남자가 손을 내밀며 말했다.

"조남욱 경장입니다."

운전석에 앉은 경찰관은 좀더 연배가 지긋한 남자였다. 녹원이 조수석에 올라탔다. 노아가 남욱과 악수하는 사이 차가 출발했다.

순찰차가 천문대로 향하는 동안 남욱은 오늘 밤 그들이 무엇을 할지 설명해주었다. 실상 노아와 녹원이 할 일은 거의 없었다. 여러 번 천문대에 가본 녹원이 그곳 구조나 지리를 안내해줄 예정이었고, 참고인 조사가 필요하면 두 사람에게 몇 차례 협조를 요청할 수 있다고 했다. 노아가 물었다.

"무슨 참고인이요?"

"박녹원 주사님 말씀으로는…… 그 사람들이 오늘 연다는 행사가 불법일 가능성이 커 보여서요."

노아가 정면을 보았다. 조수석 등받이 위로 툭 튀어나온 뒤통수가 고요했다. 차창 밖 또한 저번보다 한층 적막했다. 지난 이 주간 간간이 내린 눈이 나뭇가지와 뿌리 위에 거미줄처럼 쌓여 있었다. 순찰차는 산중 도로를 덜커덩거리며 나아갔다. 천문대를 지나쳐 긴 오르막을 따라 올랐고, 도로가 평평해지는 구간에 멈춰 섰다. 산면에 맞닿은 갓길이었다. "노아씨." 녹원이 뒤돌며 말했다.

"저는 경사님이랑 먼저 천문대 주변 상황을 좀 볼 거예요. 노아씨는 경장님이랑 같이 오시면 됩니다."

녹원과 운전석의 경찰관이 먼저 차에서 내렸다. 그들은 불 꺼진 순찰차를 뒤로한 채 방금 지나온 도로를 거슬러 내려갔다. 노아는 멍하니 그들의 등을 바라보았다. 여전히 꿈속에 있는 느낌이었다. 옆자리에서 남욱이 물었다.

"저희도 갈까요?"

차문을 잠근 남욱이 손전등을 켜 앞을 비췄다. 녹원 일행이 걸어간 쪽과 반대 방향이었다. 한밤중의 산은 보름 전보다 훨씬 더 춥고 어두웠다. 손전등 빛조차 얼어붙을 듯했다. 그들은 웅크린 몸으로 산을 올랐다.

차에서 내린 후 남욱은 쭉 입을 다물고 있었다. 상황 설명을 끝내니 별달리 할말이 없는 듯했다. 노아 역시 아무것도 묻지 않았다. 질문할 것이야 차고 넘쳤지만, 입 밖으로 꺼낼 자신은 없었다. 그러다 도리어 질문을 받게 될까 두려웠다. 가령…… 어째서 이 한밤중에 산을 오르느냐 같은 질문. 이유는 기실 한 가지밖에 없었다. 그것은 보름 전 자신의 팔을 쥐고 눈을 빛내던, 그의 어머니와 똑같은 이름의 여자가 건넨 한마디였다.

즐거울 테고, 아주 아름다울 거예요.

언 도로를 오르는 발가락이 끊어질 듯 아렸다. 바람과 맞닥뜨린 뺨과 이마의 감각이 둔해졌다. 그럼에도 선화의 말을 곱씹는 일을 멈출 수 없었다. 그 말에는 어머니의 이야기를 연상시키는 구석이 있었다. 어머니는 노아가 이름을 바꾸고 싶다고 말할 때마다 불현듯 부드러운 미소를 띠며 노아의 양손을 쓰다듬곤 했다. 그러면서 몇 번이나 한 이야기를 다시 꺼냈다. 네 이름은 더 낫고 아름다운 세상으로 모두를 인도하는 이름인걸. 그 새로운 세상에선 모두가 배부르고, 즐겁고, 따뜻할 테고……

"다 왔습니다."

갑자기 멈춘 발이 순식간에 미끄러졌다. 남욱이 손을 뻗었다. 노아는 그의 손을 붙든 채로 고꾸라졌다. 언 땅에 무릎을 부딪힌 통증보다 수치심이 먼저 왔다. 붉어진 얼굴의 노아를 일으켜세운 남욱이 눈썹을 찌푸렸다. 가로등 하나 없는 도로였으나, 달빛이 환해 표정이 그대로 보였다.

"힘든데 억지로 오신 건 아니지요? 주사님이 시키셨다거나……"

"아니에요. 전혀 아니에요."

노아가 무릎과 손바닥에 달라붙은 서리를 털어냈다. 고개를 들자 가드레일 뒤로 완만하게 이어진 산비탈과 그 끝자락에 선 천문대가 훤히 내려다보였다. 그제야 지금 자신들이 어디까지 온 건지 알 수 있었다. 그들은 천문대보다 조금 더 높은 해발고도의 도로변에 서 있었다. 노아가 코를 훔치며 말했다.

"저도 오고 싶어서 온 거예요. 확인을 좀 하고 싶어서요. 무슨 일이 벌어지는지……"

그는 말을 멈추고 가드레일에 몸을 붙였다. 지난번 갔던 관측대의 돔이 열려 있었다. 절반이 훌쩍 넘게 열린 지붕 아래에 한데 모인 사람들이 보였다. 자세히 보이지는 않았으나, 돔 안에서 한창 움직임이 벌어지고 있음은 확실했다. 남욱이 말했다.

"저기 있네요."

"네."

"직접 만나셨다면서요. 어떤 사람들이었어요?"

"어떤 사람들이라뇨?"

"저는 한 번도 못 만났거든요. 소문만 들었지."

반쯤 드러난 관측대에서 웅성대는 소리와 몸짓이 이어졌다. 저 안에 긴 털옷을 입은 선화와 머릿수건을 썼던 로비의 사람들 그리고 낫을 든 채 트럭으로 슬금슬금 다가가던 소년이 있을 터였다. 그들이 어떠했던가? 면사무소 사람들도 그 질문을 했다. 녹원이 어땠느냐 물을 때와 비슷한 투로, 천문대 인간들은 어때, 하고 물어왔다. 그때마다 노아는 웃음으로 얼버무렸다. 사람들이 떠나면 홀로 남아 생각했다.

그들은…… 흥미로웠다.

그들은 확신에 차 보였다.

그런 확신은 쉬이 보기 힘든 것이었다. 밤마다 기도하던 어머니도 그러한 굳건함은 보여준 적 없었다. 지난 이 주 내내 노아는 그들의 견고한 태도가 어디서 비롯되었는지 골똘히 생각했다.

"그냥…… 열심히 사는 사람들 같았어요."

남욱이 싱겁다는 듯 웃었다. 노아가 마주 웃으려는 순간, 천문대에서 무슨 일인가가 벌어졌다. 그들은 동시에 고개를 돌렸다. 노랗고 밝은 빛이 먼저 눈에 띄었다. 빛은 점차 몸피를 불려 그들이 선 도로변까지 번졌다. 남욱이 망원경을 꺼내들었다. 노아는 가드레일을 붙들고 그 너머로 몸을 기울였다. 돔 안쪽에서 이글

거리는 불꽃이 보였다. 관측대에서 피어오른 불꽃은 날름거리며 자라나더니, 곧 빠르게 부풀기 시작했다.

남욱이 무전을 주고받는 사이 노아는 휴대폰을 들고 도로 곳곳을 돌아다녔다. 마침내 주파수가 잡히자 녹원의 문자가 날아들었다. 움직이지 말고 그 자리에서 기다리라는 내용이었다. 전화를 걸었으나 아무 응답도 없었다. 노아는 손끝에 입김을 불어넣은 뒤 문자를 두드렸다.

무슨 일이 일어나는 건가요?

답장은 오지 않았다. 대신에 대답이 왔다.

첫번째 대답은 천문대에서 산 쪽으로 부는 바람에 실려 있었다. 냄새였다. 비린내와 탄내, 종내에는 상한 고기를 태우는 듯 시큼한 냄새가 섞였다. 냄새는 점차 짙고 풍성해졌다. 불꽃의 형체 또한 뚜렷해지고 있었다. 쥐색 연기가 불길을 타고 날아오르고, 노랗거나 파란 불똥이 돔 바깥으로 점점이 튀었다. 이윽고 두번째 대답이 노아의 이마에 떨어졌다.

노아가 고개를 들었다. 방금 이마를 스친 것이 하나 더 떨어졌다. 뺨에 부딪힌 걸 얼른 붙잡아 살폈다. 깃털이었다. 길쭉하고 끄트머리가 뾰족했다. 휴대폰 플래시를 켜자 짙은 고동색이 드러났다. 노아는 깃털을 눈앞까지 들어올렸다.

새들은 그들의 머리 위에 있었다. 북극성을 등진 채 비행중이었다. 활짝 편 날개는 성단을 단번에 가릴 만큼 길고 큼직했다. 노아는 목을 힘껏 젖히고 새들의 움직임을 좇았다. 그 날개들을 처음 본 순간이 떠올랐다. 추수가 끝난 밭 위에 검은 옷을 입은 수도 승 무리처럼 앉아 있던 모양, 노인이나 아이로 착각하기 쉽다던 구부정한 뒷모습, 색이 짙고 부숭부숭한 몸. 그들은 한결 기운찬 모습으로 천문대에 날아들었고, 관측대 주위를 빙글빙글 돌기 시작했다. 커다란 날개들 사이로 불꽃과 연기 그리고 냄새가 피어올랐다.

독수리의 울음소리는 예상보다 가늘고 날카로웠다. 돔 안쪽에서 울리는 노래는 그보다 낮은 음이었지만 노아가 선 도로에까지 와닿았다. 처음에는 웅얼거리는 소리만 들렸으나 곧 가사가 또렷이 전해졌다.

우리의 적들이 산을 오를 때,
우리의 적들이 산을 오를 때……

노아가 다시 휴대폰을 꺼냈다. 카메라를 켜고 확대하자 돔 안의 사람들이 보였다. 춤추고 있었다. 엎드린 채 양손을 들어올린 사람들도 보였다. 불속에 고깃덩어리를 더 깊숙이 밀어넣는 이도 있었다. 화면을 확대할수록 모든 것이 몹시 빠르게 움직였다. 불빛의 갖가지 색깔과 춤추는 몸, 고깃덩어리가 얽히고설켰다. 드디어 화면에 검은 털옷을 입은 여자가 들어선 순간, 노아는 손에 힘을 꽉 주었다.

화면 속 선화가 불 앞에 서서 하늘을 올려다보았다. 사방으로 튀는 불티 속에서도 아무런 미동이 없었다. 그는 천문대로, 불꽃

주위로, 화염에 채 던지지 않은 고깃덩이와 그 곁의 사람들 위로 날아드는 새들에게만 온 심혈을 기울이고 있었다.

휴대폰 카메라는 선화의 표정까지 잡아내지 못했다. 화면에 담기는 것은 옆모습의 윤곽뿐이었다. 몇 번의 망설임 끝에 녹화 버튼을 누르려는 순간, 옆모습이 서서히 돌아섰다. 검은 얼굴이 도로 쪽을 향했다. 저화질의 지글거리는 얼굴은 분명히 노아를 보고 있었다. 노랫소리는 계속하여 같은 구절을 되풀이했다.

우리의 적들이 산을 오를 때……

노아는 도로변에 쭈그려앉았다. 양손에 가둔 카메라 화면 속, 새까맣게 들끓는 얼굴을 들여다보았다. 두개골 안쪽에서 부글대는 소리가 들렸다. 무언가 끓고, 그리하여 변형될 때 들리는 소리였다.

"우리도 이동하죠."

어깨를 짚은 손길에 노아는 소스라치며 돌아섰다. 남욱도 놀랐는지 손을 떼고 몇 걸음 물러섰다. "어디로요?" 노아가 헐떡이며 물었다. 남욱은 찌푸린 얼굴로 대답했다. 방화가 확인됐으니 이제 진화와 체포를 시작할 것이라고. 연락을 받은 산림청 산불진화차량이 오고 있었고, 소방대도 출동중이었다.

그들은 천문대를 등지고 걷기 시작했다. 남욱이 앞장서서 도로를 내려갔다. 그는 몇 번이나 뒤를 돌아보았다. 한 번은 대놓고 노아와 눈을 맞췄다. 할말이 있지 않으냐 질문하는 눈길이었다. 노아는 말없이 걸었다. 아직도 귓속에서 끓는 소리가 났다. 관측대 안에서 피워 올린 불이 몸속의 무엇을 지핀 것 같았다.

주차장에 다다랐을 때는 이미 사이렌소리와 경광등 불빛이 사방에 가득했다. 오렌지색 소방차와 산불진화차가 관측대 앞에 서 있었다. 노아 또한 면사무소에서 산불과 관련된 비상 교육을 받은 적 있었다. 그때 배운 절차대로라면, 곧 등짐을 멘 진화대원들이 소방관들과 함께 물을 뿌릴 터였다.

"다른 순찰차를 주차장에 세워놨대요. 잠깐 차 안에 계실래요?"

남욱이 말했다. 노아가 고개를 끄덕였다. 남욱은 그를 몇 초간 바라본 뒤 소방차 쪽으로 달려갔다. 노아는 그와 반대로, 주차장을 향해 걸었다. 산그늘에 접어들 무렵 뒤돌아 남욱이 사라진 것을 확인했고, 곧장 방향을 바꿨다. 천문대 쪽이었다. 그는 빠르게 걸었다. 누군가 자신을 부르는 소리를 들은 듯했으나 멈추지 않았다.

노아는 먼저 천문대 로비로 들어섰다. 천장 곳곳의 스프링클러가 홀에 물을 뿌리고 있었다. 화재감지기만은 정상적으로 돌아가는 모양이었다. 그는 물방울에 닿지 않도록 조심스레 로비를 가로질렀다. 계단 쪽 스프링클러도 작동한 상태였으나 효과가 미미했는지 층계 중턱부터 희뿌연 연기가 들어차 있었다. 노아는 옷소매로 코와 입을 가린 채 계단을 올랐다. 연기 속에 들어서자 시야가 온통 흐려져 몇 차례 발을 헛디뎠다.

층계에서 세번째로 미끄러졌을 때, 누군가 그를 잡았다. 검은 털옷을 입은 긴 머리 여자였다. 선화는 별다른 말은 하지 않았다.

노아를 붙들고 느릿느릿 계단을 내려갈 뿐이었다. 머리 위에서 사이렌소리와 새소리, 노랫소리가 뒤섞여 울렸다. 노아가 큰 목소리로 말했다.

"제가 당신한테 거짓말한 게 있어요."

선화는 아무 말도 하지 않았다. 노아는 계속 이야기했다. 자신이 가명을 댔다는 말부터 그것이 어머니의 이름이었다는 사실, 그리고 본명이 무엇인지까지 모두 털어놓았다.

선화는 여전히 묵묵부답이었다. 그는 노아의 손을 잡고 계속 걸었다. 여러 갈래의 물이 쏟아지는 로비 가장자리를 지나 후문으로 나갔다. 겨울밤의 차가운 공기가 그들을 맞아들였다. 그제야 선화가 손을 놓았다. 그는 몸을 굽히더니 노아의 얼굴을 이모저모 살폈다. 오래전 헤어진 이를 알아보려는 양 정성스러운 시선이었다. 그가 말했다.

"우리는 천문대에 이름을 새로 붙였어요."

곧이어 선화는 그 이름을 말해주었다. 매우 오래되고 유명한 배의 이름이었다. 어머니가 어린 시절 해준 이야기에 나오는, 고페르나무로 만든 배의 이름이기도 했다. 방주는 거센 풍랑에도 뒤집히거나 좌초되지 않고 꿋꿋이 나아가 새로운 세상과 맞닥뜨렸다. 그 세상은 이전의 세상보다 한층 깨끗했고, 한결 아름다웠다. 선화가 허리를 펴고 관측대를 가리켰다.

"저것 좀 봐요."

소방차와 산불진화차의 호스가 뿜은 물보라가 돔 속으로 하얗게 쏟아지고 있었다. 독수리들은 돔의 안팎을 오가며 날개를 푸드덕거렸다. 소란하게 우짖는 소리가 물과 사이렌소리에 뒤섞였다. 선화가 말했던 대로 확실히 어디서도 보기 힘든 광경이었다. 물보라와 돔 사이를 오가는 독수리떼는 얼핏 그 사이에 갇힌 것 같다가도, 어느 순간에는 모든 것을 지휘하는 듯 보였다.

"난 저기서 계속 적을 기다렸어요."

선화가 말했다. 때로는 그것이 어떤 가르침보다 중요하게 느껴졌다고도 했다. 모든 책에서 구원은 적의 공습 뒤에 찾아왔다. 적들이 온다는 것은 긴긴 괴로움으로 뭉쳐진 기다림, 그 자체로 하나의 세계가 되어버린 기다림이 끝난다는 의미이기도 했다. 그러므로 선화는 매일 찾아오는 이들을 유심히 살폈다. 산을 타고 올라와 그들의 이 고된 기다림을 끝내줄 사람을 기다렸다.

"그래서 나는 우리가 만난 게 대단한 운명 같아요. 그렇지 않아요?"

노아는 입을 벌리고 그를 바라보았다. "글쎄요……" 한참 후에 노아가 말했다. "저는…… 저는 잘 모르겠어요. 당신이 딱히 적처럼 느껴지지 않아요." 선화가 몇 발짝 뒤로 물러섰다. 그는 흠, 소리를 냈고, 속이 상한 듯 입을 내밀었다.

선화가 물었다.

"그렇다면 당신은 무엇 때문에 이곳에 왔나요?"

노아는 그의 뒤편에서 몰아치는 새떼와 돔 바깥으로 피어오르는 연기, 그 너머에 무수히 흩뿌려진 별을 보았다. 과연 강원도의 겨울 하늘은 높직하고 별이 많았다. 문득 불에 탄 관측대의 망원경으로 어떤 별을 볼 수 있는지 궁금해졌다. 노아가 질문하자 선화는 얼굴을 찌푸렸다. 그럼에도 대답은 해주었다. 그것은 주문 제작한 망원경으로, 겨울에는 종종 토성을 보는 데 쓴다고 했다. 한쪽 눈을 가까이 들이대면 숲 가까이에서 조용하게 반짝이는 행성의 고리까지 볼 수 있다고.

불이 진화된 후 체포는 신속히 그리고 매끄럽게 이어졌다. 천문대의 사람들은 별다른 저항 없이 순찰차에 탔다. 독수리들은 이미 어디론가 사라진 후였다.

남욱이 노아를 집 앞까지 데려다주었다. 산에서 내려가는 내내 그는 뭔가 물으려는 듯 노아를 힐끔거렸으나, 끝내 어떤 질문도 하지 않았다. 대신 자신의 이야기를 꺼냈다. 처음 발령받은 근무지에서 겪은 일들에 대한 이야기였다. 거기서 기상천외한 사람들을 연달아 맞닥뜨렸다고 했다. 학생들이 단합하여 폐가를 불태우거나, 오래도록 의좋게 지낸 이웃이 서로의 물건을 주고받듯 끊임없이 훔치는 꼴도 보았다. 어느 여름에는 도시에서 찾아온 이들이 내내 벌거벗고 해변을 돌아다녀, 그들의 알몸과 대치하고 옷을 입으라 설득도 했다.

"저는 이제 그런 사람들을 이해하려고 하지 않아요."

남욱이 속도를 서서히 줄이며 말했다. 차창 너머로 줄지어 선 빌라들이 보였다. 노아는 안전벨트를 풀다 멈추고서 그와 눈을 맞췄다. "그럼요?" 남욱이 어깨를 으쓱였다.

"그냥 받아들이는 거죠. 세상에 이런 사람들이 있다고요."

남욱이 차를 몰고 떠난 후에도 노아는 한동안 집 앞에 서 있었다. 공동 현관의 비상등이 켜졌다 꺼지길 반복했다. 문득 담배를 피우고 싶다는 생각이 들었다. 그러나 그에게는 담배도 라이터도 없었으며, 실은 여태 담배를 피워본 적도 없었다. 대신 노아는 휴대폰을 꺼냈다. 녹원에게서 문자가 와 있었다.

집에 잘 도착했나요?

노아는 휴대폰을 도로 주머니에 넣었다. 그는 순찰차에 올라타던 선화를 생각했다. 그는 차문을 닫기 직전까지 노아와 눈을 맞추고 있었다. 입 모양으로는 같은 질문을 거듭했다. 네가 맞지 않느냐고, 네가 그 사람이 아니냐고. 선화는 누차 물었지만, 노아는 답하지 못했다. 그 사실이 미안하게 느껴졌다.

주머니에서 진동이 느껴졌다. 박녹원이었다. 노아는 몇 번의 진동이 더 울린 뒤에야 전화를 받았다. 대체 왜 자신을 천문대에 데려갔느냐 물을 심산이었다. 그러나 전화를 받자 전연 다른 말이 튀어나왔다.

"그 사람들이 저보고 적이라고 그랬어요."

한동안 낮은 숨소리만 들렸다. 노아는 천문대 후문에서 들은 이야기를 몽땅 쏟아냈다. 녹원은 말없이 듣더니, 어느 순간 웃음을 터뜨렸다. 처음 듣는 웃음소리였다. 대관절 어떤 표정으로 웃을지 상상도 되지 않았다. 웃음의 끝자락에서 녹원은 말했다.

"고마운 일이네요. 우리도 이야기에 끼워주고."

말을 모두 마치자 물속에서 나온 느낌이 들었다. 숨을 어느 정도 가라앉힌 뒤에 노아는 물었다. "그런데 왜 전화하셨어요?" 녹원도 웃음을 멈추고 숨을 골랐다. 내일 연차를 낼 생각이 없느냐고 했다. 괜찮다는 노아의 말에도 녹원은 재차 권했다. "노아씨, 원래 독수리는 밤에 잘 날지 않아요. 위험하거나 비상시라고 느낄 때나 비행하죠." 새들도 기이하게 여길 만한 일을 겪었으니 몸도 마음도 쉬게 해주는 것이 좋겠다고, 그렇게 쉬어야 다시 일할 수 있다고도 했다.

전화를 끊은 노아가 주위를 둘러보았다. 그는 문득 자신이 집으로부터 아주 먼 곳에, 어머니 말대로 정말이지 낯선 장소에 와 있음을 깨달았다. 등뒤의 신축 건물부터 저 멀리에서 반짝이는 차와 집들의 불빛까지, 모든 것이 수상쩍고도 새삼스러웠다. "새로운 세상." 노아는 중얼거렸다. 고개를 치켜들자 사위가 몹시 환해졌다. 기다렸다는 듯 켜진 비상등 불빛이었다. 노아는 빛에 찔린 눈을 깜빡이며 하늘을 올려다보았다.

밤하늘은 여전히 검고 고요했다. 성단과 성운, 행성과 위성이 소리 없이 빛났다. 그 사이로 새들이 날고 있었다. 매 겨울 새로운 땅으로 이동하는 새들이었다. 그들은 한곳을 향해 이동하지 않고 서로 다른 방향을 보며 둥글게 비행했다. 목적지는 다른 어디도 아닌 이 한가운데에 있다는 듯, 고리 모양으로 돌면서 서서히 땅으로 내려앉았다.

작업기 그리고 적에 관한 생각

팬데믹이 찾아오기 직전의 겨울, 생일을 맞아 두 친구와 함께 강원도에 갔다. 순전히 내 고집 때문이었다. 겨울마다 강원도에 날아든다는 독수리들을 보고 싶었다. 인터넷 목격담에 종종 올라오는 강원도 독수리들을 직접 마주하여 그들이 얼마나 큰지, 어떻게 우는지, 무슨 표정을 짓고 있을지 알아내고 싶었다.

독수리는 보지 못했다. 인터넷의 탐조 후기글을 따라 새들에게 부산물을 준다던 공장 부근을 어슬렁거렸지만, 만난 건 텅 빈 땅뿐이었다. 친구 한 명은 몸이 아파 뒷좌석에 누웠다. 죄책감이 든 나는 무엇이든 즐거운 일을 만들어야겠다는 압박감에 지도 앱을 켜고 주변에 무엇이 있는지 검색해보았다. 마침 근처에 아름다운 밤하늘을 볼 수 있다는 천문대가 있었다. 그곳에라도 잠깐 들렀다 가면 이 먼 거리를 운전한 또다른 친구의 피로도, 뒷좌석에 누운 친구의 통증도 보상할 수 있을 것 같았다(나는 때때로 이렇게 아무도 요구하지 않은 일을 위해 영 쓸데없는 짓을 벌이곤 한다).

천문대 가까이로 갈 때까지만 해도 마음이 설렜다. 땅 곳곳에 남은 잔설이 전조등 불빛을 받아 반짝였다. 천문대로 향하는 숲길은 어둡고 고요했다. 저 길을 따라 고개 위로 올라간다면 완전히 새로운 풍경을 볼 수 있을 터였다. 겨울의 별자리, 맨눈으로 볼 수 없는 행성, 운좋다면 유성까지……

진입로 바로 앞에 도착했을 때 우리는 차를 멈춰 세웠고, 안내문 하나를 발견했다. 얼마 전 내린 대설로 천문대 출입을 통제한다는 글이었다. 운전석에 앉은 친구는 어둠과 안개로 가득한 산길을 구불구불 뚫고 서울로 향했다. 나는 조수석에서 여러 차례 후회했다. 독수리에 대해서도 천문대에서 대해서도 이것저것 알아둘걸. 운전을 배울걸. 그냥 평이하게 생일을 보낼걸.

서울에 도착한 뒤에도 내가 보지 못한 풍경과 가지 못한 장소가 머릿속에서 사라지지 않았다. 겪은 적 없는 독수리와 천문대의 정경이 유령의 기억처럼 어른거렸다. 그 두 장면, 그리고 산길을 얼어붙게 한 추위를 상상하며 이 소설을 썼다. 언제나 그렇듯 소설을 쓰다가 중도에 길을 잃었다. 얼기설기 완성한 초고가 드라이브에서 삭는 동안 몇 해가 지나갔다. 그동안 앞서 말한 두 친구와 사이사이 찾아오는 생일들을 함께 축하했고, 몇 번의 성공적인 여행을 했다(갈 곳에 가고, 볼 것을 본 여행이었다). 그리고 나는 운전을 배웠다.

이 소설을 다시 쓴 것은 2024년 초겨울의 일이다. 그때는 유럽에 있는 또다른 두 친구의 집에 머물고 있었다. 추위에 맞서기 위해 뜨거운 물을 잔뜩 넣은 탕파를 배에 올려둔 채, 운하 옆 도서관의 한 자리를 겨우 얻은 채, 내가 전연 모르는 언어를 쓰는 사람들의 옆 테이블에 앉은 채 소설을 썼다. 밤이 되면 친구들과 저녁을 먹고 이야기를 했다. 친구들은 유럽 곳곳에서 벌어지는 시위에 대해 들려주었다. 새롭게 부상한 정치인들이 이민자와 난민을 어떻게 적으로 규정하고 있는지도 말해주었다. 어디나 그렇겠지만, 유럽도 매일매일 변하고 있다고 그들은 말했다. 좋은 방향으로의 변화는 아니었다. 적어도 내 친구들에게는 그랬다.

나는 이제 외국인이 되어버린 친구들의 얼굴을 들여다보았다. 그들이 여기 오기 전, 다 함께 '내국인'이었을 적, 우리는 같은 디자인의 외투를 주문해 입고 거리나 광장에 나갔다. 나는 세계 곳곳에서 각자의 외투를 입은 사람들이 벌일 싸움을 생각했다. 거리와 광장에서, 하나하나 알기에 매우 복잡다단한 그런 이유로, 동시에 사실은 서로 이어지는 명백하고 단순한 이유로 피켓을 들고 걷는 사람들을 생각했다.

유럽에서 몇 주를 보내고 한국에 돌아온 뒤 몇 주를 꼬박 앓았다. 시차 부적응으로 인한 몸살이었는지 아니면 훅훅 바뀌는 계절을 감당하지 못한 몸이 악을 쓴 것인지는 잘 모르겠다. 몸이 어느 정도 나아졌을 즈음 달이 바뀌었다. 뉴스에서 대통령이 비상계엄령을 선포하는 영상이 나왔다.

언젠가부터 나는 거리에 나갈 때, 광장에 서 있을 때, 농성하고 행진을 따라 걸을 때 모종의 부끄러움을 느끼게 되었다. 내가 외치는 구호와 품속의 피켓 모두가 너무 엄숙하게 느껴졌다. 나는 사사로워지고 싶었다. 그리하여 누구의 눈에 띄지 않고 조용히, 많은 장소를 통과하길 바랐다.

어쩌면 내가 너무 경직되어버린 건지도 모른다. 그저 영하의 실외를 떠나 따뜻한 실내에서 발을 녹이고 싶은 것이거나. 어쨌든 지금은 느껴온 것을 가능한 한 온전히 적어야 할 듯싶다. 피켓을 끌어안고 있을 때, 곁을 지나는 행인들(가끔은 농성과 행진을 비껴가는 이들을 제멋대로 '순수'하다고 규정하기도 했다)이 나와 주변인들을 흘끗거릴 때면 나는 휙 달아나고 싶었다. 그들이 나를 하나의 축으로, 누군가의 적으로 생각하는 것이 싫었다. 그러나 실은 나는 하나의 축이 되기 위해 거리와 광장에 간 것이었다. 그럼에도 누군가의 적이 되기는, 누군가를 적으로 삼기는 싫었다. 혹은 두려웠다.

물론 적이 있는 건 꽤 재미있는 일이다. 때때로 그렇다. 어린 시절 편을 가르고 놀 때도 우리는 별 이유 없이 친구를 적대했고 또 서로 쫓는 척을 했다. 그때마다 북슬북슬 차오르던 고양감을 기억한다. 정말이지, 매일 싸우는 척을 하고 싶었다!

적 없는 놀이가 가능할까? 혹은 적 없이도 싸울 수 있을까? 그런 싸움은 어떻게 이어가야 할까? 그도 아니면, 우리는 정말이지 서로에게 필요한, 적 이상의 적이 될 수 있을까.

제목에 '적'이 들어가는 소설을 여러 차례 고쳐쓰면서도 이런 질문들에 답을 내리지 못했다. 일단은 이러한 부끄러움과 먼저 싸우고자 하고 있다. 그리고 나와 점점 달라지는 내 소설 속 인물들과 더 많이 만나려 한다.

그 과정을 함께해준 사람들, 생일을 맞아 같이 먼 길을 떠나주거나 제집의 방을 내어준 친구들에게 기나긴 행진만큼의 고마움을 전한다. 이 소설이 쓰이고 변화하는 과정을 함께하며 의견을 나눠준 사람들에게도 마찬가지다. 더불어 앞으로 이 소설을 읽어줄 분들에게 깊이 감사드린다. 하나의 이야기를 나누는 동안 우리가 적도 친구도 아닌 무엇, 그러나 분명 서로 이어진 무엇이 될 수 있다면 좋겠다.

믿음이 우리를 데려가는 곳

민선혜

　인간에게 종교란 무엇일까. 종교는 과연 우리를 어디로 향하게, 무엇을 행하게 만들까. 연약하고 절박한 인간은 도무지 이해할 수 없는 세계를 살아가며 종교와 신을 마지막 믿을 구석으로 삼기도 하고, 불가해한 악의 앞에서 원망의 대상으로 여기기도할 것이다. 그렇지만 일상을 살아가는 우리에게 종교는 보다 더현실적이고 정치적인 근거로, 일상의 세부적인 규범으로 작동하곤 한다. 가령, 종교적인 이유를 들먹이며 차별금지법 제정을 반대하거나, 민주주의의 가치를 훼손하는 경우가 그렇다. 이처럼 우리의 삶 속에서 종교는 제도와 밀접하게 연결되어 있다. 그러나어떠한 이들은 광신의 정념으로 제도 바깥으로, 일상적 세계의 바깥으로 단숨에 뛰쳐나가 자신들만의 성전聖殿을 짓기도 한다.

　그들만의 성전 안에선 적과 구원이 나란히 붙어 있다. 믿음과 광기가 시시각각 표정을 달리하며 우리를 혼란스럽게 할 때, 나를 적이자 구원으로 여기며 적대함으로써 환대할 때, 참과 거짓 그리고 선과 악은 무엇으로 구분될 수 있을까. 우리는 무엇을 믿고 무엇을 믿지 않을 것이며, 타인을 적으로 맞세움으로써 자신들의 구원을 얻고자 하는 이들의 비논리/무논리 앞에서 어떠한 말을 되돌려줄 수 있을까. 함윤이의 「우리의 적들이 산을 오를 때」는 독자들을 위와 같은 질문 앞에 세워둔다.

소설은 소도시의 면사무소에서 일하는 신입 공무원 노아와 주사인 녹원이 함께 외근을 나가는 장면으로 시작된다. 외근을 가는 이유는 면사무소에서 차로 삼십 분 정도 가야 하는 거리에 외따로 놓인 천문대로 주민들의 민원을 전달하기 위함이다. 그곳으로 향하는 길에서 볼 수 있는 풍광은 이런 것들이다. 면사무소 주차장의 벤치에 앉아 "느리고 꾸준하게" "시간을 흘려보내는" 노인들의 모습과 "논밭과 비닐하우스, 용도를 알 수 없는 조립식 건물"(288쪽)이 늘어선 풍경들. 이처럼 적막하고 쇠퇴한, 그리하여 평화로운 듯 보이는 작은 마을의 풍경 아래에 믿음과 광기, 욕망과 음모가 들끓고 있다는 사실은 그 누구도 쉬이 짐작할 수 없을 것이다.

그중에서도 유독 노아의 눈길을 끄는 것이 하나 있다. 바로 '야생 독수리'다. 언뜻 보면 "털옷을 입은 어린아이 혹은 노인의 등"처럼 보이는데다 생각보다 크고, 어딘지 묘하고 이채로운 모습에 노아는 자신도 모르게 "흥분에 겨운"(290쪽) 음성을 내뱉는다. 소설 속에서 노아가 독수리를 보는 장면은 앞으로 도래할 일에 대한 기이한 예고처럼 읽히기도 한다. 완전히 낯선 모양새는 아니지만 노아가 난생 처음 보는 것이라는 점에서, 언뜻 보아서는 그 형체나 실체를 명확히 파악할 수 없다는 점에서, 자신도 모르게 마음을 빼앗겨 목소리가 높아진다는 점에서 앞으로 천문대에서 마주하게 될 사건과 닮아 있기 때문이다.

녹원은 노아에게 혹시 이름에 종교적인 의미가 있는지 물으며 천문대 사람들이 다른 종교에 예민할 수도 있으니 그곳에선 가명을 사용해줄 수 있겠느냐고 부탁한다. 이 대화를 통해서 "산 곳곳을 청소하고, 숲과 들을 돌아다니며, 둘러앉아 노래를 부르고, 폐건물 외벽을 칠하거나 본래 있던 철조망을 허물고, 등산객과 마주치면 미소를 짓다가도 대뜸 소리를 지른"(289쪽) 이들이 모종의 사이비종교 단체라는 사실이 서사의 수면 위로 슬그머니 드러나게 된다.

노아 역시 종교와 완전히 무관한 삶을 살아온 사람은 아닌데, 종교적 의미가 짐작되는 그의 이름을 지어준 어머니가 "밤마다 기도"(309쪽)하는 신실한 개신교 신자이기 때문이다. 노아는 개명을 원할 만큼, 자신의 의지와 상관없이 상속받은 종교적 울타리의 밖으로 벗어나 살기를 원한다. 때문에 어머니의 걱정에도 불구하고 먼 지역의 면사무소에서 일하며 새로운 일상을 꾸리려고 한다. 그러나 서사가 진행됨에 따라 종교적 세계로부터 이탈하고자 쏟는 노아의 노력은 어딘지 요원해져만 간다. 노아는 천문대 사람들을 만나 자신을 '정선화'라고 소개한다. 부지불식간에 튀어나온 어머니의 이름은 "구세대적이긴 해도 무던했다. 신분을 숨기기에도 좋"(294쪽)았다. 흔하고 평범하며 또 익숙한 이 이름은 천문대에 조용하고 기이한 파문을 일으킨다. 천문대를 지키는 머리가 몹시 길고 "검은 털옷을 입은 여자"(293쪽)의 이름 또한 '선화'이기 때문이다. 그 순간 노아는 자신이 "무언가를 잘못 쓰러뜨렸다는, 혹은 엎질렀다는 사실"(294쪽)을 기민하게 알아차린다. 소설은 노아의 어머니 '선화'와 천문대의 교주 '선화'의 이름을 나란히 병치시키며 두 믿음의 세계가 서로를 겨누도록 만든다. 개신교로 대별되는 믿음의 세계와 사이비로 대별되는 또다른 믿음의 세계의 한가운데에 선 노아는 두 세계의 다름을 감각하는 대신, 두 세계 사이에서 기묘한 동질감을 느낀다. 노아는 평생을 보아온 어머니의 믿음보다 더 하얗고 단단한 천문대를 둘러싼 믿음의 세계에 경도된 것처럼 보인다. 그리하여 "즐거울 테고, 아주 아름다울"(301쪽) 행사의 초대에 응하기로 마음먹는다.

선화는 노아와 녹원이 천문대에 방문한 순간부터 떠날 때까지 극진한 손님처럼 환대하는 듯 보인다. 그러나 그 환대 아래에는 명확한 적의가 숨어 있다. 선화는 녹원과 노아를 "희고 깨끗한 빛"이 있는 관측실로 데려가 "은색 천으로 덮여 있어 인형극에 등장하는 유령"(299쪽) 같은 망원경들을 보여준다. 그사이 소년에게 두 사람이 타고 온 트럭의 타이어를 망가뜨리도록 시킨다. 이런 일이 이미 몇 번 반복되었던 것처럼, 녹원은 당황하지 않고 그저 짐칸에 실린 스페어타이어를 꺼낼 뿐이다. "차 옆에 쭈그려앉아 타이어를 갈아끼우는 녹원"의 모습을 보며 "웃음을 꾹 참는"(302쪽) 선화의 모습에는 분명한 악의와 즐거움이 담겨 있다.

스스로를 "좋은 이웃"이라고 칭하며, 우리가 하는 건 "자원봉사나 다름 없는 일"(299쪽)이라고 주장하는 말 속에는 언제라도 누군가를 해칠 수 있는, 즐거움으로 위장된 악의가 가득하다. 그렇다면 이들이 깊은 산속에서 이러한 악의, 타인을 향한 적대감을 품고 지내는 이유는 무엇일까. 이들은 무엇을 피해 산속으로 숨어든 것이며, 무엇을 기다리고 있는 것일까.

노아는 천문대에 도착한 이후 줄곧 녹원의 소매나 팔을 잡지 않기 위해 의식적으로 노력해야 할 만큼 두려움과 긴장에 사로잡혀 있으면서도, 자신을 바라보는 선화의 시선이 거두어졌을 때 이유 모를 아쉬움을 느낄 만큼 강렬한 호기심과 끌림을 경험하기도 한다. 이 지점에서 서사의 긴장감이 팽팽하게 당겨지고, 노아에게는 의심과 매혹이라는 두 감정이 겹쳐지게 된다. 이는 독자로 하여금 노아의 심중에 세심한 주의를 기울이도록 만든다. 노아는 과연 천문대의 환한 빛에 빨려들어가고 있는 것일까, 튕겨져나오고 있는 중일까. 그러나 우리는 끝까지 정확한 사실을 알 수 없다. 소설은 믿음을 둘러싸고 있는 인물들의 심중을 선명하게 보여주지 않는다. 그럼으로써 오히려 앎과 믿음에 대해 감각하게 만드는데, 무언가를 알 수 없다는 것은 오히려 무언가를 믿는 일의 이유가 되기도 한다. 어떤 대상이 명확하고 정확한 인식의 지평 아래에 놓일 때, 그것은 쉽게 믿음의 영역으로 환원되지 않는다. 선명한 앎은 그 자체로 충분하기에 신념의 체계를 요구하지 않는다. 다시 말하자면, 무언가를 명확히 알 수 없을 때 비로소 믿음은 작동되는 것이다.

선화가 초대한 행사가 궁금하다는 말에 녹원은 "찰나였으나 미소"(304쪽)를 보이며 함께 가자고 한다. 녹원이 알 수 없는 미소를 지은 이유는 무엇일까. 자신도 노아처럼 천문대 사람들이 보여주는 희고 환한 믿음에 경도된 적이 있는 것일까, 혹은 경도된 사람을 여럿 보았던 것일까. 다만, 녹원이 계속해서 노아에게 모종의 보호막을 제공하고 있다는 사실만은 분명하다. 녹원의 주도하에 노아가 경험하게 되는 '행사'는 그것에 직접 참여하는 형식이 아니라 먼 곳에서 그들의 행위를 목격하는 방식으로 이루어진다. 그렇게 목격하는 건 "비린내와 탄내, 종내에는 상한 고기를 태우는 듯한 시큼한 냄새"(310쪽)와 날개를 활짝 편 채 "관측대 주위를 빙글빙글 돌"고 있는 독수리떼, "우리의 적들이 산을 오를 때, 우리의 적들이 산을 오를 때……"를 반복하는 노랫소리와 "불빛의 갖가지 색깔과 춤추는 몸, 고깃덩어리가 얽히고설"(311쪽)킨 장면들이다. 이 장면들은 직접 참여하지 않은 채, 먼 곳에서 지켜보는 노아의 "두개골 안쪽에서 부글대는 소리"가 들리도록, "무언가 끓고, 그리하여 변형"(312쪽)되게 만든다. 마침내 "관측대 안에서 피워 올린 불이 몸속의 무엇을"(같은 쪽) 지피고야 만다.

그 말에는 어머니의 이야기를 연상시키는 구석이 있었다. 어머니는 노아가 이름을 바꾸고 싶다고 말할 때마다 불현듯 부드러운 미소를 띠며 노아의 양손을 쓰다듬곤 했다. 그러면서 몇 번이나 한 이야기를 다시 꺼냈다. 네 이름은 더 낫고 아름다운 세상으로 모두를 인도하는 이름인걸. 그 새로운 세상에선 모두가 배부르고, 즐겁

고, 따뜻할 테고······(307~308쪽)

노아가 조남욱 경장과 함께 밤중의 산으로 오르며 떠올린 것은 바로 "즐거울 테고, 아주 아름다울 거예요"(307쪽)라는 선화의 말이다. 어딘지 어머니의 말을 떠올리게 만드는 선화의 말이 어머니의 것과 대별되는 지점은 '적'이 있다는 것이다. 모호한 구원과 구체적인 적 사이에 놓였던 노아는 마침내 선화를 만나러 천문대로 향하기에 이른다. 천문대에서 벌어진 기이한 행사는 경찰의 진압으로 허무하게 끝이 났지만, 그곳에서 선화는 자신이 노아를 환대한 이유, 노아를 행사에 초대한 이유를 들려준다. "적들이 온다는 것은 긴긴 괴로움으로 뭉쳐진 기다림, 그 자체로 하나의 세계가 되어버린 기다림이 끝난다는 의미"이기 때문에 "산을 타고 올라와 그들의 이 고된 기다림을 끝내줄 사람을 기다렸다"(315쪽)는 사실을 말이다. 선화에게 자신과 같은 이름을 가진 '선화'를 만난 것은 "대단한 운명"(같은 쪽)이며 노아는 그들의 고된 박해를 끝내줄 '적'으로서의 구원이었다. 그러나 노아는 그들의 '적'이 될 수 없다. 왜냐하면 노아의 이름은 '선화'도 아니며, 그들에게서 믿음이 보여주는 "희고 깨끗한 빛"(299쪽)을 목격했기 때문이다.

노아와 함께 산을 오르는 동안 남욱은 그들이 어떤 사람들인 것 같으냐고 질문한다. 그 질문 이면에는 노아를 향한 의심이 달라붙어 있다. 노아가 행사를 궁금해한 이유가 혹시 사이비종교를 믿기 때문이 아닐까, 혹은 노아가 조금이라도 그들을 이해하고 있는 것은 아닐까 의심하는 것이다. 이처럼 모종의 믿음은 의심을 동반하기 마련이다.

그러나 어떠한 믿음은 '확신'을 불러일으키기도 한다. 무엇도 제대로 믿기 어려운 세계에서, 믿었던 진실이나 사람으로부터 쉬이 배반당할 수 있는 세계에서 벗어나 천문대 안에서 공고한 믿음을 지켜나가는 사람들. 불을 지르는 일마저 주저하지 않게 만드는 이 믿음은 어딘지 사람을 끌어당길 수밖에 없는 것이다. 그러니까 믿음의 세계에서 그 어떤 것보다 중요한 것은 종교나 교주나 교리가 아니라 "희고 깨끗한 빛"(299쪽)처럼 보이는 의심 없는 믿음 그 자체일 것이다.

함윤이의 소설은 개신교와 사이비, 종교와 믿음, 그 사이 곳곳에 스며 있는 미신과 음모론에 대한 소설처럼 읽히지만, 한 걸음 뒤로 물러나 보면 현재 우리 사회의 모습이 나란히 포개어진다는 점에서도 의미가 있다. 자꾸만 적을 상정하고자 하는 그 몸부림 속에서 실체도, 형태도, 그 무엇도 명확하지 않도록 상정된 타자들은 곧장 혐오의 대상으로 호출된다. 그들을 척결함으로써 사회적 정의 혹은 구원에 이를 수 있다는 믿음은 우리에게 결코 낯선 것이 아니다. 차별금지법 제정 반대를 위한 기도회나 간증회, 여성과 퀴어, 노인과 외국인 등으로 다르게 호명되는 적들을 통해 근본적인 문제를 후경화시키는 것은 한국사회가 오래도록 마주한 문제이기도 하다.

중요한 것은 믿음이 배제와 혐오의 언어로 조직되는 과정을 드러내는 데서 소설이 멈추지 않고, 그 내부에 내재한 여러 층위를 집요하게 병치시킨다는 것이다. 노아라는 인물을 통해 겹쳐지는 무언가를 믿는 행위는 단순히 옳고 그름의 문제만으로 환원되지 않는다. 설령 그 대상이 허황된 것일지라도, 그것을 간절하고 단단하게 믿는 태도는 고유한 밀도와 힘을 발생시키며 그 힘은 때로는 삶을 파괴하는 방향으로, 때로는 삶을 지속하고 지탱시키는 방향으로 작동한다. 그러므로 소설 말미에 이르러 노아가 중얼거리는 "새로운 세상"(318쪽), 문득 자신이 도착했음을 깨달은 이 낯선 장소는 매우 모호하게 읽힌다. 사이비에 경도되어 이전과는 다르게 보게 된 세상인지 혹은 믿음의 정념과 과격함을 모두 통과한 이후에 마주하게 된 소요 끝의 새로운 세상인지는 끝내 분명하게 규정되지 않기 때문이다.

맹렬한 믿음의 세계가 우리를 휩쓸고 난 이후에 남는 사실이 있다. 믿음을 손안에 단단히 쥐고 살아가는 모습은 여전히 무언가를 붙잡으며 살고 싶은 사람들의 마음에 불을 지핀다는 것. 그렇다면 인간에게 믿음이란 무엇일까. 우리는 무엇을 믿어야 할까. 믿음은 우리를 어디로 데려가는 것일까. 어쩌면 이런 질문도 가능할 수 있을 것이다. 우리는 믿음을 어디로 데려가려는가. 인간은 믿음이라는 행위 안에서 어떤 일까지 일으킬 수 있는가. 소설이 내내 그러했듯 이제 우리는 믿음을 둘러싼 양가적 질문들을 차례로 마주하게 될 것이다.

민선혜

2022년 대산대학문학상을 수상하며 평론을 발표하기 시작했다.

2026 제17회 젊은작가상

심사 경위
심사평

:
:
:
:
:
:

심사위원

강지희 구병모 김연수 김형중 임솔아

선고위원

성현아 안세진 전청림 최다영

추천위원

강화길 손보미 이주란

젊은작가상은 동시대 소설장에 형성된 새로운 감각과 방향성을 비교적 이른 시기에 포착하는 레이더와 같은 성격을 지닌다. 젊음이 곧 새로움으로 환원되는 것은 아니지만 새롭게 등장하는 서사적 형식과 세계 인식의 변화를 살피는 일은 앞으로의 소설장의 흐름을 읽어내는 데 언제나 의미 있는 단서가 되어왔다. 그런 젊은작가상이 올해로 17회를 맞았다.

이 상에 실질적인 동력을 제공해주는 것은 선고심이라고 해도 좋을 만큼 그 과정이 차지하는 무게와 역할은 크다. 한 해 동안 발표된 중단편소설을 면밀히 검토하고, 그중 주목할 만한 작품을 비평하는 계간 『문학동네』 계간평 코너는 선고심을 위한 예비 작업에 해당한다. 계간평은 단순히 작품을 선별하는 기능에 그치지 않고, 동시대 단편소설의 흐름을 비평적으로 점검하며 이후 심사에서 공유하게 될 문제의식과 관점의 지형을 구축한다. 지난 일 년간 이 작업을 맡아준 성현아, 안세진, 전청림, 최다영 평론가가 심사 대상작 가운데 스무 편을 선별했고, 여기에 올해 추천위원으로 위촉된 소설가 강화길, 손보미, 이주란 세 분이 별도로 세 편에서 다섯 편의 작품을 추천했다. 그 결과 중복된 작품을 제외하고 총 서른두 편의 소설이 본심에 올랐다. 대다수가 등단한 지 아직 오 년이 지나지 않은 신예 작가들의 작품으로 구성되어 있었다.

본심은 구병모, 김연수, 임솔아 소설가와 강지희, 김형중 평론가가 맡았다. 본격적인 논의를 위해 심사위원들은 각자 인상 깊게 읽은 작품 다섯 편씩을 선정해 투표했다. 본심 진출작의 수가 적지 않았던 만큼 표는 비교적 고르게 분산되어 절반에 가까운 작품이 논의의 대상이 되었다. 이후 심사위원들은 그 안에서도 자신이 특별히 주목한 작품과 그 이유를 밝히며 논의를 이어갔다. 작품이 자기만의 목소리를 충분히 지니고 있는지, 서사적인 구성력이 치밀한지, 작가의 이전 작품들과 비교해 의미 있는 성취를 이루었는지, 동시대적 문제의식을 얼마나 설득력 있게 담아내고 있는지 등이 주요한 기준으로 치열하게 검토되었다. 이러한 기준들이 서로 다른 평가의 방향을 형성하면서 팽팽하게 맞서는 가운데, 그 간극을 조율하며 일곱 편의 작품이 어렵게 추려졌다.

대상을 확정하는 과정에서 다시 한번 신중한 논의가 이어졌다. 마지막까지 주요한 논의의 대상이 된 작품은 김채원의 「별 세 개가 떨어지다」와 서장원의 「히데오」였다. 최근 자신만의 선명한 문제의식과 기량을 보여온 서장원에게도 강력한 지지의 목소리가 이어졌지만, 오래된 애도의 시간을 고유한 서사 리듬 속에 정교하게 배치함으로써 독자적인 정서를 형성했다는 점에서 김채원의 작품이 더 많은 공감을 얻었고, 근소한 차이로 대상 수상작으로 합의되었다. 수상작으로 선정된 일곱 작품은 길란의 「추도」, 김채원의 「별 세 개가 떨어지다」, 남의현의 「나는 야구를 사랑해」, 서장원의 「히데오」, 위수정의 「귀신이 없는 집」, 이미상의 「일일야성―日野性」, 함윤이의 「우리의 적들이 산을 오를 때」이다. 이 일곱 편의 작품이 우리의 인식과 미감을 새롭게 자극하며 동시대 소설장의 감각을 입체적으로 확장시키리라 기대한다. 수상한 일곱 작가에게 축하를 전하며, 앞으로 써내려갈 다음 작업에도 응원을 보낸다.

강지희(문학평론가)

김채원의 「별 세 개가 떨어지다」는 깨끗한 여백이 두드러지는 소설이다. 두 손녀가 할아버지의 안부를 물으러 갔다가 그의 가족사에 얽힌 근원적인 상처를 나눠 받는 이야기이지만 그 상처는 과잉 서술되지 않는다. 소설에서 죽음이 가진 우연한 돌발성은 현실과 환상을 가로지르며, 할아버지가 묻어준 사람의 발로 불쑥 등장한다. 깨끗하게 태우고 식힌 흙으로 그 발을 잘 덮어주는 장례 작업에 두 손녀가 동참하게 되면서, 할아버지의 평생에 걸친 애도 작업은 두려우면서도 친근한 정조 속에 상속된다. 하지만 소설이 좀더 몸을 기울이고 있는 쪽은 삶을 훼손하고 매듭지으려는 죽음의 충동을 헤아리는 쪽이 아니라, 인생을 버리지 않기 위해 애쓰며 살아가는 쪽으로 보인다. 남자의 시체를 의식하며 종묘원을 혼자 산책하던 화자는 문득 식물들에 대해 궁금해한다. "종일 무엇을 하며 시간을 보내는지. (……) 말하고, 웃고, 움직이며 오랫동안 살 수 있는지." 그런데 눈에 띄지 않는 호의를 베풀며 천천히 자라는 식물의 생장력은 종묘원에 고요하게 머물며 식물들을 아끼고 가꾸는 할아버지의 태도와 겹쳐지지 않는가. 시체를 수습해 묻어주는 호의까지 베푸는 지점에 이르면 그 겹침은 더욱 선명해진다. 서두에서 무심코 흘린 듯 머리 위로 떨어지는 둥근 모과나무 열매가 타격감 있는 죽음의 전조라면, 장례 의식을 거친 뒤 별 세 개의 유순한 하강은 죽음을 받아들이는 태도의 변화를 느끼게 한다. 죽음에서 너무 멀리 떨어지지는 않으면서도 삶을 유지하며 천천히 나아가보려는 김채원의 이 소설이 나에게는 제임스 우드가 리얼리즘에 대해 설명하며 인용한 "예술은 삶에 가장 가까운 것lifeness"이라는 조지 엘리엇의 명제와 닮아 있는 듯 보였다. 그것은 화자가 말하듯 처음부터 보고 듣고 겪어도 전혀 알게 되지 않는 모름의 상태가 있음을 인정하는 일이다. 이는 죽음과 삶을 과감하게 가로지르는 숭고함을 택하는 것이 아니라, 삶과 죽음 사이에서 내내 흔들리면서 그 무게를 견뎌내는 일이기도 하다. 어떤 장면에서도 지나치게 힘을 주지 않고 천천히 걸어가듯 전개되는 이 소설의 잔잔함이 남기는 여운이 길었다.

이미상의 독기는 날이 갈수록 더해가는 것 같다. 「일일야성一日野性」은 작가 특유의 히스테리컬하고 유려한 독설로 언어의 효능감을 극대화시키는데, 읽고 나면 마구 휘저어진 기분이 든다.

그러나 그의 언어는 외부를 무차별적으로 조롱하는 듯하면서도, 그 대상에 자신까지도 절묘하게 포함시켜두기에 단순해지지 않는다. 소설은 중년에 이르러 지리멸렬한 권태와 싸워야 하는 부부의 재활기로 시작한다. 갑작스럽게 페미니스트로 변모한 남편 앞에서 운주는 자신이 순치된 것만 같아 불쾌감을 느낀다. 이것을 중년에 급작스럽게 정체성의 변모를 꾀하는 남편에 대한 조롱으로 읽을 수도 있겠지만, 이미상 소설 특유의 어투는 이념의 교조적인 흡수가 만들어낸 결과물에 대한 아연함에 방점을 찍고 있다. 어느 한쪽이 시혜적으로 올려치기 되는 것이 본래 이념이 목적한 바도 아닐 것이기에, 운주는 무례하고 충동적인 자신을 찾기 위해 중학교 동창 선숙에게 연락한다. 오래전 운주는 일진이던 선숙의 무리에 끼기 위해 외줄타기하듯 적절한 위험을 감수했고, "잘사는데 잘 놀기까지 하는 아이"가 되어 자존감과 우월감을 충족하는 이득을 얻었다. 그리고 중년이 된 이제 와서 선숙을 찾는 것이 진정한 일탈이 아니라, 그저 "노스탤지어의 캠프파이어"를 하듯 지극히 안온하고 위생적인 행위라는 것 역시 잘 알고 있다. 그러나 소설에서 진정한 균열을 안기는 건 남편이 아니라 선숙이다. 선숙은 고된 노동과 몸의 쇠약으로 청소년기의 작은 모험담들을 야성으로 포장하며 즐길 여력이 없다. 소설은 중년에 접어들어 순치되지 않으려는 욕망과 시도가 일정한 계급적 조건 위에서만 가능하다는 점을 까발린다. 그리고 운주의 회상을 통해 중학교 3학년 겨울방학 때 호프집에서 열린 송별회 자리로 돌아간다. 그때 일어난 성추행과 배신은 운주가 선숙에게 맞는 것으로 대등하게 덮어지는 일은 아니다. 집으로 돌아온 뒤 운주의 꿈 속에서 벌어지는 세 사람의 합동 마사지는 에로틱하기보다 우스꽝스럽고. 이어지는 자기 보존적 불신의 맥락과 맞물리며 그 안온함이 다소 서글프기도 하다. '일일야성'이 가능하다면 그것은 하룻밤의 일탈 속 술과 기행과 폭력에 있지 않고, 차라리 육체로 육박해오는 피로와 고통을 매

강지희

일 줄기차게 견디는 쪽에 있을 것이다. 내게 이미상의 소설은 언제나 날렵하게 포를 뜨는 회칼을 상기시키는데, 이번에는 작가가 든 칼의 날카로움에 비해 겨냥하는 바가 다소 둔탁하게 다가왔다. 중년의 자기 서사화를 떠받치는 환상을 향하는 신랄한 문장들이 특유의 형식적 쾌감을 자아내지만, 그 언어가 어떤 소설적 실체를 건드리지 못한 채 자학의 제스처로 맴돌고 있다는 인상을 지우기 어려웠다. 이미상의 기존 작품들이 거둔 눈부신 성취와 비교해서 생겨난 아쉬움일 것이다.

길란의 「추도」는 영상의 시대에 이미지정치가 누구에 의해 어떻게 이용되는지에 대한 날카로운 사회학적 탐색이다. 부자인 백부와 백모는 젊고 잘생긴 변호사였던 아들 '이삭'의 죽음을 세탁하고자 한다. 화자와 그 어머니에게 이 과정은 부유한 친인척의 자원을 나눠 받을 하나의 기회이다. 화자는 백모를 영상으로 찍

고 편집하고 업로드한다. 주름 하나 없는 옷과 피부를 가진 백모에게 화장도 머리도 하지 않을 것을 지시하고, 각도를 잘 맞추면 서울타워까지 나오는 통창 앞에 백모를 앉혀 부자의 생활을 노골적이지 않게 노출한다. 그렇게 "원래라면 나보다 높은 곳에 있는 동경의 대상이지만 지금은 내가 동정할 수 있는 처지가 되어버린 사람"의 이미지가 완벽하게 구축되는 동안, 이삭이 음주운전 살인자라는 치명적인 사실은 흐려지고 호의가 쌓인다. 부의 쏠림 현상은 비단 물질적 자원에만 해당되는 이야기는 아니다. 사람들은 가난하고 억울한 희생자의 진실보다는 잘생기고 부유한 이들이 세련되게 조율하고 연출한 슬픔을 관음하길 택한다. 돈은 이미지정치와 손쉽게 결합하고 그것에 품위까지 부여한다. 그러나 소설은 이에 편승하려는 화자를 여러 번 멈춰 세운다. 백부의 공장에서 일하던 노동자의 죽음이 추상화되어 덮이는 방식과 자신이 이삭의 음주운전을 희석하는 방식이 그리 멀지 않다고 느낄 때, 그의 공모는 윤리적 지각 앞에서 잠시지만 위태롭게 흔들린다. 길란은 등단작부터 끈질기게 부와 가난이 얼마나 입체적으로 치밀하게 구성되며 아이러니에 이르는지 탐구하고 있다. 자본의 논리가 일상 속에서 감각되고 정당화되는 과정을 입방체처럼 생생하게 구축해가는 이 탐색이 어디까지 밀고나가 치명타를 낼 수 있을지 기대하게 된다.

남의현의 「나는 야구를 사랑해」는 채워야 할 공백이 많은 퍼즐 같은 소설이지만, 면밀히 파악하지 못한 채로 읽어냈을 때조차 멍 같은 걸 남기는 작품이다. 실험적인 독특한 문체와 사랑을 갈

구하는 유기된 인물의 피학적인 감성 구조가 만나 일어나는 화학 반응 같은 것일까. 이 소설에서 사랑은 폭력을 경유하며 형성되고, 그 잔여로서의 죄책감 속에서 유지된다. 처음 본 야구 경기에서 펜스에 몸통을 세게 부딪치는 야구선수, 아스팔트 바닥에 고꾸라진 숙모의 아들, 애인 민희의 투구로 박살났다는 새, 숙모의 쓰러짐, 민희의 추락 등 소설은 타격을 입고 쓰러지고 떨어지는 이미지들의 파편으로 가득하다. 이는 관계 속에서 발생하는 폭력과 그 이후의 흔적을 시각화한다. 인생이 던지는 가치 없는 질문들에 대해 소설은 최종적으로 글쓰기(다시 쓰기)라는 형식으로 답하고자 한다. 사랑에 재능이 없다는 사실을 인정했음에도 화자에게 최종적으로 남는 것은 헤어진 민희에 대한 사랑이다. 숙모가 읽게 한 소설에서 민희가 일찌감치 죽어버린 어린아이 '사사키'를 살려냈듯이, 화자는 민희에 대해 수없이 다시 쓰며 상실 이후에도 지속되는 죄책감과 붙잡을 수 없는 진실을 다시 한번 반복한다. 남의현의 소설은 감각을 밀어붙이며 독자를 그 특유의 문장에 감겨들게 하는데, 이번 작품은 움켜쥔 눈이 손에서 서서히 녹아내리는 순간처럼 상실이 지닌 통각을 예민하게 환기해 더욱 소설을 떠나기 어려웠다.

함윤이의 「우리의 적들이 산을 오를 때」는 지방 소도시에서 번성하는 사이비종교의 음험한 표면을 맴도는 듯 보이지만 그 아래로 파고들어가며 좀더 복잡한 질문을 던지는 소설이다. 서두에서 그 질문은 '진짜 믿음과 가짜 믿음을 분별할 수 있는가?'에 가까워 보인다. 야생 독수리를 두고 그 똥과 울음소리를 견디지 못하는 사람과 관광 수익을 위해 독수리들이 떠나지 않길 바라는 사람이 나뉘는 것처럼, 천문대를 점령한 채 알 수 없는 의식을 행하는 이 무리에 대한 입장도 깔끔하게 정리되지 않는다. 유난히 시끄럽게 굴고 탄내를 풍기거나 번쩍이는 빛을 쏘며 낫이나 제초기를 든 채로 나타난다는 민원은 그들을 뭔가 소름 끼치는 존재로 여기게 하지만, 정작 그들은 자신들이 잡초를 솎아내고 쓰레기를 치워주며 야생동물 덫도 없애주는 '좋은 이웃'이라 항변한다. 여기서 한 발 더 나아가 화자는 독실한 개신교 신자인 어머니와, 이름이 같은 그 무리의 교주를 겹쳐 바라보기 시작한다. 그 무리가 신화를 만드는 방식이나 아름다운 세상이라는 미래를 상정하는 방식은 개신교와 흥미롭게 닮아 있으며, 심지어 교주에게서는 자신의 어머니보다 더 굳건한 믿음과 확신이 느껴지기까지 한다. 급기야 "우리의 적들이 산을 오를 때"라는 가사와 함께 화자는 자신이 그들의 고된 기다림을 끝내주고 구원을 가져올 적으로 지칭되었음을 알게 된다. 적이라는 중요한 존재로 화자와 그들 서사의 일부가 연루되어버린다면, 주체는 그 타자성과 구별될 수 있는가? 이 소설에서 가장 흥미로운 지점은 인간의 고결한 관념과 이상주의가 결합한 산물로서의 종교를 야생동물의 이해할 수 없는 움직임과 겹쳐버리는 데 있다. 이는 공무원 녹원이 이 모든 타자적인 것들을 배척하는 문화의 선봉에서 임무를 수행하는 듯하지만, 사실상 제도 안에서 자신 또한 이해가 어려운 타자로 여겨지는 상황과 그리 다르지 않다. 미셸 마페졸리는 공동체적 충동과 신비주의적 경향이 섞여 만들어지는 이 시대의 집합적 감성을 중요하게 읽어낸 바 있다. 그는 "군중은 속이 텅 빈 존재이며, 어떤 면에서 진공 그 자체에 다름아닌데, 바로 거기에 군중의 역능이 거주한다"고 말했다. 개인적으로 최근 한국소설 안에서 유심히 지켜보게 되는 존재 중 하나는 바로 이런 군중이다. 함께 광장에 있었으나 서로의 반대편에 있던 무리를 우리는 기존의 미학성과 윤리성 위에서 이해할 수 있을까. 함윤이의 소설은 극단에 있는 듯한 존재들이 서로 닮아 있음을 발견할 때의 이물감과 희열을 보여주고 있다. 인간과 비인간의 스펙트럼을 넘나드는 이 기획에 기대어 우리는 환대 불가능한 타자성의 낯선 지대에 처음으로 진입할 수 있을지도 모른다.

인물을 한 겹씩 어떻게 벗겨갈지 정교하게 조율하며, 장면의 밀도와 긴장감을 최대로 끌어올리는 데 있어서 위수정은 이제 최고 수준에 다다른 것 같다. 「귀신이 없는 집」은 남성의 크로스드레싱이라는 설정에서 출발하지만, 이 자체를 문제적 요인으로 다루기보다 감각의 미세한 변화를 따라가며 서사를 전개한다. 기러기아빠로 살아가는 주인공은 오랫동안 아내와 성적 취향을 공유하며 그 수행을 하나의 놀이이자 생활의 일부로 유지해왔지만, 딸의 성장과 함께 그 균형은 서서히 흔들리기 시작한다. 아내는 이제 상황이 변했음을 넌지시 알려오고, 그 와중에 소위 냄새와 시선으로 감지되는 앞집 남자의 존재는 충돌 없이도 몸의 긴장을 불러일으키는 감각적 배경으로 자리한다. 이 외부적 요소의 압박감은 핼러윈 밤 처음으로 코요를 만나 제대로 된 여장을 하고 외부로 나서는 장면에서 가장 선명하게 드러난다. 길거리에서 실제로 마주한 타인의 반응보다 강하게 작동하는 것은 트럼프 마스크 속 작은 눈구멍을 앞집 남자의 시선과 연결시키게 되면서 내부에서 촉발되는 공포다. 사적 공간에서 공적 공간으로 이동하는 순간 자신이 욕망하는 정체성 수행에 실패하면서, 여장한 코요의 손길에 매혹인지 혐오인지 모호한 채 증폭되던 주인공의 감각 역시 사그라들어버리고 만다. 집으로 돌아온 뒤 남는 적막감은 헤이안시대 조정에서 토벌되듯 지워졌던 귀녀 코요처럼, 변화의 가능성과 생기가 모두 사그라드는 고요한 침잠을 보여준다. 여성 성장소설에서 초경이 대개 의미하는 바를 떠올려보면, 이 소설에서 딸의 초경이 남성 주인공에게 여성성을 향한 자신의 욕망과 단절되어야 할 순간으로 전유되는 방식은 흥미롭다. 혐오 가능성이 곳곳에 출몰하는 사회에서 정체성을 유지하기 위해 수행되는 지속적 노동과 이로 인한 피로감은 비단 그의 것만은 아닐 것이다. 이 소설은 그 피로와 박탈감이 동시대적 조건의 한 단면임을 짚어내면서도, 소설이 줄 수 있는 섬세한 감정의 결들을 새겨놓고 있다.

서장원을 두고 지금 동시대 문학장에서 가장 치열하게 남성성에 대해 탐구하는 작가라고 말해도 부족함이 없을 듯하다. 함께 본심에 올라온 「피루엣」이 세간의 기준에서 이상적인 남성의 몸과 성격을 향한 선망과 불편함을 교차시키며 그려내고 있다면, 「히데오」는 그 위에 인종과 폭력의 문제를 복잡하게 얽고 인물 변화를 매개하는 연극적 수행을 끌어오면서 논의를 보다 복잡한 지점으로 끌어가고 있다. 일본인 아버지와 한국인 어머니 사이에서 태어난 히데오는 교토에서는 조센진이라 불리며 심한 따돌림을 당했고, 한국에서는 일본인 혼혈로서 경멸당할 가능성에 노출된 채로 유년 시절을 보냈다. 화자는 지나치게 내밀한 이야기들을 전해들으며, 이런 차별을 경험해본 바 있는 히데오가 경쟁적 남성 규범의 위계를 내면화한 전 남자친구와는 대척점에 있는 존재일 거라 전제한다. 하지만 히데오가 연극 〈따귀 게임〉 오디션에 지원한 이유를 사람들을 때려주고 싶었기 때문이라 고백해올 때, 그에게 기대했던 탈권위적이고 부드러운 남성상은 깨져나간다. 히데오가 바라는 "따돌림도 비밀도 없는 성장기"에 대한 달콤한 상상은 화자에게 직관적으로 전 남자친구의 끔찍한 남성성을 떠올리게 한다. 연극 〈따귀 게임〉이 성공적으로 마무리된 뒤, 히데오는 변모한다. 그가 불량소년 역할을 맡아 학대 경험의 고통을 교환 가능한 것으로 제시한 순간, 폭력을 조율할 수 있는 주체로 자기 인식이 재구성된 것일까. 그는 트라우마를 내면적으로 극복했다기보다 자원으로 재발견한 것처럼 보인다. 연극적 수행은 역설적이게도 폭력을 다루는 감각을 세련되게 조직하며 남성성을 강화하는 방식으로 작동했고, 성장기의 상처를 사회적 성공을 뒷받침하는 유용한 자원으로 전환시켰다. 남성성이 고정된 본질이 아니라 경험과 수행 속에서 끊임없이 구성되고 재조정된다는 점은 분명하다. 여기에서 그치지 않고 서장원은 예술적 수행이 삶의 폭력이나 권력의 바깥에 위치한다는 미학적 환상을 배반하는 데까지 나아갔고, 상처와 예술이 복합적으로 얽히며 남성성의 동력으로 전환되는 지점은 그 자신의 최근 작품들을 갱신하며 최대치의 성취를 이루고 있었다. 개인적으로는 피해와 가해의 미묘한 스펙트럼을 오가며 남성성이 재편되는 과정을 집요하게 파고들어온 서장원의 치열함을 끝까지 지지했으나, 삶과 죽음 사이의 무게를 견디는 김채원의 그 정갈한 여백이 주는 설득력에도 기꺼이 수긍할 수 있었다. 일곱 명의 수상 작가 모두에게 진심어린 축하를 전한다.

구병모 (소설가)

자유롭고 기발한 환상과 상상을 펼치는 젊은 작가들의 작품이 대거 출현하는 가운데, 길란의 「추도」는 현실의 이전투구를 묘파하는 소설이었다. 계급과 권력과 교양으로 인한 갈등이 혼탁하게 버무려진 세계를 섬세하게 재고 따져가면서 묘사하는 대신, 가진 자들의 위선을 거침없는 필치로 포효하듯 뿜어낸다. 자신의 속내를 일일이 직접 설명하는 게 아니라 감정적으로 거리두기를 하면서. 우리가 무심코 소비하고 잊어버리는 화면 너머의 진실과, 실재하는 사람의 우아함을 가장하는 포즈를 스피디한 단문으로 적나라하게 보여주는 기량에 빠져들었다. 작가의 등단작이 이보다 좀더 구조적으로 치밀했다는 타당한 중론에 동의하며, 그럼에도 이후 발표작인 「추도」를 지지한 것은, 작가가 앞으로 보여줄 세계의 방향성이 이로써 좀더 선명해지지 않았나 싶은 생각이 들어서였다.

서장원의「히데오」를 세속화된 시선으로 훑으면, 히데오는 자신의 내밀한 이야기를 털어놓음으로써 수진을 (본의와 무관하게) 정서적으로 이용하고 그로 하여금 비밀을 공유하는 감각을 형성해 보다 발전된 관계를 기대하게―이건 속된 말로 썸 타듯이 간을 보는 모습 아닌가― 한 뒤 소원해진 추억 속의 이름이라고 거칠게 요약할 수 있을 것이다. 수진의 서술을 통해서만 제한적으로 알 수 있는 히데오의 내면을 짐작하기 어렵다는 점, 제목은 '히데오'이나 그가 의도적으로 일종의 대상화가 되어 있는 점에 집중한다면, 히데오의 이야기가 수진 혼자만 아는 비밀이 아니라 모두가 아는 공공재가 되었을 때―유년기의 "억울함"은 이후 히데오라는 유명 배우에게 더 그럴듯한 서사를 부여하는 효율적이고 "다소 낭만적"이기까지 한 재료로 기능한다―결실을 얻지 못한 감정에 대한 애틋한 그리움보다는, 결국 외적 성취를 이뤄낸 기득권 안의 남성을 향한 환멸에 가까운 서먹한 시선과 손상된 감정에 따른 모멸감을 읽게 된다.

　한때 좀 날렸으며 "인제는 돌아와 거울 앞에"(서정주) 섰다고 생각하는 사람이라면 이미상의「일일야성―日野性」을 읽고 뼈가 아플 수 있겠다. 시민 대상의 교양 강의에 감화되어 좀 극단적인 혹은 핀트가 맞지 않는 방향으로 개혁과 실천을 천명하는 남편 경수를 보면서는 해학과 풍자의 극치를 느낄 테고, 이에 질색하여 동창네 집으로 피신한 운주가 어릴 적 일탈의 추억을 어떻게든 회상하려는 모습을 보면서는 씁쓸한 심사가 될 것이다. 운주는 선숙을 통해 그 시절의 감각을 상기하려 수차례 시도하지만

구병모

선숙에게서 돌아오는 것은 고단한 현실, 이리저리 치이고 피로에 지친 육체의 질병을 돌보기 위한 실무 요청으로, 이때 두 사람의 관계가 수평적이었던 적 없음이 또 한번 간접적으로 드러난다. 소설의 전체적인 톤을 이루는 사캐즘의 향연에 아득해지던 독자로서는, 상대적으로 안전한 거리를 확보하며 야성의 포즈를 취했고 이번에도 그렇게 하려는 운주가 옛 시절을 복원하는 일은 없으리라 예감하게 됐다.

위수정은 치명적인 사건이 발생할 듯 말 듯한 지점, 평온과 위기, 은닉과 폭로 사이에 놓인 아슬아슬한 긴장감과 경계선 위의 심리를 그리는 데 탁월하고, 그러한 장점이 「귀신이 없는 집」에서도 여지없이 발현된다. 나 아닌 무엇이 될 수 있는 날, 핼러윈이라는 하루가 끝나면 언제 그랬냐는 듯 귀신에서 사람으로 무 자른 것처럼 돌아와 일상의 공간에 기거할 수 있을까. 무언가에 속수무책으로 빠져들면서 동시에 탈주하고 싶은 양가감정에 있어 경지에 달한 소설로 읽힌다. 즉각적으로 눈에 띄는 서사는 코요와의 만남을 준비하는 과정부터 종료에 이르기까지의 일이라고 할 수 있겠지만, 소설의 일차 묘미는 일견 심상한 듯한 가족 간의 통화에서 드러난다. 전화기 너머 딸의 한마디에 심장이 내려앉을 때, 이것이 작가가 쌓아 응축한 불안과 불온의 겹이 폭발하는 순간임을 알 수 있었다.

잔잔하게 흘러가는 서정적인 이야기 속에 결핍과 불행의 압흔이 구현된 남의현의 「나는 야구를 사랑해」는 제목이 주는 활달함과 역동성과는 대조적으로 외부를 향한 소통보다 내면을 파고드는 작업에 집중한다. 고요하게 절제된 언어로 묘사된 숙모라는 인물의 뒤틀린 이미지와 신경증적인 성격이 화자의 담담한 어조와 화학작용을 일으키면서 더 큰 고통을 독자에게 선사한다. 유년기의 우물에서 기억을 길어올리는 성장 서사 속에 아물지 않는 상처가 켈로이드처럼 도드라지는 것은 이 때문일 터다. 삶은 야구와 같아 복수의 인간이 협동 공략해야 하며, 그 과정에서 인간은 컨디션이 무너지고 제구력을 잃어 좌절한다. 공은 어짊에 가까운 둥근 선으로 이루어져 있지만, 그것을 적시에 성공적으로 치거나 받아내지 못하면 부상을 입기도 한다. 오늘을 9회 말 투아웃처럼 살아가는 사람들에게, 사랑받지 못하여 사랑하는 재능을 가진 화자의 역설적인 이야기가 비참하고도 기이한 공감을 불러일으킬 것 같다.

그 목적과 교리를 명백하게 알기 어려운 컬트 집단을 그린 함윤이의 「우리의 적들이 산을 오를 때」에서 의외로 종교적 광기는 두드러지게 표출되지 않는다. 오컬트를 묘사한 작품에서 주제에 수월하게 닿을 수 있는 지름길이 극단적, 충격적인 상황과 파괴적, 자극적인 장면으로 공포를 일으키는 방식임을 생각하면, 천문대를 점거한 이들의 태도만큼이나 작가가 보여주는 이 점잖은 선택은 소설이 끝내 이해할 수 없는 타인이라는 미지수에 대한 이야기로 선회하고 있음을 짐작게 한다. 소설 속에서 꾸준히 언급되는 적의 존재도 정체도 명확하게 드러나지 않는 것은, 개체든 집단이든 서로에 대한 적대감으로 가득하며 언제라도 공격할 적을 만들기를 일삼는 시대에 시사하는 바가 있다. "새로운 세상"이라는, 너무나 그럴듯하며 광범위한 까닭에 다소 막연하게 들리는 테제 속에 "이런 사람들이 있"음을 "그냥 받아들이는" 것이 포함되어 있다고 본다면 무리일까.

김채원의 「별 세 개가 떨어지다」의 첫머리는 반복적으로 제시되는 의성어와 모과가 떨어지는 장면 묘사가 일견 아기자기한 동화적 향기를 풍기고 편안한 읽기의 경험을 기대하게 하는데 이 낙과의 순간, 식물의 일생에 해당하는 순환이 소설의 전체 분위기와 주제를 지배한다. 흙에 삽을 대어 땅의 생기를 북돋고 잎사귀와 꽃과 열매를 맺기까지 식물을 키우는 행위가 일종의 제의로 표현되면서 마술적 리얼리즘의 세계로 독자를 끌고 들어가는 것이다. 현실세계에서는 있을 법하지 않은 인물들의 사고와 반응과 정서 들이 낯선 감각을 일깨우며 순수하게 읽는 즐거움을 주는 동시에, 분명하고도 강렬한 서사 대신 이심전심에 가까운 감정의 공명을 일으킨다. 짜임새 있고 안정감을 주는 일곱 폭의 유려한 양단이 색색으로 쌓인 가운데, 그 무늬의 형태와 의미가 명료하게 파악되지 않음에도 왠지 모르게 손이 가는 직물이 있다. 그런 매력을 지닌 작품이었다.

김연수(소설가)

    이번 심사를 위해 모두 서른두 편의 단편소설을 읽었다. 적지 않은 양이라 하루에 두 편씩 십육일에 걸쳐 읽었다. 소설에서 내가 가장 중요하게 여기는 건 목소리다. 그건 문체로 드러내는 세계관 같은 것이라고 막연하게 생각하고 있다. 막연하다고 말하는 이유는, 소설에서 목소리라는 건 타인의 노래를 불러도 금방 그 가수가 누구라는 것을 알게 해주는 음색 같은 것이기 때문이다. 소설을 읽다가 홀리듯 빠져들 때가 있는데, 그게 다 목소리 때문이다. 그런 목소리에 한번 매료되면 이야기가 어떻든 계속 듣고 싶, 아니, 읽고 싶다. 하지만 그 작품이 왜 좋으냐고 묻는다면 그냥 끌린다, 좋다고 말할 수밖에 없다. 그래서 목소리라고 표현한 것인데, 이번 독서에서도 목소리가 내게는 가장 중요한 기준이었다. 모두 읽은 뒤 가장 마음이 간 것은 남의현의 「나는 야구를 사랑해」였다.

    남의현의 「나는 야구를 사랑해」는 "한 손에 무리 없이 쥘 수 있는 작은 기쁨", 야구공을 쥐듯이 쥐어보는 기쁨과 사랑에 대한 소설이다. 이 소설에는 작은 것들이 많이 나오는데, 작은 것에는 사람도 들어간다. 인간은 사랑을 받지 못하면 작아지는 존재니까. 화자 자신부터가 야구공처럼 작은 사람인데, 그 작은 것을 우리는 왜 사랑하지 못하는가, 라고 묻고 있다. 하지만 이 소설은 제목에서 알 수 있다시피 사랑하기 어려운 것을 사랑하기로 결심하는 내용이다. 기도가 등장하는 것도 그 때문이고, 소설을 읽거나 쓰는 이유도 그 때문이다. "기도 같은 거야" "누나가 날 참 사랑했지" 같은 대사들은 그간의 좋고 또 나빴던 나날을 떠올리게 하는 힘을 가지고 있다. 서사가 시적인 섬광으로 번쩍이는 순간이다. 내게는 불꽃놀이처럼 한 줄의 문장이 눈앞에서 서사를 펑펑 터뜨리는 소설이었다. 손에 쥔 눈송이, 따뜻하게 쥐려고 하면 점점 더 작아지는 그 하얀 공을 사랑하려고 노력하는 일에 대해 말하는 마지막 문장까지 읽고 나면 '나는 야구를 사랑해'라는 제목마저도 애틋해진다.

수상작을 선정하기 위해 심사위원들이 모인 자리에서 모든 작품을 다시 논의한 끝에 일곱 편의 작품을 선정했다. 일곱 편 모두 개성적인 목소리를 가진 작품이라 우열을 가리기가 어려웠다. 다른 심사위원들과의 대화는 각 작품에 대한 이해를 넓히는 계기가 됐다. 그뒤 여러 번 논의와 투표를 거친 끝에 최종적으로 김채원의 「별 세 개가 떨어지다」와 서장원의 「히데오」를 대상 후보작으로 선정했다. 두 작품은 나 역시 높은 점수를 준 소설들이다.

「별 세 개가 떨어지다」는 묘한 소설이다. 이런 이야기다 싶으면 다른 쪽으로 흘러가고, 끝까지 다 읽고 나면 뭘 놓쳤는가 싶어 다시 읽게 만든다. 시체가 등장하는 소설이지만, 죽음의 구체성은 전혀 보이지 않는, 어떻게 생각하면 경쾌하다는 느낌마저 드는 소설이다. 이 경쾌함이 이 소설의 가장 큰 미덕이다. 그렇다고 죽음의 무게감이 느껴지지 않는 것은 아니다. 오래전 할아버지에게도 경쾌함이 있었다는 것을 손녀들은 모른다. 그러나 그 무게를 지금 애써 알 필요는 없다. 경쾌함이 사라지면 무게는 저절로 느껴질 테니까. 소설의 도입부를 보면 손녀들도 이미 무게를 느끼고 있는 것 같긴 하지만. 어떤 점에서는 앞의 모든 문장은 마지막 문장을 말하기 위해 쓴 것 같기도 하다. 시체의 발을 마저 묻은 뒤 "너무 환하고, 또 너무 무거운" 것을 물려받았으니 이제 손녀들의 삶이 궁금해진다.

김연수

서장원의 「히데오」는 성장소설의 외피를 입고 있다. 캐릭터가 모든 것을 다 하는 소설이다. 히데오라는 캐릭터를 설명하는 화자의 묘사는 히데오뿐만 아니라 화자 자신도 조명하고 있다. 소설은 표면적으로는 히데오가 그의 비밀을 잃어가는 과정을 담고 있지만, 그건 한편으로는 화자가 히데오를 잃어가는 과정이자 궁극적으로 자기 자신을 잃어가는 과정이다. "이제 더는 히데오가 아닌 히데오"를 '히데오'라고 화자가 지칭할 때, 당연히 앞의 사람과 뒤의 사람은 동일 인물이 아니다. 앞에서 히데오를 살아 있는 캐릭터로 만들기 위해 들인 공 덕분에 이 사실을 깨달을 때 독자가 받게 되는 상실감은 대단하다. 소설의 시선이 시종일관 타인을 향한 것과 자신을 향한 것, 이 두 겹으로 진행되듯이 이 상실감은 히데오를 향한 것이자 화자 자신을 향한 것이다. '이제 더는 내가 아닌 나'가 된 것은 히데오만이 아니다. 화자인 '나'도 그렇고 읽는 독자도 그렇다. 그런 점에서 히데오는 모두의 이야기가 된다.

두 작품 중에서 한 작품을 선정하는 것은 심사위원 모두에게 힘든 일이었다. 긴 시간의 논의 끝에 「별 세 개가 떨어지다」가 대상으로 선정됐다. 이 글에서 미처 논평을 쓰지 못한 다른 분들을 포함해 젊은작가상을 받으신 모든 소설가분들께 축하의 말씀을 드린다.

김형중(문학평론가)
—식물성 애도를 요청하다

젊은 작가들의 작품을 심사하는 일은 즐겁다. 우선 심사 과정 그 자체가 즐거운데, 얼마간 다를 수밖에 없는 안목과 취향을 가진 다른 심사위원들의 작품평을 들을 수 있어서다. 고집을 버리고 사심 없이 듣다보면(그게 쉽지는 않지만) 서로가 작품에서 읽어내지 못한 미묘한 기미, 숨겨져 있던 세부가 드러나는 경이로운 순간들이 있다. 그 순간 심사는 '공부'가 된다. 게다가 '젊은' 작가들의 작품이다. '젊음'을 특별히 선호하는 편은 아니지만, 그럼에도 그들이 '지금' 쓰고 있는 작품이 곧 도착할 한국문학의 기후변화에 풍향계 역할을 할 것이라는 데에는 이견이 없다. 그들은 한국문학장에 곧 불어닥칠 바람의 방향을 미리 지시한다. 그래서 (간단치만은 않았던 논의를 거쳐) 올해의 젊은작가상 수상작 일곱 편이 결정되었을 때, (애초 염두에 두었던 작품도 있고 그렇지 않은 작품도 있지만) 불만은 전혀 없었다. 납득과 설득의 과정이 즐거운 공부였기 때문이다.

길란의 「추도」가 극화하는 바를 한 줄로 요약하자면, '슬픔에도 계급이 있다'쯤 될 듯하다. 죽은 아들을 애도하는, 아니 정확하게 는 '품위 있게 전시'하는 백모, 그리고 그들의 유산을 기대하는 화자네 가족의 이야기를 냉소적이고 아이러니한 문체로 다룬 이 작품은 이즈음 드물지 않게 눈에 띄는 '계급적 아비투스 소설'들 중 백미라 할 만했다.

남의현의 「나는 야구를 사랑해」는 읽기 쉬운 작품이 아니었다. 정신분석에 기대지 않고서는 선뜻 쉬운 해석을 용납하지 않았기 때문이다. 이 작품의 주인공은 어머니 혹은 그 대리자로서의 숙모와 상상적 관계를 완전히 청산하지 못한 인물로 보인다. 그러니 화자의 발화는 분열되어 있고 양가감정 속에서 자학과 가학 사이를 오간다. 그렇다면 이 작품의 관건은 문체다. 그 병리적이고 갈등적인 심리를 문장으로 옮길 수 있을 것인가? 최근 한국소설의 경향을 염두에 둘 때 남의현의 이 작품은 도전적이고 이례적인, 그래서 그 진화 과정을 꼭 지켜봐야 할 의미심장한 모험이기도 하다.

서장원의 「히데오」는 일본과 한국 간 인종차별(정확히는 민족차별)에 관한 소설이다. 그러나 일본에서는 한국인이라는 이유로 한국에서는 일본인이라는 이유로 이중 차별을 당하는 히데오의 이야기가 이 소설의 전부는 아니다. 소설 말미의 반전이 이 작품의 압권인데, 히데오는 '성공한' 사람이 된다. 그러자 차별의 기억이 성공의 서사 속에 흡수된다. 차별도 상품이 될 수 있는 세계에

김형중

대한 통찰이 예리한 작품이다.

위수정의 「귀신이 없는 집」을 단순히 색다른 성적 취향을 가진 기러기아빠의 고독에 대한 이야기로 읽어서는 곤란하다. 사람도 없고 귀신마저 없는 집의 고독, 그것은 애초에 존재론적인 고독이다. 게다가 자신의 성정체성에 대한 혼란마저 가중된다. 핼러윈의 밤, 그의 불안한 심리와 어수선한 동선을 묘사하는 위수정의 문체는 이 작가가 이제 졸작을 발표하기는 불가능한 수준에 올라섰음을 입증한다.

이미상의 「일일야성—日野性」은 이 작가의 작품들이 대체로 그랬듯이 어딘가 악의적인 데가 있다. 부정적인 의미에서 하는 말이 아닌데, 작가 이미상의 장점이 바로 어떤 세태나 상황의 이면을 들추려는 그 삐딱한 시선에 있기 때문이다. 적당히 안온한 삶을 사는 중산층 중년 부부, 뒤늦게 '페미니즘적 올바름'을 '학습'한 남편의 모습은 우스꽝스럽다. 권태를 피해 하룻밤의 야성을 감행하는 아내의 모습은 충분히 납득할 만하지만, 한편으로 안쓰럽게 뒤틀려 있다. 악의적인 소설임이 분명한데, 그 악의가 항상 소설이라는 장르의 동력이었다는 사실은 강조해둘 필요가 있을 듯싶다.

함윤이의 「우리의 적들이 산을 오를 때」는 이번 심사에서 가장

이채로운 작품이었다. 오컬트 장르에 속한다고 보아 무방한 이 소설은 이즈음 젊은 작가들의 소설에 비해 그 스케일이 무척 크다. 천문대에 거주하는 기이한 (그러나 우리가 향수 속에서 기대하기도 하는) 공동체, 그리고 프로이트식으로 말해 '섬뜩한uncanny' 느낌을 자아내는 인물과 대사들이 '구원'이라는 거대한 주제와 겹쳐진다. 문장은 진실을 감추고 드러내면서 서스펜스를 유지하지만 단정하고 긴박하다. 이런 말이 가능하다면 '커다란' 소설을 기대할 만한 작가다.

대상 수상작인 김채원의 「별 세 개가 떨어지다」에 대해 말할 차례다. 고백하자면 나는 심사 내내 이 작품이 올해의 젊은작가상 대상 수상작이어야 한다는 기대를 버리지 않았다(물론 드러누워 고집부릴 생각까지는 없었다). 작중 할아버지와 손녀들의 심드렁한 대사 속에서 읽히는 깊은 상호 신뢰, 삐져나온 시신의 차가운 발에 태운 흙을 식혀 덮어주는 장면이 상징하는 애도의 세대 간 연대, 전쟁 세대인 할아버지가 평생의 애도 속에서 홀로 가꾼 식물원(종묘원)의 그 온순한 무성, 그러니까 이즈음의 태극기식 애도와 상반되는 식물성 애도의 가능성에 대한 문학적 요청, 그 모든 것이 다 좋았다. 대롱대롱 매달린 부친의 시신을 보았던 날 이후 할아버지가 어떻게 그 죽음을 애도하며 저 많은 나무를 심고 가꾸었는지, 그 세월의 무게와 상처를 우리는 이해하기 힘들다. 손녀들도 마찬가지다. 완벽한 이해란 불가능하다. 그러나 그것은 불가능한 채로 '요청'된다. 두 손녀가 결코 그 무게를 다 이해하지는 못할지언정 할아버지의 기나긴 애도의 종결에 동참했던 것처럼.

김채원 작가, 그리고 다른 여섯 명의 작가에게 축하와 감사를 함께 전한다.

임솔아 (소설가)

김채원의 「별 세 개가 떨어지다」를 읽고 내게 남은 것은 서사보다는 냄새나 소리 같은 것들이었다. 바람에 나뭇잎이 흔들리며 내는 소리, 잘 자란 나무들이 내뿜는 습기와 그 습기가 떠다니는 그늘, 나무뿌리가 뒤섞인 축축한 흙, 그리고 침묵, 침묵으로 말하는, 생장하고 퍼져나가는, 돌림노래가 되어가는, 그런 종류의 침묵. 또렷이 손안에 잡히지 않지만 날씨처럼 피부에 감지되는 것들. 뾰족하지 않으므로 은은하게 전달되지만 다분히 의도된 절제였다. 그게 너무나도 매력적이었다. 소설 속 배경은 인물을 위한 무대로서만 존재하지 않았다. 생동감이 있는 동시에 정적인, 이 절묘한 균형감은 주제와 정확히 맞물리며 읽는 이의 주변 공기까지 바꿔놓는 힘이 있었다.

다만 나는 최종적으로 김채원의 「별 세 개가 떨어지다」가 아닌 서장원의 「히데오」를 지지했는데, 김채원의 소설에 부족한 면이 있기 때문이 아니라 「히데오」 속 인물들의 관계성이 내게는 더 다층적으로 느껴졌기 때문이었다. 이 문장 이후 몇 문장을 더 적어보았으나 나는 그 문장들을 지웠다. 「히데오」에 대해서는 어떤 문장을 적든 어딘가 부족하거나 어긋나는 듯 느껴지는데, 몇 가지 키워드를 잡아 선명하게 정의를 내리는 방식이 소설 속 '히데오'가 세계로부터 정의 내려진 방식과 닮은 것은 아닐까, 우려가 드는 것이다. "히데오가 아닌 히데오를 히데오라고 부르곤 한다"는, 서장원의 문장이 나는 무척 좋았다. 희망적인 문장이라기보다, 여집합과 여집합이 아닌 것들이 교차하는 현상에 대한 직시에 가까웠다. 우리가 여전히 직시하지 못하는 지점까지 암시한다는 점이 믿음직스러웠다.

길란의 「추도」는 시원시원한 소설이었다. 머뭇거리지 않고 문장을 밀고 나가는 힘이 상당했다. 요즘 보기 드문, 상당히 날카로운 문체라는 다른 심사위원의 말에 선뜻 동의가 되었다. 구조가 잘 짜였거나 문제의식이 첨예한 소설을 읽을 때도 독자로서 기쁘지만, 자기만의 색깔로 말하는 작가를 만날 때 그 기쁨은 반가움과 겹쳐서 시너지를 일으킨다.

남의현의 「나는 야구를 사랑해」를 읽고 야구를 사랑해본 적 없는데도 야구라는 걸 해보고 싶어졌다. 이 소설은 해본 적이 한 번도 없으면서도 왠지 해본 적 있는 양 선명한 그리움을 유발한다. 인간이라는 존재가 자라나며 사회와 본격적으로 얽혀들기 이전, 아주 내밀한 몇몇의 관계만으로 아슬아슬하게 존재를 지탱해야만 했던 시절에 대한 원초적인 그리움, 근원적이고 절대적인 감정선들이 남의현의 소설에는 득실득실했다. 잠들어 있던 처음의 감각들을 한껏 일깨우는 소설이었고, 바로 그 이유 때문에 이 소설은 무언가를 건드렸다.

위수정의 「귀신이 없는 집」은 정교하고 안정적이면서도 낯익

임솔아

지 않게 다가왔다. 재원이 코요와 함께 거리를 걸을 때의 팽팽한 긴장감이 특히 압도적이었는데, 그 짧은 분량 속에 얼마나 다양한 층위의 감정과 이야기가 자연스럽게 얽혀 있던지 감탄스러웠다.

함윤이의 「우리의 적들이 산을 오를 때」에 대해 심사위원들과 이야기를 나눌 때 흥미로웠던 점은, 이 소설이 겨냥하는 지점을 사람마다 다르게 예측하고 있다는 것이었다. 그러니까, 소설 속 '적'은 무엇에 대한, 어떤 '적'인가? 같은 마술을 보았는데 마술에 등장한 동물을 서로 다르게 기억하는 것 같았달까. 그러니 이 소설은 읽는 사람과 함께, 아주 여러 가지 버전으로 존재할 것이다. 나로서는 이 해석의 다양성이 더 열린 작법으로 와닿았고, 소설을 더 흥미롭게 진화시키고 있다고 여겨졌다.

이미상의 「일일야성—日野性」은 고백건대 나를 가장 괴롭게 만든 소설이었다. 여러 겹으로 뒤집고 또 뒤집는 풍자의 연속은 객관적으로 봐도 충분히 예리했다. 결말까지도 몹시 잘 짜여진 힘 있는 소설이라는 데에 의심할 여지가 없었다. 하지만 내게 이 소설에 깃든 관찰자적인 시선과 냉소는 선뜻 동참하기 어려운 유희였다. 그럼에도 나는 심사 과정에서 꽤나 적극적으로 이 소설을 옹호하고 변호하는 입장을 취하게 되었는데, 아이러니하게도 내가 이 소설에서 동참할 수 없었던 지점들 때문이었다. 이 소설은 이 냉소의 유희에 동참할 수 없는 사람에게 더욱 혹독한 질문을 던지는데, 그 동참할 수 없음이 각자의 위치성에서 비롯되고 있다는 걸 날카롭게 가리키고 있기 때문이다. 이 소설을 읽으며 느낀 괴로움은 사회적으로 내가 동질감을 느끼는 어느 정체성, 혹은 소속감 따위를 이 소설이 정밀 타격하고 있기 때문은 아닌가? 다른 좋은 소설이 그러하듯 이 소설 역시 확고함이라는 것이 어떻게 흔들릴 수 있는지를 실험하고 있다. 서로 다른 위치성이 어떻게 서로에게 관여되고 종내는 무관하게 되는지. 문제적이고 논쟁적인 지점이 있다는 점에서 이 날카로움은 더 많은 지지를 받아야 한다고 나는 생각했다.

심사평에 언급하지는 못했지만, 본심에 올라온 작품 중 낯선 작품이 유독 많았다는 점을 말해두고 싶다. 그만큼 새로운 세계를 처음 만나는 기쁨이 컸다. 앞으로 어떤 세계가 열릴지를 가늠해보는 기쁨. 한 작품 한 작품 읽을 때마다 작가들이 어떤 부분에서 어떻게 분투하고 있는지가 느껴졌고, 상투적으로 들리겠지만, 그 사실에 힘을 받고 감동도 받았다. 따라 읽을 작가가 많아져서 기쁘다.

| 수록 작품 발표 지면 |

별 세 개가 떨어지다 …… 『보다』, 열린책들, 2025.

추도 …… 『현대문학』 2025년 4월호

나는 야구를 사랑해 …… 『현대문학』 2025년 4월호

히데오 …… 문장웹진 2025년 6월호

귀신이 없는 집 …… 『문학동네』 2025년 겨울호

일일야성―日野性 …… 『문학동네』 2025년 가을호

우리의 적들이 산을 오를 때 …… 『현대문학』 2025년 1월호

문학동네 젊은작가상 수상작품집
2026 제17회 젊은작가상 수상작품집
ⓒ김채원 길란 남의현 서장원 위수정 이미상 함윤이 2026

1판 1쇄   2026년 3월 31일
1판 3쇄   2026년 5월 1일

지은이 김채원 길란 남의현 서장원 위수정 이미상 함윤이
책임편집 이한민 | 편집 서유선 임고운 정민교 정은진
디자인 최효정 유현아 | 저작권 박지영 형소진 주은수 오서영 조경은
마케팅 정민호 서지화 박치우 한민아 왕지경 이민경 정유진
        정경주 김예진 김혜원 이서진
브랜딩 함유지 박민재 이송이 김하연 신샛서 이준희
미디어콘텐츠 함근아 김은솔 박다솔 배진성
제작 강신은 김동욱 이순호 | 제작처 영신사

펴낸곳 (주)문학동네 | 펴낸이 김소영
출판등록 1993년 10월 22일 제2003-000045호
주소 10881 경기도 파주시 회동길 210
전자우편 editor@munhak.com | 대표전화 031) 955-8888 | 팩스 031) 955-8855
문학동네카페 http://cafe.naver.com/mhdn
인스타그램 @munhakdongne | 트위터 @munhakdongne
북클럽문학동네 http://bookclubmunhak.com

ISSN 2982-7280
ISBN 979-11-416-0325-0 03810

www.munhak.com